ANNA
O

MATTHEW BLAKE

ANNA O

Tradução
Raquel Nakasone

HarperCollins
Rio de Janeiro, 2024

Título original: *Anna O*

Publisher: *Samuel Coto*

Editora-executiva: *Alice Mello*

Editora: *Paula Carvalho*

Assistentes editoriais: *Luí Navarro e Camila Gonçalves*

Estagiária editorial: *Lívia Senatori*

Copidesque: *Bárbara Waida*

Revisão: *Laila Guilherme, Letícia Nakamura e Aline Graça*

Design de capa: *HarperCollins*Publishers *Ltd 2024*

Imagem de capa: *Magdalena Russocka/Trevillion Images*

Adaptação de capa: *Beatriz Cardeal*

Projeto gráfico de miolo e diagramação: *Abreu's System*

Dados Internacionais de Catalogação na Publicação (CIP)
(Câmara Brasileira do Livro, SP, Brasil)

Blake, Matthew
Anna O / Matthew Blake ; tradução Raquel Nakasone. – Rio de Janeiro : HarperCollins Brasil, 2024.

Tradução de: Anna O.
ISBN 978-65-6005-146-1

1. Ficção inglesa I. Título.

23-178344 CDD: 823

Tábata Alves da Silva – Bibliotecária – CRB-8/9253

HarperCollins Brasil é uma marca licenciada à Casa dos Livros Editora LTDA.
Todos os direitos reservados à Casa dos Livros Editora LTDA.
Rua da Quitanda, 86, sala 601A — Centro
Rio de Janeiro, RJ — CEP 20091-005
Tel.: (21) 3175-1030
www.harpercollins.com.br

Vivo ameaçada por este ser escuro que dorme em mim.

Sylvia Plath

I

BEN

— O ser humano médio passa trinta e três anos da vida dormindo.

Ela se inclina para mais perto, o bastante para que eu sinta o aroma de seu perfume caro. Geralmente, este é o momento em que me dou conta.

— E isso é o que você faz? — pergunta ela.

— Sim.

— Você é médico do sono?

— Eu estudo pessoas que cometem crimes enquanto estão dormindo.

Tenho um "doutor" antes do meu nome no cartão de visita: dr. Benedict Prince, Abadia, Harley Street. Sou especialista em sono. Em nenhum lugar afirmo ser médico.

Ela vê que falo sério.

— Como é que isso é possível?

— Você nunca se perguntou o que faz enquanto dorme?

A maioria das pessoas fica desconfortável mais ou menos nesse ponto. Grande parte dos crimes tem um fator de distanciamento. Adoramos histórias sobre pessoas que são como nós, mas que também não são como nós. Só que o sono não permite essa qualificação.

O sono é universal, a noite é tão constante quanto o dia.

— Que tipo de crimes?

Ela não mudou de assunto. Ainda tenho sua atenção.

— Os piores.

— Mas com certeza elas acordariam, não?

— Não se estiverem sonâmbulas. Já tive pacientes que trancam a porta e dirigem o carro enquanto continuam dormindo. Algumas pessoas até cometem assassinatos.

— É claro que a pessoa se lembraria.

— Pelas rugas em torno dos seus olhos, suponho que você tenha dormido cinco horas e meia ontem à noite.

Ela franze as sobrancelhas.

— É tão óbvio assim?

— Você se lembra do que aconteceu durante essas cinco horas e meia?

Ela para, pousando o queixo na mão direita.

— Sonhei com alguma coisa.

— Tipo o quê?

— Não lembro.

— Então provei meu ponto.

Seus olhos de repente mudam. Ela me olha de um jeito diferente. Sua voz fica mais alta, sua linguagem corporal mais agitada.

— Espere, teve aquele caso. Como se chamava...

Este é o ponto-final. Poucos encontros chegam tão longe. Eu as canso descrevendo meu trabalho. Eu as assusto com histórias de crimes cometidos durante o sono. E, se nada disso funciona, essa última sempre me pega.

Ninguém fica depois disso.

Ninguém.

— Anna O — digo.

Dou um último gole no vinho — um Merlot caro, mas nem tanto, pois mais caro que isso seria desperdício — e pego o casaco.

— Você é aquele cara da foto. O psicólogo.

Dou um sorrisinho. Verifico as horas.

— Sim, eu era — falo.

Aquela foto estampou as primeiras páginas dos principais jornais depois do que aconteceu — ilustrando o fim brutal e sanguinário. O momento fatídico, depois do qual nada seria o mesmo. Antes do exílio e da queda. Sou a figura de óculos, cabelo bagunçado e estilo um pouco pedante. Eu me refiz desde então. A barba me deixou mais velho, o cabelo está grisalho nas pontas. Meus óculos são mais grossos e não se parecem tanto com as sobras do departamento de adereços do Harry Potter. Mas não posso mudar meus olhos nem meu rosto.

Sou uma pessoa diferente. Sou a mesma pessoa.

Espero a pergunta, porque sempre me fazem essa pergunta. É o único mistério que, apesar de tudo, ainda persiste. Ele divide famílias, cônjuges e até amigos.

— Ela era culpada? — pergunta a mulher com quem estou tendo um encontro. Ou melhor, com quem eu estava tendo um encontro. Sou uma espécie de demônio para ela agora, uma anedota para contar no Natal ou no Ano-Novo. — Depois que ela esfaqueou aquelas pessoas... ela realmente escapou impune dos assassinatos?

PARTE UM

UM ANO ANTES

2
BEN

Londres

O celular toca.

É disso que sempre me lembro.

Da primeira coisa, do começo.

Está tarde, a escuridão já está pesada, densa. Estou semiacordado, aninhado em uma poltrona com um curry quentinho e uma taça meio vazia de vinho barato. Está passando um filme em preto e branco no canto da sala. Hoje é *Pacto sinistro*, o meu favorito. Todo mundo elege *Psicose* ou *Um corpo que cai* como a melhor obra de Hitchcock. Mas estão errados. *Pacto sinistro* tem a cena do tênis.

O celular vibra e me traz de volta à sala. Abaixo os olhos. Limpo o óleo das mãos e olho para a tela: "PROFª BLOOM (Abadia)". Aceito a chamada e me preparo, sufocando um grande bocejo.

— Alô?

— Ben, me desculpe pelo horário profano. Temo que isto não possa esperar.

Ela está séria. E assim, na calada da noite, fico preocupado. A professora Virginia Bloom geralmente é a primeira a fazer alguma piada ou ressalva. Ela é vista com frequência caminhando pela Oxford Street de cafetã e saltos ou sentada à sua mesa de canto no hotel Langham com uma garrafa de uísque e um punhado de estimulantes.

Ouço o som de passos e vozes distantes do outro lado da linha. Parece que Bloom ainda está na Abadia. Verifico as horas. É quase meia-noite.

— Tem alguma coisa errada?

— Podemos dizer que sim. — Bloom limpa a garganta com um som rabugento e esfumaçado. — Este é para você, acho. Um pedido que acabou de chegar. É um caso um pouco sensível.

Sou psicólogo forense. Já prestei consultoria para as principais instituições do mundo. A Agência Nacional do Crime, o FBI e a Interpol têm meu número. Mas isto está me parecendo mais sigiloso que o normal.

— E esse pedido tem um nome?

Ouço mais barulhos de fundo na chamada. Bloom parece distraída.

— Você pode vir à Abadia? Falaram para eu não discutir nada pelo telefone.

Estou oficialmente de licença por uma semana. Tenho prazo para entregar meu artigo mais recente. Tenho que escrever três relatórios de pacientes. Planejava trabalhar em casa amanhã, para enfrentar a montanha de papelada. Mesmo assim, são poucos os casos sensíveis demais para serem discutidos pelo telefone. Estou sendo chantageado pelo mistério, como Bloom queria.

— Você precisa me contar alguma coisa.

Ela inspira do outro lado da linha. Fica em silêncio e depois solta o ar audivelmente.

— Você pode não gostar.

Está congelante lá fora, um céu asqueroso de garoa de setembro. Já estou temendo a viagem de Pimlico até a Harley Street. Posso ficar aqui na sala com o meu curry e Hitchcock e mais uma taça de vinho. Mas não é assim que funciono.

É por isso que atendi o telefone. Eu sempre atendo o telefone.

— É o caso Anna O — fala Bloom finalmente. — Querem que a gente veja uma coisa.

3

BEN

A Clínica do Sono Abadia ocupa uma pequena esquina da Harley Street, parte de uma antiga vila com tijolos eduardianos bem delineados e um ar de discrição total. Os visitantes costumam comentar sobre o silêncio sagrado do lugar, um oásis escondido atrás da Oxford Street e entre a barulheira do Regent's Park e da Cavendish Square. Partes do edifício parecem ter sido esculpidas em pedra de Portland. A Abadia tem um aspecto régio, adequado para marqueses de peruca e realezas de segundo escalão. Parece um santuário.

A noite — ou talvez o dia, não sei direito, pois já passou da meia-noite — ainda está cinzenta e terrível enquanto o táxi atravessa as poças e me deixa na esquina da rua vazia. Esquivo-me da chuva e sacudo o guarda-chuva preto avariado. O táxi vai embora rápido demais, molhando a parte de trás da minha calça. Culpo Bloom de novo por ter me chamado.

Subo o lance de escada e digito a senha da fechadura na tela, cada dígito escorregadio e perigoso por conta da chuva. A velha construção, convertida em prédio comercial há muito tempo, tem quatro andares e uma pequena placa prateada indicando "CLÍNICA DO SONO ABADIA" com um número de telefone, sem e-mail. O site da clínica é notavelmente sem graça, listando as qualificações da equipe sem mostrar nenhuma foto. A imagem é deliberada, assim como tudo ali. Somos atendentes pairando nos bastidores, úteis para preencher uma ou duas cenas. É a regra de ouro de todos os profissionais da mente: somos ouvidos, mas nunca vistos.

Nada acontece. Enxugo os botões com a manga e digito o código de segurança de novo. Então ouço o familiar som metálico da porta se abrindo. Eu me pergunto se Bloom também chamou os outros, meus estimados colegas especialistas em sono. Mas a recepção e a sala de espera estão praticamente na penumbra, desertas. É como aparecer na escola e ser o único aluno na sala. É estranho ver seu local de trabalho sem a agitação habitual.

— Professora? — chamo, mas o som ecoa pelas paredes e morre.

Acendo uma luz, que ilumina uma variedade de cores neutras e suaves. O tapete novo acabou de ser colocado, acolhendo meus pés de um jeito agradável. O ar parece excepcionalmente puro, bombeado por filtros especiais instalados nas paredes. Normalmente há música. O som envolve os visitantes até que a conta da consulta os traga de volta à realidade. A Abadia lembra um útero protetor, longe da turbulência do mundo externo. O sono é primordial, afinal.

— Professora?

Nada. Deixo o guarda-chuva perto do cabideiro e tiro o casaco encharcado. Há vários monitores na mesa da recepção mostrando imagens de câmeras instaladas nos fundos e na frente do prédio. Nossa clientela exige isso. Celebridades planejando casamentos, políticos lutando por sua carreira, jogadores de futebol enfrentando fases difíceis, realezas lidando com escândalos — todos marcham pela elegante entrada da clínica com seus rostos redondos e privados de sono. Dormir, assim como comer e beber, é uma das coisas que nenhum ser humano consegue viver sem. A Abadia é um templo moderno onde acalmam-se os demônios psíquicos. As pessoas são capazes de pagar um dinheiro ridículo só para poderem se afundar em sua cama.

Dou vida aos monitores. As imagens das portas da frente e dos fundos surgem, tediosas. Deixo as telas ligadas e espero o elevador com paciência, cansado demais para subir de escada. Há várias revistas espalhadas na mesinha de café com marcas de dedos perto do elevador, e pego um exemplar da *New Scientist* para folhear enquanto aguardo. Fomos mencionados de novo em uma pequena seção de notícias resumidas. A Abadia também presta serviços de consultoria para casos criminais em todo o mundo, o que é bastante útil e gera contratos lucrativos com a Polícia Metropolitana e outros órgãos de segurança pública. Tudo é conduzido pela professora Bloom, "a maior guru do sono da Grã-Bretanha", de acordo com o *The Times*. A matéria está emoldurada na parede do seu escritório.

O elevador chega fazendo barulho. Percebo que conheço cada centímetro deste prédio. Tento calcular quantas noites perdi para os caprichos de Bloom. Noites demais, decido. Mas o caso Anna O é diferente. Bloom não brincaria com isso. Anna O é o Santo Graal de todos os especialistas em sono. Desde que a coisa aconteceu, mais de quatro anos atrás, ela é o único mistério que supera todos os outros.

Não, Bloom não é tão cruel assim. Pelo menos, não comigo.

Vou para o último andar. Esta é a chamada ala executiva. Na verdade, é mais um armário de vassouras. É uma área reservada para funcionários, o que explica o tema de Alcatraz da decoração. Sete pessoas trabalham em tempo integral aqui, junto a mais dez profissionais extras — neurologistas, psiquiatras, psicólogos, psicoterapeutas e terapeutas miofuncionais —, oferecendo todo tipo de tratamentos relacionados ao sono. Minha sala fica no fim do corredor, e é uma das poucas cuja fechadura funciona. A sala de Bloom é a primeira, a maior e mais nova de todas, e conta com quadros em molduras douradas e um frigobar escondido.

Ela está à espera na porta, com uma expressão irritada e tensa. Sua cabeleira grisalha está presa, os grampos se movendo ao ritmo de seus bocejos. Ela tem sessenta e poucos anos e se veste de um jeito meio doido, com uma densidade operística escondida por camadas de cores, envolta em amarelo-canário e rosa-morango, os olhos emoldurados por óculos Hank Marvin. Apesar do seu apetite pela boemia, ela raras vezes revela cansaço ou qualquer necessidade de sono. Bloom é um saco sem fundo para bebidas e comidas. É a última de sua geração: os almoços regados a álcool, as sonecas ocasionais à tarde, o dedo do meio sempre em riste para qualquer coisa relacionada ao RH. Além disso, ela comete o pecado não dito do gênero feminino ao ser veementemente não maternal. É uma comilona, contadora de histórias e muito esperta. Leva a vida usando a cabeça. É seu dom e sua maldição.

Atrás dela, vejo outra silhueta. Ele, em contraste, parece determinado, preocupado, todo certinho. Um estranho. Estou intrigado.

— Mas que bela recepção — comento, sentindo a calça molhada grudar na perna direita. — Querem me dizer o que está acontecendo?

Entro na sala de Bloom. O cara determinado se levanta. De perto, ele é mais imponente. Seu cabelo está firme, penteado com esmero. Ele tem uns cinquenta anos, acho, com nariz pontudo e cabelo com bico de viúva. Na mesa ao lado de sua cadeira há uma pasta com um brasão onde se lê: "MINISTÉRIO DA JUSTIÇA". Minhas mãos começam a suar. Bloom estava falando sério, então. Está acima da polícia, acima da Agência Nacional do Crime. O MJ está no nível ministerial.

— Desculpe — diz Bloom —, mas isto não podia esperar mesmo. Dr. Benedict Prince, este é Stephen Donnelly, diretor jurídico adjunto do Ministério da Justiça.

Donnelly me oferece a mão e balança a minha frouxamente. Sustenta meu olhar e fala baixinho:

— Antes de começarmos, dr. Prince, acredito que temos que estabelecer algumas regras.

Escondo a surpresa.

— Ah, é?

Ele está resfriado, pontuando cada frase com uma fungada.

— Sim. Você terá que assinar uns documentos no final, se não se importar.

— Dizendo o quê?

— Primeiro, que esta reunião nunca aconteceu. Segundo, que o senhor nunca me conheceu. Terceiro, que o que o senhor ouvir aqui nunca vai sair deste prédio, ou melhor, desta sala. Se alguém perguntar, o senhor vai dizer que veio buscar arquivos de uns pacientes antes de voltar para casa. Entendido?

Quero sorrir, mas vejo que ele não está brincando.

— O que é isto?

— O senhor concorda com os termos?

— Tenho alguma escolha?

— Na verdade, não. — Donnelly aponta para uma cadeira. — Por favor, sente-se.

4

BEN

Bloom fecha a porta e não me oferece nenhuma bebida para lubrificar as coisas. Isto é estritamente profissional. Ela se acomoda em sua cadeira com estofado de couro e finalmente acena para Donnelly começar.

Ele abre um sorriso de carrasco.

— Não quero ofender sua inteligência, dr. Prince. Sei que o senhor já está familiarizado com o caso Anna O e os dois assassinatos de Oxfordshire em agosto de 2019, certo? Foi por isso que pedi para vê-lo.

Eu o encaro, me perguntando quem está envolvido nisso. Acima dele está o diretor jurídico, seu chefe, depois o secretário de Estado do MJ, depois o secretário de Justiça, e, finalmente, o primeiro-ministro. Por que alguém tão sênior poderia querer me encontrar depois da meia-noite na Abadia, e dando instruções para não oferecer detalhes em uma ligação? O que poderia ser tão importante assim?

Poucas pessoas vivas não conhecem o caso Anna O. Há podcasts, séries da Netflix, colunas de opinião, bem como livros best-seller e artigos em revistas acadêmicas obscuras, vários deles escritos por mim.

— Claro.

Donnelly assente com a cabeça.

— Um texto seu recentemente chamou atenção de alguns, bem... vamos dizer apenas que são pessoas muito importantes. — Ele pega uma pequena maleta de couro e puxa uma pasta fina de papel pardo. Lê o título: — "Síndrome da resignação e a mente criminosa: em busca de um novo modelo diagnóstico". *Jornal moderno de Psicologia Forense*. Este é o seu último trabalho sobre o assunto, correto?

Olho para Bloom, mas ela só abre um sorriso frio.

— Sim.

— Está surpreso?

— Estou. Esse artigo ainda não foi revisado por pares. Certamente não foi publicado. Acabei de enviar para a editora, três semanas atrás.

Donnelly me olha com pena, como se não estivesse acostumado com tanta ingenuidade.

— Nossos contatos de vez em quando nos ajudam, sinalizando itens de interesse potencial. Posso lhe garantir que seu trabalho sobre distúrbios psicossomáticos já atraiu muitos seguidores no governo.

Sinto-me invadido e fascinado ao mesmo tempo. Vejo a mensagem do meu Gmail desaparecendo com um zás. O artigo foi enviado como um anexo em Word. Será que o editor o encaminhou ou essas pessoas estão sempre de olho? Será que quero saber?

Donnelly olha para a pasta de novo.

— Seu artigo se concentra fortemente no caso Anna O, assim como seu último livro. Só que o artigo sugere uma cura, enquanto o livro, não. O senhor se importa se eu perguntar por que escolheu esse caso especificamente?

Recosto-me na cadeira, lançando outro olhar raivoso para Bloom. Isto é uma armadilha. Não tive aviso nenhum, nem tempo para me preparar. Quanto devo revelar?

— Em grande parte, foi ideia da editora — respondo. — Ela pensou que isso chamaria atenção para a obra. Possivelmente até mesmo alguma matéria de jornal. O livro foi um best-seller. Ela esperava que a revista acadêmica pudesse ter sucesso semelhante. Então comprei a ideia.

— Então o senhor estudou o caso Anna O em detalhes?

Não tenho como evitar a verdade, então digo:

— Minha esposa foi a primeira policial na cena em 2019. Ela estava trabalhando para a Unidade de Crimes Graves e Organizados do Vale do Tâmisa. Este foi o primeiro caso dela como oficial de investigação sênior. Mas imagino que o senhor saiba disso.

Donnelly apenas diz:

— Entendi.

— Anna O tem sido parte da vida da minha família por quase tanto tempo quanto nossa filha — acrescento. — Não que minha esposa tenha me dado qualquer informação privilegiada, só para esclarecer. Combinei as fontes públicas com exemplos menos controversos de síndrome da resignação ao redor do mundo. Foi assim que escrevi o livro e o artigo.

— Principalmente o surto de casos na Suécia, pelo que me lembro.

— Junto aos casos no Cazaquistão. Duas cidadezinhas agrícolas e ligadas à mineração que faziam parte da União Soviética, chamadas...

— Krasnogorsk e Kalachi. Sim, sim, estamos bastante familiarizados com elas.

A impaciência cresce dentro de mim. Fico cansado desse homem desconhecido e de suas respostas gnômicas.

— Não quero ser grosseiro, mas por que um livro popular de Psicologia e um artigo acadêmico obscuro interessariam ao Ministério da Justiça?

Donnelly abre um sorriso tão cruel e breve quanto antes.

— No seu artigo, o senhor afirma ter desenvolvido um novo método diagnóstico para ajudar pacientes a acordarem da síndrome da resignação. Correto?

Ele evidentemente leu o artigo, ou ao menos um resumo. Sabe que não está correto. O que significa que está me testando.

— Não.

Donnelly finge surpresa.

— Não?

— Meu artigo estabelece uma nova abordagem para compreender condições psicossomáticas, especialmente as que envolvem atos relacionados ao sono, incluindo o fenômeno dos crimes cometidos durante o sono. Estou interessado em saber se os sonâmbulos estão ou não conscientes de suas ações quando cometem um crime. Como um assassinato, por exemplo. O mesmo se aplica a pacientes que sofrem de síndrome da resignação. Será que alguém sabe o que está fazendo enquanto dorme? Podemos ser responsabilizados criminalmente? Quando o sono assume o controle e a consciência cessa?

— É um assunto controverso.

Isso responde à minha próxima pergunta. Ele já viu os blogs e os perfis de redes sociais me atacando. Claro que sim. Desde que meu livro chegou às livrarias, sou alvo de haters de todos os cantos do mundo.

— Algumas pessoas ainda estão presas em divisões pré-históricas entre doenças neurológicas e as chamadas doenças "funcionais" — continuo. — Eles pensam que, só porque algo acontece na psique, não é real. Meu trabalho sugere uma alteração dessa percepção. Algumas pessoas discordam disso.

— Isso quer dizer que o senhor pode ajudar pacientes com síndrome da resignação a acordar?

Fico impressionado com a franqueza da pergunta.

— Bem, depende.

Donnelly me encara fixamente, e sinto que seus olhos brilhantes enxergam minha alma.

— Do quê, exatamente?

Eu me mexo, agitado, e me recomponho. Quero beber um pouco de água.

— Em especial de quanto tempo faz que o paciente está dormindo. Quais fatores externos podem ter causado a doença, em primeiro lugar. Meu livro era uma crítica da Psicologia popular para o mercado de massa. Meu artigo faz o levantamento acadêmico pesado, estabelecendo novas teorias e analisando dados atuais. Mas não propõe uma cura para tudo.

— Para Anna O, por exemplo.

— Quatro anos está no extremo temporal da síndrome da resignação. Meus dados foram amplamente focados nos casos de um a dois anos.

— Então a proposição ainda é puramente teórica?

— Até o momento, sim.

— Quanto tempo o senhor levaria para testar suas novas teorias? No mundo real, quero dizer?

Dou risada.

— O tempo que levar.

— Certamente o senhor tem uma estimativa.

— Chuto uns três meses. No mínimo.

Donnelly olha para o relógio. Começa a parecer impaciente agora. Ele arruma a pasta e a guarda cuidadosamente na maleta, como se tivesse que cumprir outro turno no escritório depois da meia-noite. Então olha para Bloom e acena rapidamente.

Viro-me para ela, com a raiva ainda fervilhando.

— O que estou fazendo aqui?

Ela assume o controle. Mexe-se na cadeira como quem dança balé, com a facilidade dos verdadeiramente corpulentos. Ela é enérgica e prática, e fala comigo como se eu fosse um prisioneiro sendo informado de seus direitos.

— O secretário de Estado da Justiça e o procurador-geral da Inglaterra e do País de Gales acabaram de autorizar a liberação temporária da paciente HCR493 da Ala Coral do Hospital Rampton para a tutela da Abadia, sob minha supervisão direta. A ordem do MJ é protegida pela Lei de Segredos Oficiais, e qualquer um que vazar informações, neste prédio ou em outro lugar, será processado. Entendido?

Prisioneira HCR493. Conheço esse número. E todo mundo que lê jornal também.

Hospital de Custódia Rampton, a última instituição médica de alta segurança a admitir mulheres. Paciente número 493.

A srta. A. Ogilvy.

Donnelly e Bloom se levantam. Automaticamente, me levanto também. A secura se instalou na minha boca.

— Não — digo. — Desculpem, mas não entendi. O que está havendo?

Bloom olha para Donnelly de novo, então diz:

— A Anistia Internacional está prestes a apelar ao Tribunal Europeu dos Direitos Humanos, numa tentativa de libertar Anna Ogilvy por tratamento desumano. Antes que isso aconteça, o Ministério Público da Coroa e o Ministério da Justiça precisam submetê-la a julgamento por assassinato, ou correm o risco de perder totalmente o caso.

Tento processar a informação.

— O que significa que Anna Ogilvy deve estar apta para ser julgada. E, para estar apta, ela deve...

— Fazer algo que não faz há quatro anos: acordar. Sim.

Aí está: a explicação verdadeira. Por um momento, penso em todos aqueles horrores das aulas de História: recrutas adolescentes famintos arrancados das trincheiras na Primeira Guerra Mundial, remendados e enviados para a execução, com os traumas de guerra sendo confundidos com covardia. Isso me parece assustadoramente semelhante. Sou um psicólogo, não um agente penitenciário.

— Eu trato as pessoas, não as condeno. Deve haver algum outro especialista em sono com quem contar.

É Donnelly de novo, demonstrando exaustão:

— Já procuramos. Passamos anos à procura dos melhores consultores da América, Europa, Ásia e além. Os melhores dos melhores. Mas essa área ainda tem poucos recursos, e os métodos se mostraram lamentavelmente malsucedidos. Seu trabalho, dr. Prince, é a última chance viável que temos.

— Mas por que trazê-la para cá?

— Se o senhor for ao Hospital Rampton todo dia, a notícia vai vazar. A Abadia é a única clínica do sono em Londres que pode acomodar um caso dessa natureza, que pode lidar com os rígidos requisitos de confidencialidade. Não temos escolha. Ela será transferida hoje à noite, escoltada por agentes, registrada com outro nome. No que lhe diz respeito, o senhor vai tratá-la como qualquer outro paciente.

— Ela vai ser reconhecida.

— Quatro anos atrás, talvez fosse. Agora, não. Quase meia década de sono muda muito uma pessoa.

— E o restante da equipe?

Donnelly diz:

— Uma enfermeira do Rampton vai acompanhar a prisioneira e trabalhar aqui como funcionária temporária. Você terá contato diário com ela, enquanto a professora Bloom vai coordenar seus esforços com o nosso lado. A srta. Ogilvy não vai sair do quarto. O senhor não deve contar a ninguém que ela está aqui. Apenas os membros da família dela, com quem o senhor pode ter contato, sabem. O secretário de Estado prometeu perseguir pessoalmente qualquer um que ignorar os termos de realocação temporária da prisioneira.

Fico zonzo com a audácia do plano. E também furioso.

— Isto é um absurdo. O senhor não pode acreditar de verdade que Anna Ogilvy é um perigo para as pessoas. Ou só está preocupado com as manchetes?

Donnelly não se abala.

— Experimente dizer isso para os familiares das vítimas. Anna Ogilvy não pode ser solta, e não pode permanecer sob custódia do Estado indefinidamente. Esta saga tem que acabar. O senhor pode assinar a Lei de Segredos Oficiais e seguir sua vida ou testar suas teorias no mundo real. A escolha é inteiramente sua, dr. Prince.

— E se eu não conseguir acordá-la? E se minha teoria não funcionar?

Donnelly termina de abotoar o casaco. Ele suspira, sugado pelos eventos do dia, e me encara com seus frios olhos, verde-acinzentados.

— Então, mais cedo ou mais tarde, Anna Ogilvy estará livre para matar de novo — ele fala, seco.

5

BEN

Os fatos concretos do caso Anna O são relativamente simples. É por isso, acho, que todo mundo se lembra dele. A simplicidade é brutal e chocante.

Às 3h10 da madrugada de 30 de agosto de 2019, Anna Ogilvy, editora e fundadora da revista *Elementary*, filha de 25 anos de uma ministra sênior do governo paralelo, foi encontrada dormindo em sua cabana em um retiro no campo em Oxfordshire com uma faca de cozinha de vinte centímetros. Na cabana ao lado estavam os corpos dos seus melhores amigos: Douglas Bute, 26, e Indira Sharma, 25.

As autópsias realizadas relataram dez facadas nos dois corpos. As digitais de Anna foram as únicas encontradas na faca e havia manchas de sangue em suas roupas. A análise forense posterior descobriu uma correspondência positiva entre as roupas e as duas vítimas. Enquanto isso, a perícia digital achou uma mensagem no WhatsApp de Anna contendo uma confissão parcial enviada antes do sono profundo.

Pelo *rigor mortis*, ambas as vítimas tinham morrido havia horas e não poderiam ter sido salvas, pois seus ferimentos foram fatais. A detetive inspetora Clara Fennel, da Unidade de Crimes Graves e Organizados do Vale do Tâmisa, foi a primeira policial a chegar à cena do crime. Ela encontrou a srta. Ogilvy ainda com as roupas manchadas de sangue. Apesar das inúmeras tentativas de despertá-la, a srta. Ogilvy continuou dormindo, sem reagir, e mais tarde foi transferida de ambulância para o hospital John Radcliffe, em Headley Way.

Todos os exames deram normais. Ela estava viva. Seu corpo estava funcionando. A doença misteriosa que causava seu sono profundo não foi identificada.

E ela nunca mais abriu os olhos.

A repercussão pública foi brutal e rápida. A mãe de Anna, a baronesa Emily Ogilvy, renunciou de imediato ao cargo de ministra do Interior do governo paralelo e se afastou da Câmara dos Lordes. Richard Ogilvy, pai de Anna e gestor de fundos globais, precisou abandonar os planos de abrir um novo escritório em Manhattan. O apelido veio do seu perfil nas redes sociais: @AnnaO. A maioria dos suspeitos de assassinato é de homens de baixo QI com orelhas de couve-flor e histórico sombrio de violência doméstica. Anna O era uma jovem bem-educada e já conhecida do público por ser jornalista e escritora. A história era o sonho de todo tabloide.

A imprensa logo desenterrou tudo sobre Anna: a infância em um sobrado de Hampstead; os boatos sobre uso de drogas durante a adolescência; os namorados de Oxford atrás de cinco minutos de fama; até os funcionários e estagiários da *Elementary*, a revista que Anna fundou com Indira e Douglas. Se aprendi algo como psicólogo é que todos os assassinatos de grande repercussão ficaram famosos por uma questão de timing. Agosto era o mês perfeito, aquela época do ano em que a mídia de massa se concentra em assuntos triviais por falta de notícias importantes. Alguns meses depois, a história poderia não ter feito tanto sucesso.

Felizmente para mim, Anna Ogilvy escolheu bem seu momento.

Claro, logo até os nomes usados pelos tabloides se tornaram uma linha divisória. Os que acreditavam na sua inocência a chamavam de “Anna O”. Os que a culpavam a apelidaram de “Bela Adormecida”. O fato é que ninguém conseguia desgrudar os olhos da história.

E, para falar a verdade, nem eu.

6

BEN

Os quatro andares da Abadia não são iguais. O térreo é onde fica a recepção, uma ode ao bom gosto e ao design de interiores. O porão abriga a cozinha e as áreas de serviço. O primeiro andar é para os visitantes, como os chamamos, pacientes desconfiados que querem ajuda com algum problema de sono mas não querem se comprometer completamente, vindos de Londres em Mercedes com vidro fumê e em voos privados.

Já o segundo e o terceiro andares são para os pacientes verdadeiramente comprometidos, cujos problemas de sono atrapalham muito sua vida. São os residentes. Cada residente da Abadia tem sua própria suíte. O ambiente é parecido com o de um hospital particular ou um hotel boutique. Há cardápios de serviço de quarto e livros, jornais e revistas sob demanda. A única proibição são os aparelhos digitais: nada de celulares, notebooks ou tablets. Não há wi-fi nesses andares. Somos gloriosamente analógicos nesse espaço, uma relíquia de um passado distante.

O último andar é exclusivo dos funcionários. A parede azul-marinho está descascando. O minimalismo é substituído pelo desleixo típico do setor público. Os escritórios estão atolados de arquivos e papeladas. E, esta noite, fico parado na janela da sala de Bloom, vendo Donnelly desaparecer dentro de um Jaguar do governo antes de ser engolido pela penumbra da rua.

O frio se infiltra pelas velhas janelas. Todas as salas do último andar possuem correntes de ar gelado. Lembro-me daquele e-mail na minha caixa de entrada. Era uma espécie de oferta de emprego do vice-diretor da University College das Ilhas Cayman. Ele levantou a possibilidade de ter um professor visitante que poderia liderar seu novo curso de pós-graduação em Psicologia do Sono. Como um idiota, recusei, escolhendo as chuvosas ruas britânicas em vez das gloriosas praias caribenhas. A oferta continua sendo um "e se" ensolarado, assombrando essas noites úmidas e tempestuosas de Londres.

Bloom e eu vamos para o refeitório dos funcionários no final do corredor. Lavo um par de xícaras e desenterro um cheesecake velho na pequena geladeira portátil, o qual comemos em pratos de papel enquanto assopramos nosso Nescafé. Bloom, como sempre, fica com a maior parte. Eu me contento com as migalhas.

Então ela diz:

— Imagino que você tenha algumas perguntas.

Sempre tenho perguntas. É assim desde o começo.

Bloom saca uma pasta de papel pardo parecida com a de Donnelly e a desliza pela mesa suja.

Pego-a, relutante.

— Mais um documento misterioso. Devo adivinhar o que é esse também?

Ela sorri.

— Se quiser.

Volto a atenção para a pasta, notando o brasão do Ministério da Justiça mais uma vez e o aviso de "CONFIDENCIAL", cintilando em letras maiúsculas e vermelhas na capa. Abro-a e me deparo com uma grande foto tirada em um ambiente hospitalar, tubular e branco. A imagem mostra uma paciente de avental deitada em uma cama.

É uma mulher de idade indeterminada. Seus olhos estão fechados, o cabelo foi lavado, penteado e recentemente cortado, revelando um leve branco na raiz. O rosto, por sua vez, é pacífico, apesar de não ser jovem. Mesmo assim, levo um tempo para entender.

Anna Ogilvy.

Bloom me observa atentamente.

— Tive a mesma reação.

— Então Donnelly não estava brincando. Ela parece...

Deve haver algum erro, com certeza. Em 2019, Anna Ogilvy estava no seu auge. Tinha aquela confiança dos vinte e poucos, uma vida repleta de possibilidades. Sua foto foi veiculada em inúmeros jornais e sites, com aquele sorrisinho rebelde e corte de cabelo pixie. Em contrapartida, a pessoa desta foto é uma estranha. A apatia sobrepõe-se a todas as outras características. Seu cabelo parece artificial. O corpo todo tem um quê de alabastro, uma escultura de Madame Tussauds.

Engulo a surpresa.

— Ela parece um fantasma.

— A mulher está dormindo há quatro anos. Ela basicamente é um fantasma.

— E a atividade cerebral?

— Pelo visto, permanece a mesma. O eletroencefalograma, os outros exames e todos os monitores dizem que ela está simplesmente em sono profundo. Só que essa soneca já dura quase 1.500 dias.

— E nada mudou?

— Vá para a página cinco — fala Bloom.

Faço o que ela diz. A página mostra uma série de gráficos, que revelam a função cerebral de Anna e suas respostas fisiológicas. As pessoas caem no sono e, na maioria das vezes, simplesmente acordam depois. Os resultados do EEG de Anna são normais, como sempre. Mas os níveis de resposta física aumentam um pouquinho perto do fim.

— Quando foi isso?

— Ao que parece, há quatro semanas. É o único evento do gênero. Os monitores mostraram que ela estava ficando mais estimulada por situações externas.

— Pode ser só uma coincidência, claro.

Bloom funga, cética, então diz:

— Veja a próxima página.

Viro a folha. Sinto-me usado, mas não consigo me conter. O mistério do caso me pegou. A página mostra os resultados anômalos em detalhes. Verifico os dias, as semanas. Por algum motivo, Anna quase acordou quatro semanas atrás. Não há outra leitura para os gráficos. Algo aconteceu.

— Tem alguma explicação?

— Não — Bloom fala. — Ou, pelo menos, nenhuma que a equipe médica pudesse encontrar.

— É um mistério, então.

— Mais um para adicionarmos na pilha.

O silêncio é quebrado pelo celular de Bloom vibrando. Ela atende, fica escutando, depois murmura algumas afirmativas e encerra a ligação. É estranho vê-la agir como funcionária, abaixar a cabeça e responder a alguma autoridade.

— Eles chegaram?

— Vão chegar em uns cinco minutos. — Ela se levanta. — Leia o restante dos documentos quando tiver um tempo. Eles contêm os detalhes da identidade que vamos usar com ela. E uns contatos de emergência, caso as coisas se compliquem fora da Abadia.

Sinto a primeira pontada no estômago.

— Compliquem-se como?

Bloom dispensa meu comentário abanando a mão, como de hábito.

— Alguém esperando você no seu prédio, seguindo você no metrô. Repórteres perseguindo você, esse tipo de coisa. Aquelas velhas precauções.

Vejo-me no aconchego do meu apartamento com nada mais que uma bebida ácida e um filme clássico para me fazer companhia. Enfadonho, sim, mas seguro.

— O que vamos dizer para os outros funcionários?

— A mesma baboseira de sempre. — Ela pega uma pasta de papel e vai embora, se encaminhando para a saída. Vou atrás dela, entramos no elevador, e ela aperta o botão do térreo. Apesar da recomendação médica de usar as escadas, ela sempre escolhe o elevador. Exercícios, assim como dietas, são para os meros mortais. — É uma celebridade que tem uma cláusula médica em seus contratos, e por isso não podemos divulgar que ela tem problemas de sono sem desencadear todo tipo de inferno jurídico. Está pagando o valor máximo para ter maior privacidade e anonimato total — completa.

Há uma parte especial do segundo andar que conta com segurança adicional para aqueles que escolhem o "pacote VIP" da Abadia. Estrelas de Hollywood, CEOs de empresas selecionadas — qualquer um que possa alterar os mercados ou colocar em dúvida seguros multimilionários ao admitir que tem algum problema de sono. Londres é um dos destinos favoritos dos clientes internacionais, que mascaram seu tratamento com uma alegação de férias. Temos saídas projetadas especialmente para esses casos e bloqueadores de sinal instalados na seção VIP para garantir que nenhum registro dessas pessoas seja feito. Até o refeitório e a academia são separados, de modo que os VIPs sejam vistos apenas pelos funcionários. A Abadia está no mercado há duas décadas e conta com os melhores advogados especializados em privacidade. Nunca houve vazamento.

— Donnelly mencionou um contato com a polícia. É alguém que conheço?

Bloom não me olha. O elevador vai descendo até chegarmos ao térreo. O silêncio é sempre sua salvaguarda.

— Quem é? — insisto, saindo no saguão luxuoso e esplendoroso como o de um hotel.

Ela se vira um pouco, revelando a mandíbula tensa.

— Considerando sua presença nesse caso, foi decidido que nosso contato na polícia deveria ser alguém que já pertence ao nosso círculo de confiança. Desculpe-me, Ben. O caso é dela desde o começo. Não foi decisão minha.

Chegamos à porta da frente. Já ouço os carros parando do lado de fora.

— Por favor, diga que está brincando.

— Bem que eu queria.

Então sei que só poderia ser uma pessoa.

7

BEN

É o cenário que ambos tentamos evitar.

— Ben.

— Clara.

— Você parece ótimo.

— Obrigado.

— Só está com a barriga um pouquinho maior. Todas aquelas noites no sofá comendo lasanha pronta. Voltou para os biscoitos, não é?

— É sempre bom vê-la. Venha.

Para acessar a sala VIP, é preciso passar por um labirinto de scanners de segurança no segundo andar. Caminhamos em silêncio e esperamos o elevador.

— Fala sério, piada com a minha barriga?

Clara — agora detetive inspetora-chefe Fennel, desde sua última promoção — nem me olha.

— Somos profissionais, Ben. Foi o que combinamos. Também não estou gostando disso.

— Você podia ter me enganado.

— Você tem ignorado minhas ligações.

Apesar de tudo, sinto saudade dela. É isso que não posso dizer. Sinto saudade da nossa velha casa em Oxford. Sinto saudade da nossa filha Kitty disparando pelo corredor ao ouvir minha chave na fechadura. Sinto falta dos domingos preguiçosos na cama com jornais, e daqueles fragmentos dourados de liberdade de um celular tocando e um novo turno de trabalho. Sinto saudade da nossa família.

Desde o divórcio, o acordo de guarda significa que Clara mora com ela e Kitty me visita, principalmente porque Clara ficou com a casa antes de se mudar para Londres. Meus esforços pela guarda compartilhada são prejudicados pela falta de um segundo quarto no apartamento de Pimlico.

Não posso pagar por um apartamento maior; Clara não vai ceder até que eu o faça.

Nenhum de nós quer entrar na Justiça.

Chegamos à seção VIP do segundo andar, acessada por uma entrada diferente da escada principal. A equipe do Serviço Prisional de Sua Majestade já fez o trabalho pesado, movendo com segurança a prisioneira/paciente para o quarto designado. A enfermeira está se preparando. O oficial do Comando Especialista em Armas de Fogo, disfarçado em trajes civis, está se familiarizando com o sistema de câmeras. Então somos apenas nós dois.

Digito a senha da área VIP e espero a luz ficar verde. Tudo aqui lembra uma clínica, com sua brancura ofuscante de centro de conferências misturado com antigos ecos de hospício.

— Lembre com quem estamos lidando aqui — diz Clara.

— Uma paciente que precisa da minha ajuda?

— Não, uma prisioneira que esfaqueou duas vítimas dez vezes cada. Não faça disso um laboratório para suas teorias da mente. Acorde-a e nos deixe fazer nosso trabalho.

— Se você e o MJ me deixarem fazer o meu.

Clara manifesta aquele velho desdém, como se ainda estivéssemos discutindo sobre a máquina de lavar louça. Ela é uma detetive sênior; eu sou um consultor livre. Ela se formou com honras em Hendon e tem mestrado em Oxford em Criminologia Aplicada. Sou um especialista em sono formado na Open University, com uma década de aulas noturnas. De alguma forma, essas pequenas diferenças se tornaram maiores com o tempo, e o arranhão se transformou em uma ferida.

— E, tecnicamente, ela não é uma assassina — continuo.

— Esfaquear duas pessoas até a morte não é assassinato para você?

— Até agora, nem para um júri de doze homens e mulheres e um juiz reconhecido em qualquer tribunal do país.

— Detalhe técnico.

— Fato.

— Pelo amor de Deus, ela mandou uma mensagem para a própria família admitindo o que fez.

As seis palavras enviadas para a família no WhatsApp se tornaram infames, de tanto que foram citadas. Quase todos os documentários sobre Anna O começam do mesmo jeito:

Me desculpem. Acho que matei eles.

A maioria das pessoas acredita que ela devia estar consciente se escreveu isso. O que significa que devia estar consciente quando cometeu o crime. Culpada. Mas elas não estudaram o sono como eu. Já vi gente fazendo coisas muito mais complexas do que enviar mensagens enquanto ainda estavam tecnicamente dormindo.

— Ela é inocente até que provem o contrário. O tribunal da opinião pública não conta.

— Você não estava lá aquela noite, Ben. Você não viu o que eu vi.

Ouvi as histórias. Só posso imaginar o horror da cena. Para Clara, para a família, para a própria Anna. Se ela tivesse acordado depois do ocorrido, a visão daqueles cadáveres teria sido suficiente para colocá-la em um sono profundo e perpétuo. O corpo apagou. A mente ficou sobrecarregada.

Sinto aquela antiga dor agora, aquela que parece amor e ódio ao mesmo tempo. Quero dizer tantas coisas para Clara, me arrependo de tantas coisas. Mas nossa relação apodreceu há muito tempo. É difícil saber por onde começar.

— Aliás, foi um erro genuíno — digo. — A semana passada, quero dizer. Perder suas ligações e me esquecer de buscar Kitty na escola. Não era para isso ter acontecido. Desculpe.

Clara para e afasta do rosto uma mecha de cabelo.

— Só acalme-a este fim de semana, sim? — ela pede, e percebo a bondade retornar à sua voz. — Ela não está bem desde que viu aquelas fotos. Você consegue alcançá-la de um jeito que nunca consigo.

— Não é verdade.

Clara me oferece um sorriso triste, então verifica as horas.

— São quase duas da madrugada e tenho que levá-la para a escola em menos de seis horas. Vamos acabar logo com isso. É hora de conhecer seu novo ponto de contato.

8

BEN

Harriet Roberts, a enfermeira sênior do Hospital de Custódia Rampton, continua patrulhando a sala de tratamento.

— Tentamos manter uma rotina com ela.

— Como?

Seu tom é afiado, lembra o dos professores de Educação Física da escola. Ela é magra feito uma elfa, com cabelos cor de carvalho fazendo cócegas nos ombros. A ternura do rosto contrasta com a firmeza militar; ela é uma disciplinadora forjada por décadas na enfermaria. Rampton, assim como Broadmoor, carrega sombras de prisão. A inocência não sobrevive ao primeiro contato. A gentileza é apagada, substituída por autoproteção.

— As cortinas devem ser abertas no máximo até as oito da manhã. As luzes são apagadas às dez em ponto. A primeira parte do dia é de trabalho muscular. A segunda parte é de estimulação mental.

— E os monitores?

— Arrume os travesseiros, mantenha o sangue fluindo, converse com ela. Essas são minhas instruções médicas.

— Entendi.

De alguma forma, eu a ofendi, talvez só por fazer essas perguntas. Esse é o problema de ser psicólogo. Neurologistas olham para você com superioridade. Psiquiatras querem ensiná-lo. E enfermeiras te menosprezam. A menção às “instruções médicas” não foi acidental. No entanto, essa vida não é nada invejável. Enfermeiras são treinadas para conduzir as pessoas de volta para a saúde, não para fazer massagem nas pernas de suspeitos de assassinato. Imagino como ela foi parar no Rampton e não em um hospital convencional. O que será que a levou a cuidar de párias da sociedade, a passar a vida seguindo os violentos e os loucos?

Decido perguntar, apesar da sua frieza.

— Você tem acompanhado a paciente desde que ela foi admitida, não é?

Harriet assente com a cabeça.

— Já são mais de quatro anos. Tenho sido sua cuidadora permanente. É difícil acreditar quanto tempo passou.

Percebo uma espécie de orgulho em sua resposta. As pessoas às vezes acham que isto é só trabalho. Poucas entendem que pode ser muito mais. Apesar de sua aparente falta de interesse, foi Bloom quem me ensinou o significado do verdadeiro comprometimento. Não com palavras, mas com ações.

— Você faz muito mais que seu trabalho. Quatro anos é impressionante.

Harriet sorri. Noto alguma emoção residual agora, enterrada com cuidado.

— Isto nunca foi um trabalho comum para mim. É uma vocação. O fato de ela não poder reclamar talvez ajude.

— Então você estava com Anna há quatro semanas, quando surgiram aquelas anomalias nos monitores?

Ela me encara com um interesse renovado e suspira.

— Pelo visto, foi só uma coisa técnica. Os médicos verificaram tudo — fala Harriet, hesitante.

— Você tem outra teoria?

Harriet fica um pouco constrangida.

— Parece bobo, eu sei, mas pensei que pudesse ser algum tipo de estímulo externo. Mas sou só uma enfermeira. Nenhum dos médicos levou a sério.

— Como assim?

— Olha, é meio bobo.

— Pode falar.

— Uma das faxineiras estava ouvindo música no celular com o aleatório do Spotify desligado enquanto limpava. Ela ouviu a mesma música sem parar. Foi a única coisa diferente que aconteceu nesses quatro anos.

— Que música era?

— "Yesterday", do McCartney.

— Tem certeza?

— Veja, os médicos não concordaram. Disseram que era um monte de besteira. Acho que eles sabem do que estão falando.

— Neurologistas?

Harriet assente, tímida por comentar algo que não deveria.

— Ahã.

— Você notou alguma outra mudança física?

— Os olhos dela. Geralmente, ficam imóveis. Mas eles se mexeram quando a música tocou, a mão direita também. Os médicos disseram que eram só espasmos musculares, completamente dissociados. Mas reparei que foram várias vezes.

Aceno com a cabeça e digo:

— Posso assumir daqui.

Harriet conclui o trabalho e se afasta da cama.

— Certo. Volto logo. Você tem meu telefone; se precisar, pode ligar.

— Claro.

Ela fecha a porta. A fechadura pesada se encaixa. É tão estranho ficar sozinho no quarto com ela desse jeito. Ao longo dos anos, li todos os artigos sobre o caso. Mesmo agora, ainda há regularmente comentários sobre comentários no *Guardian* e no *London Review of Books* condenando o "fenômeno Anna O". É um sintoma do olhar masculino. Uma criação da mídia. A mulher perdida. A reencarnação de Eva. Existe até um curso na Goldsmiths College sobre Misoginia, Mito e Mídia em que o caso de Anna aparece com destaque.

Para muitos, o "mito de Anna O" é, na verdade, uma inversão. Ela não é a vilã, mas a vítima. Tento imaginar a reação de Clara a essa interpretação e decido jamais mencioná-la. Sou tão culpado quanto o restante. O principal resultado na Amazon para buscas com o meu nome é: "Prince, Benedict. *Anna O e outros mistérios da mente* (Viking, 2021)". Tecnicamente é um best-seller, mas apenas na Bélgica.

Eu me aproximo da cama. Os monitores estão piscando. Os fios estão enrolados. Os tubos se enroscam um no outro, até que tudo pareça uma tigela gigante de espaguete.

Dou uma tossida nervosa dentro da máscara. A primeira coisa que noto é como Anna parece pequena pessoalmente. As fotos reutilizadas por todos os veículos de comunicação não lhe fazem justiça, ou pelo menos não mais. Esta é uma criatura diferente daquela filha rebelde de uma política. Ela está vulnerável, despida de todas as armaduras, parecendo muito mais velha que alguém com seus vinte e tantos anos.

Percebo que "Anna O" é a figura lendária dos tabloides. Anna Ogilvy, no entanto, tem 1,65m de altura e pesa menos de sessenta quilos. De acordo com sua ficha médica, ela teve amigdalite quando criança e mononucleose quando adolescente e quebrou a perna direita jogando hóquei no sexto ano da escola. Na época dos assassinatos, tinha vinte e cinco anos e estava moderadamente — para não dizer excessivamente — em forma, com uma proporção razoável de gordura corporal e metabolismo ligeiramente acelerado.

Em resumo, o método de assassinato escolhido é perfeito para ela. O esfaqueamento exige mais persistência que força bruta. A arma usada em ambos os ataques foi uma faca de trinchar de aço inoxidável, com cabo macio e lâmina de vinte centímetros. Na época, ela estava disponível na John Lewis por pouco menos de vinte libras. A faca é capaz de cortar órgãos vitais como um chef cortando carne. Mas o número de facadas exigiu esforço físico, sugerindo algum tipo de frenesi.

Há um banco perto da cama, e me sento. Fico observando os monitores reluzirem e os tubos se agitarem. Verifico as câmeras e pego o celular. Procuro "Yesterday" no Spotify e, vendo que a música já está baixada, aperto o play com o dedo enluvado, que gruda na tela. É uma escolha apropriada. Minha teoria diagnóstica — ainda totalmente embrionária e não comprovada — baseia-se no uso de estímulos culturais para despertar o paciente por meio de lembranças de um dos momentos mais felizes de sua vida. Já vi pessoas responderem a sugestões semelhantes de seu passado: a música que a mãe ouvia, velhas canções da igreja, o tema do programa favorito da TV. O violão vibra nos alto-falantes. Seguro o telefone perto de Anna e fico observando, alternando entre o monitor e o rosto dela. Então os vocais começam.

No começo, não há nada. As linhas do monitor se recusam a se mover. A expressão de Anna segue imóvel no travesseiro, sem revelar um espasmo sequer. Estou quase desistindo e desligando a música, concluindo que se tratou de uma anomalia. No fim das contas, talvez os neurologistas tivessem razão. Porém, pouco antes de apertar o botão de pausa, vejo o olho esquerdo de Anna se mexer. É tão rápido que quase perco, convencido de que meus olhos estão me enganando. Mas então acontece de novo, do jeito que a enfermeira disse. Noto uma discreta, mas surpreendente, centelha de reconhecimento.

Olho para o monitor e vejo a linha ficando levemente irregular. É o mesmo resultado do tipo "piscou, perdeu" dos exames de quatro semanas atrás. Toco a música mais duas vezes, mas não há mais nenhuma resposta. Afasto a frustração.

Logo depois, a enfermeira entra. Guardo o celular. Segundo as regras, nenhum aparelho eletrônico é permitido dentro do quarto além dos equipamentos médicos. E, por um momento, fico me perguntando se o Ministério da Justiça está me vigiando, de olho em cada ação minha. Sinto calafrios só de pensar.

— Precisamos dar comida para ela agora — diz Harriet, ainda falando daquele jeito cortado e indiferente. — Ajudou?

— Sim — respondo, decidindo não lhe contar sobre o experimento musical. Preciso de mais tempo para pensar sobre o que vi. Ou acho que vi. — Obrigado. Ajudou muito.

Saio do quarto e desço para o térreo. Clara está se arrumando para ir embora. Quando me vê, ela diz:

— Benedict Prince, psicólogo e fazedor de milagres?

Sorrio.

— Nem eu sou tão bom ou tão rápido assim. Ela ainda está dormindo.

— Você não ficou com vontade de tirar uma selfie para a sua coleção?

Esse tipo de comentário me lembra das partes mais sombrias do nosso casamento: os seis meses após o nascimento de Kitty, ou aquelas mensagens enviadas para outro homem que encontrei no telefone de Clara. Penso nas notícias terríveis sobre policiais que tiram selfies com cadáveres, ou grupos de ódio no WhatsApp em que homens fantasiam assassinatos e estupros, e estremeço. Pergunto-me o que Clara leva para casa do trabalho a cada noite. Esse é um dos motivos de eu querer a guarda compartilhada, sem me contentar com fins de semana esporádicos. Estou determinado a não deixar KitKat virar mais uma vítima desse trabalho.

— Conte-me — diz Clara. — Todos os médicos dizem que a condição dela não é neurológica. Todo exame que fazem, EEGs, testes adaptativos computadorizados, coletas de sangue, punções lombares, qualquer um, não dá em nada. Então como é que pode um cérebro saudável colocar alguém para dormir por tanto tempo? Por que ninguém conseguiu quebrar o feitiço?

Tento organizar as ideias, em dúvida sobre mencionar ou não a teoria musical. Essas perguntas nos assombram há muito tempo. Naquela fatídica noite, quatro anos atrás, Clara voltava de um turno na delegacia de Abingdon, para tomar um banho rápido e trocar de roupa, quando recebeu um alerta no rádio da corporação sobre um incidente ocorrido nos arredores de Burford. Ela era a mais próxima do local e a primeira de plantão. Então fez um desvio para chegar à Fazenda e se encarregou da investigação antes de qualquer outra pessoa. Foi sua estreia como oficial de investigação sênior. Assim, por estar dirigindo tarde da noite, sua carreira — e nossa vida como família — nunca mais foram as mesmas.

— Porque não é o cérebro dela que está fazendo isso — explico. — É a mente. Um fenômeno muito mais complexo. Como já te expliquei antes.

— Depois você vai dizer que tudo está relacionado com algum trauma de infância.

— É uma ideia.

Quando chegamos à porta, voltamos a nos tratar com formalidade.

— Pensei que hoje fosse seu dia de folga? — diz ela.

Abafo um bocejo.

— Era.

— Eu falei sério aquela hora. Kitty precisa ter um bom fim de semana. A escola anda difícil. Ela precisa se animar. E converse com ela sobre os pesadelos que ela anda tendo.

Sinto aquele soco no estômago de novo. Tenho andado tão envolvido com os meus próprios problemas — a separação, o apartamento temporário — que não percebi os problemas da minha filha. Então é por isso que ela não fala sobre a escola nova. Houve um tempo em que eu sabia de todos os detalhes da vida dela. Agora só fico sabendo de algumas coisas.

— Vou pegá-la às três e meia amanhã. — Olho para o relógio. — Quero dizer, hoje.

Clara assente com a cabeça.

— Não se atrase. De novo.

Abro um sorriso forçado.

— Não se preocupe, não vou me atrasar.

9

BEN

Estou bastante familiarizado com o atraso. É a constante que une meus tempos de escola, de universidade e os primeiros passos no mundo do trabalho. Mas esta vez é diferente. Enquanto corro pela estação do metrô e o suor empapa meu pescoço, já vejo o juiz da vara de família ostentando sua desaprovação para mim, como se esse fosse o ato final de uma tragédia grega. Não vou perder a guarda compartilhada por conta de abuso de substâncias nem comportamento criminoso, mas por ser péssimo na gestão do tempo.

No entanto, não é do juiz que mais tenho medo, ou pelo menos não ainda. Kitty me olha de um jeito que podemos chamar de intimidação emocional. Ou até mesmo chantagem. Sou eu quem tem o poder, a carteira, a autoridade. Ainda assim, um único olhar dela pode me reduzir a uma sensação de inadequação que nenhum diretor, namorada, colega de trabalho ou crítico conseguiu provocar. Óbvio que me avisaram que esse não era um trabalho para pessoas emocionalmente vulneráveis. Mas só agora acredito completamente.

Ser pai é mesmo um jogo perdido.

Vejo Kitty — ou KitKat, como sempre a chamo, para o desgosto de Clara — abandonada no portão da escola. Seu material de Educação Física e sua mochila superpesada padecem em volta dos tornozelos. O estojo do violino está apoiado de qualquer jeito em uma parede. Uma das professoras — sra. Raymond, se não me engano, que ensina Biologia severamente, tem um nariz aquilino e cara de linha-dura — está esperando com ela, olhando com desaprovação para o relógio. Eu me aproximo com a camisa folgada e o cadarço do sapato esquerdo se arrastando pelo chão. Esses detalhes parecem piorar meu atraso.

Acabei dormindo no escritório. Fechei os olhos para tirar um cochilo rápido e acordei três horas depois. O médico do sono tirando uma sonequinha à tarde. Que ironia.

São 16h01.

KitKat não me olha. Em vez disso, pega o violino e a mochila. A sra. Raymond nota meu desleixo e dá um suspiro, como se tivesse decidido que estou além da salvação. Por um momento, ela me atira as regras da escola, me explicando por que os alunos precisam ser oficialmente registrados para o clube de atividades extracurriculares. Invento uma desculpa mirabolante, dizendo que fui chamado pelo comissário de polícia pessoalmente para entrevistar um notório suspeito de assassinato que está detido, e vejo os olhos da sra. Raymond se arregalarem de preocupação. Estou prestes a salpicar um detalhezinho bizarro — qualquer coisa com necrotério geralmente funciona —, mas a tática já deu certo. A sra. Raymond vai embora às pressas. Sou deixado com KitKat.

— Querida, me desculpe. Papai ficou preso no trabalho.

Ela não se digna a me responder, nem fala nada durante o restante da viagem. Pegamos um ônibus para Pimlico, já que ela ainda tem medo do metrô. Em situações assim, KitKat parece muito minha filha. Clara tem uma visão prática e processual das coisas. Já eu tenho medos e superstições, e vivo sintonizado nos terrores irracionais da mente. Antes de ela nascer, eu sempre rezava para que herdasse o destemor de Clara e o meu senso de humor. Mas o destino não nos presenteou desse jeito.

De qualquer forma, tudo mudou depois. Passei tanto tempo me preparando para os contratempos esperados — a distribuição desigual das tarefas de cuidado com a criança, a dureza das noites sem dormir, as vírgulas e os dois-pontos na divisão das tarefas domésticas — que perdi os inesperados. Os contratempos que os livros de parentalidade não mencionam. O que fazer se sua esposa tiver uma terrível depressão pós-parto. O que fazer se encontrar mensagens trocadas entre sua esposa e um amigo médico. Aquele momento derradeiro, quando o fim se tornou inevitável. Ela nunca me falou o nome dele. Mas, pelas mensagens, dava para perceber que era alguém do passado. Repassei cada amigo da escola e da universidade que pude pensar que tivesse se formado em Medicina, ponderando quem era o responsável por arruinar meu casamento. Não, depois que KitKat nasceu, nada foi o mesmo.

O apartamento novo em Pimlico ainda está na fase beta. O lugar todo tem um ar meio desorganizado e bagunçado. O que uma vez foi minimalista e moderno agora é tedioso e cinza. Tentei trazer vida com um pouco de cor. Mas não é possível fugir das origens. Recentemente, Clara começou a chamar minha casa de "presídio Pimlico".

Faço a janta. Assistimos a um filme sem graça no Disney+ enquanto jantamos em bandejas, uma rara concessão da minha parte. Estou me sentindo generoso. Estimulado por mais uma taça de vinho, permito que KitKat passe mais meia hora na tela antes de ir para a cama. Depois, me sinto um pouco culpado, como sempre.

Ela está se preparando para dormir quando decido abordar o assunto tão naturalmente quanto se falasse sobre a aula de natação do dia seguinte ou problemas com a lição de Matemática. Tenho pensado sobre como formular minhas perguntas desde que Clara me confrontou na Abadia.

— KitKat.

Ela murmura algo ininteligível, que eu normalmente interpreto como "sim".

— Sabe aquele dia em que você viu umas coisas do trabalho da mamãe?

Ela me lança um olhar frio, desconfortável.

— Mamãe me contou que você está tendo pesadelos. E que você viu os arquivos do trabalho dela de polícia. E que você não está dormindo direito.

Ela assente de modo tímido com a cabeça, puxando o edredom até o queixo, como uma frágil forma de se proteger e afastar os maus espíritos.

— Você sabe que não pode entrar no escritório da mamãe, não é, KitKat? Que aquele espaço é só para os adultos?

Ela faz uma expressão de desculpas, inclinando a cabeça exageradamente e deixando o lábio superior pendente e caído, feito um labrador implorando por perdão.

— Mas eu não entrei. As coisas só estavam ali.

Faço carinho no seu cabelo e continuo a arrumar suas cobertas.

— Eu sei, amor. Mamãe foi boba de ter deixado a porta aberta. Muito boba.

— Ela não deixou a porta do escritório aberta. As coisas estavam na bolsa dela.

Como psicólogo, sempre fico encantado de saber que seres humanos são os únicos animais com a habilidade de criar ficção. A linguagem nos permite imaginar as coisas diferentes do que são; a imaginação nos permite mentir; a mentira nos livra de problemas. Fico impressionado com a evolução de Kitty, mesmo que a mentira não seja muito plausível. Decido continuar.

— Mas aquelas fotos que você viu...

— Daquelas pessoas mortas.

— Sim, querida, daquelas pessoas mortas. Bem... está na hora de a gente ter uma conversa.

Paro de falar, percebendo que fiquei imune a tudo. Clara e eu somos profissionais. Para nós, as ferramentas do nosso ofício — fotos de cenas de crime, relatórios de autópsias — são apenas materiais a serem analisados e dissecados. Mas o olhar de uma criança nos escancara a verdade.

Ironicamente, aí vem a minha própria mentira, claro. É uma mentira inofensiva, mas não deixa de ser mentira. Digo a mim mesmo que é perdoável. Uma ficção necessária.

— Você sabe que eles só estavam fingindo, né?

Seu rosto se contorce em confusão.

— Por quê?

— Lembra quando você participou daquela peça de Natal na escola e fingiu ser Maria? Você caminhou pelo estábulo e foi até a manjedoura. E aquele outro menino, Aidan, era José. E a srta. Hardcastle tocou piano enquanto você cantava as músicas.

Ela assente com a cabeça. É sua maior conquista escolar. A peça foi filmada. Vídeos foram compartilhados em vários grupos no WhatsApp. Os pais de Clara voltaram mais cedo da casa de praia na Flórida, para testemunhar o espetáculo pessoalmente. Naquele dia, eu era a testemunha especialista do tribunal e não pude comparecer. Ninguém da família me perdoou. Eu ainda não me perdoei por completo.

— Você não estava lá.

Lá vem aquela franqueza de novo. Clara fere meu ego frágil com suas palavras escolhidas a dedo. Bloom destrói minhas pretensões. Alguns dos meus alunos das aulas noturnas na Universidade Birkbeck gostam de se exibir, tentando expor alguma lacuna em meu conhecimento. Mas nenhum deles me machuca como KitKat.

Abro um sorriso, correndo o risco de perder terreno.

— Você sabe que a mamãe pega os bandidos.

Ela assente de novo, mas agora com menos força.

— Bem, dessa vez foi o contrário. As pessoas que você viu nas fotos na verdade estavam ajudando a mamãe. Estavam fingindo estar machucadas para que ela pudesse ajudar a treinar outras pessoas a pegar os bandidos. Isso se chama treinamento.

A mentira parece ainda menos convincente dita em voz alta. Espero um pouco. Ela franze as sobrancelhas de leve. Acho que está acreditando.

— Por quê?

— Lembra quando você foi com a mamãe naquele evento com o pessoal da St John Ambulance? Naquela escola com sirenes e pessoas em uniformes verdes de paramédico?

Ela assente ao ouvir a palavra "verdes", se lembrando do uniforme. Sinto-me encorajado.

— Lembra que um dos professores teve que fingir ser um paciente? Igual você fingiu ser Maria? Para que os paramédicos pudessem demonstrar como ajudar alguém desmaiado? O senhor...

Merda. O nome desapareceu completamente na minha mente. Ele era magro e desengonçado, com tufos de cabelo caramelo, sorriso largo e papada debaixo do queixo.

— Nobunda.

Kitty olha para mim com uma expressão travessa, sem conseguir segurar a risada. Lembro-me de uma época em que dizer a palavra "bunda" era terrivelmente engraçado. Sinto pena do sr. Nobunda e do carrossel interminável de alunos rindo sem parar e dolorosamente, ano após ano. É o tipo de nome que devia poder ser mudado ou fazer alguém desistir da carreira de professor. Se Clara estivesse aqui, ela daria alguma lição severa sobre empatia e boas maneiras. Mas não está. E não consigo resistir ao olhar de alegria pura e imaculada no rosto da minha filha, ao deleite sem fim de um nome bobo.

— Sim, KitKat, o famoso sr. Nobunda.

Kitty solta outra gargalhada, abafada pela mão coberta de salpicos de saliva.

— Bem, as pessoas naquelas fotos eram tipo o sr. Nobunda. Elas eram parte de um treinamento que a mamãe estava conduzindo.

Ela fica mais séria, desconfiada.

— Por que elas estavam sangrando?

Tento me recompor de novo. Dói pensar o que o mundo sombrio dos adultos pode fazer com a mente em desenvolvimento de uma criança. Como psicólogo, eu deveria saber mais que a maioria. Lembro-me de Clara logo depois de Kitty ter nascido e daqueles meses terríveis. Da fúria, da raiva, do isolamento, dos pensamentos — de como a depressão pós-parto a consumiu completamente. Clara se tornou alguém diferente. Ela não dormia, não comia, não falava. Uma em cada dez mulheres passa por isso. Ainda assim, às vezes, parecia que éramos o único casal do mundo. Esse é o poder da mente humana. Nosso único pecado é subestimá-lo.

— Mamãe treina outros detetives para saber o que procurar na cena de um crime. Ninguém se machucou de verdade, eles só estavam fingindo. Entendeu?

Kitty fica em silêncio. Ela se contorce sob as cobertas, inquieta como sempre. Respira de modo pesado, quase como se suspirasse, e então se decide.

— Papai...

A tensão é quase insuportável. Será que funcionou? Ou minha filha vai ficar psicologicamente assustada pelo resto da vida?

— Sim, KitKat?

Ela está sorrindo.

— Da próxima vez, posso fingir também?

10

EMILY

— E você tem certeza de que consegue trancar?

Emily Ogilvy o observa com um olhar mortal. Se há uma desvantagem em estudar mais tarde na vida, é esta.

— Acho que consigo, sim — responde ela.

— Lembre-se: a chave precisa...

— De um empurrãozinho e do clique. Entendi.

O pároco sorri de um jeito que só os homens de vinte e poucos anos sorriem, como se ainda estivessem esperando que o mundo valorizasse sua completa imensidão. Emily responde com um sorriso amarelo e fica contando os segundos até que a porta do escritório se feche. Grata, ela entra na pequena quitinete ao lado do escritório da igreja e prepara um chá preto inglês bem forte, adicionando uma colher ilícita de açúcar. Ela até procura um biscoito de chocolate.

Eles tinham avisado, claro. Ela ainda pode ver as expressões confusas de amigos e familiares quando lhes deu a notícia. Poucos a confrontaram diretamente. Mas suas reservas foram manifestadas em beicinhos curiosos e sobrancelhas levantadas. Só que, desde que se demitira do trabalho, não havia muitas alternativas. Assim, para espanto geral, a baronesa Ogilvy de Kensington se refez como Emily Shepherd, ordinanda e clériga em espera na Igreja de Santa Margarida, em Westminster.

Não há nada além de leite de aveia na geladeira — lá vai a síndrome do homem de vinte e poucos anos de novo, esfregando na cara de todos sua saúde —, e ela relutantemente o mistura no chá, estremecendo de leve com o sabor. É raro ser deixada no comando, mesmo que apenas por meia hora.

Os turistas, claro, sempre visitam a Abadia de Westminster. Santa Margarida é a igreja dos políticos, lar da missa de Natal dos parlamentares. Esse é o único evento que ela teme. Vai ser tipo voltar para uma antiga escola e ver ex-amigos cobiçando você em um novo uniforme. Então Emily se detém. Ela tem mais de cinquenta anos. No entanto, de alguma forma, a vida nunca muda de verdade. As pessoas permanecem teimosamente familiares.

Emily está prestes a voltar para a igreja quando seu celular vibra. É engraçado se lembrar do tempo em que carregava vários aparelhos. Em seu governo e no ministério paralelo, ela possuía um celular pessoal, um iPad parlamentar, um celular ministerial seguro e uma variedade de caixas de entrada monitoradas por um exército de funcionários. Fazer uma mensagem chegar até ela costumava ser um processo de cinco etapas. Agora ela tem um pequeno iPhone, um modelo verdadeiramente antigo, com Gmail e WhatsApp instalados. Esta última missiva chegou por e-mail. Ela olha uma vez, duas vezes, sentindo aquele buraco familiar no centro do estômago.

Já se passaram quatro anos. Mas dificilmente há um dia em que ela não seja lembrada. Esta não é a mensagem habitual, porém; os haters vomitando sua bile, seu ódio e suas ameaças.

Não, isso é diferente.

DE: benedict.prince@clinicaabadia.com
PARA: ordinanda2@igrejasantamargarida.org
ASSUNTO: Reunião sobre Anna Ogilvy

Prezada srta. Shepherd,

Por favor, perdoe este e-mail súbito. Sou o dr. Benedict Prince, sócio da Clínica do Sono Abadia, na Harley Street. Como a senhora deve saber, sua filha foi recentemente transferida pelo Ministério da Justiça para fazer tratamento conosco.

Fui autorizado por Stephen Donnelly, diretor jurídico adjunto do MJ, a entrar em contato com familiares da srta. Ogilvy para falar sobre um novo tratamento no qual estou trabalhando, que visa estabelecer um modelo de diagnóstico para a síndrome da resignação.

Para esse fim, gostaria muito de falar com a senhora o mais rápido possível. Estou muito perto da Santa Margarida, se puder sugerir um horário e uma data que funcionem para a senhora. Anexo, envio o meu CV e uma lista de qualificações profissionais e publicações.

Fico no aguardo do seu contato.

Atenciosamente,
Ben

Dr. Benedict Prince
Sócio Sênior
Abadia

Quando ergue a cabeça, Emily percebe que o chá está escorrendo da caneca no carpete do escritório. Ainda bem que não tem ninguém ali. Ela encontra o armário de materiais de limpeza e arruma a bagunça. Uma rápida lavagem com Dettol e uma boa esfregada costumam remover a mancha antes que ela se instale. Ela faz o melhor que pode e depois sai, esperando que nenhum dos outros perceba.

Quase com relutância, Emily entra na igreja e se senta no banco da frente. Ela lê o e-mail pela terceira vez e verifica o PDF anexado. Há uma pequena foto de um homem bonito em seus trinta e tantos ou quarenta e poucos anos com topete de cabelo encaracolado sobre uma testa lisa, emoldurando olhos cor de esmeralda e uma barba curta. Dr. Benedict Prince. Houve um tempo em que todo médico parecia uma versão mais jovem do Spock de *Star Trek*. Ela já ouviu falar da Abadia, uma espécie de esconderijo de celebridades, tipo o Priorado. Talvez toda subcelebridade na verdade queira uma consulta com o dr. Gostosão. Ela não as culpa tanto.

Emily abaixa o celular. Respira ritmicamente. Está dando o seu melhor. Tem se dedicado às tarefas relativamente servis de nova ordinanda para se distrair dos outros pensamentos. Mas, a essa hora da noite, está vulnerável. Sente os pesadelos familiares se infiltrando de novo. Ela os vê se desenrolando como um filme: os sons, o fedor de lama, a faca manchada de sangue — todo o horror daquela noite na Fazenda.

O pior momento foi a fração de segundo quando o velho mundo se transformava em outra coisa. Ela ainda espera que Anna acorde com um pulo e declare que era tudo uma farsa, ou que Theo abra a cortina e revele que os últimos quatro anos nunca aconteceram.

Mas ainda sente, tão vívido quanto qualquer sensação que já sentiu na vida, o momento exato em que a esperança se desfez. Ela e Richard ficaram parados em silêncio, observando feito fantasmas. Cientes de que a polícia chegaria logo. Que Anna seria presa. Emily teria que renunciar. A família, o casamento, o futuro — tudo iria vacilar e então cair por terra. Mas aqueles segundos eram preciosos. Eles parados ali na Fazenda, vendo sua velha existência se estilhaçar. Aqueles segundos finais e silenciosos eram uma elegia para o passado.

A porta de visitantes da Santa Margarida se abre com um rangido. O barulho repentino a assusta. Emily se levanta do banco, ainda agitada, arrancada de volta para o presente. Uma senhora corcunda entra com o neto, claramente familiarizada com o lugar. Emily sorri e acena com a cabeça, então se ocupa arrumando hinários no coro do outro lado da igreja.

Ninguém nunca entendeu, claro. Só havia Richard e Theo, os segredos corroendo tudo, até que o casamento e a família se desintegraram. Ninguém nunca soube o que aconteceu naquela noite, as escolhas terríveis que tiveram que ser feitas.

Emily termina de arrumar os hinários e avança na direção do altar. Ela fica lá, hipnotizada pelo ouro polido, fascinada com a sua majestade. Olha para trás e vê que os dois visitantes ainda estão ali.

Emily reprime um tremor. Ela se ajoelha e fecha os olhos. Abaixa a cabeça e começa a rezar.

Deus pode perdoá-la. Mesmo que ninguém mais possa.

II

BEN

Estou na cozinha agora, tentando desesperadamente espremer a última gota de vinho. No fundo, sempre fui um romântico, embora escondido por trás daquele jeito bem inglês. Nunca desejei aquela fantasia de estrela do rock, groupie e macho alfa. Meu sonho sempre foi mais contido: um casamento feliz, filhos contentes, uma pequena unidade de alegria doméstica que compensasse a turbulência do mundo exterior. Uma tribo.

A solidão é meu novo normal. Permiti que minha vida se resumisse a trabalho, tarefas e rotina, ainda mais depois da separação. No entanto, me apego a esses preciosos momentos com KitKat. Quero que eles sejam perfeitos e que nosso tempo juntos de alguma forma cure as feridas da separação. Mas sei que isso é uma estupidez. O estrago está feito. Os sintomas podem não se manifestar por anos, mas a doença já está implantada.

Famílias quebradas. Pais brigados. Ninguém escapa sem feridas.

Eu devia ter trabalhado menos, escutado mais. E não presumido que a felicidade doméstica estava garantida com um anel e um voto diante do altar. Devia ter passado mais tempo com Clara e KitKat, em vez de desperdiçar minha atenção com estranhos na clínica. A cada dia que passa, meu futuro parece desoladamente inevitável: menos visitas de KitKat, mais tempo no trabalho, condenado à vida de solteiro em toda a sua miséria sem amor.

Não foi com isso que sonhei. Quero adormecer com o ritmo das batidas do coração de alguém, sentir o calor irradiando da sua mão para a minha, acordar e encontrar um bocejo e um sorriso do outro lado da cama. Quero uma casa explodindo de risadas e gritaria. Um corredor atolado de fotos de férias, formaturas e eventos especiais.

Às vezes, parece que estou vivendo a vida de outra pessoa.

Não foi para isso que me inscrevi. Quero reembolso.

Os armários estão mais vazios do que deveriam. O apartamento não tem cor, chega a ser austero. Vou precisar acordar cedo e sair às escondidas até o Tesco mais próximo para garantir que Kitty não vá para casa reclamando dos sanduíches de Nutella e Coca diet no café da manhã. Pelo menos, não de novo. Parece que tudo está girando lentamente, a gravidade me puxando para padrões preestabelecidos. Não suporto a ideia de ficar distante de KitKat, gradualmente empurrado para as margens de sua vida, rebaixado de protagonista para um mero substituto.

Levo o vinho até o sofá e começo a zapear os aplicativos da TV: Netflix, iPlayer, Prime, até dar a volta e parar na biblioteca da Apple TV. Decido que hoje vou ver um filme diferente do Hitchcock. Mais um tesouro desconhecido: *O homem errado*, com Henry Fonda, uma obra-prima em preto e branco sobre culpa católica, inocência e pecado. Verifico os e-mails do trabalho e vejo a caixa de entrada lotada de mensagens não lidas. Todas endereçadas a mim.

#CHEGADECONTROLEMENTAL

#LIBERTEOSPACIENTES

#ESTAMOSDEOLHODRPRINCE

Paro um instante e leio de novo, sentindo um incômodo na garganta.

Ninguém sabe que Anna está na Abadia. Certamente a imprensa não descobriu ainda. Nenhuma das mensagens menciona o nome dela. A Abadia apareceu nos noticiários recentemente, e o destaque resultou em mais ameaças e mensagens anônimas. Meu perfil está no site da Abadia. Meu nome é conhecido por causa dos livros. Ainda assim, as três mensagens me deixam perturbado. São ameaçadoras, violentas até. Se alguém diz que está de olho em mim, é porque está a um passo de ameaçar me machucar, ou machucar alguém próximo a mim. A ideia é aterrorizante em sua simplicidade brusca.

Leio as mensagens de novo. O apartamento está silencioso, mas reajo a cada barulho e sussurro. Penso em KitKat dormindo lá em cima. O sono nos deixa vulneráveis.

Eu me levanto e olho lá fora. O filme do Hitchcock faz as paredes cintilarem. A solidão me sufoca. Estou cansado dos crimes, do sono, dos terrores noturnos, do circo que é a psicologia humana e todos os seus horrores. Quero me enfiar debaixo de lençóis quentinhos e limpos e sentir o calor do corpo de Clara ao meu lado e a segurança de uma lareira, de um lar e de sua presença.

Paro de observar atrás das cortinas e subo para dar uma olhada em KitKat. Abro a porta e fico parado ali, para não a acordar. Eu a deixei em perfeita simetria com o edredom dobrado e ajeitado. Agora, ela está espalhada na cama em uma desordem boêmia. Seu cabelo está grudado, os braços esticados feito um boneco de neve, as pernas levantadas como se estivesse dançando cancã. Sinto o amor percorrer o meu corpo, intenso e avassalador. Não suporto a ideia de ela crescer tão rápido. Serei relegado a cafés inquietos, depois almoços bianuais na universidade, antes que os presentes de última hora se transformem em atualizações do WhatsApp e negociações complexas só para conhecer meus próprios netos.

Não há nada que eu não faria para protegê-la. Ainda assim, as rachaduras estão aparecendo. Clara fica sabendo em primeira mão das coisas da escola, da natação, das dificuldades com a lição de casa e das crianças malvadas da turma. Eu pareço um estranho, sempre brincando de pega-pega. Quero ser um bom pai. Mas não sei mais como.

Fecho a porta. Paro de ser egoísta. Por um momento terrível, me pergunto se houve algo incomum na sua reação às fotos. Se Clara entendeu errado os pesadelos. Talvez Kitty não esteja assustada com a escuridão, mas intrigada, tentando lidar com todo esse conhecimento recém-adquirido. Na idade dela, crianças são como esponjas, afinal, em especial quando se trata das partes sombrias da mente humana.

Mas não, estou sendo ridículo. Assisti a filmes demais, li matérias sensacionalistas sobre criminosos estadunidenses demais, maratonei séries policiais da Netflix demais e até apareci em algumas. Este não é um episódio de *Meu filho psicopata*.

Afasto o pensamento. Desço a escada e tiro um print dos e-mails ameaçadores para mandar para a equipe de segurança da Abadia e continuo assistindo ao filme. Ainda não posso ir para a cama.

#ESTAMOSDEOLHODRPRINCE

Estou prestes a me levantar para dar uma olhada nos armários de novo quando meu celular do trabalho vibra. Deve ser a equipe de segurança fazendo hora extra. Pego o aparelho, dou mais um gole inútil no vinho e sinto o peso das últimas vinte e quatro horas se alojar no centro do meu crânio, esmagando qualquer ideia original.

Então leio a mensagem de novo. Abaixo a taça, me sento ereto, sentindo o coração acelerar.

Precisam de mim na Abadia.

12

BEN

Respiro o ar frio e cortante e olho para o pequeno jardim quadrado. Os sons da Harley Street ecoam próximos. Kitty está na mesa da recepção com um iPad. Clara vai me matar, mas não tenho outra opção. As babás não estão disponíveis.

Bloom está na minha frente.

Continuo caminhando.

— E o que você disse?

Ela parece excepcionalmente nervosa. Suas respostas têm um quê sarcástico, e sua postura, uma rigidez angular. Percebo que a pressão está aumentando. Vejo sinais de privação de sono orbitando seus olhos.

— O que eu poderia dizer? Eram dez e meia quando recebi a ligação.

— Tem certeza de que não estão jogando verde?

Bloom suspira, irritada. Ela completa a terceira volta pelo jardim e observa seu banco à frente.

— Dizem que exercícios vigorosos nunca mataram ninguém. Mas por que arriscar?

É uma frase batida, como a maioria das que Bloom fala agora. Ela se joga no banco de madeira e exala uma nuvem cinzenta, ainda arrepiada de frio, apesar de estar envolta em camadas industriais de lã e pele falsa. Ela enfia a mão no bolso gigante do casaco e saca um pacote de balas de alcaçuz. O doce vício.

Minha mente ainda está fixa nas palavras de Kitty sobre as fotos. E no fato de ela estar sentada de olhos cansados na Abadia, envolta em um roupão. Sinto-me culpado por tirá-la da cama tão tarde. Sim, eu daria minha vida por ela. Mas não é aí que os verdadeiros atos de amor ocorrem. E sim nas coisas pequenas e cotidianas. Eu devia ter falado para Bloom esperar até de manhã. É isso que um bom pai faria. Falhei só de atender ao telefone.

Eu me obrigo a me concentrar no presente. Há uma nova crise. Algo que pode estragar tudo. Minhas esperanças de acordar Anna O podem já ter virado fumaça.

— Qual era o nome mesmo?

Viro para Bloom e vejo aquele seu olhar pragmático.

— A correspondente médica do *Mail* — fala ela. — Isabelle alguma coisa.

— O que ela disse especificamente?

Bloom exala alto pela segunda vez, tremendo, desconfortável.

— Que ela tinha uma fonte alegando que a Abadia foi abordada pelo Ministério da Justiça para fornecer serviços de consultoria no caso Anna O antes de um possível julgamento. Ela queria confirmar se isso estava realmente correto.

— Você viu os prints das ameaças que recebi por e-mail? Dizendo que estão de olho em mim?

— Sim, o pessoal da segurança me mandou. Nenhuma das mensagens mencionava Anna especificamente.

— E isso é melhor?

— Não, mas é diferente. Por enquanto, Anna é nossa única preocupação.

Absorvo suas palavras, a indiferença clínica à minha segurança ou à de KitKat. Quero me levantar e ir embora, pegar minha filha na recepção e falar para Bloom parar de me tratar feito seu assistente pessoal. Em vez disso, digo:

— Harriet, a enfermeira do Rampton, estava convencida de que Anna respondeu a uma música. Os neurologistas a ignoraram. Há uma forte possibilidade de Harriet ter comentado isso com algum namorado, irmão, familiar ou alguma outra pessoa e o boato simplesmente ter se espalhado. Já se falava disso antes.

— Isso não necessariamente forneceria à jornalista a conexão comigo. Você ouviu o que Donnelly disse. Um sussurro sobre isso, e o acordo já era.

— Talvez tenha sido um palpite de sorte da jornalista. Quantas clínicas do sono existem na Harley Street? Eles ouvem o boato e falam com várias pessoas até alguém entregar o jogo.

— É uma interpretação bondosa. — Bloom tira as luvas de couro e dobra os dedos da mão direita, se encolhendo com o estalo ossudo de cada articulação. — Estamos falando do governo, é preciso ter cuidado. Olha o que aconteceu com Britton. Se errar nesse caso, Ben, podemos seguir na mesma direção em breve. O vazamento para a imprensa pode até ser uma bênção.

Sei muito bem do que ela está falando. Paul Britton foi um dos pioneiros da Psicologia Forense, na vanguarda da ciência comportamental durante os anos 1980 e 1990. Seu caso mais infame foi o assassinato de Rachel Nickell. Ele participou de uma longa operação que terminou com a prisão de um homem totalmente inocente, condenado por suas teorias psicológicas falhas.

A Psicologia Forense levou décadas para se recuperar. A carreira de Britton nunca se recuperou.

— Donnelly sabe desses últimos acontecimentos?

— Sim — ela diz. — Era uma das condições para nos contratarem. Inegociável. Transparência total o tempo todo.

— Como ele recebeu a notícia?

— Ficou felicíssimo. Naturalmente.

— Temo que eles tentem arrastar Clara de volta para isso. Que ressuscitem aquelas coisas absurdas sobre o envolvimento da polícia. Que persigam Kitty na escola. Você sabe como ficou feio da última vez. Não podemos passar por isso de novo.

Bloom me olha feito uma anciã tribal desesperada com a próxima geração.

— Você está certo. Desculpe-me. Mas Clara conhece o caso Anna O melhor que ninguém na polícia. Não podemos ignorar seu conhecimento institucional.

— E se a imprensa começar a desenterrar aquelas histórias ridículas de Oxford ou atacar minha filha nas redes sociais?

— É o preço que vamos pagar, Ben — fala Bloom. — Sempre foi assim.

13

BEN

Estamos caminhando de novo. O ar está mais afiado na pele. Noto a certeza fria na resposta de Bloom. Percebo também aquela irritação típica dela. Ela está ficando velha e indulgente, distante de nós. Pode estar disposta a sacrificar tudo por uma última oportunidade de glória. Mas isso não significa que eu também esteja.

Respiro fundo, enterrando o ressentimento.

Até que digo:

— Os advogados estão sabendo?

Ela assente solenemente.

— Nossos advogados. Os do MJ. Se alguém farejar alguma coisa, vamos esfregar uma liminar neles mais rápido do que conseguiriam dizer Anna O. Isso não significa que a história não vá vazar em algum outro lugar da internet. Vai acabar acontecendo.

— Mas esse é um problema do MJ, não nosso.

— Quem dera a vida fosse assim tão simples. É um dos perigos, suponho, de assumir o caso de homicídio de maior repercussão na Grã-Bretanha.

— Como assim?

Ela sorri.

— Você tem uma jovem família para sustentar. Minha carreira está quase no fim. Um pouco de difamação da imprensa não vai me afetar muito. Não a esta altura do campeonato. Estou oferecendo a você uma saída, Ben. É só dizer, e isso vai se tornar um problema meu, e só meu.

Não respondo de imediato. Meus rendimentos estão cuidadosamente divididos em duas partes: as aulas sobre Psicologia Forense em meio período na Birkbeck; e o trabalho aqui na Abadia, prestando consultoria sobre crimes e avaliações relacionados ao sono para a Polícia Metropolitana, a Interpol, o

FBI e a Agência Nacional de Crimes. Minha carreira está estagnada. Este caso poderia trazê-la de volta à vida. Quero mostrar a Clara que ainda posso fazer algo por mim; quero ser para KitKat um pai do qual ela possa se orgulhar. Decidir me afastar do maior caso da minha vida não é tão simples assim.

Sei que Bloom está me testando.

— A Psicologia é uma disciplina prática ou não é nada.

— Uma das minhas melhores falas.

— Nenhum profissional digno de seu doutorado recusaria a oportunidade de trabalhar no caso Anna O. Eu não sou exceção.

— A Lei de Segredos Oficiais proíbe qualquer ganho monetário com suas atividades, lembre-se. Nada de livros, documentários, podcasts na BBC Sounds ou acordos com o Spotify. Se ainda estiver sonhando com grana, esqueça.

— Presumo que publicações acadêmicas sejam uma exceção.

— Presumiu corretamente. — Ela se vira, começando a curta caminhada pelos jardins até a Abadia. — Seu artigo é forte nas afirmações gerais, mas fraco nos detalhes. Presumo que você realmente tenha um plano para tratá-la?

O último dia foi frenético. Eu estava preocupado com o reencontro com Clara, com o medo de KitKat das fotos do crime, com o circo de ter Anna O aqui na Abadia. Mas não sou um mero observador. Meu trabalho é bancar o milagreiro: fazer a morta voltar à vida.

— Sim.

— Qual é?

— Simples — digo, enquanto nos aproximamos da porta e da promessa de calor e luz. — Preciso lhe devolver alguma esperança.

14
LOLA

É a história que o tempo não esqueceu. O que é estranho, considerando todas as outras manchetes — assassinato, escândalo, é só escolher — que vemos por aí e que à tarde já foram esquecidas. As pessoas ficam famosas nas redes sociais por horas, depois desaparecem da face da Terra. Às vezes, Lola calcula quantos assassinatos foram registrados nos quatro anos desde aquela noite na Fazenda. Centenas, milhares até, no mundo todo. Mas nenhum ganhou destaque nas primeiras páginas como ela.

Não, sempre houve algo único em Anna O.

É realmente mórbido. Lola é a primeira a admitir. Primeiro foram os grupos de Facebook, depois canais mais sérios e criptografados quando os grupos públicos foram invadidos. Agora existem comunidades em todos os fusos horários: @JusticaParaABelaAdormecida, @EstouComAnnaO, @AcordeAnna, @AFazendaAVerdade. Lola gosta de entrar e sair delas anonimamente. Mas exagerar faz mal para o cérebro.

No entanto, hoje pode ser um marco, sua maior publicação até agora. É isso que lhe dá mais satisfação. Ela pode terminar seu trabalho, se livrar dos detritos de mais um dia tedioso, e então se dedicar à sua verdadeira paixão. Lola navega pelo YouTube e pelo portal da Birkbeck e termina assistindo a uma palestra intitulada: "Psicologia e sono: uma introdução — Dr. Benedict Prince, professor visitante da Birkbeck, Universidade de Londres".

Ela aumenta o volume e ouve com atenção:

— O ser humano médio passa trinta e três anos da vida dormindo. Nossos ancestrais pensavam que o sono era uma espécie de morte. Poetas escreveram que o sono seria uma segunda vida. Existe um mundo todo do sono que nossa sociedade atual mal conhece. Mas o que acontece de verdade quando dormimos? E, mais importante, por que não conseguimos nos lembrar do que aconteceu quando acordamos?

Ele é bom. Ela precisa admitir. Ele a lembra de Robin Williams em *Sociedade dos poetas mortos*. O dr. Prince é elegante e seu cabelo louro-acinzentado tem um corte moderno, raspado nas laterais. Ele prefere camisas azuis de gola aberta, calças escuras e mocassins estilosos, como se estivesse fazendo um teste para uma vaga no mais recente documentário de ciência pop da BBC2. Ele é bonito daquele jeito adorável e sexy de bibliotecário, com um sorriso simétrico e uma saliência agradável nas maçãs do rosto. Deve ter uma boa dose de admiradoras na universidade.

Ela continua ouvindo. Ele faz piadas com Freud, seguidas de mais piadas com Freud. Pergunta aos estudantes quanto tempo as pessoas dormem, quais deles dormem muito ou pouco, quem pode até estar dormindo junto. E termina com uma última piada sobre Freud, claro. Lola fecha o vídeo e volta a escrever seu texto.

Sim, vai ser este. Ela tem certeza. Até se fez passar por uma repórter de saúde do *Mail* mais cedo para falar com a Abadia, uma pequena distração para confundi-los. Ninguém pode pará-la agora.

Lola segue sua rotina habitual pré-publicação. Prepara uma xícara de chá verde, se permite um biscoito de chocolate e volta ao notebook para uma leitura final. Os textos dos outros estão repletos de erros gramaticais. Ela sempre se orgulhou das publicações perfeitas do @Suspeita8. Gramática nunca foi sua matéria favorita na escola, pois no fundo era uma garota da ciência, mas ela não suporta desleixo. Não é uma daquelas maníacas por conspiração da blogosfera, nem uma das fanáticas por crimes e pelo caso Anna O. Esse pode ser o seu público, mas todos sabem que ela está acima disso.

Ela começa devagar, vasculhando cada linha em busca de nitidez e erros:

**NOVO POST: PRÍNCIPE BONITO
É CHAMADO PELA BELA ADORMECIDA**

> Oi, pessoal, tenho uma novidade para vocês. Chegaram até o meu perfil, @Suspeita8, boatos de que um desenvolvimento surpreendente ocorreu há pouco tempo no caso da nossa amada Anna O. Posso relatar que o caso está sendo analisado por um novo especialista em sono do Reino Unido chamado — ironia das ironias — dr. Benedict Prince. Aqui vai um link para uma de suas palestras sobre a teoria do sono e sua ligação com o comportamento criminoso. O momento também não é uma coincidência. Sabemos que o caso jurídico será concluído em breve. Parece que os poderosos estão tentando trazer nossa amada Anna de volta à

> vida apenas para que possam condená-la no banco dos réus. Isso não é doentio? O dr. Prince tem escrito sobre o poder da música e da cultura para ajudar pacientes com síndrome da resignação a acordar. Parece que é a última chance do governo. Há uma sombra pairando sobre Anna e devemos fazer o que pudermos para ajudar a salvá-la.

A experiência ensinou a Lola que seus textos devem ser curtos. Que o mistério funciona bem. Os fanáticos do grupo vão bombardeá-la com perguntas. Depois, o texto vai ser publicado em outras plataformas. Ela sempre pode adicionar mais detalhes depois. É melhor deixá-los famintos.

É por isso que ela escolheu esse nome de usuário, afinal de contas. Lola tem o que nenhum dos outros têm. Todas as histórias oficiais do caso Anna O dizem que havia oito suspeitos na Fazenda na noite dos assassinatos: Anna Ogilvy (principal suspeita), Emily Ogilvy (mãe), Richard Ogilvy (pai), Theo Ogilvy (irmão), Melanie Fox (diretora administrativa da Fazenda), Owen Lane (zelador), Danny Hudson (estagiário) e Lola Ridgeway (consultora de saúde e segurança). Todos foram interrogados na época. Todos foram excluídos dos inquéritos policiais.

Mas nem todos saíram de mãos vazias. Lola pega o diário mais uma vez e vai até as últimas páginas. Este é o seu tesouro. O Santo Graal de todos os devotos do caso, arrancado da Cabana Azul antes da chegada da polícia. A fonte de todos os detalhes provocativos e das pistas que ela semeou nos últimos quatro anos. Ela olha para a última anotação e para a caligrafia inclinada, a bela letra cursiva em tinta preta, uma correspondência quase exata do que vem antes. Caneta-tinteiro, não uma *rollerball* ou esferográfica. Floreios literários estendendo-se com elegância por cada linha bem escrita. Ela inala o aroma das páginas. O diário pertence a ela agora.

Lola abaixa o caderno e relutantemente termina de revisar o texto. Então aperta "ENVIAR". Ela espera o sistema criptografado fazer a sua mágica e vê sua nova publicação ganhar vida. Então se volta para o diário, como sempre, pronta para sumir naquelas páginas mais uma vez. Este não é um diário qualquer.

É o diário de Anna.

Não adianta querer dormir. Tem sempre alguém acordado em algum lugar do mundo. E nem desconfiam de quem realmente está entre eles. Ela não é só mais uma blogueira. Não. Não é uma perdedora que não sai do quarto ao ficar fantasiando uma vida sherlockiana.

Ela é bem diferente disso. É especial. A pista está na sua mão.

@Suspeita8.

Porque Lola estava na Fazenda naquela noite.

E sabe quem carrega a culpa.

DIÁRIO DE ANNA

2019

30 de agosto

Está escuro lá fora. Mas é manhã, não noite. Este lugar está silencioso. Estou dormindo, claro, mas não consigo acordar.

Tem sangue grudado nas minhas roupas. Espalhado no meu pescoço e no meu queixo em manchas úmidas. Mesmo agora, enquanto escrevo isto, a página está cheia de sangue.

E aquela única lembrança não vai embora.

Estou parada na porta da cabana. Olho para a frente e vejo os dois em um sono mortal em suas camas.

Ouço uma voz ao meu lado. É uma mulher. Serpenteante, luxuriosa. Suas instruções não me deixam.

Este é meu ato final de vingança.

Vejo as silhuetas, a mulher e o cabo frio da faca; e essas palavras entoadas quase em oração.

Não dá para voltar atrás agora.

Quatro palavras que sinalizam meu novo começo.

Pois eles devem morrer.

PARTE DOIS

15

BEN

O e-mail de Stephen Donnelly, do Ministério da Justiça, chega na manhã seguinte pouco depois das onze, classificado como "CONFIDENCIAL". Vários locais são sugeridos para nos encontrarmos, depois são dispensados. A Abadia é arriscada demais durante o dia. O prédio do Ministério da Justiça, localizado na Petty France perto do St. Jame's Park, é público demais. Até que chegamos a uma solução mais mundana. Poucos jornalistas frequentam o café do último andar da loja John Lewis, na Oxford Street, com suas mesas manchadas de geleia e seus scones recém-assados. É o esconderijo perfeito.

O café é self-service. Stephen Donnelly pega seu segundo café com leite do dia e dois pacotes de biscoitos. Dou uma olhada na seleção de chás. Encontramos uma mesa no canto. Falo sobre minhas propostas enquanto ele ignora as notificações do celular de trabalho, lhe trazendo mais interrupções do fim de semana. Conto tudo em cinco minutos. Ele me ouve com uma expressão suave e respeitosa.

Por fim, ele diz:

— Esperança? — Ele olha para o primeiro pacote de biscoitos, como se estivesse decepcionado por já estar vazio.

— Sim.

— Você não está me provocando, né?

— Não. — Estou preso no chá verde, a opção saudável, e o mexo sem entusiasmo. — Anna ainda está lá em algum lugar. De acordo com a literatura, a esperança é a única coisa que funcionou ao longo de várias décadas e regiões.

— Seu artigo parecia mais... bem, técnico.

— E era. Mas tudo se resume à mesma coisa. A felicidade é o maior remédio que a humanidade já conheceu. A esperança também.

Donnelly não fala nada, avaliando as opções em silêncio. Ele é advogado, funcionário público, fluente na linguagem de regras, regulamentos, padrões mínimos e juridiquês.

— Tem algum outro termo técnico?

Já previa isso.

— A síndrome da resignação é um transtorno neurológico funcional. Chamamos de TNF.

Donnelly se anima um pouco. O funcionalismo público adora se empanturrar de siglas. Isso ele pode usar.

— Lembro-me de ver esse termo no seu artigo.

— No passado, os TNFs eram considerados psicossomáticos. Ou, historicamente, se encaixavam vagamente no que Freud chamava de histeria. Não é uma doença orgânica do cérebro, mas da própria psique. A característica comum em todos os continentes e linhas do tempo é que os pacientes sofrem de síndrome da resignação quando confrontados com a total ausência e destituição de esperança.

— Como as crianças na Suécia?

Assinto com a cabeça. O caso mais conhecido de síndrome da resignação ainda é o das comunidades de refugiados na Suécia. As crianças que emergiram do inferno na Síria e no Oriente Médio dormiram durante meses e por vezes até anos, enquanto os seus pedidos de asilo passavam por múltiplos recursos.

Continuo:

— As crianças que melhoraram geralmente recuperaram algum tipo de esperança. Elas não corriam mais o risco de serem deportadas, forçadas a voltar ao abismo de sua antiga vida. Um padrão semelhante ocorre nos casos do Cazaquistão. As duas cidades em questão eram antigos e prósperos centros soviéticos de mineração e agricultura. Quando a Guerra Fria acabou, a antiga vida desapareceu. A esperança foi extinta. A doença do sono começou.

Donnelly dá mais um gole no seu café.

— Se isso é parecido com a histeria freudiana, então o tratamento será feito pela fala?

— Não — digo. — Ou não exclusivamente.

— O senhor não acredita na cura pela fala?

— Sou psicólogo. Todos acreditamos na cura pela fala. Também tenho uma cópia anotada de *Édipo Rei* na minha mesa de cabeceira.

— Presumo que seja uma piada.

— O mesmo erro que meu pai cometeu. — Sorrio. — Fatalmente, como se viu.

Donnelly sorri.

— Sou advogado, não psicólogo, dr. Prince. Li seu artigo e entendi cerca de metade dele. O que há de errado com Freud?

— Freud pensava que toda histeria ou comportamento psicossomático era causado por algum trauma inexplicável no passado do paciente. A teoria moderna do TNF, por outro lado, tem uma visão muito mais holística. Os tempos em que os terapeutas procuravam incessantemente algum abuso infantil já se foram. Freud ainda é útil em determinados contextos. Mas ele enviou a Psicologia para um beco sem saída de obsessão por sexo, do qual levamos quase um século para sair.

— Entendi. — Donnelly limpa um bigode de espuma do lábio. — Pelo visto, esse foi nosso erro?

Tomo cuidado para não ultrapassar o limite. Irritar o MJ não está na descrição das minhas funções.

— Alguns de seus maiores especialistas, a maioria na casa dos sessenta ou setenta anos, podem ser os últimos freudianos não reconstruídos. Eles têm muito a perder ao abandonar esse paradigma. E podem ter procurado algum abuso no passado de Anna Ogilvy, sim.

Donnelly se encolhe.

— Outro beco sem saída?

— Não é assim que vamos curar a paciente. Pelo menos, não é como proponho curá-la. E, afinal, foi o senhor que veio até mim.

Donnelly parece tenso e impaciente agora, mexendo no relógio.

— Como, então?

16

BEN

Termino de beber o chá verde. Donnelly continua bebericando seu café com leite. Ele olha para o pacote vazio de biscoitos mais uma vez, e noto um leve tremor na sua mão. Quase penso em não falar nada só para tranquilizá-lo.

Esta é a parte complicada, que exige habilidade política. Corro o risco de perdê-lo.

— O único jeito de ajudar Anna é descobrir mais sobre seu passado.

Donnelly cede. Ele abre o segundo pacote de biscoitos com a delicadeza de um amante.

— Pensei que você não acreditasse na caça ao passado dos pacientes?

— Não acredito na busca de explicações sexuais como a raiz de todo comportamento humano. Isso não significa que eu não seja fascinado pela história de uma pessoa. A única maneira de restaurar a esperança em Anna é descobrir por que essa esperança foi extinta. O que a levou a matar aquelas pessoas naquela noite. Por que sua mente reagiu daquela maneira. Sem conhecer sua história, não temos como entender seu presente.

— Acho que Bloom já atualizou você sobre a repórter do *Mail*?

— Sim.

— Pelo visto, também há um blog. Que pode estar relacionado ou não. O *Mail* não parecia ter nenhuma fonte oficial para dar andamento à história. Mas basta uma ponta solta para todo o experimento desabar ao nosso redor. Por enquanto, publicamos um aviso proibindo a divulgação de informações do caso na Fleet Street, embora o blog esteja fora de nosso controle.

Eu li o blog. @Suspeita8. É enervante. Os avisos de segurança funcionam para as publicações impressas, não para a selva digital. Agora entendo por que Bloom estava tão preocupada. Eu meio que temia que Donnelly quisesse se encontrar para cancelar o projeto.

— Entendo.

— Que bom.

Não tenho opção senão perguntar, não importa quão improvável seja.

— Também preciso de acesso aos arquivos da polícia. Só as lembranças não vão ser suficientes.

Donnelly bate a colher na borda da xícara de café. O estresse está marcado nos sulcos da sua têmpora.

— Conte-me. Quanto o senhor se lembra da investigação original?

— Li os jornais e assisti às notícias. Consultei arquivos para escrever o livro e o artigo. Eu me lembro da maioria das coisas.

— Todo mundo se lembra da assassina e dos outros suspeitos. Ninguém se lembra das vítimas. Faça desse triste fato o que quiser.

— Douglas Bute e Indira Sharma. Ambos foram encontrados na cabana com dez facadas cada, da mesma faca de cozinha encontrada com Anna Ogilvy. As digitais dela foram as únicas identificadas no cabo. Ela mandou uma mensagem no grupo da família no WhatsApp dizendo que pensava que os tinha matado.

Donnelly fica impressionado.

— Havia oito pessoas na Fazenda na noite do assassinato, incluindo a família Ogilvy e as duas vítimas.

— Certamente o senhor não está esquecendo sua esposa?

— Ex-esposa — corrijo-o. — Ela chegou ao local depois. Não estava lá quando o crime foi cometido.

Posso ver a família Ogilvy indefesa contra os abutres buscando algo com que se alimentar. Todos os cantos de suas vidas privadas foram escavados. A mãe do Novo Partido Trabalhista, o pai financista, o irmão que queria ser apresentador de TV e a multidão de amigos artistas ocasionalmente escandalosos, incluindo Douglas Bute e Indira Sharma.

— E aí?

A voz de Donnelly é rouca, vacilante até.

— Posso falar com a polícia. Como assessor registrado, você não deve ter problemas para obter autorização para consultar os arquivos do caso.

— Então tenho sua bênção para fazer as entrevistas? — Eu já mandei os e-mails com os pedidos. Mas preciso de cobertura política.

Donnelly hesita.

— As declarações dos arquivos não vão mesmo ser suficientes?

— Anna não tinha ficha criminal. Não tinha histórico de violência. Nem de transtorno mental ou intenção homicida. Tem que haver algo mais. Eu tenho certeza.

Donnelly brinca com outro biscoito.

— Não tem mesmo outra opção?

— Não se quiser os resultados daqui a algumas semanas. Se eu tivesse um ano, a resposta seria diferente.

O celular de Donnelly começa a vibrar.

— Certo. Você tem meu apoio. Mas isto é estritamente extraoficial. — Seus olhos parecem cansados. — Se alguém perguntar, não sei de nada.

17

BEN

Volto para a Abadia no fim da tarde, ainda pensando na reunião com Donnelly. Ele não quer um psicólogo. Ele quer um xamã, um milagreiro.

De alguma forma, preciso trazer uma morta de volta à vida.

Examino a agenda das próximas semanas, preparo litros de café preto, pego uma rosquinha na sala dos funcionários e vou para o segundo andar.

Harriet termina os afazeres e me encontra do lado de fora do quarto. Ofereço-lhe uma rosquinha e um café. Sentamos em cadeiras giratórias, observando o quarto de Anna nos monitores. Falo sobre o encontro com Donnelly e os arquivos da polícia. Ela me atualiza sobre o progresso de hoje, ou a falta dele.

Por fim, ela pergunta:

— E agora?

Ela geralmente mantém a expressão neutra. É a expressão clássica da enfermeira alérgica a qualquer tipo de falsa esperança. Mas devagar, longe dos pacientes, o entusiasmo vai se manifestando. Há uma pureza no seu sorriso.

— Acredito em você — digo. — Sobre a música dos Beatles, pelo menos.

— Pelo menos tem um médico do meu lado.

— Não sou médico.

— Neurologistas são superestimados.

— Experimente dizer isso a eles.

Ficamos olhando os monitores. Ainda é estranho ver Anna aqui. Penso em Lázaro, o padroeiro das ressurreições, e na forma como o sono é um prenúncio da morte. Também penso em Clara, que acha que Anna é uma assassina a sangue-frio. Estou perto de uma assassina. A ideia é perturbadora em todos os sentidos possíveis. O mal, aos olhos de algumas pessoas, está literalmente dormindo no quarto ao lado.

Harriet balança a cabeça.

— Como é que pode alguém dormir de verdade por quatro anos?

Lembro-me de Clara fazendo a mesma pergunta. Só posso oferecer a mesma resposta:

— Honestamente? Ninguém sabe direito.

— E desonestamente?

— Primo Levi tinha um termo para os outros presos nos campos de concentração. Eles eram conhecidos como *Muselmänner*. Traduzido literalmente, significa "pessoas que perderam a vontade de viver". Elas enfrentaram algo pior que a morte. Uma morte em vida.

— É isso que Anna tem?

— Provavelmente. É culpa do dualismo também. Da ideia de que a mente racional está de alguma forma separada do corpo físico. Esse foi o tom de séculos de discussão sobre a psique.

— Você não acha que seres humanos são racionais?

— Acho que somos animais — digo. — Primatas com cérebros maiores do que qualquer coisa vista durante os cinco bilhões de anos de existência da Terra.

— Mas?

— Ainda somos animais. Tentar investigar os mistérios da mente é como tentar descobrir a estrutura genética do amor ou as propriedades exatas da beleza. Existe o lado racional do *Homo sapiens* e o lado animal. As pessoas pensam que o lado animal é o corpo e o lado racional é o cérebro. Mas geralmente é o contrário.

— Você dá aula de quê?

Eu me pergunto se ela está interessada mesmo ou se só está brincando comigo.

— Introdução à Psicologia Forense — respondo. — Dou aula à noite na Birkbeck. Você deveria ir qualquer dia desses. Pode gostar.

— Pensei que você fosse especialista em sono.

— Sou psicólogo forense especializado em crimes relacionados ao sono.

— O que os neurologistas da Abadia acham dos psicólogos forenses?

— Que estão um degrau abaixo dos nutricionistas e espiritualistas. Embora se possa dizer que isso é ser um pouco duro com os nutricionistas.

Ela sorri de novo. A porta que leva ao restante do andar é grossa, à prova de som. O vidro é fosco, como um espelho gigante de banheiro embaçado. Ficamos em silêncio.

Somos os únicos ali. O celular pessoal de Harriet emite uma notificação de mensagem. Ela a verifica e digita uma resposta rápida, notando que a observo.

— A pessoa com quem estou envolvida — ela explica. — Bem, hóspede ocasional parece ser a descrição preferida.

Fico intrigado.

— Casada?

— Não. Acabou de se divorciar. Com filho também. Vou poupar você dos detalhes sangrentos. Digamos apenas que é complicado.

— Junte-se ao clube. — Volto a atenção para Anna no quarto. Ela está à espreita ali, presente em todas as conversas. A assassina adormecida atrás do vidro. Há uma energia nela, mesmo descansando, que faz qualquer conversa parecer perigosa. — Você acha que ela está sofrendo?

Harriet faz uma pausa, como se tivesse receio de fazer uma confidência. Depois olha para Anna também, assustada e intrigada. Sentindo aquilo que é proibido.

— Posso contar um segredo?

— Claro.

Ela enfia a mão no bolso do uniforme e pega um potinho. Parece um frasco de remédio.

— Às vezes tenho um sexto sentido para quando ela está em agonia. Não há sinais físicos, mas eu sei. É quase intuitivo. Quando isso acontece, dou a ela um gole disso. Parece que era o favorito dela. Jack Daniel's Black Label.

É minha vez de sorrir.

— A cura original da humanidade. Felicidade engarrafada.

Harriet assente com a cabeça, de repente tímida. Ela guarda o frasco.

— É o remedinho da enfermeira. Um dos meus primeiros mentores jurava que funcionava.

— Não se preocupe. Vou guardar seu segredo.

18

BEN

Os arquivos da polícia chegam pouco antes das dez da noite, com toda a cerimônia esperada.

Ao lado dos dois detetives do Esquadrão de Assassinatos, há um estudioso do Gabinete do Governo — magro feito uma vara, com um sobretudo amarrotado e óculos sem armação — esperando impacientemente que eu leia todos os termos e condições. Depois que assino os papéis, o oficial e os dois carros desaparecem numa névoa de chuva, deslizando de volta para o Whitehall feito algo ilusório e negável.

Sempre adorei a Abadia depois do crepúsculo. A maioria dos funcionários já fugiu para suas crianças, seus lares e suas metades. Preparo uma quantidade insalubre de chá Yorkshire Gold e penso em Harriet de novo e na ternura do seu sorriso, naquela parte privada e amigável escondida debaixo da superfície.

A caixa de arquivos é pesada feito uma pequena peça de mobília. Encontro uma tesoura e corto a fita adesiva, deparando com mais instruções em letras vermelhas sobre como os arquivos devem ser manuseados.

Seleciono vários aleatoriamente e começo a vasculhar os escombros da investigação: depoimentos de testemunhas, resumos das câmeras de segurança, uma lista de todas as casas visitadas com dificuldade por conta da localização remota da Fazenda. Há atualizações sobre as placas dos veículos, relatórios do patologista sobre ambas as vítimas, um abrangente parecer forense e comentários de especialistas em facas sobre a geometria das feridas.

Um dos arquivos contém mais informações sobre as vítimas e os visitantes da Fazenda, coletadas a partir de depoimentos de testemunhas, dados de celular e análises forenses, oferecendo uma síntese narrativa após a reunião do material. Olhando para esses papéis, percebo quanto o mundo de 2019 parece distante agora.

Tomo outro gole do meu Yorkshire Gold. Mordisco um biscoito de chocolate. Há um trecho do depoimento de Melanie Fox. Era ela quem administrava a Fazenda, além de ser a proprietária. Ela perdeu tudo. Foi ela quem contratou Lola Ridgeway, que falou com a imprensa, teve seus quinze minutos de fama e depois caiu no esquecimento silenciosamente.

Pego seu depoimento.

O papel fino pinica minha pele. Recosto-me na cadeira do escritório, ouvindo os zumbidos do centro de Londres atrás de mim.

Eu me concentro na página e começo a ler.

19

LOLA

Reorganizar as evidências é um dos seus hobbies favoritos. Há algo mentalmente estimulante em ver diferentes pedaços de papel na parede. Com isso, o investigador pode inalar a coisa toda de uma só vez.

Porque é isso que Lola é. Não é uma blogueira, nem influenciadora, nem nenhum outro termo pejorativo. Ela tem a posse do diário original de Anna. Ela busca a verdade. É tão detetive quanto qualquer um daqueles burocratas com distintivo. Seu trabalho é seguir as provas e investigar as evidências até alcançar a causa raiz. Ela é uma cirurgiã também, e cada corte precisa ser perfeitamente cronometrado.

Lola atualiza o navegador e vê que mais 326 pessoas viram sua recente publicação nos últimos minutos. Viralizar é tipo o amor ou a felicidade, quase impossível de alcançar ativamente. Em geral, a coisa acontece por acaso e depois é submetida a uma engenharia reversa para se chegar a uma fórmula. Mas essa publicação se tornou viral de verdade. Quase um milhão de visualizações, seis dígitos de curtidas, quatro dígitos de comentários. É de longe sua postagem de maior sucesso até agora.

Lola fecha o notebook. Verifica o celular, mas não há mensagens novas hoje. As mensagens costumavam chegar com frequência, naquela época inebriante da juventude. Agora é uma vez por dia, se tiver sorte. Mas seu vínculo foi forjado com sangue. Nada pode separar essa união. Depois de tudo o que passaram, nada nunca será capaz disso.

Ela guarda o computador e o celular em uma gaveta e se volta para os quadros cobrindo as paredes. Ela não é burra. Muitos diriam que é uma obsessão. Talvez estejam certos. Mas a obsessão de um é a cura de outro. Os quadros são sua salvação. E, depois do que aconteceu naquela noite, ela precisa de algo.

Lola termina de cortar a foto do dr. Benedict Prince e vai até o segundo quadro. Os suspeitos principais ficam no Quadro 1. Os investigadores e membros oficiais vão para o Quadro 2. Os Quadros 3, 4, 5 e 6 são para a linha do tempo, a análise forense, a localização e, por fim, as hipóteses.

Ela ergue a mão e coloca um alfinete no topo da foto, sentindo a cortiça ceder e a ponta afiada afundar. Então se afasta para observar o organograma que criou. No topo está a oficial de investigação sênior original do caso Anna O: detetive inspetora Clara Fennel, da Unidade de Crimes Graves e Organizados do Vale do Tâmisa, que trabalhava com narcóticos e foi transferida para o famoso Esquadrão de Assassinatos da Polícia Metropolitana. Uma simples volta para casa se transformou em um desvio em sua carreira. Há uma lista de oficiais de investigação assistentes, e também de outros cargos, como oficiais de evidências, de ligação com a família, de cena de crime, e o principal responsável pelas visitas domiciliares. A outra foto já está lá: Harriet Roberts, enfermeira do Hospital de Custódia Rampton, deslocada para trabalhar na Abadia durante a estadia de Anna Ogilvy. Sim, a enfermeira alegre e o psicólogo bonito. A nova dupla do caso.

Levou anos para que Lola juntasse todas essas informações. Mas qualquer coisa pode ser descoberta com tempo suficiente. Ela está melhor que a polícia. Suas estantes estão repletas de tomos grossos e brilhantes: *Manual dos oficiais de investigação sênior*, *Introdução à criminologia: novas perspectivas*, e sua última aquisição: *Morto de sono: uma introdução ao estudo forense dos distúrbios do sono e à análise de sonhos*, do próprio dr. Benedict Prince. É seu primeiro livro, publicado antes de *Anna O e outros mistérios da mente*.

Ela também tem todas as edições da *Elementary*, a revista que Anna fundou com Indira Sharma e Douglas Bute, e leu cada edição no mínimo oito vezes.

Harriet Roberts é mais fácil, claro, uma ninguém com uma vida privada pacata e um perfil no Facebook digno de bocejos. Sua última atualização mostra fotos de um passeio pelo campo e efemeridades habituais como almoços caríssimos em pubs e copos de café morno. Nada de marido, nada de filhos. O dr. Prince faz o papel de pensador garoto-propaganda. A enfermeira Roberts interpreta a clássica enfermeira inglesa, brincalhona e prática. Ambos desempenham seus papéis muito bem.

Lola olha uma última vez para o dr. Prince e para a enfermeira Roberts — sua competência vistosa, seus sorrisos afetados — no Quadro 2. Então dá um passo para o lado e olha para o Quadro 3. É para onde ela sempre volta rastejando com seus post-its e sua caneta de ponta fina. É o quadro em que o caso ganha vida de verdade. As informações contidas ali foram meticulosamente compiladas de sua memória, matérias da imprensa e declarações ocasionais da polícia. O objetivo é que ele seja a cronologia definitiva do dia 30 de agosto de 2019. A fatídica noite. As horas que mudaram tudo.

Ela lê tudo de novo, quase balbuciando as palavras:

30 DE AGOSTO DE 2019
LOCALIZAÇÃO: FAZENDA, OXFORDSHIRE

PESSOAS:

ANNA OGILVY (25)
EMILY OGILVY (51)
RICHARD OGILVY (52)
THEO OGILVY (30)
INDIRA SHARMA (25)
DOUGLAS BUTE (26)
MELANIE FOX (39)
OWEN LANE (48)
DANNY HUDSON (22)
DI CLARA FENNEL (35)

O último nome é controverso, embora tecnicamente correto. A detetive inspetora Fennel quebrou o protocolo e correu para o local antes que outra pessoa pudesse assumir o caso, a fim de não ser jogada para escanteio por alguém mais experiente. A câmera da entrada da Fazenda comprovou isso, assim como o exame do veículo policial — um Volvo S90 T8 híbrido.

Lola não se incluiu na lista, claro. Ela só aparece nos registros oficiais.

Ela olha para a linha do tempo e volta para a véspera, dia 29, se demorando em uma anotação: "16h-oh: A Floresta". Esse não só é o item mais longo em termos de duração, mas também — pelo menos na mente de Lola — o de maior consequência. Afinal de contas, é o motivo de as pessoas visitarem a Fazenda. Foi isso que tornou o local famoso, infame até, o destino preferido de banqueiros, empresários, despedidas de solteiro e passeios de fim de semana em família.

Foi assim que ela conseguiu o convite. Oferecendo seu serviço de saúde e segurança com preços reduzidos, algo que nenhuma empresa respeitável aceitaria fazer. Um site, um cartão de visita e bingo. Estava dentro.

A chegada dos convidados no dia 29. O fedor de lama e bebida. O grupo dividido em duas equipes — uma jogando como Caçadores e a outra como Sobreviventes. Depois o jogo em si, se estendendo por oito tortuosas horas. A Floresta era um anexo da Fazenda, um pedaço de mata repleto de árvores que dava uma sensação crepuscular de ameaça. Era uma mistura de arvorismo, parque aquático e paintball, equipada com escadas e cordas. Os Caçadores podiam se mover com mais liberdade. Os Sobreviventes podiam fugir.

Owen Lane, o zelador, assustava os convidados na chegada. Mas esse era o objetivo da Fazenda. Era o lugar onde aquele CEO foi encontrado chorando por comida, onde aqueles dois grandes executivos descobriram o amor enquanto se escondiam no chão da floresta, onde reputações eram feitas e desfeitas, negócios eram fechados e espíritos animais emergiam em toda a sua terrível glória. Ou, pelo menos, essa era a estratégia de marketing.

Só que algo tinha dado errado naquele dia. Lola ainda se lembra claramente. A Floresta foi despojada de seus apetrechos, em grande parte graças ao dilúvio, e Melanie Fox insistiu que o evento seguisse. Os Ogilvy tinham agendado o "pacote família" para seis pessoas, três em cada time, incluindo todos os equipamentos, acomodações e comida.

Lola observa a lista mais uma vez. Só é possível compreender o que aconteceu entendendo o que houve antes. Ela ainda sente a lama nas narinas. A grama pantanosa grudando nas botas. Suas anotações da Floresta no dia 29 de agosto dizem:

SOBREVIVENTES
Richard Ogilvy
Emily Ogilvy
Theo Ogilvy

CAÇADORES
Anna Ogilvy
Indira Sharma
Douglas Bute

É o mistério que ninguém solucionou ainda. O que pode ter acontecido na Floresta durante aquelas oito horas para que uma mulher de vinte e cinco anos sem histórico de violência esfaqueasse seus dois companheiros de equipe até a morte, vinte vezes no total?

Mais uma vez, este é o problema das hipóteses amadoras. Nenhum daqueles colunistas, sabichões e detetives de supermercado estava lá. Ninguém viu todas as provas.

Eles não viram o diário. Não estiveram na Cabana Azul logo depois do que aconteceu. Eles só viram através de um vidro escuro.

Nenhum deles conhecia o segredo por trás de tudo.

20

BEN

A primeira resposta ao meu pedido de entrevista vem vários dias depois. Emily Ogilvy é claramente uma notívaga, assim como eu. O e-mail chega à minha caixa de entrada logo depois da 1h30. Abro-o e, enquanto leio, fico pensando na foto da família usada depois dos assassinatos e naqueles sorrisos otimistas. Eles estão magros, saudáveis, atléticos, bronzeados, ostentando sorrisos com dentes simétricos e brancos feito pérolas, cabelos penteados e roupas caras. A sorte os envolve: pelo lugar onde nasceram, pela educação que receberam, pelas carreiras que escolheram. Menos de vinte e quatro horas depois, um deles seria preso por homicídio; um ano depois, os pais se divorciariam; seis meses depois, Theo Ogilvy fugiria para um exílio permanente na América do Sul, após uma overdose quase fatal. A arrogância é punida pelos deuses.

O e-mail é uma mensagem polida, mas breve, me informando de um cancelamento em sua agenda e sugerindo um encontro na Igreja de Santa Margarida, mais tarde naquela manhã. Ela assina o texto com seu nome completo, quase como se aquilo fosse uma carta formal.

Não aguento me arrastar de volta para Pimlico, então durmo um pouco no escritório e tomo banho nas instalações do local. Envio um e-mail para a recepção dizendo que vou trabalhar de casa hoje e depois vou para a Santa Margarida.

A Praça do Parlamento e a entrada do Supremo Tribunal estão praticamente desertas quando chego. Olho para o Big Ben e para o Palácio de Westminster. A igreja é tipo uma intrusa, grudada nas abas da Abadia de Westminster.

A Santa Margarida está meio vazia nesta manhã. Lá dentro há políticos rezando por absolvição e clérigos de manto perto da frente. Nunca sei se devo fazer o sinal da cruz, uma reverência ou demonstrar algum outro sinal de respeito. Avalio os bancos. Vejo a nuca de uma mulher perto do altar. Mesmo desse ângulo dá para perceber quanto Emily mudou. Pelas fotos antigas que vi na internet — ela de arminho durante a tomada de posse na Câmara dos Lordes, operando as linhas telefônicas na sede do partido e no seu apogeu como ministra no Novo Partido Trabalhista —, ela sempre pareceu ser uma mulher de meia-idade presa no corpo de uma jovem. Agora, finalmente, o exterior combina com o interior.

A parte de trás de sua cabeça está eriçada. Ela se inclina para a frente em oração, ambas as mãos entrelaçadas com devoção. É difícil acreditar que esta mulher fosse capaz de provocar lágrimas nos colegas com uma única frase. Ou que tenha sido pioneira nos serviços de saúde mental como Ministra da Saúde no final dos anos 1990 e no início dos anos 2000. Emily Ogilvy já foi fanática por política. Mas a tragédia fez dela uma fanática por Deus. Eu me pergunto se encontrou o verdadeiro propósito em alguma dessas atividades.

Sento-me no mesmo banco que ela. Emily, apesar de toda a sua falta de mundanismo recente, ainda demonstra as antigas habilidades políticas. O banco está bem distante dos outros, escondido atrás de um canto com a linha de visão obscurecida. Ninguém vai nos ver aqui. Ela se certificou disso, acionando seu detector natural para flash de câmeras.

— O que ele está dizendo?

Emily não vacila. Ela se recosta no banco, abrindo os olhos devagar e parecendo serena ao ver o banco ocupado.

— Como?

— Deus, quero dizer.

— Não é assim que funciona.

Acomodo-me no banco, sentindo que estou na escola de novo, enfiando as mãos rebeldemente nos bolsos. Sou incapaz de resistir.

— O coitado deve ter uma caixa postal do tamanho de Marte. Pior que a da maioria dos políticos.

Emily sorri, entregando-se à minha blasfêmia casual.

— A única diferença nessa analogia é que políticos, até mesmo ex-ministros, não têm o poder de Deus.

— Isso seria novidade para quase todos eles.

— Não duvido.

Ela é mais amigável em pessoa. Na TV, Emily sempre pareceu frágil, uma "piranha de pérolas", como um dos tabloides afirmou com uma misoginia memorável. Mas essa máscara praticamente desapareceu. Há um brilho professoral em seus olhos. O mundo de Westminster reagiu com espanto à notícia de que ela iria fazer um treinamento para o sacerdócio, substituindo o título de baronesa pelo de clériga.

Embora, tecnicamente, até seu sobrenome seja diferente agora. Desde o divórcio com Richard Ogilvy, usa o nome de solteira. Ela tem um ar de respeitabilidade paroquial. Comparo-a com Anna e vejo uma semelhança fugaz.

— Fiquei confusa quando recebi sua mensagem — diz ela, a amabilidade virando gelo. — Já disse tudo durante a investigação. Já conheci vários especialistas com teorias maravilhosas. Não deram em nada. Perdoe o meu ceticismo. Mas parece mais do mesmo.

— Talvez sim, talvez não. Só estou pedindo o benefício da dúvida.

Emily não fica entusiasmada.

— E você espera conseguir o que exatamente? Mais um caso impressionante para o seu currículo?

— Não — respondo. — Espero trazer sua filha de volta à vida.

21

BEN

A igreja está sufocante. Saímos em busca de cafeína.

O Starbucks está cheio, então pegamos as bebidas e caminhamos pela Victoria Street. Os escritórios anônimos dão lugar ao esplendor gótico. Um helicóptero paira sobre a Downing Street, para filmar a carreata do primeiro-ministro.

Dou-me conta do quanto Anna perdeu desde que caiu no sono. A Downing Street, a casa do primeiro-ministro, tinha outro morador. Terrenos em obras se tornaram prédios comerciais. O mundo mudou nos últimos quatro anos.

Emily quebra o silêncio.

— Posso perguntar o que você tem que os outros não tinham?

É uma pergunta forense, o tipo de pegadinha feita nos comitês parlamentares.

— Bem, para começar, acredito que a mente é mais poderosa que o cérebro. A maioria dos especialistas acredita no oposto.

— É uma declaração grandiosa, mas sem sentido.

— De jeito nenhum. Os antigos já sabiam disso, assim como os pré-modernos. Culpa do Iluminismo. Só nos últimos séculos passamos a ignorar a mente e nos concentrar estritamente no cérebro. Anna, assim como a maioria dos pacientes com a síndrome da resignação, ficou presa em um ambiente médico sem estímulo nenhum. Meu método vai trabalhar com os sentidos: sons, cheiros, vozes, toques que evoquem lembranças seguras do passado dela. Quero que o corpo dela acorde sua mente para que ela pense que é seguro voltar.

Emily parece solene, em busca de algo.

— A mente é seu próprio lugar, e por si só pode fazer do inferno um paraíso, e do paraíso um inferno.

— Milton não estava errado.

— Mas também não estava inteiramente certo. Estudei *Paraíso perdido* na universidade. Parece outro mundo agora. — Ela me observa e parece finalmente aceitar minha boa-fé. — O que você quer saber? Se a privamos de doces quando ela era pequena? Se meu marido batia na bunda dela quando Anna colocava o dedo na tomada? Se a causa do problema de sono é ela ter ido para a cama cedo demais?

Decido não fazer meu discurso habitual sobre esperança.

— Vi os arquivos. Não é com isso que estou preocupado. Conheço o mapa do local, a Floresta, o jogo, a mensagem do WhatsApp, a análise forense da faca. O que nenhum dos arquivos me diz é *por quê*.

— Quem disse que eu sei?

— Se você não sabe, ninguém mais pode saber.

— Você tem uma visão bastante ingênua da relação mãe e filha.

— Aos vinte e cinco anos, seus pais ainda são quem o conhece melhor. Para uma criança, eles são toda a sua vida. Já para uma mãe, o filho é só uma temporada entre muitas. Acho que você sabe mais do que deixa transparecer.

— Sua ex-esposa foi a primeira policial a aparecer na Fazenda naquela noite, não é?

— Sim.

De repente, Emily parece triste, sobrecarregada.

— Sinto muito por ela, de verdade. Por ter sido arrastada para isso. Li todas aquelas coisas nos tabloides, aqueles comentários terríveis na internet. As teorias da conspiração falando sobre o envolvimento da polícia, como se elas estivessem em conluio só porque estudaram em Oxford. Eu, mais que ninguém, sei bem como é.

Lembro-me das discussões que tive com Clara sobre o meu livro, pois os editores e agentes queriam que eu colocasse o caso Anna O em primeiro plano. Agora estou reescrevendo a história. Nosso casamento já estava em queda livre naquela época. Eu fiquei mais distante. Clara encontrou consolo em outro lugar.

— Quero saber o que Clara e sua equipe não descobriram — digo. — A verdade profunda e emocional. Já se foram quatro anos. São águas passadas.

Chegamos à Praça do Parlamento e paramos diante do edifício do Supremo Tribunal. O Palácio de Westminster obscurece toda a cena. Bebemos nossos cafés.

— A imprensa se concentrou no sucesso de Anna — continuo. — Nos ótimos exames na escola, nas honrarias em Oxford. Depois, no sucesso da empresa com Indira e Douglas, na carreira de empreendedora das comunicações em formação. Mas a síndrome da resignação não ocorre por causa do sucesso. E sim por causa do fracasso. Da falta, da ausência.

— Isso vai ser registrado?

— Sou psicólogo, não policial. Não tem registro.

Emily suspira, como se formulasse uma ideia.

— A primeira coisa que você precisa saber é que Anna sempre foi uma garota de extremos. Se entender isso, talvez entenda o restante. Muitas pessoas não entendem. Mas é irônico, acho, visto o que aconteceu.

— Irônico como?

— Adulta, seus olhos nunca estão abertos — diz Emily. — Quando criança, eles nunca se fechavam. Foi assim que os pesadelos começaram.

22

BEN

O dia está nublado, efervescente com a promessa de chuva. Seguimos em direção a Whitehall. O cenário vai mudando: o minimalismo dos anos 1990 se transforma em esplendor barroco. A Coluna de Nelson surge em primeiro plano. As fontes da Trafalgar Square. As buzinas da Strand. A antiga capital está saindo da sonolência para a vida.

— Quando foi a primeira vez? — pergunto. — Ela é sonâmbula, suponho.

Emily assente com a cabeça. Ela parece hesitante, temerosa até.

— Até onde sabemos, foi numa viagem de família para a Cornualha.

— Quantos anos ela tinha?

— Nove. Viajamos em uma antiga van com as crianças e o cachorro e ficamos em um chalezinho por uma semana. As duas primeiras noites foram tranquilas. Na terceira noite, assistimos a um filme. Richard e Theo queriam ver um dos filmes de Bond, mas achei que Anna era muito nova. Só que eles venceram. Foi o segundo do Timothy Dalton, esqueci o nome. Tinha um monte de armas, morte e violência.

— *Permissão para matar* — digo. Lembro de assistir a uma versão ilícita em VHS e de tentar replicar a suavidade brutal de Dalton, sem muito sucesso. — O que aconteceu?

— Nada. Bem, nada enquanto assistíamos ao filme. Anna jurou que não estava com medo. Theo e Richard fizeram toda aquela ceninha masculina. Até Buttons, o cachorro, gostou. Fomos dormir como se fosse uma noite qualquer. Daí aconteceu do nada no meio da madrugada.

Espero. Emily não quer se apressar.

— Anna?

Ela assente com a cabeça, distraída. Seus olhos lacrimejam um pouco. Ela não está mais vendo o Parlamento nem as estátuas, mas um chalezinho em uma parte longínqua da Cornualha e um quarto escuro que a assombra há duas décadas.

— Lembro de acordar com um barulho na cozinha. Pensei que tinha deixado alguma porta aberta. Parecia um animal, talvez o cachorro. Entrei na cozinha logo depois das duas da manhã.

— E o que você viu exatamente?

— Buttons, nosso cachorro, deitado em uma poça de sangue no chão. Uma das facas da cozinha enfiada na lateral do seu corpo. Anna estava parada ali.

— Como no filme de Bond?

— Sim. Bem, meio que isso. — Emily me encara. Seus olhos cintilam de alívio por saber que alguém entende. — Buttons tinha mordido Anna acidentalmente um ano antes. Ela teve que ir para o pronto-socorro e tomar pontos. A certa altura, pensamos que teríamos que nos desfazer do cachorro. Ela estava bem, mas nunca chegava perto dele. Buttons era parte do clube dos garotos. Era mais deles que dela.

— O que Anna estava fazendo naquela noite?

— Só assistindo. Havia manchas de sangue no pijama dela. Pelo ângulo, ficou claro que foi ela quem deu a facada.

— Você conversou com ela?

— Sim.

— Ela respondeu?

— Sim, mas foi como se eu estivesse falando com outra pessoa. A voz dela estava diferente.

— E depois?

Emily não titubeia nos detalhes. Conhece essa história bem demais; a cadência é automática.

— Estava chocada demais para fazer qualquer coisa. Dei uma olhada em Buttons, mas ele claramente já tinha partido. Tirei Anna de lá e a levei de volta para o quarto. E daí, bem...

Emily se interrompe. Lá vem o desfecho que ela veio construindo. A verdade que assombra tudo.

— Foi quando Anna finalmente acordou — digo.

23

BEN

Ouço o fim da história sem entendê-la por completo. Na confusão, Emily não acordou o restante da família. Limpou a cozinha e carregou Buttons para o jardim, para um riacho que passava no final do chalé. Cavou uma pequena cova e o deixou ali, sem coleira nem identificação. Na manhã seguinte, anunciou que o cachorro tinha fugido à noite. Theo e Richard montaram um grupo de busca, angariando alguns outros turistas. Mas não adiantou. A cova era funda o suficiente para enterrar as provas.

— Na manhã seguinte Anna se lembrava de alguma coisa? — pergunto.

— Não. Ela procurou Buttons tão vigorosamente quanto os outros. Lembrei das pessoas falando sobre exorcismo. Foi como se minha filha de nove anos tivesse expurgado alguma coisa.

— Quanto tempo levou para você conseguir um diagnóstico?

Emily faz outra pausa.

— Você vai pensar que sou uma péssima mãe.

— Pode falar.

— Eu ainda era ministra. Só a sombra de um escândalo, mesmo a morte de um cachorro da família, me faria ser demitida na reestruturação seguinte. Minha filha era nova. Eu a deixei assistir a um filme violento. Ela copiou os elementos que viu. Entendi a situação como um erro parental genuíno.

— Quanto tempo levou para acontecer de novo? Ou que você tenha sabido?

— Não são exatamente a mesma coisa.

— Não, não são.

Emily encontra uma lixeira e joga fora seu copo de café meio vazio. Ela ajeita o casaco sobre si.

— Anna era adolescente, tinha uns catorze anos. Recebi uma ligação do internato. Alguns itens tinham sido roubados dos aposentos da governanta. Ela tinha outras preocupações também.

— Como o quê?

Emily fica hesitante de novo, dividida entre contar a verdade e proteger a filha.

— Anna sempre foi uma criança um pouco estranha. Obsessiva até. Por algum motivo, ela ficou obcecada por assassinatos e crimes reais. Um livro acima de tudo. *A sangue frio*.

Conheço o livro. Tenho um exemplar surrado no apartamento de Pimlico. O título completo é: *A sangue frio: relato verdadeiro de um homicídio múltiplo e suas consequências*. A obra-prima de Truman Capote revolucionou o gênero utilizando técnicas novelísticas para recontar uma história real. Uso o livro como uma forma de dar as boas-vindas aos meus alunos do curso de Psicologia Forense da Birkbeck, o que funciona como um quebra-gelo no primeiro período.

— Eu costumava brincar dizendo que Anna sempre foi o tipo de pessoa que mataria para ter seus quinze minutos de fama — diz Emily. — Ela precisava ver o próprio nome sob os holofotes. Queria ganhar Copas do Mundo ou se tornar presidente. Quando começou a escrever, minha filha não queria apenas ser uma boa escritora. Ela queria ser incrível.

— Conheço a sensação.

— Ela até estava trabalhando em uma matéria sobre algum crime real para a revista pouco antes daquela noite na Fazenda. Era sua tentativa de rivalizar com Capote. Ficou igualmente obcecada pelo hospital psiquiátrico Broadmoor e pelo caso horrível de Sally Turner no final dos anos 1990. A Monstra de Stockwell. — Emily fica constrangida, depois tímida. — Eu a encorajei a se concentrar em coisas felizes. Coisas alegres. Mas meu conselho entrou por um ouvido e saiu pelo outro.

A referência a Sally Turner me deixa intrigado. É a assassina mais infame da Grã-Bretanha. A mãe que matou seus próprios enteados na busca pela "família perfeita". Bloom sempre me presenteou com histórias de sua época no Broadmoor. É a primeira conexão. Anna e a Monstra de Stockwell. Não é o que eu esperava.

— Você sabe se Anna chegou a escrever a matéria?

Emily balança a cabeça.

— Estava terminando, acho. Antes, bem, de tudo...

— O que aconteceu com o incidente na escola?

Ela suspira.

— A governanta tinha uma câmera instalada no apartamento. Anna foi pega roubando. Seus olhos estavam visivelmente abertos, apesar de ela ter afirmado que não se lembrava de nada. Foi expulsa. Consegui manter o escândalo longe dos jornais graças a um advogado especialista em calúnia bastante caro. Anna continuou negando.

Não consigo dizer se Emily só está triste ou se há algo mais. Vejo uma centelha de culpa. Então percebo que não é isso, não de verdade. É algo pior.

Vergonha.

— O tratamento exigiria explicar o incidente na escola — concluo. — O que, por sua vez, poderia ter vazado para a imprensa e comprometido sua carreira na política. Então você abafou o caso de novo e não fez nada. Colocando a política acima da parentalidade.

Emily não protesta.

— Sim. À luz do dia, parece imperdoável. Mas comprometer todo o meu trabalho, tudo pelo que fiz a família passar, por causa de um delito adolescente parecia loucura.

— Você acha que o incidente escolar está relacionado ao das férias?

— Sou política, não médica. Eu achava que Anna era perturbada em termos gerais. Theo e Anna foram criados por uma sucessão de babás da Norland e *baby-sitters* esporádicas. Ela foi uma criança da era da internet. Pergunto-me se isso não contribuiu.

— O que fez você mudar de ideia?

Ela faz mais uma pausa e respira fundo.

Emily parece sofrer, como se essa lembrança fosse ainda pior que as outras.

— Tudo mudou quando Anna tentou me atacar.

DIÁRIO DE ANNA

2019

1º de janeiro

Mais uma festa de Ano-Novo morna no apartamento. A família, claro, aprontou suas travessuras. Theo bebeu demais, como sempre. Mamãe ficou ocupada com assuntos da Casa dos Lordes. Papai ficou contando dinheiro grudado ao telefone. Escolho Indira e Doug e seus amigos risonhos e a carroça da decepção com os fogos de artifício no Embankment. Observo a explosão de cores brilhantes demais na London Eye. Doug está chapado. Indy é solidária. Estou entediada e inquieta.

2018 já era. Viva 2019!

Voltamos para o apartamento alugado em Camden. Bebemos até de manhã. O novo ano curiosamente parece o velho.

Os outros estão dormindo enquanto escrevo. Este caderno foi um presente de Natal de minha mãe, provavelmente comprado por um dos seus lacaios na loja de presentes do Palácio de Westminster. Estou ficando velha. Não tenho nada com o meu nome para mostrar. Keats morreu com vinte e cinco. Jane Austen escreveu *Orgulho e preconceito* com vinte e um. Rafael já era considerado um gênio com essa idade. Até os anônimos da universidade agora são colunistas em jornais de verdade. Já eu edito uma revista minúscula com leitores de menos, pretensões demais e sem artigos assinados.

Não tenho estamina para romances longos. Não tenho alma de poeta. Vai ter que ser isto. No começo de toda semana, à moda de Pepys, vou registrar meus pensamentos aqui. Então finalmente serei a escritora que escreve algo de verdade. Indira dá risada quando falo coisas assim em voz alta. Douglas é o pretensioso, o publicitário temperamental com seu estilo de pavão e suas ambições. Eu sou o burro de carga, o azarão. Desempenho o papel muito bem.

Não, este ano não pode ser de mais doze meses na rodinha do hamster. É hora de viver. De respirar. De morrer e renascer.

Este ano, vou escrever algo.

Carpe diem e essas merdas todas.

7 de janeiro

O apartamento é o nosso escritório. O escritório é o nosso apartamento. Assim como todas as pequenas empresas, vivemos e respiramos a revista. Hora da cerveja. Hora da *siesta*. Mas, mais frequentemente, labuta e problemas.

Somos três amigos no apartamento de Camden. Indy é a encarnação da serenidade. Doug é sempre fantástico: inteligente, extravagante, vigorosamente ambicioso, sempre gentil. Garoto-propaganda descolado. "Homem nenhum é herói para o seu criado" deve ser atualizado para: homem nenhum é herói para aqueles com quem divide o banheiro num apartamento pequeno.

Mas a vida com certeza é mais do que amigos de vinte e poucos anos com cabelos impecáveis e hidratante demais. O próximo aniversário é o último cuja comemoração é aceitável. Depois disso, será um abismo de números crescentes e metabolismo em queda livre. Vai ser só rugas, gordura na barriga e o lento deslizamento gravitacional para a merecida mediocridade.

Estou sentada com meu exemplar de *A sangue frio*, que leio pela zilionésima vez. Eu poderia escrever algo assim. Posso ser tão irascível e austera quanto Truman Capote, com seu chapéu torto e seus olhos pequenos e feios. Aparentemente, Capote se inspirou em um artigo de trezentas palavras do *New York Times*. Então eu também devo procurar a minha inspiração.

Preciso escrever alguma coisa.

Preciso de um assassinato decente.

24

BEN

A Harley Street parece ainda mais silenciosa depois da agitação dos arredores do governo. Entro na Abadia pela porta dos fundos, preocupado com jornalistas tentando farejar alguma história.

Bloom está na sala dela, terminando uma ligação. A minha sala foi limpa depois de ontem e está bem arejada. Sento-me na escrivaninha e fico tentando processar o que Emily me contou sobre o incidente final. Era uma viagem de verão para a Grécia, para comemorar a formatura de Anna. Emily acordou no meio da noite. Anna estava gritando no quarto. A mãe abriu a porta para ajudá-la. Anna explodiu e a atacou. Seus olhos estavam abertos. Mas, assim como antes, ela não era mais a filha de Emily. Tinha se tornado outra pessoa.

Verifico os e-mails e conto para Bloom sobre a primeira parte da entrevista. Ela me olha com aquele jeito de coruja, como uma sábia perturbada por seu pupilo.

Então diz:

— E você tem certeza do diagnóstico de sonambulismo?

— Está tudo lá na mensagem de WhatsApp: "Me desculpem. Acho que matei eles". Anna acordou e deparou com os cadáveres e a faca na mão. Sonambulismo clássico. Ou ela ainda estava sonâmbula quando mandou a mensagem.

— Ou ela nunca foi sonâmbula e simplesmente usou o sono como uma forma de se safar do assassinato.

— Sim — concordo. É a teoria conspiratória mais comum, o argumento-chave para a brigada da Bela Adormecida. — Ou isso.

— E o passado dela?

— Sabemos de três incidentes específicos. As férias de família, quando Anna tinha nove anos; o incidente escolar, quando era adolescente; e a vez que Anna atacou Emily, quando tinha acabado de fazer vinte e um.

— O gatilho é o mesmo?

— Sim. Mudança ou trauma de algum tipo. Férias, internato, sair de Oxford. Emily ficou com medo de as histórias vazarem se eles procurassem tratamento, então abafou tudo.

Bloom assente com a cabeça e suspira. Entrelaça os dedos de uma mão nos da outra. Está usando mais anéis vintage que de costume.

— Suponho que isso explique por que a teoria do sonambulismo nunca foi levada a sério pela imprensa.

— Também explica por que ela não apareceu nos relatórios médicos. Parece que Emily tentou mencionar o sonambulismo no interrogatório da polícia, mas ele foi considerado uma súplica especial.

Bloom ajeita os pés no apoio. Observo-a, me perguntando para o que ela volta toda noite. Ela mora sozinha. Seu companheiro de longa data morreu seis anos atrás. Sua casa de dois quartos em Islington está lotada de livros, todos com páginas amarelas de nicotina nas pontas. Imagino-a zanzando pelo espaço vazio, pensando na aposentadoria. Talvez seja por isso que está apegada a este lugar. Ela precisa de uma plateia. A velhice não combina com ela.

— Não havia mais nada?

— Curiosidades incidentais. Aquele seu velho palpite, na verdade. Anna estava trabalhando em uma matéria sobre algum crime para a *Elementary* antes do ataque. Ela estava pesquisando Broadmoor e o caso Sally Turner.

O silêncio reina. Puro, desconfortável. Bloom parece distraída, até que diz:

— Sally Turner?

— Sim.

— Tem certeza? A Monstra de Stockwell? — Sua voz está diferente agora.

— Por quê?

Bloom fica encarando o nada. Pergunto-me por que o nome Sally Turner lhe provoca uma reação tão forte. Além do motivo óbvio, claro. Sally Turner é tipo Harold Shipman ou Myra Hindley — um nome gravado na consciência nacional. Junto a Eva e Medeia, ela é sinônimo de crueldade feminina, a madrasta malvada.

Continuo:

— No final, Emily me ofereceu algo a mais. Um item pessoal do quarto de Anna. — Pego o livrinho da mochila e o ergo. — *Medeia* de Eurípides. Parece que Anna estava obcecada por ele antes do incidente na Fazenda. Ele se tornou seu segundo livro favorito, depois de *A sangue frio*. Tem algumas anotações a lápis nas páginas. Emily pensou que ele talvez me ajude a entender o estado mental de Anna antes do ataque.

O desconforto na expressão de Bloom fica mais evidente. Ela não fala nada.

Fico nervoso com a reação dela. Será que perdi algo? Repasso tudo o que falei: a referência a Medeia. Sally Turner. A Monstra de Stockwell.

— O que foi? Por que esses nomes incomodam você?

Bloom responde em um tom mal-humorado e irritado, como se eu tivesse interrompido sua linha de raciocínio.

— Temos uma segunda fonte ou é só a palavra da mãe?

— Ainda não temos. Talvez consigamos recuperar as filmagens da escola de Anna.

Bloom balança a cabeça.

— A escola deve ter apagado as filmagens logo depois do incidente, para esconder o escândalo.

Ela reorganiza a expressão rapidamente. É mestre nisso. Bloom tem um quê performático: as roupas, o peso, o sarcasmo, o autoproclamado distanciamento do sentimentalismo. Está de volta em plena forma. A ansiedade foi eliminada com cuidado. A vulnerabilidade desapareceu.

— Medeia — diz, em um tom reflexivo e abstrato. — Uma mulher que entra para a história como o arquétipo da maldade. Uma mãe que mata os próprios filhos. Só está um passo à frente da mulher que mata seus dois melhores amigos.

— O que foi? — A inquietação toma conta de mim, o mistério se aprofunda.

Ela continua como se eu nem estivesse ali:

— Dois erros podem fazer um acerto? O mal é algo que deve ser exterminado do corpo, um câncer psicológico, reconstruindo o paciente do zero? Ou é herdado, biológico? O que é a maldade?

Há uma intensidade perturbadora nela agora. Fica olhando para as estantes, alheia ao momento. Dificilmente a ouço falando assim. Sinto as bordas amassadas do livro nas mãos. Olho para a capa da edição de *Medeia e outras peças*, da coleção de clássicos da Penguin. Ela mostra duas figuras alaranjadas, uma mãe e uma criança. A criança está com o braço esticado. A mãe está com a mão na cabeça da criança.

Bloom quebra o silêncio. Ela se levanta bufando da cadeira, a gravidade trabalhando contra ela.

— Desculpe, Ben. Mas tenho que fazer umas coisas. Não estou me sentindo muito bem.

Conheço Bloom há mais de vinte anos. Ela nunca pediu para eu me retirar.

— Posso ajudar em algo?

Ela me encara, derrotada.

— Não, você já fez o suficiente.

Então me coloca para fora da sala.

25

BLOOM

São quase 20h15 quando Bloom decide ir embora da Abadia. Mas, mesmo assim, não consegue chegar até a porta.

Ela para de andar de um lado para o outro e relutantemente se senta de novo. Está entrando em pânico, o que ela vive dizendo para os outros não fazerem. O pânico induz uma resposta do tipo fuga ou luta. O corpo fica tenso; a mente, nublada; e todos os instintos são esquecidos. Não, ela está ficando velha demais para isso. Mal tem dormido. São lembranças demais, passado demais.

Tudo o que ela consegue ouvir é aquele trecho da conversa de Ben com Emily. Sobre o último artigo de Anna para a *Elementary*.

Broadmoor. Sally Turner.

E aquela única palavra. Se ao menos ele não tivesse mencionado aquela palavra esquecida por Deus.

Medeia.

Não pode ser. No entanto...

Bloom pega uma chave no bolso do seu cardigã e destranca a última gaveta da escrivaninha. Sua mão está úmida e cobre a chave de suor. A gaveta se abre e ela enfia a mão lá dentro, retirando uma velha ficha de paciente com páginas manchadas de chá e capa de papelão azul.

Todos os registros médicos, é claro, devem ser devidamente arquivados. Hoje em dia, esse tipo de anotação extraoficial seria uma ofensa passível de demissão. No entanto, esta ficha é uma forma de proteção. Ela precisa ter um registro do passado: datas, horários, comentários de sessões, tudo decifrável apenas para ela.

Bloom percorre os papéis até encontrar as anotações: "2 de julho de 1999. Ala Cranfield, Hospital Broadmoor". As sessões ainda são tão vívidas. Em geral, ela só guarda vagas lembranças dos pacientes. Mas este caso é diferente. Foi um de seus primeiros no Broadmoor. Aquele lugar macabro e bárbaro com seu cheiro de hospício e paredes vitorianas altas. Mesmo depois de tantos anos, ela ainda consegue se lembrar de momentos específicos. Essa pessoa sempre foi singular, até quando criança.

Suas mãos tremem, com tiques e espasmos de artrite. É o medo. Ela vira a página, sentindo a ponta da folha ficar úmida com o seu toque. Ela pensa em Anna jazendo ali perto, silenciada pelo sono. O caso foi tão mascarado pelos boatos que é difícil separar fato de ficção. Agora, depois do que Ben lhe disse, o perigo voltou.

Bloom lê a última página da ficha. Depois se levanta, ignorando o casaco. Os fatos concretos do caso se repetem: a Fazenda, a faca, os dois corpos, a família Ogilvy, a chegada da polícia.

30 de agosto de 1999.

30 de agosto de 2019.

O vigésimo aniversário.

É possível. Isso é o que mais a assusta. É possível que esse caso não seja o que as pessoas imaginam. Que Anna ter sido transferida para a Abadia não seja coincidência nem sorte, mas algo muito mais sinistro.

Ela olha para a próxima linha e o nome no topo: "Paciente X". O codinome foi sugerido pelo Ministério do Interior. Ele foi pensado para garantir que o nome verdadeiro não vazasse e para evitar a repetição de casos semelhantes no início da década.

Bloom tranca a porta do escritório. Pega o elevador e desce até o térreo, mal notando os cumprimentos do pessoal da recepção. Sim, ela tem certeza. Pode sentir no seu cerne, nas profundezas mais sombrias de sua alma.

Tem algo errado.

Tem algo muito errado.

DIÁRIO DE ANNA

2019

14 de janeiro

A cozinha está imunda: panelas cheias de crostas, copos sujos, talheres cobertos de molho bolonhesa parecendo sangue seco. É ali que encontro o iPhone de Douglas, ainda cronometrando o jantar de ontem à noite. Sua senha é fácil: 100194. Seu aniversário.

Douglas não é muito criativo.

Dou uma olhada no aparelho, como gosto de fazer de vez em quando. É a aspirante a jornalista investigativa falando mais alto. Eu me inscrevi em todos os programas renomados: *Times*, *Telegraph*, *FT*. Leitor, eu falhei. É por isso que comecei a *Elementary*, para esconder o fracasso profissional sob o disfarce de uma start-up, como todos os bons empreendedores da comunicação.

Continuo vasculhando o celular de Doug e fico surpresa com a ausência de escândalos. Há pouco flerte, nenhuma atividade questionável. Imaginei mais sujeira. Mas há um novo grupo de WhatsApp que não estava ali da última vez que bisbilhotei.

"Sobre a aquisição."

No grupo só há mais uma pessoa. Reconheço o número de Indy, quase tão familiar quanto o meu próprio número.

Percorro a conversa, leio as mensagens e fico pensando. Sei do que se trata. No fundo. Já vi os olhares que eles trocam. As discussões furtivas que terminam assim que chego. Percebi a distância crescendo entre a gente.

Indira: Reunião definida com o pessoal de negócios da GVM. 14h.

Douglas: Café com contador. Semana que vem?

Indira: Melhor em e-mail privado. Criei uma conta conjunta para discutir RO etc. bj

A conversa é claramente direcionada para um e-mail criptografado. Eu me pergunto se eles suspeitam que eu esteja bisbilhotando. Preciso procurar mais e encontrar o tal e-mail privado.

O site da GV Media surge no Google. É uma nova empresa de comunicação com sede em Seattle que possui uma variedade de plataformas digitais financiadas por anúncios e assinaturas, especializada em consumidores das gerações Y e Z. É a predadora. A *Elementary* é a presa. Indira e Douglas são os chamados cérebros comerciais da operação. Fui relegada ao papel de gênia idiota, a artista em seu sótão congelante. Grudada no notebook feito um peão de fábrica digitando novas edições até morrer. Também pesquiso "RO". Além de gírias ligeiramente obscenas, parece ser um acrônimo financeiro para "*rollover*", que significa: "reinvestimento de fundos a partir de uma ação ou título para outra".

Clássica Indy com suas pretensões de MBA e siglas de garota urbana. Uma mulher que ganha a vida engolindo moedas. Essas mensagens despertam pensamentos parecidos com os que eu costumava ter. Antes. AC em vez de DC. Sinto os rugidos começarem e faço uma longa caminhada.

Preciso dormir esta noite.

Sim, tudo vai ficar melhor pela manhã.

21 de janeiro

Às vezes, fantasio com umas coisas. Acho que Freud chamaria de devaneios. *Estudos sobre a histeria* é o único dele de que gosto. Fico vendo aquelas mulheres vienenses empertigadas caminhando em direção à Berggasse 19 com seus sobretudos imaculados e suas repressões tão refinadas.

Abro o primeiro capítulo. Foi escrito por Breuer, e não por Freud, um equívoco generalizado. Trata-se da primeira paciente de psicanálise. Minha xará. Eu leio:

> Na ocasião em que adoeceu (em 1880), *fräulein* Anna O. contava vinte e um anos de idade. [...] Era dotada de grande inteligência e aprendia as coisas com impressionante rapidez e intuição aguçada. Possuía um intelecto poderoso, que teria sido capaz de assimilar um sólido acervo mental e que dele necessitava — embora não o recebesse desde que saíra da escola. Anna tinha grandes dotes

> poéticos e imaginativos, que estavam sob o controle de um agudo e crítico bom senso. [...] Sua força de vontade era vigorosa, tenaz e persistente.

Pondero se há alguma palavra ali que não se aplique a mim. Imagino "Anna" em 1880 — quase 140 anos atrás —, ainda tão vívida nessas páginas. Isso é o que mais me fascina na escrita. Talvez seja o motivo de eu escrever. Anna O está tão viva para nós hoje quanto esteve para os leitores de 1895.

As palavras certas na ordem certa podem conceder imortalidade. Transformar pessoas de carne e osso em deuses olímpicos literários. Palavras são um elixir.

Dormir tem sido difícil. Estou assustada demais para fechar os olhos. Sinto o passado voltando. Os fantasmas das minhas próprias histórias se libertando. Vejo aquelas velhas ilusões, aquelas que pareciam tão reais, e fico acordada.

Queria poder ser normal.

A maior parte do tempo.

28 de janeiro

O apartamento. A sala. O sofá com uma salada da Pret e um vinho do Aldi. Indira e Douglas aparentemente estão se encontrando com um anunciante no hotel Ned. Na verdade, sei que estão bebendo margaritas no Scarfes Bar em Holborn com um membro da equipe de negócios da GVM. Eu os vejo terminando a reunião e fugindo para um quarto. Não, estou tendo devaneios de novo. Sou do editorial. Eles são de vendas. Estão fazendo o que vendedores fazem.

O Man United perdeu esta noite com uma performance decepcionante e apática. Sinto falta daquelas velhas sessões de TV com meu pai. Era a única coisa que costumávamos fazer juntos. Às vezes, imagino-o assistindo ao jogo em um quarto de hotel durante suas viagens e mando mensagens comentando táticas: qual atacante é inútil e por que precisamos de um novo lateral-direito. Às vezes, ele até responde. O dinheiro lhe interessa mais do que pessoas ou filhos.

Estou cansada. É uma exaustão rota, de doer os ossos e nublar a mente. Mal consigo manter meus olhos abertos. Tento calcular quanto tempo faz desde o último episódio. Pego o iPad e pesquiso "cura para sonambulismo" de novo.

Imagino Indy e Doug no bar. Depois, imagino-os jazendo no chão com uma poça de sangue em volta deles. A ideia é perturbadora, pegajosa, persistente. Eu me levanto, desligo a TV, passo um café preto bem forte com três colheres de Nescafé. Vou para o quarto, tranco a porta e apoio uma cadeira nela.

Verifico se as janelas estão fechadas. Faço exercícios de respiração. Espero a luz da manhã.

Quero que a noite termine logo.

26

BEN

Já está escuro. Fico na janela da minha sala, vendo Bloom ir embora. Acompanho seu caminhar inconfundível em direção à Great Portland Street para a solitária viagem de metrô até sua casa. Não consigo esquecer sua reação estranha dessa tarde. Posso ouvir a violência de suas palavras, aquela centelha de certeza falando sobre reconstruir um paciente do zero.

Sou a última figura sênior aqui. As outras enfermeiras e a equipe interna se agitam pelo segundo andar. Temos seis pacientes internados esta noite, incluindo Anna. Os outros são: um corretor de seguros, um banqueiro de investimentos, um divorciado suíço, um ex-ministro do Gabinete e um jogador internacional de rúgbi. Eles são ricos, mas não são visados pelos paparazzi. Todos podem viver sem medo de serem perseguidos. Nenhum deles sabe que ali perto está a suspeita de homicídio mais famosa do mundo.

Anna O, a Bela Adormecida, criatura mitológica e ao mesmo tempo real.

Digito a senha da ala VIP. Pela primeira vez, percebo que estou ansioso para ver Harriet de novo. Sinto uma leve empolgação, algo bastante incomum hoje em dia. Isso me pega desprevenido.

Fico parado na porta, observando Harriet com Anna por um instante. Há um ritmo familiar entre elas, apesar da condição de Anna. Parecem mais irmãs que paciente e cuidadora. Harriet é carinhosa com Anna, limpando seu rosto com delicadeza, sempre tratando-a como uma pessoa, e não como um corpo preso à cama.

Fico ali não sei por quanto tempo. Até que Harriet me nota e abre um sorrisinho. Ela se vira e começa a se arrumar. Parece menor, de casaco e cabelo solto.

— Você se importa se eu entrar?

— Esta casa é sua, não minha, doutor.

É tecnicamente verdade. Mas a regra de ouro aqui é nunca irritar as enfermeiras.

— Conheci várias enfermeiras que não concordariam.

— Acha que sou uma delas?

— Acho que você sabe mais que alguns neurologistas e psiquiatras. Com certeza, mais que a maioria dos psicólogos.

— Você diminui a si mesmo e sua profissão. Não deveria.

Sua honestidade me paralisa. Percebo que o humor se tornou um mecanismo de defesa, uma forma de encobrir minhas inseguranças profissionais. Seu tom é gentil, mas firme.

— Tem razão. Não sei por que fico dizendo isso.

— Se repetir o bastante, o mito pode ser tornar realidade.

— Agora você parece mesmo uma psicóloga.

Ela sorri, estreitando os olhos de um jeito divertido.

— O que acabei de dizer?

— Desculpe, desculpe. Chega de implicar com simples psicólogos.

— Que bom.

Sinto falta desse tipo de camaradagem. A desvantagem de ter clientes VIP é a ausência de conversas ao pé da cama. Tudo é caro, o que significa que tudo também é sério demais. Gosto de Harriet. Ela tem um ar de frescor e novidade, coisa de que este lugar precisa muito.

— Algo que eu deva saber?

Entramos no modo profissional. Harriet me atualiza sobre as atividades de hoje: exercícios nos músculos das pernas e do abdômen de Anna; hidratação; os protocolos habituais de programas de TV antigos. Há um pequeno banheiro ao lado. Esfrego bem as mãos e coloco máscara e luvas. Harriet fecha o zíper do casaco, mas fica observando meus preparativos. Coexistimos em um silêncio estudioso enquanto coloco o último adereço e aceno com a mão enluvada. Ela me dá outro sorriso caloroso e sardento e vai embora.

A sala de tratamento é como o Santo dos Santos. As luvas, a máscara, os monitores piscantes e os tubos — é tudo um teatro. Sento-me no banquinho à direita da cama. Vejo a câmera acima de mim, os níveis de voyeurismo se multiplicando. Observo Anna. A câmera me observa. Harriet às vezes nos observa.

Há uma frase de *A tempestade* que usei como título do meu primeiro livro sobre distúrbios do sono e análise de sonhos: "Estávamos mortos de sono". Parece adequado agora. Olho para o rosto magro e tranquilo de Anna. Penso nas histórias que Emily contou: a faca de cozinha cravada na carne do cachorro, a falsa busca do dia seguinte; o roubo calculista dos itens do apartamento da governanta do internato; o terrível ataque no hotel de Atenas, espancando a própria mãe com uma fúria demoníaca.

Imagino experienciar uma segunda vida sem saber como ou por quê. Seres humanos podem suportar muita dor, mas há um limite. Em algum momento, o corpo e a mente hibernam para se proteger. A condição é chamada de síndrome da resignação por um motivo.

Meu celular apita uma notificação. Desobedeço às regras e o tiro do bolso da calça. É um e-mail de Richard Ogilvy, enfim respondendo à minha mensagem. Ele copiou seu assistente, que já sugeriu um horário para o encontro. Ignoro por enquanto. Em vez disso, abro o e-mail que Emily Ogilvy me mandou depois da nossa conversa. É uma lista de músicas que Anna ouvia quando criança: "Yesterday" dos Beatles, "Imagine" do John Lennon, "Tiny Dancer" do Elton John e "Songbird" da Eva Cassidy. Tudo vai compor meu modelo terapêutico. Assim como a edição da Penguin de *Medeia e outras peças*. Enfio a mão na bolsa e pego o livro. Olho para a pessoa na cama e para as anotações na página.

Passado e presente se encontram.

"Imagine" já está baixada no meu Spotify. Ouço o familiar arranjo de piano. Fico de olho nos monitores e na reação de Anna. Se minha teoria das sensações estiver correta — se todo o meu diagnóstico for preciso —, este som vai agitar alguma coisa dentro dela. Deve acalmar o inconsciente com lembranças do passado: segurança, esperança, conforto. Anna não teve nenhum estímulo por mais de quatro anos. É hora de corrigir isso.

A voz lúgubre de John Lennon penetra o silêncio. É como um eco de outro universo. Procuro o mínimo sinal de mudança no monitor, uma reação no rosto de Anna. Mas, antes que eu tenha a chance de ver alguma coisa, o volume diminui.

E meu celular começa a tocar.

Quero dispensar a ligação.

Então vejo o nome de Bloom na tela.

27

X

A professora Bloom está velha. Esta é a primeira vantagem. A jovem Bloom não seria tão descuidada. Não, aquela Bloom estaria sempre um passo à frente: estaria ciente do grampo na linha telefônica da Abadia, das câmeras instaladas em seu escritório, de que cada movimento está sendo monitorado e analisado exatamente para este momento.

Mas pessoas reais são tão desorganizadas, tão decepcionantes.

A velhice faz isso, até com as melhores pessoas.

Veja as precauções de segurança, por exemplo. As fechaduras são padrão, assim como o sistema de segurança. A cópia da chave funciona. A porta se abre. A entrada é silenciosa, quase inaudível através do vidro manchado da porta interna. O código do alarme é pessoal e memorável: a data do aniversário do companheiro falecido. A luz pisca e o sistema relaxa.

É tão familiar ali dentro, é como voltar para casa. A decoração retrô dos anos 1970 no corredor e as antigas pinturas campestres *kitsch* nas paredes. A poeira cobre a superfície dos móveis. O lugar todo parece enevoado por uma escuridão fúnebre, sedenta de luz. A voz da professora ressoa pela pequena casa, interrompida apenas por pausas ocasionais e algum movimento. Ela está ao telefone com alguém.

Menciona o nome de Anna Ogilvy e faz uma pausa.

Os sapatos saem aqui, as meias no carpete. Há uma tarefa a ser executada, uma missão a ser completada. As mãos enluvadas não vão deixar marcas nas maçanetas; a faca vai garantir que o trabalho seja rápido e quase indolor. Bloom merece pelo menos isso. Assassinatos caóticos são coisa de amadores. Isso foi calculado até o último detalhe.

Bloom fica em silêncio. Há uma agitação, como se ela suspeitasse de algo. Devagar agora. O escritório — um espaço tipicamente abarrotado, repleto de jornais velhos — está bem à frente, com a porta entreaberta. Outro sinal da distração de Bloom. Mas o escritório é óbvio demais. Não, tem que ser em outro lugar. A vítima deve ser arrastada para a sala.

As lembranças são ameaçadoras. Outros pensamentos também. Eles podem esperar. Isso deve ser resolvido primeiro. Bloom fez a conexão. Ela precisa sofrer as consequências, assim como as outras vítimas. É a lógica básica, autopreservação primordial.

A porta do escritório se abre ainda mais. Os cabelos grisalhos com suas mechas bagunçadas, a ondulação de suas roupas.

Sim, tem que ser agora.

Não há tempo para misericórdia.

28

BEN

Depois da ligação, tudo acontece muito rápido.

Já sinto a gravidade da situação. O mistério da instrução que ela me passou. O medo na voz de Bloom.

Não, medo, não.

Pavor.

Sim, ela está mais que assustada. Muito, muito mais.

Imagino meus movimentos sendo analisados pelos detetives nos próximos dias. Não basta ser inocente.

Não, devo agir inocentemente também. Daqui em diante.

Um erro pode me destruir.

Fico pensando em como ir à casa de Bloom. O Uber não está funcionando direito. De metrô, vou demorar muito. Verifico as horas, calculando a intensidade do trânsito. Não tenho tempo para deixar instruções para os outros funcionários.

Pego o celular e o casaco e sigo para a Harley Street, rezando para deparar com o brilho caramelo de um táxi vazio. Encontro um perto da Oxford Street e dou o endereço da casa de Bloom em Islington. Depois deixo uma mensagem de voz para a enfermeira sênior de plantão na Abadia, explicando que tive que sair.

Confiro o relógio de novo e vejo que já está tarde. Tento ligar para Bloom, mas ela não atende. Penso em ligar para a polícia. Mas ela foi insistente ao dizer que isto deveria ser privado. Só eu deveria saber. Suas instruções foram claras.

Não posso duvidar dela agora.

O táxi atravessa as ruas chuvosas do centro de Londres e segue para o norte. O cenário é banhado pelas luzes dos postes e pelas chamas fantasmagóricas das lojas ainda abertas, mas desertas. Repasso a conversa, mas não consigo entendê-la. Tudo o que ouço é o desconforto por trás de cada sílaba. Bloom é a pessoa mais corajosa que conheço. O medo não é frequente nela. Mas sua voz estava tomada pelo pânico.

Ouça com atenção, Ben. Preciso que você faça uma coisa.

Uma eternidade se passa até nos aproximarmos da saída de Islington. Placas espalhafatosas avisam que há obras noturnas na rodovia. Há uma ameaça espectral em tudo aquilo: nos semáforos, no ronco dos motores, no eco da voz de Bloom ao telefone.

O taxista buzina para um carro lento à nossa frente. Toda a parte superior do meu corpo está úmida. Estamos quase lá, eu sei, a um minuto do portão do velho esconderijo de Virginia Bloom no norte de Londres.

Mas já passou tempo demais. Não posso mais esperar.

— Pode me deixar aqui.

Pago o motorista. Verifico as horas de novo. Ouço a voz de Bloom.

Desço do carro. Vejo a fila atrás de nós e o vazio adiante conforme os trabalhadores param para deixar os veículos passarem.

O táxi vai embora. Meus músculos parecem de ferro. Conheço o caminho, acho, e finalmente escapo da fúria industrial de carros e operários. Disparo por uma passagem, emergindo em uma rua arborizada com moradias mais precárias. Estou quase lá.

Repito as instruções de Bloom.

O arquivo. Você precisa encontrar o arquivo.

Vejo a casa à minha frente. A porta de carvalho e a normalidade silenciosa e maçante de tudo.

Sinto o temor, até uma premonição, de que algo terrível me espera ali dentro.

Mesmo antes de chegar à porta, sei que há algo errado. Aperto a campainha. Ninguém atende. Farejo o mal-estar, o perigo. Minha mente se enche de possibilidades: sangue espalhado pelo carpete, uma carnificina atrás da fachada monótona, o pior catálogo de crimes humanos.

E se for assim que acaba? Com um ato temerário e uma faca entre as costelas enfiada por um assassino tentando fugir? Minha garganta fecha. Morrer aqui como nada mais que um efeito colateral, uma consequência secundária de outro assassinato. Tão dramático e ao mesmo tempo tão mundano. Nesta casa cheia de traças em uma rua silenciosa. Que azar besta. Nada significativo nem nobre, apenas o lugar errado na hora errada.

Toco a campainha mais uma vez.

Tento ligar de novo. Nada.

Minha mão treme. A coragem se esvai. Estou com medo. Mais que isso. O pavor de Bloom é contagioso. Cada parte minha quer sobreviver. É instinto, biologia básica.

Não ouço nada lá dentro, então procuro a chave reserva embaixo do vaso.

Não posso fugir. Apesar de tudo, preciso fazer o que vim fazer.

Tudo o que ouço é aquele tom animalesco de alerta. Sua voz tinha um quê infantil e tenso ao telefone.

Ben, e se o fato de Anna Ogilvy ter vindo para a Abadia não for acaso ou coincidência? E se for algo mais?

A chave funciona. Queria que não funcionasse. Abro a porta. O cheiro de mofo, o carpete antiquado, o santuário para o elaborado design dos anos 1970. Grito por Bloom enquanto a confusão aumenta, parte de mim ainda torcendo por uma explicação inocente. Para o pânico ir embora e a calma se restabelecer.

Ainda não há resposta.

Passo pela cozinha e entro na sala. Enquanto abro a porta, premonições terríveis me dominam de novo. É doentio, quase nauseante. Já estive em cenas de crime, já testemunhei a morte em estado bruto. Uma vez que ela se abate, não há mais como desfazê-la. A mortalidade é pegajosa como um fedor.

Ouço um som vindo de algum lugar da casa. Um baque, passos. Meus sentidos conjuram todos os tipos de medo. Nesse estado alterado, quase posso sentir o hálito quente do atacante, a frieza da lâmina.

Mas não posso pensar assim agora.

Concentro-me no presente. Ouço outro som. Esperando por mim. Alguém ou algo. Sou a próxima vítima, pois fui burro o suficiente para ter vindo sozinho. Mais sons. Uma velha casa se contorcendo ao vento. Uma janela aberta, uma porta meio fechada.

Ou um assassino esperando pacientemente pela presa.

Respiro. Foco.

A ligação, a viagem, a chave embaixo do tapete. Já estive aqui antes. Já experimentei uma atmosfera parecida. Viro de costas para a sala e caminho pela casa.

Até que vejo antes de estar pronto.

O cadáver da professora Bloom jazendo diante de mim.

Dormindo como os mortos.

DIÁRIO DE ANNA

2019

4 de fevereiro

Em casa de novo. Ou no castelo da família. *Schloss* Ogilvy. A Casa dos Horrores de Hampstead. Ambas as figuras parentais estão ausentes, como sempre. Ou é como se estivessem. Mamãe está de politicagem no escritório. Ela mal levanta a sobrancelha quando chego. Papai está imprimindo dinheiro em Nova York e provavelmente namorando com alguma loira estilo Torre Eiffel de cílios impecáveis formada pela Wharton.

Theo é minha única companhia. A vida de apresentador freelancer envolve muito descanso. Este é um descanso temporário depois do último descanso temporário. Finjo acreditar nele. Ele finge fingir que eu não estou fingindo. Quase lhe conto sobre o golpe. Mas irmãos não podem demonstrar fraqueza um para o outro.

É a regra da família Ogilvy.

Então minha mãe emerge da toca e se serve uma grande taça de vinho. Theo desaparece com os amigos para algum clube pulguento em Mayfair. Meu pai faz uma chamada de vídeo de Manhattan.

Abro o BBC Sounds no celular e verifico minha lista, vendo o programa que salvei e ousando ouvi-lo. BBC Radio 4. *Mistérios do sono*. O apresentador é um neurologista e especialista em sono chamado dr. Guy Leschziner. São três episódios: “Sonambulismo”, “Sonho” e “Privação de sono e insônia”. Os dois últimos não me interessam. Queria ter insônia. Tenho terrores noturnos em vez de sonhos.

Não, o que mais temo é o sono.

Peço uma comida no Deliveroo, vou para o meu antigo quarto e me deito na colcha. Sinto a pressão na cabeça, o leve aperto no maxilar, como um prenúncio de outro episódio, um retorno do enjoo. A inevitabilidade iminente.

Vou passar a noite aqui. É mais seguro. Afinal, o quarto está equipado. As fechaduras são mais resistentes. As cadeiras mais firmes funcionam como barricada. Há mais móveis para eu tropeçar, me machucar e ser trazida de volta à vida. Indy me escreve perguntando onde estou. Penso em lhe dizer sobre a conta de e-mail deles no Proton, todas as mensagens que vi, as espionagens que fiz.

Mas não faço isso. Mentir é muito mais simples.

Releio a sinopse do podcast, me obrigando a confrontar meus demônios.

E finalmente aperto o play.

11 de fevereiro

Ouvi o primeiro episódio de *Mistérios do sono* seis vezes. No banheiro, no ônibus, enquanto escrevia.

Ouço a história de "Jackie", que foi sonâmbula a vida toda. Ela se levanta, sai de casa e dirige sua motocicleta de olhos abertos. Mas seu cérebro ainda está dormindo.

"James" tem terrores noturnos tão violentos e chocantes que seu casamento acabou colapsando.

"Alex" está convencido de que precisa salvar as pessoas de inundações e é encontrado por seus colegas de apartamento tentando impedir pessoas invisíveis de se afogarem.

Por fim, o mais perturbador de todos é "Tom": ele foi condenado por estuprar a ex-companheira. Quando saiu da prisão, foi diagnosticado com uma condição chamada "sexsomnia". Sua versão de sonambulismo envolve atos sexuais. Seus olhos ficam abertos. Ele parece plenamente consciente. Mas os testes mostram que o cérebro está preso numa parassonia não REM.

Dias depois, ainda não consigo parar de pensar no assunto. Fico lendo a página de "Sonambulismo" da Wikipédia. Estou paralisada pela seção que diz:

> Como os comportamentos de sonambulismo ocorrem contra a vontade do indivíduo, o sonambulismo pode ser usado como defesa legal. A pessoa pode ser acusada de automatismo não insano ou insano. O primeiro é utilizado como defesa para insanidade temporária ou conduta involuntária, resultando em absolvição.

O último resulta num "veredito especial de inocência por motivo de insanidade". Este veredito de insanidade pode resultar em uma ordem judicial para que se frequente uma instituição psiquiátrica.

Há uma citação de 1963 de lorde Morris, ex-juiz e lorde da lei, no caso Bratty *versus* AG para a Irlanda do Norte. Lorde M disse que, se uma pessoa comete um crime violento inconsciente, "essa pessoa não seria criminalmente responsável por esse ato". Assim, foi estabelecido um precedente.

Abaixo está uma lista de casos de homicídio envolvendo sonambulismo. Eu os memorizei. Os nomes dos absolvidos são: "a Tragédia de Boston" (1846), sargento Willis Boshears (1961), Steven Steinberg de Scottsdale, Arizona (1981), R *versus* Burgess (1991), o réu considerado inocente por "automatismo insano", R *versus* Parks (1992), ouvido na Suprema Corte canadense.

Depois, vem a lista dos não absolvidos: Pensilvânia *versus* Ricksgers (1994), Arizona *versus* Falater (1999) e Califórnia *versus* Reitz (2001). Em última instância, os pais do réu testemunharam sobre o sonambulismo do filho ao longo da vida. Mesmo assim, ele foi condenado por assassinato em primeiro grau.

Por fim, os casos de internação. Em 2001, Antonio Nieto matou a esposa e a sogra e tentou assassinar o filho e a filha antes de acordar. Ele foi internado em um hospital psiquiátrico. Em 2003, Jules Lowe matou o pai, mas alegou não se lembrar do assassinato e usou o automatismo como defesa. Ele foi absolvido por motivo de insanidade e detido em um hospital de custódia.

Já tive muito medo antes. Eu só desligava e torcia para que não fosse real. Mas há tanto para explorar. Do cômico ("Sonâmbulo corta a grama pelado") ao perturbador ("Sonâmbula faz sexo com estranhos", *New Scientist*, 2004) até os casos de que me lembro remotamente no noticiário. Um artigo do *Independent* diz:

HOMEM QUE MATOU A ESPOSA
ENQUANTO DORMIA É LIBERADO

Um homem que estrangulou a esposa durante um pesadelo acreditando que estava atacando um invasor saiu livre do tribunal ontem, depois que a acusação foi retirada. Brian Thomas, 59, de Neath, sul do País de Gales, matou a esposa Christine, 57, enquanto eles estavam de férias no oeste do País de Gales, em julho de 2008. Ontem, no Tribunal da Coroa de Swansea, a promotoria disse ao júri que não estava mais buscando o veredito de inocente por motivo de insanidade e que não haveria nenhum propósito em enviar o sr. Thomas para um hospital psiquiátrico de custódia.

Leio o artigo inteiro. Pesquiso outros casos. Um verbete da Wikipédia, no entanto, captura minha atenção. Eu era nova demais para me lembrar. Mas todo estudioso de crimes conhece esse nome. Foi o crime de tabloides original. Sinônimo de maldade.

Olho para o último parágrafo e o breve comentário. É o mais notável homicídio relacionado ao sono da Grã-Bretanha:

> **1999, R *versus* Turner:** Sally Turner foi acusada de assassinar seus dois enteados em Stockwell com uma faca de cozinha, em janeiro de 1999. Ela alegou não se lembrar do ataque e usou a defesa legal de automatismo insano ou sonambulismo. Apesar do clamor público e da opinião de especialistas contrária ao diagnóstico, Turner foi considerada inocente por motivo de insanidade e condenada por tempo indeterminado ao Hospital Broadmoor em Berkshire. Turner foi encontrada morta em seu quarto, em 30 de agosto de 1999. O legista afirmou ter sido suicídio.

Sally Turner. Também conhecida como a Monstra de Stockwell.

Abro a página da Wikipédia dedicada a ela. Leio a seção sobre o seu suicídio. Uma faca de plástico afiada foi encontrada em seu quarto. Ninguém sabe como ela foi parar ali. Oito anos depois, todas as pacientes do sexo feminino foram transferidas do Broadmoor. Algumas foram para o Hospital de Custódia Rampton, outras foram alocadas no The Orchard, uma unidade de segurança média no oeste de Londres.

Já vejo o documentário policial. E a semente do meu longo artigo. Truman Capote tinha o *New York Times*. Eu tenho a Wikipédia.

Minha inspiração. A centelha.

Uma retrospectiva do vigésimo aniversário. Mulheres, loucura, assassinato, moral. Com um gancho cheio de novidades.

Sally Turner se matou ou a Monstra de Stockwell foi assassinada?

Finalmente tenho uma história.

PARTE TRÊS

29

BEN

Ela está deitada na pequena sala de jantar.

Mesmo sem verificar sua pulsação, no fundo já sei que está morta. O sangue, as feridas, a faca enfiada no corpo. Fico atordoado. Mas preciso de uma prova física. Então me agacho para tentar entender. A faca parece tão simples e sem substância, sem peso. Pego-a instintivamente. O brilho da lâmina. O calor suave do cabo. O ângulo em relação ao corpo. Sim, a prova física é a única coisa que a torna real.

Os olhos de Bloom estão vidrados de um jeito que não se pode imitar, como se a alma tivesse evaporado do corpo. Repasso a ligação dela na minha mente, ainda suado depois da correria desde que saí da Abadia. Ouço seu tom febril. Suas instruções finais.

Vejo a faca na minha mão e, de repente, volto a mim.

Coloco-a de volta onde estava.

Finalmente entendo o que Anna Ogilvy deve ter sentido naquela noite na Fazenda, parada na porta da Cabana Vermelha. Seus dois melhores amigos jazendo diante de si, os corpos perfurados com feridas de faca. Imagino o avassalador choque psicológico. A magnitude do que ela fez. A natureza infame do crime que cometeu. Vinte facadas no total. De novo e de novo e de novo.

Olho em volta, subitamente calculando cada movimento. As palavras de Bloom foram claras. Entro na cozinha ao lado e vejo uma caixa de lenços de papel perto da pia. Pego alguns para limpar as mãos, tomando cuidado para não encostar na lateral da caixa, já pensando em não deixar nenhuma marca que não possa ser explicada depois.

Mesmo agora, é uma loucura. A faca. O cabo na minha mão. Eu deveria chamar alguém agora mesmo, eu sei. Mas Bloom foi inflexível ao telefone.

Primeiro, preciso completar a tarefa.

Conheço a casa quase como se fosse a minha própria. O escritório de Bloom antes era um quarto, equipado com uma TV empoeirada e vários hectares de papel-jornal mofado. Revistas velhas disputam espaço com livros de capa dura e brochuras organizados severamente. Eu me aproximo do escritório, tomando cuidado para não deixar minhas impressões digitais mancharem a maçaneta, já sem saber como explicar isso depois.

Você precisa encontrar um documento.

O cofre de Bloom está escondido sob um armário à direita da mesa. Eu me agacho e uso o lenço para proteger os dedos. Digito a senha: 1895. É a assinatura dela, a data de publicação de *Estudos sobre a histeria* de Freud e Breuer, que marcou o início da Psicologia moderna. O momento que mudou a Medicina.

A luz do cofre fica verde. Abro a portinha prateada. No clássico estilo bloomiano, o cofre está abarrotado de pastas de várias cores e idades.

É o arquivo azul. Debaixo de todos os outros. A pasta de papelão.

Examino as pastas, reparando nos títulos. Estou suando. Preciso evitar deixar um rastro de pistas. Bloom me escolheu para fazer isto porque sabia que eu tinha o conhecimento necessário. Eu era sua última opção. Tirando Clara, eu era seu último amigo verdadeiro.

Pego a ficha azul. Vejo os rabiscos de Bloom em esferográfica vermelha na capa, com o número de referência do caso. Minha bolsa de sempre está comigo, uma velha Gladstone desgastada e confiável. Coloco a pasta lá dentro e afivelo os cintos antes de fechar a porta do cofre e verificar se não há sinais da minha presença aqui.

Depois, enfio o lenço no bolso e saio do escritório.

Volto para a salinha de jantar e pego o celular.

Por algum motivo, Bloom não queria que o mundo soubesse do seu segredo. Os últimos minutos nunca aconteceram. Os nomes na tela do aparelho se iluminam. Essa ligação pode determinar todo o restante.

Olho para o cadáver de Bloom de novo e tomo uma decisão.

Só uma pessoa pode me ajudar agora.

30

BEN

Trinta minutos depois, vejo Clara surgir na rua e estacionar na frente da casa de Bloom. O carro que ela dirige é da polícia, mas não está identificado. Depois do trauma das últimas horas, sinto um alívio se espalhar pelo corpo todo.

Ela respira fundo e assume o modo profissional: confiante, resiliente, calma. Sempre fui ansioso e preocupado com tudo. Apenas uma vez em todo o tempo que passamos juntos trocamos de papel. Às vezes, ainda ouço pratos e copos quebrando no chão da cozinha, os resíduos daquela fúria avassaladora, me vejo implorando para que ela comesse, mas sendo recebido com silêncio, antes que a sombra e a depressão passassem aos poucos. Ela voltou a ser Clara. Nossos papéis se inverteram de novo. E assim permaneceram desde então.

Estou sentado nos degraus da frente, tremendo de frio. Ela tranca o carro e olha para a casa e para a porta ligeiramente aberta.

— Ben?

Endireito a postura, recuperando um pouco da dignidade. Eu me levanto. Ela olha além de mim e vê uma poça fresca de vômito na grama.

— Você disse que era uma emergência.

— E é. Clara... é Bloom.

Conto tudo a ela: sobre a ligação, o táxi, a casa, a sala de jantar, o cadáver.

Encaro-a enquanto absorve as informações. Vejo dor e depois um certo distanciamento. É por isso que Clara é uma detetive tão boa, pois sacrifica parte de si de um jeito que não consigo. Ela consegue se afastar dos eventos, separando as emoções pessoais das evidências profissionais.

Dirige-se à cena do crime sozinha. Sob suas ordens, fico esperando lá fora, repassando tudo o que aconteceu. Penso na ficha e na mentira que acabei de contar para Clara e me pergunto que outros erros já cometi, além de ter pegado a faca. Até que ela sai com mais rapidez do que eu esperava. Faz uma ligação, falando com fluência o idioma policial. Noto sua mão trêmula, o brilho espelhado das lágrimas. As pequenas fragilidades humanas transparecendo através da máscara.

A cavalaria da polícia chega em uma hora. Cordões policiais são instalados. Vans forenses se enfileiram na rua. Clara conversa seriamente com seus colegas. Sou levado até um carro sem identificação e me oferecem chá.

Fico sentado com minha caneca, olhando o circo ao meu redor. A qualquer momento, vou começar a sofrer. Bloom era mais que uma amiga. Tanto para Clara quanto para mim, ela era família. Não consigo imaginar o mundo sem ela. Ou talvez eu só não queira imaginar.

Por fim, Clara termina de dar instruções. Está usando o traje forense completo agora, e abaixa a máscara só o suficiente para ser ouvida.

Ela se coloca ao meu lado, olhando com inveja para a minha caneca de chá.

— Vão precisar das suas roupas em breve, para eliminação.

Assinto com a cabeça. Esta é Clara no seu melhor. A inteligência forense, a competência silenciosa, os bons modos. Casar-me com ela foi minha maior conquista; a separação foi meu maior erro. Sinto mais saudade do que jamais pensei ser possível.

— Claro.

— Vamos ter que levar você para a delegacia, para assinar uma declaração. Dado o potencial conflito de interesses, outro oficial vai assumir o caso a partir daqui.

— Entendo.

Tendo acabado as formalidades, Clara fica de pé e espera um instante. Ela sufoca a emoção latente.

— Nossa, Ben, sinto muito. Simplesmente não consigo acreditar que isso aconteceu.

O choque é tão recente. Ainda estou consumido pela ligação de Bloom, pelo pânico em sua voz, pela ordem de recuperar aquela ficha. Algo ali foi gatilho para a revelação de Bloom. Algo que também lança uma nova luz sobre o mistério de Anna Ogilvy.

O barulho da casa me arranca de volta para o presente. Há algo dissonante entre as equipes forenses e a casa decadente de Bloom. Imagino-a como se fosse um ponto de encontro de intelectuais, como aqueles cafés de Viena antes da guerra ou de Paris nos anos 1920. Vejo Bloom rodeada por uma corte de poetas, artistas, psicólogos, músicos e escritores. Tanta vida se extinguiu esta noite. Uma era inteira caiu.

— Presumo que a causa da morte seja bastante simples?

Clara acena a cabeça para alguns colegas. O sofrimento em seu rosto diminui um pouco.

— O patologista vai chegar logo. Mas parece que as facadas foram fundas. Ela não teve nenhuma chance.

Lembranças perfuram o silêncio. Vejo a faca de cozinha no chão e as manchas de sangue. Em meio à confusão, sentindo o choque pulsando através de mim — sim, a imagem é nítida, terrivelmente nítida, na verdade —, eu me agachando, desorientado, faminto por respostas.

Sou dominado pela recordação. Não consigo suprimi-la. O medo me belisca até que a dor se torna opressora.

A verdade, a ansiedade.

— Tem mais uma coisa — digo, olhando para Clara, nauseado. Penso na ligação de Bloom, no dever de ter que responder por minhas ações. Eu não posso colapsar agora. — Sobre a faca.

DIÁRIO DE ANNA

2019

18 de fevereiro

Uma noite sozinha com Indira. Vinho, comida, programas ruins na TV. De perto, ela é tão simétrica que chega a ser revoltante. Tem uma presença meio intangível de gazela. Minha mãe a adora, meu pai também. Eles queriam que eu fosse mais como ela, menos como eu.

Como todas as pessoas criativas, sou mais da intensidade da bola de fogo, de atitudes do tipo "médico e monstro" que explodem barulhentas ou emudecem, dependendo do meu humor. Indira pertence ao Monte Rushmore ou às estátuas da Praça do Parlamento. Tem graduação em Economia, mestrado em Finanças, pós-graduação em Bloomberg. Mestra do Universo Midiático.

Vi os últimos e-mails sobre a aquisição. Dei uma olhada na conta do Proton de Douglas quando ele estava chapado demais para notar. Advogados. Contadores. O CFO da GV Media. Garotos e garotas importantes. Números em discussão. Datas sendo referenciadas. Termos e condições sob escrutínio.

Indira pergunta como estou me sentindo. Ela percebe os sinais: olhos vermelhos, comprimidos para dormir, consulta médica, encaminhamento para especialista. Ela não sabe das fechaduras, da cadeira, do ritual noturno. Não conhece meu passado, nem imagina o que sou capaz de fazer.

Minto e digo que está tudo bem. Sou uma mentirosa bastante decente.

Peço licença e vou para o meu quarto.

Na cama, a pesquisa sobre o sono continua. Digito e clico e rolo a tela. Aprofundo-me no tema "distúrbios do sono". Descubro um artigo da *New Yorker*, de 2017, sobre crianças refugiadas na Suécia que caíram num sono permanente enquanto enfrentavam a deportação. Chamou-me atenção a história comovente de um refugiado russo chamado Georgi:

> Tudo o que ele queria era fechar os olhos. Até engolir exigia um esforço que ele não achava que conseguiria fazer. Sentia uma pressão profunda no cérebro e nos ouvidos [...] Depois de uma semana, Georgi havia perdido treze quilos [...] Ele não comia havia quatro dias e não falava uma frase completa havia uma semana [...] No dia seguinte, um médico inseriu uma sonda de alimentação em sua narina [...] Georgi recebeu o diagnóstico de *uppgivenhetssyndrom*, ou síndrome da resignação.

Digito "síndrome da resignação" no Google. Mais histórias surgem:

"Síndrome da resignação: a doença misteriosa da Suécia"
(BBC News, 26 de outubro de 2017)
"Síndrome da resignação em crianças refugiadas — uma nova hipótese"
(Centro de Ética e Bioética em Pesquisa, 22 de fevereiro de 2016)
"Síndrome da resignação: catatonia? Influenciado pela cultura?"
(*Fronteiras na Neurociência Comportamental*, 26 de janeiro de 2016)

Clico nos links e continuo lendo.
Esqueço Indira e o golpe.
Não vou dormir de jeito nenhum hoje.

22 de fevereiro

Westminster. O Antigo Palácio. Mais um duelo parental ao amanhecer. É aquela história consagrada pelo tempo. Papai tem um caso com uma colega do escritório. Mamãe descobre. A Outra. Ou Mais Uma Outra. Ela teme que os boatos se espalhem entre seus inimigos políticos.

Ela precisa me usar de novo como objeto de cena.

Então aqui estamos nós. Sentadas no meio da Sala de Jantar dos Pares, no Parlamento, com nossas sobremesas sem graça, tagarelando sobre nada. Política é percepção. Bancamos a família margarina, como sempre fazemos quando uma das indiscrições de papai vaza.

Faço uma lista mental de todas as Outras que já houve. Quero saber o nome dela desta vez. A mais nova ameaça à nossa unidade familiar nuclear.

Quase conto à minha mãe sobre o medo, a reincidência. Como estou assustada. Como me sinto impotente. Mas ela também está consumida pela Outra.

Então fico quieta e não falo nada.

25 de fevereiro

O assassinato perfeito é um empreendimento pós-moderno. Discorra.

Estou atolada até os joelhos agora. Sono e assassinato. Distúrbios do sono. Sono como uma morte. Ou a morte como sono. Vou expurgar meus próprios demônios sonâmbulos, explorando os demônios de outra pessoa. Este vai ser meu artigo para a revista. Vou escrever o histórico definitivo da Monstra de Stockwell com todas as suas ressonâncias contemporâneas: o crime do sono, o automatismo, a mulher caída, a família mestiça, a insanidade e a feminilidade, os terrores dos sonhos, os fatos contestados e as verdades múltiplas.

E já tenho minha primeira pista.

A perita do Tribunal 1 de Old Bailey. A especialista em sono que afirmou que Sally Turner sofria de sonambulismo quando matou os dois enteados. Especialista em parassonia não REM.

Repasso o currículo da mulher de novo. Ela trabalhou como psicóloga clínica consultora no Broadmoor, é professora de Psicologia Clínica na King's College, em Londres, e sócia-diretora da Clínica do Sono Abadia na Harley Street.

Ela era da equipe do Broadmoor quando Sally Turner foi mandada para lá.

Testemunha e terapeuta, salvadora e supervisora.

Anoto seu nome.

Professora V. Bloom.

Ela é minha porta de entrada para este caso.

31
BEN

Clara não vacila. Ela está no modo trabalho, imune às preocupações humanas normais.

— Do que está falando?

O choque está enfraquecendo agora. Os fatos retornam. As sensações, os cheiros, a memória.

— Entrei na sala e vi o cadáver deitado ali. Não consegui entender, não no começo. Acho que me abaixei e peguei a faca.

— Você acha?

— Eu mal estava pensando. Foi só... instinto.

Clara suspira profundamente.

— Você tentou limpar?

— Não. — É verdade. Bem, quase isso. — Entrei em pânico. Peguei a faca e a coloquei de volta quando percebi o que estava fazendo.

Ela não fala nada. Conheço essa cara. Ela está no modo sobrevivência, calculando as possibilidades. Era isso que me atraía e me afastava. Ela pode ser quase sobre-humana e sem coração ao mesmo tempo, isolando-se a todo custo.

Preencho o silêncio:

— Fale alguma coisa. Por favor.

Clara olha ao redor, para garantir que ninguém escute.

— Você sabe o que vou dizer.

Eu sei. É a Regra de Ouro de Clara. *A verdade vos libertará*. Essa lição de moral tem sido inculcada na mente de Kitty desde que ela nasceu. Às vezes, a fixação de Clara pela verdade me aterroriza. Ela é capaz de ignorar a burocracia só para garantir justiça às vítimas; de desobedecer às regras para que estupradores e assassinos não saiam caminhando livremente; de ignorar protocolos de advogados de defesa, de juízes preguiçosos e de burocratas. Clara flerta com medidas disciplinares, até com a suspensão. Ela tem um lado puritano, que nasce das melhores intenções. A verdade é tudo o que importa. Danem-se as regras mesquinhas.

— Está falando como minha ex-esposa ou como uma policial amigável?

— As duas coisas. — Clara olha para a casa, desconfortável com sua posição dupla.

— Não quero que você seja alvo de outra acusação disciplinar.

— Eu resolvo casos, não fico só sentada em cima deles. Cedo ou tarde, vão dar um jeito de me chutar para fora. Por que você estava aqui?

— Eu falei. Bloom me ligou.

— E por que ela ligou para você a esta hora da noite?

Eu poderia lhe apresentar os fatos: Bloom me contou sobre um arquivo escondido em seu cofre relacionado ao caso de Anna O. Ela falou que o passado era a única forma de entender o presente. E que estava mais assustada que nunca.

Mas não digo nada. Tomei essa decisão quando peguei aquela pasta. Mexi na cena do crime, limpei minhas impressões digitais das maçanetas e superfícies. Removi possíveis evidências. Já sou culpado. Não posso arrastar Clara para isso também.

— Ela estava preocupada com uma coisa, mas não mencionou o quê.

Clara assente com a cabeça.

— A equipe vai ter que levar você para a delegacia, para assinar sua declaração. Depois disso, eu iria para casa e descansaria um pouco.

— Claro.

— Só você pode tomar essa decisão, Ben. — Clara me olha de um jeito diferente, o resíduo final do amor. — Mas estou sempre aqui se precisar de alguma coisa.

Fazia tanto tempo que não nos falávamos desse jeito que quase esquecemos como fazer.

— KitKat está bem?

Clara se encolhe com o apelido.

— Está dormindo fora.

Assinto. Voltamos a agir como jovens, com pausas desconfortáveis e evasivas confusas.

Observo-a dando as últimas instruções para sua equipe. Depois ela entra no carro. Imagino KitKat com uma amiga, brincando de ficar acordada a noite toda. Volto para a casa. Logo o cadáver será retirado da propriedade e colocado na van da funerária. Conheço os detalhes macabros do que vem a seguir: cheiro de alvejante, mesa metálica manchada de sangue, figuras vestidas esculpindo a carne. Já me pego pensando em Bloom em termos corporais. Eu me pergunto o que me tornei.

Fico quase aliviado quando dois colegas de Clara surgem, tirando a máscara e o uniforme de papel. São firmes, mas simpáticos. Não vou ser preso nem advertido, mas minha presença é necessária na delegacia. Sou conduzido a um carro da polícia nas proximidades.

Minha mente está clara. Estou focado.

É assim que vou sobreviver. A tudo isso. A tudo o que fiz hoje à noite.

Minha bolsa está ao meu lado.

Antes de morrer, Bloom me deu uma instrução.

Pretendo honrá-la.

32

BEN

Na delegacia de Islington, minhas roupas são colocadas em sacos para evidências. Minhas impressões digitais são tiradas. Geralmente sou o conselheiro investigativo comportamental que fica em uma pequena antessala com café fraco e biscoitos velhos. Agora estou do outro lado. Sou uma testemunha, possivelmente um suspeito, não um investigador.

Demoro mais de três horas para completar meu depoimento para dois policiais e assinar a versão digitada antes de sair cambaleante da Tolpuddle Street. Caminho por cinco minutos antes de encontrar um táxi. Dou o endereço do apartamento de Pimlico.

O táxi se afasta do meio-fio. Verifico minha bolsa.

A pasta está em segurança.

Entro pela porta do apartamento e é como se fosse a primeira vez depois de meses. É aí que as emoções finalmente me encontram, e o impulso se transforma em erupção. Deslizo pela parede do corredor e desabo no piso de madeira. Lágrimas nas minhas bochechas, escorrendo pelas minhas mãos, enquanto o choque com tudo o que aconteceu me destrói por um momento.

As lágrimas não param de cair. São lágrimas infantis: copiosas, impertinentes, cheias de angústia diante da dureza e da injustiça do mundo. Fico sentado ali por horas. Minhas mangas ficam ensopadas. Bloom era como uma mãe, em alguns aspectos. Eu a vi quase todos os dias da minha vida adulta.

Não sinto fome nem quero me levantar. Quero fechar os olhos e acordar em um mundo onde ela reencarnou. Ela era uma barreira à minha própria mortalidade. Enquanto estava viva, a morte era apenas uma perspectiva distante. Agora que ela se foi, percebo como sou vulnerável. Clara também. Bloom falava da velhice como uma encruzilhada perigosa. Olho para o pequeno apartamento e uma solidão aguda me atinge. A vida é muito curta, e eu, até agora, a transformei em uma bagunça. Não há a quem culpar pelos meus erros.

Em determinado momento, eu me levanto do chão. Enxugo os olhos, tomo um banho, troco de roupa. Lido com as circunstâncias do jeito de sempre. Sou tipo o Anthony Hopkins em *Vestígios do dia*, sem a alfaiataria imaculada. Encontro refúgio no conforto austero do semblante fechado, na repressão emocional e na resolução doentia de mascarar medos profundos com pequenas tarefas domésticas.

Clara sempre brincava que meu método de lidar com o trauma era encher a lava-louça e aspirar a casa. Avalio o estado do apartamento e me consolo tirando o pó e organizando as coisas. Minhas emoções podem até estar um caos, mas consigo controlar a minha casa. Fazer as coisas só por fazer é minha terapia, meu divã freudiano. Como psicólogo, acho que deveria registrá-la. Nada de cura pela fala, mas cura pela arrumação. Superação com Marie Kondo.

O local precisa de uma boa limpeza, fedendo a comida pronta e canecas sujas. Passo pano no chão, aspiro o carpete do quarto, troco os lençóis, trabalho furiosamente nas manchas de sabão do box do chuveiro e com carinho deixo o espelho do banheiro brilhando. Enquanto isso, penso naquela noite com Bloom no jardim da Abadia, quando eu esperava usar esse caso para reviver minha carreira e impressionar Clara e KitKat. Isso me parece ridiculamente ingênuo agora. Bloom está morta. Clara está me resgatando, e não o contrário.

Enfim termino de limpar e guardar todos os equipamentos. Confuso, olho para o teto, como se meu próprio apartamento pudesse estar sendo monitorado. A paranoia segue comigo. A voz de Bloom paira no silêncio — a urgência, o terror. O que quer que Bloom descobriu é perigoso, fatal. Não consigo acreditar que estou vivo e que a professora Bloom se foi.

Preciso desesperadamente de outra distração. Verifico as horas e espero até depois do mesmo horário. Talvez eu consiga pegar KitKat antes de ela ir para a escola. Disco seu número no celular e aguardo.

Nada acontece por vários segundos. Então os toques silenciam, e, como um presente, uma vozinha hesitante responde:

— Alô, Kitty falando.

Sorrio. As últimas horas derretem. O choque e o luto se acalmam e ficam dormentes por um instante. Eu que lhe ensinei a atender assim. Isso me lembra de quando ela aprendeu a dizer "tchau" e passou a repetir isso para todos os adultos que viu a partir de então. Às vezes, sinto tanta saudade desses dias que mal consigo encarar as manhãs. As lágrimas assomam sobre mim de novo, alfinetando meus olhos. Não sabia que o amor podia ser tão doloroso, tão debilitante e devorador. Eu nunca tive preocupações de verdade antes de me tornar pai. Minha antiga vida agora me parece quase ridiculamente superficial, com meus trabalhos e provas e prazos. Como se qualquer dessas coisas importasse.

— Oi, querida. É o papai.

Ela abandona o tom formal e se anima.

— Oi, papai.

— Oi, KitKat. Está pronta para a escola?

— Sim.

— Mamãe está aí com você?

— Ela está lá em cima.

Essa é a dor da separação. É por isso que odeio falar ao telefone. Crianças precisam de um rosto, um abraço, algo físico para se conectarem. Uma voz ao telefone é algo abstrato demais. Seus cérebros ainda não se desenvolveram o suficiente para que entendam direito o que está acontecendo. Ouço passos na escada e Clara dizendo a KitKat que é hora de ir.

— Mamãe está falando que preciso ir agora, papai.

Eu queria fazer tantas outras perguntas. Que aulas ela vai ter. Se hoje é dia de Educação Física ou Música. A qual aula ela está mais empolgada para assistir. O que ela jantou ontem à noite. Coisas do dia a dia.

— Certo, querida. Papai deseja a você um dia superlegal. Te amo muito.

— Tchau, papai.

Ouço a voz de Clara por perto. A linha permanece conectada. Ela vai ficar irritada comigo por ter ligado e perturbado KitKat antes da escola. Em geral, só posso ligar à noite, quando muito. Ela solta um suspiro. Clara está prestes a pegar o telefone, mas desligo antes da bronca. Sou covarde, eu sei. Ela acabou de me salvar. Mas estou cansado demais para brigar. Abaixo o aparelho, passo um café extraforte, sigo exausto para o meu pequeno escritório e me sento à escrivaninha. O inevitável não pode mais ser adiado.

O arquivo.

Dou um suspiro e olho para o pôster emoldurado acima da mesa. É o cartaz original de *Psicose*, com seus tons berrantes de amarelos e azuis. Janet Leigh está sentada, de roupa íntima, desconfiada; John Gavin está sem camisa, mostrando a barriga tanquinho e os pelos no peito; Anthony Perkins, por sua vez, espia ao lado feito um tarado bisbilhoteiro filhinho da mamãe com aparência de ídolo de matinê e apetites sociopatas. Foi um presente de Clara depois que nos casamos, uma piada sobre o meu trabalho como psicólogo forense. Apesar do tema do filme, o pôster me lembra dos dias de glória.

Concentro-me na tarefa macabra que tenho em mãos. Pego a ficha na bolsa. Ela é preciosa, delicada. Este arquivo — um punhado de páginas finas e desgastadas — contém algo específico que fez Bloom entender. Lembro-me do medo em sua voz.

De algum jeito, preciso descobrir por quê.

Olho para o número de referência: "X389043HBM". Há um rabisco em tinta vermelha, marca registrada de Bloom, na primeira página: "Paciente X". Desde que Freud e Breuer publicaram seus estudos, virou tradição os psicólogos batizarem seus pacientes com um pseudônimo. Os pacientes de Freud são icônicos até hoje: teve o Homem dos Ratos, o Homem dos Lobos, Dora, Elizabeth von R e, claro, a *fräulein* Anna O original.

Abrir a pasta parece transgressor. Bloom sempre foi severa no quesito confidencialidade médica. A reputação da Abadia se ancora em seus segredos. Todos os pacientes novos devem preencher um questionário sobre sua vida pessoal: sexo, infância, hábitos intestinais, pequenos pecados. Essas informações são o sonho de qualquer colunista de fofoca, e por isso as fichas são estritamente anônimas. Não são descritos nome, idade nem profissão, e nunca utilizamos pronomes de marcação de gênero.

Vejo manchas de uísque nas páginas e sinto o cheiro de tabaco. Bloom sempre foi desconfiada com a tecnologia. Ela escreveu tudo à mão. Parágrafos monótonos tornaram-se porta-copos improvisados. Sinto-me como um estudioso encontrando as cartas perdidas de Shakespeare ou as memórias desaparecidas de Byron. Há algo de sagrado em tocar um manuscrito original.

Fico olhando para o topo da primeira página e para as três iniciais no fim do número de referência.

HBM.

Sei o que significam. Uma parte escondida do passado de Bloom ainda mais secreta que seu trabalho na Abadia. Um lugar infame para a Psicologia ocidental.

Já foi um hospício de criminosos insanos. Depois, uma instituição. Hoje, é um hospital de custódia.

Este arquivo só pode ser de um lugar:

Hospital Broadmoor.

ANOTAÇÕES DO CASO — 1

PACIENTE X, REF: X389043HBM, DRA. V. BLOOM

2 de julho de 1999
Ala Cranfield, Hospital Broadmoor

Nossa primeira sessão hoje. Ficamos com a sala de reuniões adaptada para crianças, com brinquedos de plástico e livros para colorir. É embaraçosamente infantil para adolescentes. X chega cedo com uma enfermeira. No mesmo instante, noto uma diferença. A maioria dos adolescentes tem um caminhar ligeiramente arrastado, como se fossem máquinas novas precisando de lubrificação. Seus braços excessivamente longos se agitam, as costas se curvam. Ainda são crianças se familiarizando com seus corpos em constante mudança.

Mas X não é assim. Ou não exatamente. Há uma postura que quase tira meu fôlego. Ainda é meio infantil, claro. Mas os acontecimentos do passado recente claramente aceleraram o processo de amadurecimento. X não parece ter a idade que tem. Mais que isso, seu cérebro foi claramente desenvolvido de uma forma incomum para sua idade. Tenho décadas a mais que X, mas é quase como um encontro entre iguais.

X se senta. Observa o escritório e diz:

— Então você é a médica da mente.

Espero, decidindo o melhor tom.

— Sou psicóloga clínica — respondo. — Sou especialista em distúrbios do sono. Insônia, sonambulismo, terror noturno, análise dos sonhos, esse tipo de coisa. Você se interessa pela mente?

Já tenho uma boa ideia da resposta. Mas não entrego tudo de bandeja para os meus pacientes. Alguns querem empatia. Outros demandam severidade parental. A terceira categoria — a mais rara — parece não querer nada de mim. Eles têm fome de saber como seus cérebros são programados. Também são, de longe, os mais perigosos.

X franze o cenho.

— Li uma frase uma vez: "A mente é seu próprio lugar, e por si só pode fazer do inferno um paraíso, e do paraíso um inferno". Milton, acho. Sabichão.

Meu rosto me trai. Fico impressionada. X percebe e interpreta como uma pequena vitória. Seus olhos me julgam.

— Gosta de Milton?

— Gostar é demais. Milton é Milton. Se gosto ou não dele, não importa.

A erudição universitária parece estar em desacordo com seu sotaque. Sinto vergonha de pensar isso. Mas é o primeiro pensamento que me ocorre. Tenho todas as informações de X. Sei da mãe, da vida doméstica, do padrasto, dos enteados. Sei das tentativas de suicídio, do bullying na escola, do inferno da infância. E, agora, do inferno da adolescência. Mas preciso descobrir por conta própria.

— Você estudou *Paraíso perdido* na escola?

— Encontrei na biblioteca. A escola é entediante. Ninguém aprende nada ali.

— Você vai à biblioteca com frequência?

— Uma pessoa me leva.

— Quem é essa pessoa? Uma amizade?

— Isso é muito existencial. Ou deveria ser ontológico? Por ora, estou na seção de poesia. Ainda não cheguei na seção de filosofia. Uma pessoa é uma pessoa é uma pessoa.

Seria uma compulsão para se exibir? Um mecanismo de defesa?

— Há quanto tempo essa pessoa leva você lá?

— Desde que aconteceu.

Resolvo colaborar. Não sei se essa pessoa é real ou parte de uma fantasia complexa e perturbadora, uma fuga do trauma. Suspeito que seja a última opção. Todos os relatórios revelam a solidão de X e seu comportamento antissocial. E sabemos o que é que "aconteceu": naquela noite, quando se viu em uma casa de horrores banhada de sangue. Imagino X em um canto silencioso da biblioteca, com uma cópia amassada e gasta de *Paraíso perdido* e uma companhia imaginária. As visões do livro se traduziram na vida real.

— Sua mãe já levou você à biblioteca?

X sorri.

— Minha mãe bebe. Não servem álcool na biblioteca. Ela e a biblioteca não combinam muito.

— Ela costumava beber muito?

— Por que não pergunta para ela?

— Estou perguntando para você.

— O suficiente para deixá-la maluca, se é o que quer saber.

Fico em silêncio. Mais tarde, vou me arrepender, claro. Eu deveria mostrar autoridade, estabelecer limites. Mas X me intriga. A maioria dos adolescentes finge levar uma vida mundana. X não precisa fingir nada, parecendo sempre dois passos à frente, antecipando a próxima pergunta.

— O que a palavra "maluca" significa para você?

X sorri de novo, como se achasse a pergunta engraçada.

— A mesma coisa que para a maioria das pessoas.

— Pode me dar um exemplo?

— Quando ela bebe, fica sonâmbula. Quanto mais bebe, mais fica sonâmbula. E isso a deixa doida, psicopata, maluquete, lelé da cuca. Pode escolher.

— Ela sempre foi sonâmbula?

— Sim.

— Como é quando ela fica sonâmbula?

— Ela parece normal, mas não está lá de verdade, se transforma em outra pessoa. Como falei, ela fica doida. Não responde a nada.

— Então você já a viu sonâmbula?

— Sim.

— Quantas vezes?

— O suficiente.

Geralmente, a primeira sessão é só um quebra-gelo. Mas não vou conseguir arrancar nada de X desse jeito. Preciso ser mais específica.

— Foi isso que você viu na noite dos assassinatos?

— Por quê?

— Estou curiosa.

— Sim.

— Tem certeza?

— Ela não sabia quem eu era. As luzes estavam acesas, mas não tinha ninguém em casa.

— Onde você a encontrou?

— No quarto.

— O que você fez?

X suspira.

— Tentei pegar a faca. Então a vadia me atacou. Fugi e liguei para ele. E todos nós vivemos felizes para sempre.

— Sua mãe foi atrás de você?

— Não, ela ficou lá parada.

— Ela não reconheceu você em nenhum momento durante esse episódio?

— Não.

— Você testemunhou sua mãe esfaquear algum dos gêmeos no quarto?

— Não exatamente.

— Como tem certeza de que foi ela?

— Ela estava com a arma na mão. Estava coberta de ketchup. Não precisava ser o Einstein para fazer a conexão.

Assinto com a cabeça.

— Acho que não.

Minha tarefa é simples. Devo fornecer uma avaliação psicológica de X, que será utilizada pelos serviços sociais para determinar a próxima fase. X sofreu algum prejuízo irreversível pelo que testemunhou naquela noite? Carrega anos de abuso mental ou físico? Precisa de cuidados psicológicos ou psiquiátricos urgentes? Está em condições de receber acolhimento e passar por uma reintrodução no sistema educativo? Tem resiliência para receber uma nova identidade e uma nova família? Para deixar seu antigo eu para trás?

Encaro X, ciente do tamanho do poder que tenho nas mãos. Um comentário aqui, uma assinatura ali, e seu futuro será diferente. Esta é uma das poucas vezes na minha vida profissional em que não consigo me distanciar adequadamente. Eu me pergunto como deve ser para qualquer jovem passar por tanta coisa assim. Estar no camarote de um evento como esse. Eu também inventaria uma amizade imaginária. Todo mundo inventaria.

— O que você acha que o sono faz com sua mãe? — pergunto. — Como ela era normalmente?

X continua a encarar as paredes.

— Bêbada. Brava. Constrangedora. Com QI de um ogro. Ela não consegue pensar direito como eu.

Não respondo de imediato. X está me provocando, sugerindo uma resposta e depois voltando atrás.

— Você considera isso uma fraqueza?

— Você não?

Espero um instante, então digo:

— E quando sua mãe estava sonâmbula? Que mudanças você percebia?

X imita minha pausa, me deixando mais inquieta.

— Ela era tipo um animal, acho. Um animal se aproximando para matar. Como num pesadelo.

O silêncio é total. Estou concentrada demais para perceber qualquer outra coisa: que horas são, se está claro ou escuro lá fora, a natureza do meu próximo compromisso. Só há X. Essa pessoa magra e estranha com olhos atormentadores.

Esta é a pergunta mais importante. A única que preciso responder. Um diagnóstico que pode significar sua liberdade ou sua maldição até o dia de sua morte.

Então peço:

— Por que não me conta sobre seus pesadelos?

ANOTAÇÕES DO CASO — 2

PACIENTE X, REF: X389043HBM, DRA. V. BLOOM

7 de julho de 1999

Nossa segunda sessão começa com mais facilidade. Dispensamos as apresentações. X se senta com a cautela habitual. Deixo os primeiros trinta segundos se alongarem em silêncio.

Começo com a pergunta de sempre:

— Como está se sentindo hoje?

— Incrível, chefe.

— Tem dormido?

— Como uma pedra.

— Assusta você o fato de estar em um hospital como este?

— Não — responde X, sem fazer chacota. Ou não tão claramente.

— Tem visto aquela pessoa?

— Sim.

— Ela tem nome?

— Sim.

Tenho pensado sobre essa amizade imaginária. Um diabinho em seu ombro, uma almofada psicológica. Pergunto-me se devo incluí-la no relatório. Ela pode tanto ajudar quanto atrapalhar. Estou sendo pressionada pela assistência social para dar meu veredito. A mãe de X pode até estar no banco dos réus. X, não. Nossas sessões estão ocorrendo no Broadmoor porque preciso estar de plantão para alguma emergência. Mas, ao contrário dos outros pacientes, X está aqui voluntariamente e pode ir embora.

— Da última vez, você mencionou pesadelos ou sonhos ruins que tem de vez em quando — digo. — Vamos explorar um pouco mais disso.

Na verdade, X se revela mais inteligente do que pensei no nosso primeiro encontro. Fiquei impressionada com o contraste entre sua aparência de filhote e sua voz, como se todas as coisas adultas já lhe fossem familiares. Hoje X está me desarmando com seu silêncio. Está se adaptando ao ambiente. Procurando uma maneira de me vencer.

— Não é comum termos pensamentos ruins de tempos em tempos?

Assinto com a cabeça.

— Cada pessoa experimenta isso de um jeito diferente. Como é para você?

— Às vezes, sonho que estou machucando outras pessoas.

— Pessoas no geral ou específicas?

— Depende — responde X. Sua voz está carregada de uma sabedoria que não combina com seu rosto. — Na maioria das vezes, pessoas específicas. Quero me vingar de quem me machucou. Quero que elas saibam como é. Olho por olho. Dente por dente. Provar do próprio veneno.

Faço uma anotação, ganhando um momento para formular a próxima pergunta. Estamos chegando a algum lugar.

— Quem machucou você?

X dá de ombros.

— Colegas de escola. Professores. Adultos no geral. O mundo está cheio de babacas.

— Como os professores machucaram você?

— Eles não gostam do fato de eu ser mais inteligente que eles.

— Eles pegam no seu pé?

— Sim.

Decido não ser tão direta para X não recuar.

— O que os seus colegas fazem?

— Eles também não gostam que eu seja mais inteligente.

— É verbal ou físico?

X não responde. Então dobra a manga do braço esquerdo. Eu me inclino para a frente e vejo marcas de queimaduras. Esforço-me para não demonstrar reação.

— Como conseguiu essas cicatrizes?

— Um deles me segurou. Os outros apagaram cigarros em mim. Babacas estúpidos. Acham engraçado. Os professores não fizeram nada.

— O que passa pela sua mente quando eles fazem isso?

X, fiel à forma, também faz uma pausa. Está ganhando tempo.

— Você está tentando determinar se sou psicopata ou não, não é?

Estou acostumada com a franqueza dos pacientes. Mas sua voz é tão calma que me faz perder o equilíbrio.

— O que faz você dizer isso?

— É o seu trabalho.

— É?

— A polícia e a corte e as pessoas da Justiça querem que você lhes diga que não ofereço perigo a ninguém. Que não vou enlouquecer como minha mãe.

— Parece que você tem dúvidas.

— Sou metade ela. Talvez ela tenha passado isso para a frente. Filho de peixe, peixinho é.

Não respondo de imediato. X está duelando comigo. Faço o que os manuais sugerem: finjo ignorância, me faço de boba.

— Acha que o sonambulismo ou as doenças mentais são transmitidos por meio da genética?

X sorri.

— Você que é a médica.

— Sua ficha diz que você leu livros de Psicologia na biblioteca. Quero saber o que pensa. Aquela pessoa ajuda você a escolher os títulos?

— Acho que a loucura é como a grandeza. Algumas pessoas nascem loucas. Algumas ficam loucas. E outras têm a loucura imposta sobre elas.

— A qual categoria sua mãe pertence?

X espera. Ouço meu estômago se contorcer.

— Todo mundo diz que ela é má. Deve ter nascido assim. Um erro desde o início.

— O que passa pela sua mente quando seus colegas de escola fazem bullying com você?

X não sorri.

— Vingança.

— Que tipo de vingança?

— Quero que se sintam impotentes e indefesos. Quero que sintam dor.

Não anoto nada. Isso é o que aterroriza os profissionais que trabalham no automatismo, preenchendo suas listas burocraticamente. Eles pegam um sentimento como esse, juntam ao histórico familiar de X e decidem que é melhor prevenir do que remediar. É assim que os adolescentes acabam em tratamento permanente neste local. Natureza acima da criação.

— Já tentou transformar esses pensamentos em realidade?

— Não — responde X. Depois, assusta-me ao dizer: — A dor é boa. Faz meu cérebro trabalhar mais rápido. Se as pessoas sentissem mais dor, talvez não fossem tão burras.

A afirmação é pronunciada quase com uma autoridade bíblica. Mais uma vez, eu me pergunto quanta dor X já conheceu. Quais outros segredos moram naquela casa. As autoridades querem que eu faça certas perguntas. Só então os advogados e escreventes ficarão convencidos de que nenhuma culpa poderá recair sobre eles.

Sou cuidadosa. Não sou daquele tipo de terapeuta interessada em abrir as feridas do passado. Acredito que devemos olhar para o futuro. O passado é terreno fértil de romancistas, historiadores e poetas. Mas não é útil para quem está tentando seguir em frente.

— O que você acha que desencadeia esses pensamentos ruins? Esses sonhos em que você machuca pessoas?

X parece indiferente.

— Não gosto que tenham poder sobre mim.

— Os professores também?

— Possivelmente.

— E em casa?

Lembranças são coisas perigosas. Com álcool, drogas ou distúrbios do sono suficientes, as lembranças se transformam em ações. O veterano que ouve o motor de um carro fazendo barulho pode reagir como se estivesse em uma zona de guerra. A criança que presencia uma tragédia pode, um dia, repetir os mesmos movimentos. Violência gera violência.

— Às vezes.

— Esse poder era verbal ou físico?

— Verbal. Os gêmeos eram mais novos. Falavam muito, mas eram fracos.

— Você se ressentia por seu padrasto ter poder sobre você e sua mãe também?

— Sim.

— Já teve sonhos ruins com seu padrasto ou os gêmeos?

— Sim.

— Por quê?

— Tom gostava de ser o homem da casa. Gostava de mostrar poder.

— Você já pensou em machucar Tom?

X se irrita.

— Não.

— Sua mãe já falou sobre machucar Tom?

— Sim.

— E os gêmeos?

X se recompõe e se prepara para tudo. A centelha de irritação vai embora.

— Depende se ela estava bebendo ou não.

Vejo a sombra de um sorriso em seu rosto. Lembro que X é muito jovem. Que seus olhos são traiçoeiros. A alma é um conceito metafísico, não médico. Mas não posso negar: a alma de X me perturba. Nunca vi nada assim antes.

Tenho uma última pergunta para hoje. Preciso perguntar.

Limpo a garganta e me concentro.

Então verbalizo:

— Já sonhou em matar alguém?

ANOTAÇÕES DO CASO — 3

PACIENTE X, REF: X389043HBM, DRA. V. BLOOM

12 de julho de 1999

É nossa terceira e última sessão. Revisei a ficha durante a noite. Dependendo da minha decisão, X poderá enfrentar detenção em um hospital de custódia para monitoramento adicional ou admissão no regime de pessoas protegidas. Pode receber um novo nome, um novo passaporte, novos documentos, um novo endereço e novos pais adotivos. Todos os vestígios de sua antiga identidade serão apagados. Seu antigo eu vai desaparecer.

Um aviso de segurança midiática foi emitido para a imprensa no momento da prisão, impedindo a divulgação da idade, do nome ou do sexo da prole biológica da prisioneira. X fica em uma ala separada, pois é inocente, diferente dos condenados à prisão perpétua nos corredores do Broadmoor. Além de figuras importantes da Polícia Metropolitana e do sistema de Justiça criminal, sou a única que tem acesso à ficha completa.

Tenho uma lista de perguntas. Preciso tomar uma decisão até o fim da semana. A existência plena de uma pessoa depende do meu diagnóstico e da minha assinatura. Imagino X com um novo nome, livre do passado. Servindo os outros, fazendo o bem para o mundo. Redenção, reabilitação, renascimento. Acredito que seja possível. Ciclos de violência podem terminar. É para isso que trabalho.

— Quero falar sobre outra coisa hoje — aviso. — Vou fazer algumas perguntas sobre o futuro. Jogo rápido. Só diga o que vier à cabeça.

X faz uma pausa e depois diz:

— Certo.

Nunca sei dizer se X está usando de sarcasmo ou se fala sério. Às vezes, acho que X também não sabe.

— O que faria se ganhasse na loteria?

— Sairia do país. Compraria uma casa. Colocaria uma Ferrari na garagem.

— No que você pensa quando digo a palavra "amor"?

— Amor-ódio. O amor é cego. Cupido. "All You Need Is Love". Flechas. Abraços. Beijos. Sexo. Casamentos. Minha amizade.

Paro.

— Você ama essa pessoa?

— Sim.

— Ela te ama?

— Sim.

Quero investigar mais. Mas não estou tratando X. Uma amizade imaginária costuma ser algo ruim. O amor costuma ser bom. Talvez essas coisas se anulem.

— O que você quer ser quando crescer?

— Quero estar onde você está sentada.

— Quer ser a pessoa com poder?

— Governar o planeta Terra.

— Por quê?

— Aquela amizade diz que é divertido. Ter poder sobre os outros desse jeito. Sobre a medicina, as leis ou a mente.

— Essa pessoa é médica ou jurista?

— Talvez.

Construí o caminho para a última pergunta. Mantenho os olhos fixos em X.

— Você reconhece que o que sua mãe fez foi errado?

É o obstáculo derradeiro. X precisa aceitar o que aconteceu. Precisa demonstrar a habilidade de fazer as próprias escolhas morais. Precisa provar que a história nem sempre rima.

X hesita, vagando por sua própria mente.

— Por quê?

— Por favor, só responda à pergunta.

O julgamento acabou. O veredito de inocente por motivo de automatismo insano foi proferido. É por isso que a mãe de X está aqui. Por isso que X também está aqui.

Mas quero saber. O mistério está me torturando.

— Você acredita que sua mãe estava sonâmbula quando cometeu os assassinatos? — pergunto. — Acha que ela pretendia matar as duas vítimas?

X me encara. A resposta permanece comigo, naquela noite e muito depois, equilibrada entre o sarcasmo e a sinceridade.

— Talvez.

33

BEN

Volto para a minha sala na Abadia e leio as anotações do caso pela segunda vez. Primeiro corro os olhos, depois analiso tudo. Quando termino, levanto a cabeça e percebo que as páginas estão molhadas na minha mão. Bloom foi a última pessoa a tocá-las. Penso em seu cadáver jazendo no chão. Imagino seus dedos naquelas folhas e quase sinto o calor ecoando pelo tempo. O simples fato de que ela morreu me atinge de novo. Tudo que ela me deixou é essa indicação de algo mais. O que é, eu não sei.

Anna O. Medeia. Sally Turner. Paciente X.

As anotações do caso cobrem um período bastante curto de julho de 1999. Elas foram escritas na Ala Cranfield do Hospital Broadmoor. Dizem respeito a uma pessoa que Bloom estava tratando e que era conhecida apenas por "X". Com base na data, na localização e nas referências veladas no documento, parece ser o filho ou filha biológico de Sally Turner, mais conhecida como Monstra de Stockwell, que morreu em agosto de 1999. A relação com a investigação que Anna estava fazendo para a sua matéria da *Elementary* é o cruzamento mais óbvio. Há várias menções a "sonambulismo".

Além disso, estou no escuro.

Bloom me deu uma indicação, mas não o destino.

Eu me levanto e fico caminhando pelo escritório. Preparo um café para me manter acordado. Depois, saio andando pela Abadia, vendo outros pacientes dóceis e moribundos em seus quartos. Até que estou na ala VIP, no isolamento da sala de tratamento. A porta é à prova de som. É a calmaria dos mortos. Lavo as mãos, visto as luvas e a máscara e atravesso a fronteira feito um peregrino em preparação para adentrar um lugar sagrado.

Estar sozinho com Anna sempre é diferente de estar com qualquer outro paciente. Há uma espécie de cerimônia. Estou parado a apenas alguns metros de uma das poucas pessoas do mundo ocidental que não sabem dos assassinatos de Anna O: ela própria.

Tiro o banquinho no canto do quarto e o coloco próximo da cama de Anna. Sento-me e fico observando-a, notando a pulsação suave de sua respiração. Li mais sobre Anna do que sobre qualquer outro paciente. Sinto que a conheço. O vínculo é tipo um carretel silencioso que nos conecta.

Pego a ficha da paciente na ponta da cama. A caligrafia organizada de Harriet está inscrita em cada página. É um documento enxuto que determina o tratamento que Anna recebeu até agora. A maior parte se enquadra em tarefas básicas: a sonda nasogástrica fornece nutrição; o regime de exercícios para as articulações evita que elas enrijeçam; a lavagem do corpo duas vezes ao dia previne escaras e outras irritações, permitindo que a pele fique hidratada; o esforço constante de movimentar a paciente e manter a ilusão de ação física evita úlceras; o cateter cobre o essencial; e, por último, a dignidade básica dela é mantida com escovação dos dentes e enxágue bucal, garantindo que os dentes e as gengivas de Anna estejam em perfeitas condições quando, ou se, ela acordar.

Viro a página para a próxima fase do tratamento. É aí que as coisas ficam mais soltas e até subjetivas. Existem tão poucos exemplos de pacientes com alguma doença do sono de longa duração que a melhor prática clínica se baseia em pacientes comatosos ou em "estado minimamente consciente" (EMC).

Meus métodos estão baseados nisso. Sempre digo para os meus alunos da Birkbeck que nenhum tratamento é totalmente revolucionário. Galeno, um médico, discorreu sobre o inconsciente quase dois milênios antes de Freud. Aristóteles discutiu o significado dos sonhos. O mesmo acontece com a *Epopeia de Gilgamesh*. No Gênesis, José é ao mesmo tempo sonhador e intérprete de sonhos, insistindo que a análise dos sonhos é tão divina que "as interpretações pertencem a Deus".

Até na Bíblia os sonhos e o sono podem ser coisas perigosas.

A essência do tratamento de Anna é estimulação sensorial, algo que lhe foi negado desde aquela noite na Fazenda. Seus sentidos estão estéreis, vazios, malformados e atarracados. Preciso despertá-los.

Tenho que atiçar as lembranças de agosto de 2019. Do que realmente aconteceu com Indira e Douglas. De como Anna acabou aqui. Tenho que encontrar alguma recordação que explique suas ações na Cabana Vermelha tantos anos atrás. Oferecer esperança, talvez até salvação.

Sem Bloom, de alguma forma me sinto mais próximo de Anna. Estamos conectados na morte tanto quanto na vida. Posso realizar os últimos desejos de Bloom, ajudar Anna a acordar e resolver o mistério da sua doença. Esta é a minha motivação.

Preciso saber o que realmente aconteceu na Fazenda naquela noite.

34

LOLA

As mentiras estão vindo atrás dela.

Esse é o problema com o sono e os sonhos. Com a consciência, ela consegue lidar. É o inconsciente que lhe causa problemas. Sua mente durante o sono mistura vários eventos, acrescentando uma coerência letal a cada um deles, até que ela acorda com lençóis úmidos e a roupa encharcada, ofegante com o ar rançoso da meia-noite.

Talvez seja a culpa.

Lola tem o mesmo sonho noite após noite.

Fazenda. Final de agosto de 2019.

Melanie Fox, a aristocrata hippie que exibe as joias da família em um momento e alega pobreza no seguinte. Sua ideia para a Fazenda decolou e agora ela deseja libras, margens de lucro, dinheiro no banco. Ela prefere notas amassadas a transferências eletrônicas, ligações recusadas a e-mails. É assim que Lola consegue acesso. Melanie Fox precisa de uma consultora de saúde e segurança, mas não quer gastar muito dinheiro. Um cartão de visita, um envelope pardo, um acordo confidencial — é perfeito, exatamente como Lola planejou.

A Fazenda é quase medieval. Lola imagina o campesinato cultivando a terra, o novo dinheiro patrulhando as Ruínas, a Floresta com seus fantasmas e punições. E esta noite, sim, esta noite, vai haver mais de ambos. Ela quase dá risada quando a família Ogilvy desce do carro, pagando para experimentar a mãe terra antes de voltar para as maravilhas vítreas e climatizadas de Londres.

Melanie Fox parece meio chapada. Owen, o zelador, mantém tudo funcionando. Lola verifica as armas de paintball e analisa as listas de afazeres. Então, finalmente, chega a hora. A peça central da experiência da Fazenda. A joia da coroa.

Caçadores *versus* Sobreviventes.

Os dois times supostamente são escolhidos ao acaso. Mas ninguém acredita muito nisso. A Fazenda é tipo um reality show sem câmeras, em que cada reviravolta da trama foi roteirizada por produtores diabólicos. Melanie Fox pensou o jogo de sobrevivência para criar tensão máxima. Anna contra sua própria família é bilheteria certa.

Lola sugere o restante com sutileza. É vital para o que vai acontecer depois que a Floresta adquirir uma mitologia própria. Algo para os blogueiros, os haters e os aspirantes à fama fazerem seu solilóquio. Não, é fundamental que Anna, Indira e Douglas estejam no mesmo time. E que todo o restante aconteça depois da Floresta.

Os Sobreviventes começam com alguma vantagem. Como consultora de saúde e segurança, Lola assume sua posição de sentinela em um pequeno posto de observação de onde pode ver o jogo se desenrolar abaixo. Ela acompanha cada participante com seus binóculos, vislumbrando-os através das frestas. O jogo só pode ser interrompido se houver risco de lesões graves. Lola tem uma corneta para alertar Owen e o estagiário. Caso algo aconteça, eles devem entrar na Floresta e localizar os participantes. Mas esse protocolo nunca foi invocado. O objetivo da Fazenda e da Floresta é que os hóspedes mergulhem na natureza. É para ser uma experiência brutal, em que só os mais aptos sobrevivem ao derramamento de sangue darwiniano.

Lola permanece atenta com suas lentes de visão noturna, observando as pequenas figuras esverdeadas disparando entre as árvores. Cada participante também recebe um rastreador de calor, que permite que Lola e a equipe monitorem sua localização na telinha de um notebook. O primeiro problema ocorre após algumas horas. As cores no mapa de calor começam a se misturar. Ao norte da Floresta, um Caçador e um Sobrevivente aparecem alinhados. A princípio, parece uma manobra tática clássica: o Caçador rastejando em direção ao Sobrevivente, observando e esperando, depois marcando o Sobrevivente na escuridão, acertando-o de repente com a tinta.

Os dois pontos se sobrepõem. Ficam assim por segundos, minutos. Não fogem, não se separam. Lola observa um terceiro ponto se aproximar. Outro Caçador. O terceiro ponto se mantém afastado dos dois primeiros, observando de maneira furtiva. E os três ficam assim por um tempo. Lola tenta encontrar o local com seus binóculos de visão noturna. Mas a Floresta é muito vasta. Eles devem estar encobertos pelas árvores. Ela espera. A imagem é recarregada. Os pontos permanecem ali.

Minutos se passam antes de o terceiro ponto ir embora. Depois de uns dez minutos, os dois pontos principais também vão. E nenhum tiro é disparado. Não é assim que funciona esse jogo. Três participantes, metade do grupo, estão ignorando as regras. Lola mantém os binóculos apontados para o norte da Floresta, na tentativa de distinguir alguma coisa. Até que vê uma figura verde, o terceiro Caçador, fugindo pelo chão da Floresta. É uma jovem. Anna ou Indira, então. Ambas terão papéis principais mais tarde. Não pode haver complicações agora.

Lola fica mais atenta depois disso. A cronologia da próxima parte está apertada demais para admitir erros. Tem a refeição nas Ruínas com suas pausas e silêncios. Em seguida, cada grupo vai se retirar para suas cabanas, tudo cronometrado. Nem um segundo pode ser desperdiçado. Porque é isso que nenhum deles percebe. Anna, Emily, Richard, Theo, Indira, Douglas, ninguém.

Nenhum deles tem ideia do que significa esta noite.

O jogo está prestes a se tornar terrivelmente real.

E então termina. Lola acorda. Senta-se. Sua pele está úmida. Ela respira para se recuperar, se acomodando à escuridão da cidade e às faixas de luz filtradas pelas cortinas. O sonho foi tão vívido. A Floresta, a Fazenda, o mapa de calor, os participantes, a antecipação do que vem depois.

Ela se levanta, desce a escada e se senta diante dos quadros e fica contemplando sua simetria. Pega o diário de Anna e se lembra de quando o viu pela primeira vez na Cabana Azul, naqueles momentos elétricos depois do que aconteceu.

Nenhum deles entende que são peões num jogo, ou que cada movimento foi planejado previamente naquela noite, antes de todos chegarem.

A primeira parte correu lindamente.

Agora é hora do acerto de contas final.

DIÁRIO DE ANNA

2019

3 de março

Biblioteca de Londres. Livros antigos, mesas lascadas, café medíocre. Quando Indira e Doug estão me enchendo o saco, retiro-me para o meu lugar favorito na St. James's Square. Todas aquelas placas azuis nas paredes. Vejo carruagens e estadistas de sobretudo chegando para jantares suntuosos em todo o esplendor eduardiano. Imagino-me vagando pela História.

Este é o meu salão, o meu ateliê, o meu estúdio. Eu me acomodo em uma das salas de leitura e observo as celebridades nas estantes. E me enterro ainda mais no passado. Fevereiro de 1999. Duas décadas atrás. Tenho todos os recortes de jornais retirados dos arquivos da Biblioteca Britânica. Li os artigos da professora V. Bloom em revistas acadêmicas valiosas como *The British Journal of Psychiatry*, *The Lancet Psychiatry*, *Psychotherapy and Psychosomatics*, *World Psychiatry* e *Psychological Medicine*.

Preciso me concentrar no caso da Monstra de Stockwell. Sim, esta é a tarefa que tenho em mãos. Mas, como a maioria dos escritores, me distraio facilmente.

Aos poucos, estou me tornando uma especialista na minha própria condição. Um artigo da revista *Neuroethics* chama minha atenção, apesar do título desajeitado: "Enquanto você estava sonâmbulo: ciência e neurobiologia dos distúrbios do sono e o enigma da responsabilidade legal pela violência durante a parassonia", sobre o caso de Kenneth Parks em 1987. O sr. Parks dirigiu mais de vinte quilômetros até a casa dos sogros, matou a sogra e tentou matar o sogro. Posteriormente, Parks disse à polícia que "pensou" que talvez tivesse "matado alguém".

Seus advogados alegaram que ele estava sonâmbulo. O júri acreditou. Parks foi absolvido de homicídio e tentativa de homicídio.

Os autores discutem a diferença entre *actus reus* (o crime em si) e *mens rea* (intenção criminosa). Ambos são necessários para condenar alguém. A falta de *mens rea* é o motivo mais comum para absolver um suspeito que usa a defesa de sonambulismo.

Mais adiante no artigo, há uma seção que me dá uma pista para a próxima parte da minha investigação. Os autores mencionam a relação entre um suspeito sonâmbulo e sua vítima:

> Isto nos leva a outra exceção preocupante [...] Esses indivíduos estão obviamente próximos do sonâmbulo. No entanto, pode haver alguma suspeita de motivo subjacente, porque o sonâmbulo normalmente os conhece muito bem. Nessas situações, a relação entre o sonâmbulo e a vítima deve ser minuciosamente investigada.

Assim como Sally Turner e seus enteados.
Este vai ser meu principal trabalho.
Fodam-se Doug e Indira e o golpe traidor.
É hora de descobrir mais sobre a Monstra de Stockwell.

11 de março

Sala Pugin do Palácio de Westminster.

Minha mãe está de péssimo humor. Acha que será expulsa do Gabinete das Sombras na próxima reestruturação. Ela banca bem a serva do povo. Mas conheço a verdade mais sórdida. Ela quer o número 10 da Downing Street, status de Rei Mundial. A oposição é para os perdedores.

Ela me convocou — oficialmente, como sempre, por meio de um de seus assistentes pustulosos — para conversarmos. Insiste em me encontrar no Palácio por dois motivos. Primeiro, por causa da sua campanha nem um pouco sutil de preparação política, para me convencer a abandonar o jornalismo e me tornar uma política paga e porta-voz do partido. Segundo, para que ela possa me exibir, posicionando-se como matriarca de uma futura dinastia política. Isso ajuda a suavizar sua imagem. A mãe amorosa. Chega de ser uma piranha de pérolas.

Quero lhe contar sobre o golpe traiçoeiro da GVM e sobre a minha investigação do caso da Monstra de Stockwell. Mas, assim como os outros políticos, ela enxerga o mundo como uma extensão de si mesma. Sou apenas um acessório para os cartões de Natal e os eventos de campanha.

Ela não me pergunta nada. Eu não comento nada. Não é por isso que estou aqui.

Famílias são uma coisa estranha. Sally Turner era uma enfermeira treinada em Stockwell que tinha um vício secreto em álcool e um filho ou filha adolescente de um casamento anterior. Ela conheceu Tom Cornwell, um empresário local, na primavera de 1998. No outono, já estavam morando juntos, com uma família mista. Sally e sua criança, Tom e seus dois filhos. Tom era um personagem obscuro, que já tinha ficha suja por fraude.

Nenhum dos filhos dele gostava de Sally, e estavam tentando separar o casal. Ela própria veio de um lar dividido e, de acordo com os relatórios judiciais subsequentes, tinha um "desejo obsessivo pela família 'perfeita'". No entanto, aquela família perfeita não envolvia os enteados. Temendo que Tom fosse embora, preferindo os filhos a ela, Sally realizou um ataque calculado e arrepiante: esperou até que Tom viajasse a trabalho e negócios esfaqueou os enteados até a morte na cama. Depois alegou que estava sonâmbula e não se lembrava do crime.

Para a defesa, a história foi totalmente outra: Sally Turner logo percebeu que o relacionamento dos seus sonhos era seu pior pesadelo. Tom Cornwell não era um empresário de verdade, mas um traficante. Ele se infiltrou na vida profissional da esposa, usando a casa de acolhimento dela como local seguro para realizar seus negócios escusos. Uma testemunha sugeriu que Tom até usava os filhos como aviõezinhos. Os meninos atacavam Sally sem parar, tanto verbal quanto fisicamente. Tom não interveio. Ela já tinha voltado a beber. O alto consumo de álcool aumenta os episódios de parassonia. Na noite do ataque, Sally acreditou que estava sendo brutalmente agredida pelos enteados. Ela alegou legítima defesa no meio de um episódio grave de sonambulismo.

Essa história faz o clã Ogilvy parecer quase harmonioso.

Conseguimos vinte minutos desta vez, antes que minha mãe seja levada para a Câmara dos Lordes em negócios oficiais. Os jornalistas nos viram juntas. Salpiquei um pouco de poeira estelar juvenil nela. Meu trabalho está concluído. Ela me dá um beijo na bochecha e se despede carinhosamente. Tenho um passe de segurança familiar e vou embora sozinha.

Depois, faço um tour pela Hatchards na Piccadilly e continuo minha pesquisa. Encontro outra ligação com a Clínica do Sono Abadia. O livro se chama *Morto de sono: uma introdução ao estudo forense dos distúrbios do sono e à análise de sonhos*, do dr. Benedict Prince, publicado pela Cambridge University Press.

Leio a biografia do autor na orelha:

O dr. Prince é sócio sênior e psicólogo da mundialmente famosa Clínica do Sono Abadia, na Harley Street, onde lidera o trabalho forense da instituição. Após um breve período trabalhando como assistente em vários hospitais psiquiátricos de custódia, o dr. Prince fez uma reciclagem na Open University como psicólogo forense especializado em distúrbios do sono e análise de sonhos. Ele palestrou no mundo todo e atualmente leciona na Birkbeck College, em Londres. Este é seu primeiro livro.

Reconheço a citação de Shakespeare no título. Mas outra coisa me chama a atenção: hospitais psiquiátricos de custódia. É a mesma formação da professora Bloom. Há uma ligação com a Monstra de Stockwell. Apesar de Prince ter sido assistente, e não da equipe médica. Talvez nem tenha trabalhado no Broadmoor.

Depois de uma tarde de leitura, fico estranhamente fascinada pelo dr. Prince. Por sua beleza desleixada, sua preocupação com os recantos mais sombrios da mente humana. Por suas palestras, aulas, livros e podcasts. Aprofundo as investigações. Baixo os podcasts de que ele participou e ouço sua voz sem parar.

De volta ao apartamento, sinto os efeitos do encontro com minha mãe. Lembro como os episódios começaram antes. Devagar, com cautela, então a explosão.

Meu corpo clama pelo sono. Minha mente o teme.

O sono é a hora das bruxas. As sombras incultas. O reino do id, do animal, do inconsciente. Minha própria mente me assusta.

Morta de sono.

Bem que eu queria.

35

BEN

Olhos, ouvidos, nariz. Visão, audição, olfato.

Se minha teoria estiver correta, apenas a terapia sonora não vai ser suficiente. Estímulos visuais são impossíveis, já que os olhos de Anna estão fechados. Mas seu nariz e seu olfato devem estar funcionando.

Hoje entro na sala de tratamento querendo testar dois itens. Ambos foram recomendados por Emily Ogilvy em um e-mail que me enviou depois, na linha das músicas da infância de Anna. Tenho uma caixa de papelão branca com o logotipo da Chanel na lateral e um arranjo de flores Iced Violet da Blue Florist, em Kensington. Ambos são ecos da sua infância. Coloco as flores em um vaso e as posiciono perto da cama. Depois me inclino sobre ela e dou duas borrifadas do frasco de Chanel em ambos os lados do seu pescoço. É o perfume da mãe. Que de vez em quando ela também usava.

O cheiro é forte. Vejo Clara se arrumando para sair; o perfume é uma promessa inebriante e sedutora. O regime-padrão para pacientes em coma é explorar estímulos sensoriais. Mas acho que isso é lento demais. Meu método se baseia no conceito de sobrecarga sensorial, um ataque-relâmpago nos sentidos, trazendo cada um de volta à vida e rompendo a sonolência. Quero despertar os sentidos de Anna como se estivesse ligando um motor.

Em seguida, pego os fones de ouvido Beats na mochila. Tenho uma lista das músicas favoritas da Anna adolescente e decido arriscar uma experiência mais intensa. Sincronizo o fone com o meu celular, abro o Spotify e percorro a lista sortida de pop chiclete do final dos anos 2000, quando ela estava na transição entre a infância e a adolescência.

Coloco os fones nos ouvidos de Anna e os ajeito em sua cabeça. Ainda dá para sentir o aroma do perfume. As flores — lírio-branco de Los Angeles, frésia roxa, verônica azul, lisianto roxo, eucalipto e tulipa pistache — também perfumam o ambiente.

Música, cheiro.

Agora vamos ao sentido final, a última sensação.

Ouço a guitarra vibrante de uma música da Taylor Swift vazando pelos fones de ouvido. Movo o banco para mais perto. Com a mão esquerda, retiro a luva da mão direita. Já lavei as mãos e cortei todas as unhas pontudas. Além dos cuidados de Harriet, Anna passou quatro anos quase sem ser tocada. Sem sentir pele com pele, a necessidade humana mais elementar. A única coisa sem a qual nenhum primata pode viver.

Respiro fundo. Silencio a voz covarde na minha cabeça. Estico a mão direita e seguro a mão esquerda de Anna. Penso que ela vai estar gelada, mas está mais quente do que imaginei, viva de um jeito que ainda não consigo explicar direito. Ela está ali. Seu cérebro está ativo. Seu corpo também. Apenas a ligação entre o seu cérebro e o seu corpo, entre a sua mente e o restante, está danificada. Uma morte em vida é muito pior do que uma morte real.

Fico segurando sua mão. Mexo os dedos para fazer carinho em sua pele, deslizando-os por sua palma, seus dedos, o espaço entre eles. Meu toque é suave e depois mais firme. Não tem nada de romântico nem predatório aqui. É algo quase primitivo. É tipo aquela cena que se vê em documentários sobre a natureza em que dois primatas caçam pulgas um no outro, um ritual básico da humanidade compartilhada, uma reivindicação da existência do outro.

Seguro sua mão por mais alguns minutos. Então pego a última firula, a mais teatral. Já posso ouvir as risadas, as zombarias, as críticas. Mas o humano comum toca o rosto cerca de vinte e três vezes por hora, o que são trezentos e sessenta e oito vezes por dia. Trouxe uma variedade de penas e começo a tocar o rosto de Anna com elas. Primeiro, de leve, depois de um jeito mais delicado e brincalhão. Em seguida, mais forte, fazendo cócegas ao redor dos olhos e das bochechas, um gesto irritante que a faça acordar. Eu me pergunto quando o rosto de Anna foi tocado pela última vez de uma forma que não fosse funcional nem médica.

Fico ali sentado, esperando para ver se ela reage. Sua doença é tanto psicológica quanto física. Então o tratamento também deve ser. Penso nas primeiras descobertas de Freud no seu pequeno consultório na Berggasse 19, quando ele passou a colocar a palma da mão na testa dos pacientes para desenvolver a cura pela fala. Mente e matéria, cabeça e coração, cérebro e corpo.

Por fim, é hora da experiência mais ousada de todas. Tão simples, tão esquisita. Tato, olfato, audição. Agora, a fala. Devo conversar com Anna como se ela estivesse acordada, como se fosse a coisa mais normal do mundo. Repasso mais uma vez as diretrizes para pacientes em EMC.

Primeiro: anuncie quem é você.

Segundo: fale sobre o seu dia.

Terceiro: esteja ciente de que o paciente pode estar ouvindo tudo que você diz.

Quarto e mais importante: demonstre amor e apoio.

Então começo. Para que Anna se torne totalmente humana de novo, preciso parar de tratá-la como paciente. Ela tem que ser mais que isso para mim.

Sinto aquela vibração da conexão de novo, como se Anna e eu fôssemos as únicas pessoas que pudessem seguir com a missão de Bloom. Um time unido contra o mundo. Esses métodos são nosso pequeno segredo. Penso nas anotações que Bloom fez e na carnificina que vi na sua casa e em como aquela ficha pode estar relacionada à mulher dormindo na minha frente.

Anna é minha única esperança de resolver esse mistério. Ela é minha fonte dourada de informação.

O príncipe e a Bela Adormecida.

Limpo a garganta e digo:

— Oi, Anna. Meu nome é dr. Benedict Prince.

36

CLARA

Elas saem tarde. A viagem até o apartamento de Ben é um pesadelo.

Após cinco minutos de viagem, Kitty percebe que esqueceu seu brinquedo favorito, o que significa mais atraso, pois elas voltam e recomeçam a jornada. As recentes noites em claro estão acabando com o relógio biológico de Clara. Ela quase atropela um homem grande em um patinete elétrico com um frágil domínio das regras de trânsito. Está prestes a gritar pela janela, então se lembra de Kitty sentada ao lado e se contenta com uma reclamação murmurada.

A provação final é tentar encontrar uma vaga para estacionar em Pimlico. Comparar a nova casa de Ben a uma prisão é mesmo injusto. Prisões têm estacionamentos muito mais eficazes que a Cumberland Street. Depois de dar três voltas pelo quarteirão, Clara encontra um espaço minúsculo a cinco minutos de caminhada do apartamento. Ela verifica o celular e vê três chamadas perdidas dele e vários e-mails de sua equipe sobre os preparativos para a conferência. Sente saudade daqueles dias distantes em que tinha oito horas de sono. Era uma vez uma pessoa que até estendia o sono às vezes.

Clara tira Kitty do carro, garantindo que pegou tudo. O apartamento de Ben fica no último andar de um prédio de estuque não muito longe do Churchill Gardens, alugado de um amigo. O elevador está quebrado. O saguão cheira a umidade. O apartamento é pequeno e medíocre, na maior parte preenchido com móveis lascados da Ikea. Kitty está sempre empolgada demais para reclamar da decoração. Mas esse lugar tem um ar de pai divorciado que Clara detesta. Fede a homem de meia-idade com noites vazias.

Elas chegam ao último andar. Hoje é uma rara exceção no acordo deles. Em geral, Ben só fica com Kitty aos fins de semana. Mas Clara vai passar os próximos dois dias fora, na conferência. Ben é mais barato que uma babá. E mais divertido também. Ela já ouve a tagarelice habitual e genuína deles.

— Oi, papai.
— Oi, KitKat.
— O que tem para comer?
— Surpresa.
— Que tipo de surpresa?
— Se eu te contar, não vai mais ser surpresa.
— Tem batatinha?
— Talvez.
— Eu gosto de batatinha.
— Eu sei.

Kitty sai correndo, com a mente totalmente ocupada pela promessa de batatas fritas. Clara carrega a mala escada acima e a joga no corredor, aliviada.

— Por que ouvi a palavra "batatinha" sendo gritada com uma voz esganiçada?

Ben pega a mala e a leva até a cozinha, dizendo:

— Um dos vizinhos de baixo. Acho que é o mantra dele. Quer uma xícara de chá?

Ele parece estar se esforçando demais para ser normal. Sua voz está mais alta e seus gestos, mais exagerados. Clara percebe suas mãos tremendo enquanto prepara o chá. Seu rosto está pálido, esquálido até. Ela se pergunta se deve dizer algo, mas se segura. Não é sua esposa, pelo menos não mais. Faz tanto tempo que não são sinceros sobre suas emoções que é difícil recomeçar agora.

A água ferve na chaleira e seu grunhido baixo preenche a cozinha. Duas canecas já estão separadas com dois saquinhos de Yorkshire Gold. Clara observa Ben servindo o chá preto e puxando uma cadeira na frágil mesa da cozinha.

Ela olha para o relógio.

— Eu devia ir logo.

— Cinco minutos. Não por mim. Pelo Hobnob grátis.

Ela sorri, e então se contém, lembrando-se daquele primeiro encontro. Ben se revelou inteligente, esquisito e tímido; ele sempre dizia que a felicidade ficava bem nela. Às vezes, ela se pergunta se o casamento teria sido diferente sem os eventos daquela noite, sem a bagagem do caso Anna O. Tudo mudou depois. A pressão de ser promovida, a mudança para o lendário Esquadrão de Assassinatos da Polícia Metropolitana, a falta de tempo para qualquer coisa além do trabalho e da filha.

Clara se senta e exala pela primeira vez no dia.

E decide ficar.

37

BEN

Preparo duas canecas de Yorkshire Gold na cozinha, adiciono um pouco de leite e misturo a bebida com mãos trêmulas. Meu corpo está tenso e agitado. Esforço-me para ficar parado. Pensamentos sobre sangue e Bloom e Anna invadem minha mente de um jeito macabro quando eu menos espero.

Respire. Para dentro. Segure por quatro segundos. Para fora. Segure por quatro segundos. Chamam de "respiração quadrada". Aparentemente, é o que os Seals da Marinha fazem antes da batalha. Meu coração desacelera.

Esqueça o passado. Mantenha-se no presente.

Esta estadia está prevista há meses. Vai ser uma das raras vezes em que vou ficar com KitKat durante a semana. Clara tem uma conferência em Brighton — serão vários seminários chatos sobre envolvimento comunitário e violência de gangues —, e vou poder bancar o pai responsável. Faxinei o apartamento. Reabasteci a geladeira. Coloquei uma música suave no meu Apple HomePod. Sei que Clara odeia este apartamento. Não a culpo. Mas preciso me esforçar. Cada pequeno detalhe conta.

Pego o pacote de biscoitos Hobnob — cobertos de chocolate, nada menos — e ofereço um para Clara. Ela pega dois, então segura a caneca de chá. Conheço de cor sua rotina do chá: segurar a alça com a mão esquerda, testar a temperatura da caneca com a direita, assoprar duas vezes, dar o primeiro gole escaldante como se fosse um desafio. Há um poema de Carol Ann Duffy sobre a intimidade do chá compartilhado e da lembrança da mão em concha do amante bebendo-o. Clara o leu para mim certa vez pelo telefone. Ainda me lembro de cada verso.

Aceno com a cabeça para a sala, onde KitKat está brincando.

— Tem algo que eu deva saber durante a estadia da madame?

Clara olha para a porta.

— Ela ainda está acordando no meio da noite, o que compromete seus deveres de casa.

— Vou ter outra conversa com ela.

— Porque a última deu tão certo? Por que você falou que as pessoas nas fotos estavam fingindo?

— Foi tudo em que consegui pensar.

Clara levanta as sobrancelhas, então dá outra mordida no seu biscoito.

— Tem alguma novidade sobre a autópsia? — pergunto.

Silêncio. Sinto o luto se contorcer dentro de mim. Normalmente, ela me diria que não é da minha conta. Mas Clara parece quase aliviada por mudar de assunto e falar de temas profissionais. Ela fica me encarando, e me pergunto o que está vendo. Minha maldita mão não para de tremer. Os eventos recentes me deixaram esgotado. Cada movimento me parece estranho, como se eu estivesse reaprendendo a me relacionar com seres humanos.

— Nada de mais — Clara diz. — Confirmamos que foram dez facadas. As marcas da lâmina e o perfil das feridas são consistentes com as outras.

Como ela não comenta, arrisco:

— Uma réplica dos assassinatos na Fazenda, então. — Faço uma pausa, escolhendo as palavras. — Bloom foi morta da mesma forma que Indira Sharma e Douglas Bute.

Ela evidentemente não quer revelar mais nada, e diz:

— Falaram para mim que você arrasou com aquele pijama cinza na delegacia.

O humor é sombrio, sempre foi. Esse era o ritmo do nosso casamento.

— Isso significa que posso pegar minhas roupas?

— Sem chance. Vão mantê-las guardadas em algum lugar.

— Nota mental: não use sua melhor camisa em uma possível cena de crime.

— Contanto que você não fuja para o Caribe, vai ficar bem.

Sorrio. É outra piada interna do nosso casamento. Clara sempre gostou de me provocar com aquela oferta tentadora de ser professor visitante na UCCI, a University College das Ilhas Cayman, e ensinar Psicologia do Sono no Caribe. Desde então, essa perspectiva se tornou minha fantasia-padrão. Eu me mudo para as Ilhas Cayman e faço meu próprio projeto ao estilo *Grand Designs* na parte mais bonita de Seven Mile Beach. A casa tem cinco andares, é autossuficiente e extremamente econômica. Produzo meu próprio rum. Clara dá consultorias para a polícia das Ilhas Cayman. KitKat corre solta e livre na praia do amanhecer ao anoitecer. Trabalho meio período dando aulas e uso o restante do tempo para escrever meus livros.

Envelhecemos ali, ajudamos nossos netos para que deem seus primeiros passos no mar, construímos castelos de areia e vivemos nossos últimos dias. Monto um pequeno campo de críquete improvisado ao lado da casa. É uma fantasia impossível agora, mas ainda não foi totalmente abandonada. Ela simboliza tantas coisas. O idílio das Ilhas Cayman é uma das razões pelas quais ainda tenho esperança.

— Bloom já comentou alguma coisa com você sobre o trabalho no Broadmoor? — pergunto, seguindo com a conversa. Minha voz falha um pouco. Essas velhas lembranças de famílias felizes na Seven Mile Beach me pegam de vez em quando. O divórcio me parece um fracasso.

— Broadmoor? Não, por quê?

— Só estou organizando uns documentos antigos dela. Deixa para lá. — Refaço minha expressão. Estou ficando velho demais para mentir de um jeito convincente.

— Você já a acordou?

Minha mente está tão focada na ficha de Bloom que levo um instante para perceber que ela está falando de Anna. Ignoro seu tom zombeteiro.

— Se minha teoria estiver certa, a exposição a lembranças e sensações do passado vai trazê-la de volta. Livros, filmes, músicas, cheiros, toques. Mas não acontece instantaneamente. Falei para Donnelly que levaria meses.

Clara começa a comer seu segundo Hobnob.

— Você sabe que seu trabalho é acordar, e não salvar Anna, não é? Já é ruim o suficiente com todos aqueles colunistas pervertidos falando sobre a Bela Adormecida. Ela não precisa de um dr. Prince de armadura brilhante para lhe dar o beijo da vida.

— O príncipe seria cancelado hoje em dia. Provavelmente seria fichado de algum jeito.

— Estou falando sério.

— Eu também. Ele é um perigo para as princesas de todo o país. Que vá em paz. Maldito babaca.

— Às vezes, fazer apenas o seu trabalho diário já é o suficiente, Ben. — Ela está certa. Sei que está. Ainda assim, o mistério desse caso me pegou. — Concentre-se nos vivos, esqueça os mortos. — Clara termina de comer seu biscoito e se levanta da mesa.

— E quanto aos que estão vivos e mortos ao mesmo tempo?

Clara coloca uma mão solidária no meu ombro.

— Pense na sua filha. Obrigada pelos Hobnobs.

Observo Clara ir embora. Vejo TV com KitKat antes de ela ficar inquieta e exigir suas batatinhas. Fazemos uma viagem culpada até o Five Guys e dividimos um hambúrguer com fritas e um milk-shake de banana. As negociações habituais começam na hora de dormir. Somente mais tarde, quando KitKat vai para a cama depois de eu ter pedido pela terceira vez, é que retomo a posição em frente à TV. Abaixo o som para que ela não ouça do quarto de hóspedes.

O entretenimento desta noite é *A sombra de uma dúvida*, um filme menos conhecido dos anos de guerra, mas o favorito de Hitchcock. A história gira em torno da personagem de Teresa Wright, que recebe a visita de seu carismático tio, interpretado por Joseph Cotten. Há um serial killer à solta e Teresa aos poucos percebe que Joseph é um monstro.

Mas o filme não me acalma, pelo contrário. Ele me lembra demais do assassinato de Bloom. Há um assassino à solta, se escondendo entre nós. Alguém invadiu a casa dela e a esfaqueou até a morte. Alguém que tinha uma ligação com X da ficha de Bloom e com a selvageria psicológica do Broadmoor no final dos anos 1990.

Eu deveria ter escolhido algo mais revigorante para assistir.

Fico um tempo sem conseguir dormir, imaginando passos se aproximando do quarto de KitKat, sangue manchando o chão da cozinha. Quando finalmente pego no sono, meus sonhos estão recheados de ameaças sinistras à espreita. Vejo corpos caindo em trilhos de trem e segredos sendo abafados.

Acordo um pouco depois das 3h30. Ouço um som lá fora. Não sei determinar se é uma pessoa ou o vento. Meus olhos se ajustam à penumbra. Sombras se espalham nas paredes. Vivo constantemente perturbado agora. O tremor na minha mão não melhorou. Eu devia tomar algum remédio para isso. Levanto-me e atravesso o apartamento na ponta dos pés, tomando cuidado para não pisar nas tábuas soltas do piso. Vou até o quarto de KitKat.

Isto está virando um hábito. Procurar conforto quando os pesadelos ficam assustadores demais.

As lembranças me atingem de novo: a casa de Bloom, a porta da frente, a sensação imediata de algo, então o cadáver no chão e a mancha de sangue. De repente minha mente associa aquela porta com a porta de KitKat e, sem entender direito a divisão entre o passado e o presente, entro no quarto da minha filha sentindo um pânico animal, ofegante, à procura de sinais de perigo.

Não encontro nada.

Estou totalmente presente de novo. Pisco, esfrego, reinicio.

Ela está dormindo. Vejo seu narizinho vibrar ao inspirar. Ela chuta com uma perna involuntariamente debaixo das cobertas. Minha filha está viva e não sabe que estou aqui. Está tranquila. Fico observando-a por um momento e depois saio em silêncio, tomando cuidado para não a acordar.

Sinto-me ridículo e descontrolado. Egoísta e envergonhado também. Eu me distraio com a rotina, como sempre. Bocejo, passo um café forte, limpo a bancada da cozinha de novo, esfrego as manchas do chão, resisto ao desejo de pegar o aspirador. Sento-me à mesinha de café da manhã e mantenho a porta aberta para poder ver o quarto de KitKat.

Fico vigilante a noite toda.

Só agora vejo o quanto esse caso me tirou do prumo. Mexeu com a minha cabeça.

Abro um armário e pego um pacote de Hobnobs. Bebo mais café. Pelas poucas horas de sono, vou precisar de outra fonte de energia. Ou é o que digo a mim mesmo. Cafeína, açúcar. Espero o amanhecer. Estremeço a cada barulho, dou um pulo a cada ruído. É assim que é o medo.

A loucura também.

Na maior parte do tempo, fico observando a porta do quarto. Penso na casa de Bloom e no assassino invadindo seu santuário. Não importa quem esteja lá fora e o perigo que represente, nada vai me impedir de fazer isto. Tenho uma responsabilidade solene. É a única coisa pela qual eu morreria de bom grado.

Eles podem vir me pegar. Mas somente a mim, a ninguém mais.

O que quer que aconteça, preciso proteger minha filha.

38

BEN

Mais um dia, mais uma sessão.

Está cedo. A visita de KitKat terminou. Estou sozinho com Anna. Agora ela é meio que parte do meu ritual diário.

— Bom dia, Anna — começo. Estou acostumado com isso, e o constrangimento vai diminuindo aos poucos. Falo com uma voz alta, clara e autoritária. — Você no momento está deitada em um quarto no centro de Londres. A manhã está linda, úmida, congelante. Daquele tipo que exige uma xícara de chá com leite e uma fatia de pão tostado com manteiga.

Estou na frente de uma das janelas que dão para a Harley Street. Uma cortina protege nossa privacidade. Anna parece tão abandonada, tão morta. No entanto, é exatamente isso que não posso pensar. Devo conversar com ela como se fosse uma pessoa normal. Uma pessoa viva e respirando, senciente, a quem a interação humana foi negada. Alguém preso em sua própria mente, protegida pelo seu corpo.

— Minha filha, KitKat, ficou comigo — digo, mais uma vez ciente de que estou falando para um quarto silencioso. — Comemos hambúrguer e fritas com milk-shake outro dia. Ela ficou doidona de açúcar. No futuro, quando ela tiver anomalias nutricionais, sem dúvida a fonte do problema vai ser eu.

Ainda é estranho falar e não ouvir uma resposta. Mas é por isso que quero estar aqui sozinho. É por isso que a primeira coisa que faço de manhã é vir aqui. Ou que a última coisa que faço no dia é me sentar ao lado da cama dela e falar. Uma terceira pessoa muda a atmosfera. Aqui, com Anna, não sou o membro sênior da equipe, o colega de luto, o marido ferido ou o pai afobado. Posso finalmente ser eu. Ainda assim, a sensação de estar sendo observado nunca me deixa por completo. Imagino Harriet me seguindo atrás do vidro, vigiando meus segredos em silêncio com uma serenidade voyeurística. Acho a ideia excitante e irritante na mesma medida.

— Como sabe, temos experimentado algumas técnicas básicas de estimulação sensorial: TV, música, tato... tentamos evocar aromas do seu passado que possam ajudar a desbloquear coisas.

Volto para a cama. Nos primórdios da Psicanálise, o analista ficava fora de vista. Os melhores analistas falavam muito pouco. Os pacientes é que falavam bastante. Parece que trocamos de lugar: faço associações livres, expondo meus pensamentos na segurança da sala de tratamento. Anna é minha analista silenciosa.

Movo o banquinho mais para perto. Tento não bancar o terapeuta.

— Quero ser sincero com você, Anna, e definir outras opções de tratamento. Acredito que você possa me ouvir e consentir. Quero dar a você a chance de fazer isso.

Ouço o coro dos céticos. Isto é Psicologia, eles dizem. Um terapeuta conversando com uma mulher dormindo como se esperasse resposta. Mas, para eles, um paciente é sempre um paciente. São uma abstração carnal na mesa de operação. Para um psicólogo, o paciente é granular e específico. As pequenas peculiaridades pessoais são tudo.

— Vamos seguir com os exercícios de estimulação sensorial e a terapia da fala. Também podemos combinar esse tratamento com medicação. A literatura não ajuda muito, dados os poucos casos de síndrome da resignação ao redor do mundo. Mas é uma opção.

Estou inquieto. Eu devia ser honesto com ela. Honestidade significaria falar sobre Stephen Donnelly, o Ministério da Justiça, a petição da Anistia e o esforço do governo para julgar Anna pelo assassinato de seus dois melhores amigos. A moção da Anistia perante a Convenção Europeia dos Direitos Humanos está cada vez mais próxima. O Ministério da Justiça exige resultados antes disso.

Olho para o relógio. Tenho mais cinco minutos antes de Harriet chegar. Pego o livro que Emily me deu e fico observando a capa preta de *Medeia e outras peças*, de Eurípides. Penso na reação de Bloom quando o mencionei e em seu comportamento depois desse fato.

Tem algo neste livro.

Abro na introdução e vejo a passagem que Anna grifou com um lápis agora desbotado. Quero encontrar um trecho de que ela se lembre. Que tenha significado. Este parece tão bom quanto qualquer outro.

Leio as palavras:

> Maratona e Salamina deixaram os atenienses vivamente conscientes de que o estabelecimento e o crescimento dos valores civilizados num mundo bárbaro dependiam apenas deles, como líderes da cultura helênica.

"Maratona" é a única palavra que está circulada. Estranho. Aleatório, na verdade. O texto refere-se à Batalha de Maratona. Atenas *versus* Pérsia. 490 a.C. Dez anos antes de Eurípides nascer.

Olho para o texto e depois para Anna, e todas as velhas dúvidas ressurgem. Eu me pergunto se estou me agarrando a nada, se a facção da Bela Adormecida está certa. Vejo Anna abrindo os olhos e olhando para os corpos dos seus dois melhores amigos cobertos de sangue e então vendo a arma apertada na sua mão. Tendo intenção ou não, Anna os matou. Contexto nenhum — sonambulismo, drogas, intoxicação — pode desfazer o crime. Aquelas mãozinhas macias podem até parecer inocentes, mas são as mãos de uma assassina.

Um barulho quebra o silêncio. Meu celular de trabalho vibra com um lembrete. Na tela, surgem os detalhes do meu segundo compromisso da manhã.

É hora de conhecer o pai de Anna.

DIÁRIO DE ANNA

2019

18 de março

Frio. Preto. Vazio.

Acordo. Não apenas fora do apartamento. Mas fora do prédio.

No asfalto. Irregular, sujo de lixo. Estou só de pijama e é março. O tempo é inclemente.

Estou sonhando, claro. Mas sei que não estou.

Aquela velha confusão do sono me domina de novo. Pisco, engulo em seco, tusso, pisco de novo. Estava cansada. Estava pensando em Indira, Doug, na GVM, no golpe, em minha mãe, meu pai, na Monstra de Stockwell, no Broadmoor, no dr. Prince, na professora V. Bloom.

Estou na rua, sem chave. Este é o pesadelo. Férias de família, dormitório escolar, o mesmo calafrio. Não há como negar. Estou trancada para fora do prédio. Sem celular. Sem colegas. Em condições polares.

Eu estava sonâmbula.

Tudo o que importa agora é sobreviver. Há apartamentos abaixo e acima do meu. Penso em tocar a campainha e pedir para abrirem para mim. Mas meu apartamento também vai estar trancado. Já vejo as manchetes dos jornais: FILHA DA BARONESA É ENCONTRADA SEMINUA NAS RUAS DE LONDRES. Minha mãe furiosa. Theo dando risada. Indira e Doug usando isso como justificativa para me tirar da revista e finalizar a aquisição da GVM.

Há um pequeno café 24h a duas ruas. Ele faz sucesso com trabalhadores que começam cedo. Refugio-me ali. Minto sobre as minhas circunstâncias e consigo um café de graça. Eu me agacho perto da janela me sentindo completamente ridícula e ignoro os olhares maliciosos direcionados para o pijama minúsculo. Uso o telefone da loja para ligar para um chaveiro e prometo pagar assim que conseguir entrar no apartamento.

Às 8h30, já desembolsei trezentas libras para o chaveiro. O vizinho de baixo me vê, mas não fala nada. Vou para o quarto e ouço aquelas princesas de porcelana do internato zombando de mim novamente. Aquelas pobres infelizes cujas tendências demoníacas só surgem à noite. Eu estava prestes a ser outra pessoa. Uma reinvenção completa.

Agora voltei ao meu velho eu.

O lobisomem. O caminhante.

Uivando minha raiva durante a noite.

25 de março

Biblioteca de Londres. Uma semana se passou. Nada de alertas do Google News. Nenhuma menção no Twitter nem no Insta. Nenhuma menção nas "gafes da semana". Nenhuma imagem ruim de câmera de celular dessa que vos fala de pijama da Marks and Sparks com uma multidão babando no seu café da manhã inglês.

Pauso a pesquisa sobre Sally Turner/Monstra de Stockwell. Hoje a investigação é mais pessoal que profissional. Volto ao modo estudante e consulto as estantes. Encontro vários livros sobre sonambulismo e uma cópia de *Estudos sobre a histeria*. É como voltar para um velho amigo.

Aquela frase do prefácio de Freud e Breuer nunca me abandona:

> Movidos por uma observação casual, há alguns anos investigamos, nas mais diferentes formas e sintomas da histeria, o motivo, a ocorrência que suscitou pela primeira vez, frequentemente muitos anos atrás, o fenômeno em questão.

Folheio o livro, percorrendo as páginas até encontrar meu outro trecho favorito. É de Freud e aparece mais adiante. Ele fala sobre "a relação íntima entre a história de sofrimento do paciente e os sintomas de sua doença, relação que ainda procuramos em vão nas biografias de outras psicoses".

Biografia das psicoses. É assim que devo tratar minha própria condição. Preciso voltar para aquele primeiro episódio. E a causa precipitante. Aquele frágil momento em que eu, criança, acordei em um lugar diferente do que adormeci. Minha mãe me dizendo para eu não ser malvada. Meu pai se recusando a acreditar em mim. A retórica e a experiência que não correspondiam.

Sinto pena daquela garotinha de pijama encharcado de suor. Quero voltar no tempo e lhe dizer que vai ficar tudo bem. Que ela tinha mesmo fechado os olhos na cama e os aberto no andar de baixo, sem conseguir se lembrar de como tinha chegado lá.

Que ela está presa em uma mente que não consegue controlar.

Mas duas décadas se passaram. Os episódios voltaram.

Tenho medo de quem me torno à noite e do que posso fazer.

Tenho medo dos pensamentos sombrios que dormem dentro de mim.

39

BEN

As casas nesta parte de Belgravia parecem idênticas. Uma se mistura facilmente à outra. Continuo descendo a Chester Square e encontro a casa de número certo. Todos os elementos esperados estão aqui: a fachada branca de alabastro, as colunas vistosas, o pequeno lance de escada que leva a uma porta preta com uma aldrava de prata cintilante e o jardinzinho eriçado, como se tudo estivesse embrulhado em filme plástico sem nunca ter sido usado.

Há uma governanta que fala com sotaque espanhol. Ela me mostra uma sala de estar toda trabalhada no design de interiores. É uma sala para ser admirada em vez de habitada, com mobília chamativa e cortinas pouco práticas. O chão é acarpetado. Há uma mesa de centro com vários livros de capa dura, provavelmente de uma daquelas livrarias descoladas de Mayfair, que também fazem as vezes de designers de bibliotecas.

Vejo um livro sobre Picasso, outro sobre pontos turísticos de Nova York, outro sobre Verbier. Posso ver o livreiro atormentado recebendo as demandas do cliente e extraindo informações relevantes. Não há dúvida de que Richard Ogilvy passa muito tempo em Nova York, férias em Verbier e já foi dono — ou ainda é — de um Picasso original. Ou, pensando bem, talvez esses livros acrescentem glamour a uma realidade mais monótona. Fico de pé e só me viro quando a porta se abre.

Apesar de ser financista e não político, Richard Ogilvy é mais performático que sua ex-esposa. Ela é uma mãe assombrada por uma tragédia. Richard, por outro lado, tem um rosto de camaleão. Há um quê de ator no comprimento provocante do cabelo grisalho e no bronzeado amadeirado e sufocante. A camisa é de alfaiataria, os sapatos são mocassins. Eu deveria lhe pedir umas dicas de moda.

— Richard Ogilvy — ele diz, apertando minha mão. — Você deve ser o médico do sono. Que bom que veio. Por favor, por favor, sente-se.

— Obrigado.

— Emily comentou que você a visitou e fez uns comentários infelizes sobre Deus? Estou surpreso por ter saído vivo do encontro.

Sento-me em um sofá bege-dourado. Ele se senta na minha frente.

— Acho que Deus é grande o suficiente para superar meus comentários, não é?

Richard sorri.

— É uma das surpresas dos casamentos longos — ele fala. — Você acorda vinte, trinta anos depois e percebe que sua outra metade é uma estranha. Se você me dissesse que Emily acabaria usando uma coleira de cachorro e participando de orações matinais, bem... é aquela frase do Sherlock Holmes, suponho.

— Sim. — É uma das minhas favoritas também. — "Quando você tiver eliminado o impossível, tudo o que resta, por mais improvável que seja, deve ser a verdade."

Ele sorri e assente com a cabeça. Há um brilho de menino em seus olhos. Ele não parece ter passado quatro anos de luto pela filha. Sua impetuosidade me perturba.

— Quando conheci Emily, ela fumava trinta cigarros por dia, bebia demais, tinha zero interesse por política e pensava que Germaine Greer era quase puritana. Eram os anos 1980, afinal. Veja bem, eu pensava que o capitalismo deveria ser desmantelado e que o Exército Vermelho poderia ocupar o Palácio de Buckingham. Três anos depois, me tornei banqueiro. Case-se às pressas e arrependa-se com calma. Você é casado, doutor...?

— Prince — digo. — Benedict Prince. E não. Minha esposa e eu somos divorciados.

— Então você entende o que quero dizer.

É uma afirmação, não uma pergunta. Já estou ciente de que Richard está jogando comigo. Esta é a reunião dele, não minha. Suspeito que ele esteja acostumado a dominar os outros — clientes, colegas, filhos. Ele tem o sorriso de um vencedor.

— Enfim — continua Richard. — Emily me contou tudo sobre a nova técnica que você está experimentando. Algo sobre sobrecarga de sentidos. Você é daquela clínica na Harley Street para onde vão todas aquelas celebridades, não é?

— Abadia.

— Isso. E esse seu método inovador?

— O método é baseado em um artigo que escrevi para o *Journal of Forensic Psychology* sobre o tratamento de distúrbios neurológicos funcionais. Os DNFs, no jargão.

Ele assente, parecendo falsamente indiferente.

— Sim, eu li suas coisas. Então é psicossomático. Você acha que está tudo na cabeça dela?

Hesito.

— A verdade é que a síndrome da resignação é um mistério para nós. É parecida com a esclerose múltipla, o Alzheimer e a doença do neurônio motor, e até com o Parkinson. Os neurologistas não sabem bem a causa de nenhuma delas. Não podem ser totalmente explicadas nem curadas. A síndrome da resignação não é diferente.

— Quais são as chances de que funcione? Tenha em mente que gosto de porcentagens. Dê-me alguns dados para eu poder brincar.

— Acredito que sua filha não vai acordar se a esperança não for restabelecida na vida dela. — Falo com um tom estável e nada apologético. Se eu parecer fraco, o argumento vai enfraquecer. — Para ajudar Anna a acordar, preciso lhe dar alguma razão para viver. Levá-la para a Abadia é um passo positivo. Reintroduzir elementos de sua antiga vida, com músicas, filmes, toques, cheiros, conversas, é outro. Sua ex-esposa já me contou sobre o sonambulismo de Anna. Mas quero saber mais sobre seu humor, seu comportamento. Receio que as porcentagens sejam uma incógnita. O tratamento está em curso há várias semanas. Estou confiante de que poderemos começar a ver os resultados logo. Provavelmente muito em breve.

— Minha ex-esposa acha que o sonambulismo explica tudo.

— O sonambulismo pode explicar os assassinatos. Mas não necessariamente a síndrome da resignação. A não ser que, em algum nível, Anna estivesse consciente do que fez.

Richard me olha com uma nova expressão de respeito.

— Ah, sim. O dilema. Se ela não estava consciente, por que pegou no sono? Se estava consciente, então não poderia estar dormindo quando os matou. Qualquer resposta a condena.

— Sim.

Ele fala sobre a própria filha como se fosse um objeto. Quanto mais trato Anna, mais protetor me sinto em relação a ela. O mundo acabou com sua reputação. A família dela ainda se recupera das consequências. Harriet e eu somos as únicas pessoas que ela ainda tem. Sou o guardião entre Anna e o mundo. Sou o príncipe dos contos de fada que jurou protegê-la e libertá-la, não importa quão odiosa essa noção seja para as sensibilidades modernas.

— Você conhecia bem Douglas Bute e Indira Sharma? — pergunto a ele.

Richard faz uma careta. Sua linguagem corporal tensiona.

— Devo ter visto os dois pela casa de vez em quando, suponho. Por quê?

— O que achava deles?

— Douglas parecia um cara legal. Mas não faço ideia sobre Indira. Não posso dizer que trocamos mais que algumas palavras.

Ele parece nervoso ao falar sobre os amigos de Anna, especialmente ao mencionar Indira. Talvez tema alguma armadilha legal. Eu me pergunto se ela o ofendeu. Pego o celular e encontro o vídeo. É arriscado, mas necessário. É o único jeito de explicar minha teoria.

— Uma das enfermeiras percebeu que Anna reagiu quando ouviu a música "Yesterday". Sua ex-esposa confirmou que ela costumava tocá-la no piano quando Anna era pequena. Apesar da letra triste, acredito que a música desperte uma mensagem subliminar na mente dela. De segurança e otimismo. Em outras palavras, de esperança. Estamos colocando Anna em um programa de estímulos sensoriais extremos. A força coletiva deve trazê-la gradualmente à superfície de novo. Mas é provável que seja um pequeno evento, um gatilho, que finalmente vai levá-la ao limite.

Entrego-lhe o celular. O vídeo ganha vida: a música, os monitores, o lampejo de atividade no rosto de Anna.

Espero um pouco, então continuo:

— Todo mundo se concentrou na Fazenda na noite dos assassinatos ou nas horas que os antecederam na Floresta. Mas acredito que seja algo mais profundo. Algo aconteceu, nos meses que antecederam o ocorrido na Fazenda, que desencadeou um grave episódio de sonambulismo e, somado aos acontecimentos daquela noite, um lapso prolongado de síndrome da resignação. Algo extinguiu toda a sua esperança. A menos que eu encontre essa causa, sua filha provavelmente nunca vai acordar.

Richard permanece inexpressivo, digerindo o que acabou de ver. Ele devolve o celular. O vídeo de Anna perfurou seu ar de autoimportância. Parece derrotado, um pai indefeso diante do sofrimento da própria filha.

Ele se recompõe.

— O que exatamente você precisa saber?

40

BEN

Não estou a fim de voltar para Pimlico depois da conversa. Em vez disso, saio da Chester Square e caminho pela Harley Street. Fico refletindo sobre tudo o que Richard Ogilvy me disse. Penso na relação entre pais e filhas e vejo o olhar de Kitty por cima do ombro enquanto ela ia embora do apartamento no fim de semana passado.

Entro na Abadia pela porta dos fundos. O tempo para lá dentro. Durante as piores fases do meu casamento, eu costumava hibernar entre essas paredes, fingindo que a tempestade emocional de casa não existia. Lembro-me do fim de semana em que vi aquelas mensagens no celular de Clara. O número estava salvo em sua agenda como "HOSPITAL". Passei meses me torturando, me perguntando quem era o cara. Imaginei um neurocirurgião ou um neurologista, alguém que despreza a Psicologia do Sono. A sensação de raiva e traição nunca me deixou.

Recolho-me ao meu escritório por meia hora. Escrevo o relatório sobre a entrevista com Richard.

Resumo a conversa em pontos principais:

- Richard confirmou que não sabia do sonambulismo de Anna até que Emily lhe contou, na época do incidente, que levou à sua expulsão da escola.
- Richard disse que foi ele que pensou que procurar tratamento criaria um escândalo político. Ele achava que o tempo era o melhor remédio para a parassonia de Anna.
- Richard teve dúvidas sobre Anna fundar a *Elementary* depois de Oxford, mas afirmou admirar seu espírito empreendedor.

- Richard admitiu que às vezes tinha dificuldade de se conectar com a filha. Mas eles assistiam aos jogos de futebol do Manchester United juntos, uma tradição desde a infância.
- Richard declarou que Anna visitou Broadmoor várias vezes para fins de pesquisa.
- Richard disse que Anna usou o cartão de crédito dele para comprar um novo notebook, supostamente para se comunicar com uma fonte relacionada à história de Broadmoor. Nem o notebook nem a fonte apareceram depois da fatídica noite de 2019.
- Richard confirmou o depoimento de E. S. de que a nova investigação de Anna tinha a ver com a Monstra de Stockwell e que ela era obcecada pela peça *Medeia*.
- Richard não sabia por que os incidentes na Floresta naquela noite teriam desencadeado um episódio de parassonia.

Salvo o resumo e o criptografo. Depois destranco a gaveta da escrivaninha e pego o exemplar de Anna de *Medeia e outras peças*.

Folheio as páginas novamente. Faço uma pausa em uma passagem próxima ao fim.

> Que poderia acontecer de mais terrível?
> Ah! Leito nupcial, fecundo em sofrimentos
> para as mulheres, quantos males já causaste!

Fico remoendo as palavras enquanto preparo outra caneca de café.

Uma enfermeira encarregada está aqui para o turno da noite. Penso no sorriso sardento de Harriet e nela com Anna. Há uma intimidade peculiar em um mundo focado no sono. Estou tão cansado de ficar sozinho com meus pensamentos. Sinto uma urgência repentina de me confessar e desabafar com outro ser humano.

Harriet é quem cuida de Anna. Ela troca os lençóis, veste e dá banho na paciente e faz todo o trabalho inglório. Já experimentou e respirou as paredes de hospitais psiquiátricos de segurança máxima e pode traduzir as anotações de Bloom em termos leigos, dando-lhe cor e contexto. Resolver o enigma.

Ouço o telefone do escritório tocando. Atendo-o relutantemente.

— Alô?

Sirvo o leite e mexo.

— Dr. Prince, é a sala VIP do segundo andar. Estão chamando você com urgência.

41

BEN

Há uma quietude no ar, a Abadia e toda a sua agitação pararam. É impossível e, ainda assim, possível.

A ligação da enfermeira encarregada.

Dr. Prince na sala VIP.

Vejo-me olhando para os acontecimentos como se fosse uma experiência extracorpórea.

A corrida pelas escadas, a limpeza apressada para eliminar as bactérias, a entrada. A enfermeira parada ao lado da cama. A sala de tratamento parece fria, de alguma forma, e lamento estar só de camisa. Talvez seja a água gelada das torneiras enquanto limpo possíveis infecções. Ou outra coisa, quase etérea. Mas há uma quietude na sala como nunca senti antes.

— Quando aconteceu?

A enfermeira está assustada, nervosa. Ela tosse e fala:

— Precisei atender uma ligação pessoal. Estava verificando uns exames quando voltei e vi nos monitores.

— Tem certeza? Não há como você ter se confundido?

Ela não hesita. Sua voz é forte e clara:

— Não.

— Por quanto tempo durou?

— Mais uma vez, é impossível...

Dispenso suas ressalvas com um gesto.

— Sua melhor estimativa já serve.

— Alguns minutos. Quando liguei para você, parecia ter parado.

— "Parecia" não transmite muita confiança.

— Com certeza parou.

— E não aconteceu de novo do momento da ligação até eu chegar?

— Não.

— Você estava fazendo algo diferente do normal? Estou interessado nos pequenos detalhes. Música, movimento, fala, toque. Qualquer coisa a que Anna pudesse reagir.

— Não sei direito.

— Pense. Deve ter tido algum gatilho.

A enfermeira se concentra. Quero lhe dar um empurrãozinho na direção certa. Mas os erros podem ser fatais aqui. Preciso entender exatamente o que aconteceu nos minutos que antecederam o evento. Nos minutos antes de ela me ligar.

Ela finalmente se lembra de algo.

— Eu liguei a TV. Só para conferir o jogo.

Meu papel é permanecer calmo e distante. Tento não demonstrar emoção. Ligação pessoal, TV no trabalho. Posso lidar com isso depois.

— Quem estava jogando?

Ela fica constrangida.

— É uma bobagem.

— Confie em mim. Nada é bobagem. Só seja sincera.

Ela suspira.

— Chelsea e Manchester United. Apostei um pouco de dinheiro no United. Só queria ver se eu estava ganhando.

Lembro de quando Richard contou para mim que assistia aos jogos do Manchester United com Anna. Antes de ela saber das infidelidades do pai, das fraquezas de seus pais. Esses jogos significavam infância, empolgação, ficar acordada até tarde, os mistérios de um mundo além do seu. Eu me repreendo por não ter pensado nisso antes.

— O jogo ficou rolando?

— Sim. Desliguei depois que aconteceu.

Quero que minha teoria esteja correta. Tentei livros, músicas, filmes, flores, perfumes, penas, conversas. Esse lindo jogo é uma extensão lógica dessa abordagem terapêutica. É a minha vingança. A cura do príncipe.

Preciso dela, ela precisa de mim. Essa conexão única nos vincula. Somos as únicas duas pessoas no mundo.

Ainda assim, há outras preocupações: será que ao acordá-la também estarei trancando a cela? Traindo meu voto de curar e não condenar? Ajudando o Estado a prender alguém por um crime que ela não sabia que estava cometendo? Do lado errado da História?

Aproximo-me da cama e olho para Anna, ouvindo novamente a ligação da enfermeira.

Aquelas palavras mudam tudo.

A paciente acabou de abrir os olhos.

DIÁRIO DE ANNA

2019

1º de abril

Brasserie Zédel, Piccadilly Circus. Aniversário de Indira! Sentamos nas cabines vermelhas, que gritam Paris em tempos de guerra. Penso em todas aquelas histórias de mulheres que se juntaram à Executiva de Operações Especiais na Baker Street e foram lançadas de paraquedas em Vichy, na França, me perguntando como eu me viraria atrás das linhas inimigas.

Uma banda está tocando. Casais apaixonados se entreolham. Haverá uma celebração obrigatória no apartamento, com música ruim e amigos piores ainda. Mas, esta noite, somos só nós.

Bebemos e Indira desembrulha meu presente. Ainda espero que ela me conte das reuniões secretas com a GVM. Que explique por que meus dois melhores amigos estão secretamente conspirando para vender a empresa que eu fundei. Ela vai dizer que foi ideia de Doug me excluir e vou fingir estar chocada e depois solidária. E então seremos nós duas contra o mundo. Vou lhe contar sobre o meu episódio de sonambulismo e meu medo de que aconteça novamente. Ela vai me acalmar. Vamos rir juntas. A ordem será restaurada.

Mas ela não fala nada. Em vez disso, bebemos demais. Comento sobre a Monstra de Stockwell. Ela se lembra do caso de Sally Turner. Daquela indignação instintiva sobre uma mulher que quebrou o maior tabu da sociedade. A madrasta que matou duas crianças. É contra as leis da natureza.

Depois, patrulhamos sozinhas e bêbadas a cidade iluminada com lâmpadas de vapor de sódio. Não sou a única mentirosa fluente. Ela não deixa escapar nada. Não pisca, não se agita, nem dá um passo em falso.

Fico à espera, mesmo depois que voltamos para o apartamento. Mas simplesmente entramos. Nós nos abraçamos, suspiramos e seguimos cada uma para o seu quarto. Não há nenhum duelo épico.

Percebo pela primeira vez que não confio mais nela. Nem sequer gosto mais dela, na verdade. É assim que colegas de apartamento se tornam inimigas. Somos tímidas para nos confrontarmos de maneira aberta, mas calculistas demais para evitar esses pequenos golpes e apropriações indevidas.

Sim, pode ser a bebida. Mas, por um momento, enquanto nos abraçamos, sinto ódio de verdade por ela. Pelas mentiras, pelo fingimento. Indira, com sua beleza clássica e seu corpo escultural, acha que pode me derrubar. Acha que não vou fazer nada. Que sou ingênua demais para perceber.

No meu quarto, procuro de novo aquele artigo acadêmico metido a besta da revista *Neuroethics* e leio o parágrafo que me assombra. É um exemplo da *Ética* de Aristóteles. Ele fala sobre quem é responsável pelas ações criminosas.

Aristóteles usa o exemplo de um bêbado:

> [...] mesmo que um indivíduo bêbado não aja voluntariamente ou com plena capacidade enquanto está intoxicado, ele age voluntariamente e com capacidade mental ao escolher se intoxicar e deve, portanto, ser responsabilizado por isso. Um indivíduo cujos episódios de parassonia são desencadeados pelo consumo excessivo de álcool ou outros fatores sob seu controle reflete este exemplo.

Do antigo ao moderno. Penso no caso Sally Turner. O álcool alimentou sua parassonia. Ela bebeu muito nos dias que antecederam os assassinatos. Precipitou a própria loucura.

Quebrei minha promessa e bebi mais do que devia hoje.

Fecho o notebook. Deito-me na cama. O álcool desencadeia o sonambulismo. A insônia também. Esse demônio não vai me deixar viver. Estou presa entre o sono e a sanidade — estarei condenada se dormir, e se não dormir também.

Condenada da cabeça aos pés.

8 de abril

No apartamento de novo. Ainda pesquisando.

De volta ao artigo policial. Ao fantasma de Sally Turner.

Olho para as notícias de jornal sobre o caso da Monstra de Stockwell de vinte anos atrás. NOVA PESQUISA: 74% DIZEM QUERER A MORTE DA

“MONSTRA DE STOCKWELL” (*Sun*); “ASSASSINA DE CRIANÇAS” NO BANCO DOS RÉUS (*Daily Express*); “MÃE MONSTRA” ENFRENTA A JUSTIÇA (*Daily Mail*); TURNER USA DEFESA DE SONAMBULISMO PARA JUSTIFICAR HOMICÍDIO DUPLO (*The Times*).

Apresento mais requerimentos de informação ao Ministério do Interior, ao Ministério da Justiça, à Polícia Metropolitana, ao Consórcio do Serviço Nacional de Saúde e ao Departamento de Saúde. Publico chamadas no Twitter com o perfil @AnnaO, para coletar quaisquer pistas adicionais. Não menciono detalhes, mas procuro fontes dentro do Broadmoor.

Bizarrices lotam meu inbox, claro. Mas uma mensagem me intriga. Vejo o perfil e sorrio.

É cativante, embora não muito original.

Abro a primeira mensagem.

@PacienteX.

42

LOLA

Isso a intriga mais do que qualquer coisa. Ela ouviu todas as palestras online e até baixou alguns podcasts com participações dele. Como curadora autonomeada do legado de Anna O, Lola dá sua aprovação relutante.

Depois de tantos falsos começos, o dr. Benedict Prince talvez seja o cara para esse trabalho.

Ela o conhece, ou pelo menos acha que conhece. Consegue notar seu olhar estreito quando ele está estressado, ou o tremor nas maçãs do rosto quando está cansado. Monitorá-lo de perto e em carne e osso é ainda mais interessante.

Lola o observa com atenção na entrada dos fundos da Abadia, conversando com outra pessoa. "Perseguir" é uma palavra feia para isto. Lola prefere "investigar". É isso que policiais e investigadores particulares fazem o tempo todo. É para isso que serve toda a arte da espionagem. O dr. Prince é mais bonito — de um jeito estranho — do que suas fotos sugerem. O cabelo com mechas castanhas e loiras, o estilo conservador e elegante, a camisa sem gravata, a inofensiva calça de sarja e as botas Chelsea surradas nessa sexta casual. Sempre aquele sorriso perfeito e simples.

Sim, alguns poderiam afirmar que é uma obsessão em grande escala — assim como todo o seu trabalho, dia e noite —, uma incapacidade de lidar adequadamente com o trauma daquela noite. Mas, na realidade, ela precisa ter certeza. Toda essa investigação sobre Anna O tem sido um fracasso desde o início. A mídia divulgou bobagens sensacionalistas até que Anna se tornou um mito, não mais um ser humano. Ela precisa ter certeza de que esse dr. Prince não é mais do mesmo.

É por isso que o segue. É por isso que ficou tão próxima dessa investigação.

Lola observa Ben finalizando a conversa com a outra pessoa — uma mulher, também da equipe da Abadia. Parece uma funcionária de plantão. Uma artista coadjuvante nesse drama, entre os outros faxineiros, recepcionistas, técnicos de informática e entregadores. Não é importante o suficiente para chegar aos quadros. Mas o dr. Prince gosta de seduzir os funcionários. Ambos seguem caminhos separados. Sem a enfermeira Roberts ao seu lado, o doutor é uma figura isolada e ligeiramente trágica. A enfermeira é a responsável pelo seu sucesso. Não que uma enfermeira humilde receba muito crédito.

Lola ouviu tudo atentamente. Ela já tem informações suficientes para entender o que acontece. Há algo em curso, uma espécie de avanço, e Anna está sendo monitorada vinte e quatro horas por dia. O funcionário noturno prometendo ser extravigilante. O dr. Prince entrando. As luzes ainda acesas no último andar.

Lola pega o celular. Ela verifica que ninguém está olhando e silenciosamente tira uma foto do dr. Prince para a sua coleção.

A verdade sobre o que de fato aconteceu naquela noite ainda precisa ser contada. Ela não vai permitir que eles apaguem seu papel nessa história.

As partes culpadas precisam pagar pelos seus pecados.

É hora de publicar outro texto.

43

BEN

Tenho sonhado com este momento.

Ainda assim, a cena parece teimosamente familiar. Os olhos de Anna estão fechados. Seu corpo está congelado na cama. O emaranhado de tubos e fios se projeta de seu corpo feito membros redundantes.

Eu me aproximo da cama, assumindo a posição de sempre no banquinho. Os testes para pacientes emergindo do estado minimamente consciente são fáceis.

Primeiro: o paciente pode seguir um comando simples?

— Anna, é o dr. Prince. Benedict. Quero que você mexa a mão esquerda. Que a movimente em qualquer direção. Consegue fazer isso para mim, Anna?

Meu tom é condescendente. Mas é que tenho plateia. A intimidade das sessões solo com Anna não vai parecer profissional. Voltei a ser um doutor. Um terapeuta, um profissional. Não um membro de carteirinha do Time Anna.

— Ben...

A voz de Harriet me assusta. Seu turno terminou horas atrás. Mandei uma mensagem para ela depois que recebi a ligação da enfermeira de plantão. Mas não esperava que ela fosse chegar com tanta rapidez. Ainda está com as mãos e os braços molhados, pois acabou de lavá-los.

— Esqueci a carteira aqui — ela diz. — Já estava voltando quando recebi sua mensagem.

— Timing perfeito.

Olho de volta para a cama. Vejo um leve movimento na mão esquerda de Anna. Espero, implorando aos outros para permanecerem imóveis.

Então, por fim, há outro movimento distinto. A mão esquerda de Anna está se mexendo. Vejo um pequeno tremular em suas pálpebras.

Tento a segunda pergunta. A fórmula-padrão para o EMC.

— Anna, sei que você pode me ouvir. Só tenho mais umas coisinhas para pedir. Pode inclinar a cabeça para a direita?

É o gesto mais fácil de se pedir. Os demais membros estão atrofiados, depois de tanto tempo na cama. Mas ela pode mexer a cabeça no travesseiro. Sinto a presença de Harriet ao meu lado. O mundo externo tornou-se silencioso.

— Anna, só incline a cabeça se estiver me ouvindo. Você consegue, Anna.

Pareço um coach motivacional ou um professor de Educação Física. Mas os estudos mostram que a identificação é tudo: repetição constante do seu nome, palavras encorajadoras, reprodução dos ritmos e das garantias da infância — uma época em que o paciente se sentia seguro — podem ser úteis.

— Olha...

Harriet se tornou minha patrulheira e tenente, capaz de detectar pequenas mudanças nas formações da batalha e relatá-las ao alto-comando. Eu me concentro em Anna de novo. Tento não me distrair com meus pensamentos. Olho com atenção e vejo a cabeça dela se inclinando ligeiramente para a direita. É quase imperceptível. Mas, sim, é algo.

— Bom, Anna. Muito bom. Você está segura aqui na Clínica do Sono Abadia.

Ainda precisamos fazer mais testes. O próximo estágio é ver se Anna consegue esticar o braço para pegar algum objeto ou demonstrar qualquer tipo de ação autodirigida. É importante confirmar que a conexão entre mente e corpo está normalizando. Que o pensamento pode ser traduzido em movimento. Tudo vai culminar quando Anna conseguir abrir os olhos — uma vez, duas vezes, quando lhe for pedido. Preciso continuar me comunicando.

— Anna, você está indo muito bem. Estamos quase lá. Só tenho mais umas perguntinhas...

Percorro as questões restantes. Imaginei isso tantas vezes que as perguntas são automáticas. Peço para Anna tocar o rosto. Espero, peço de novo e observo fascinado enquanto sua mão direita se atrapalha ao procurar a parte superior do corpo. Seus olhos ainda estão fechados. Ela não mostra sinais de que está acordada. Mas seu cérebro ainda funciona. Ela está ali em algum lugar.

Em seguida, peço para Harriet preparar Anna para ser levada até o terceiro andar, onde a máquina de ressonância magnética está localizada. A ressonância funcional é usada para testar a função cerebral residual. Assim, posso comparar os resultados de Anna com os casos documentados de outros pacientes com EMC e daqueles que sofrem de síndrome da resignação.

Espero enquanto Harriet e a enfermeira de plantão preparam Anna. Envolvo minha voz com a suavidade dos radialistas. Preciso garantir que Anna não se assuste com o que está acontecendo. No instante em que sua mente entrar no modo luta ou fuga, a oportunidade de acordá-la vai para o brejo.

— Anna, é o dr. Prince. Você foi muito bem. Estamos transferindo você para um quarto no terceiro andar, onde temos um equipamento para fazer uma ressonância magnética funcional. Isso vai me permitir medir sua atividade cerebral e ter uma ideia melhor de como o tratamento está progredindo. Vou fazer mais algumas perguntas e tudo terminará em breve. Você está indo muito bem, Anna. Estamos quase lá. Fique comigo, Anna.

Eu me pergunto se devo ligar para Emily ou Richard Ogilvy pessoalmente. Mas concluo que a esperança falsa é mais dolorosa que o silêncio. Por enquanto, vou esperar.

Chegamos ao terceiro andar. Harriet, a enfermeira de plantão e um técnico preparam o equipamento de ressonância. Eu me posiciono na frente dos monitores. Anna é colocada gentilmente dentro da máquina. A rigor, esses testes devem ser feitos por neurologistas. Estou ultrapassando meus limites, excedendo meus deveres.

Mas me recuso a deixar que roubem meu caso. Dane-se o protocolo.

Mantenho a voz suave e reconfortante. Falo perto do microfone:

— Anna, as perguntas agora vão ser um pouquinho diferentes. Dessa vez, vou pedir para você imaginar várias coisas. Só deixe sua mente trabalhar. Se não conseguir imaginar nada ou se nenhum pensamento lhe vier, não se preocupe. Você está indo maravilhosamente bem, Anna. — Cubro o microfone para beber um gole de água. — Certo... quero que você se imagine jogando seu esporte favorito. Quando você era pequena e praticava no jardim antes de ser chamada para jantar.

Dois minutos. Espero. Observo. Faço anotações.

— Agora, Anna, quero que você se imagine caminhando pela casa da sua infância. A casa de Hampstead, com todos aqueles cômodos: a cozinha, a sala de estar, seu quarto, o banheiro, os armários. Passe a mão pelas superfícies, ouça as vozes e os barulhos.

Faço a mesma coisa: espero, observo, tomo notas.

— Agora, Anna, imagine uma coisa. Imagine a sensação de escrever. Lembre-se de como é usar a sua habilidade especial. As palavras sendo concebidas na página devagar. O potencial ilimitado da sua própria imaginação. Como você se sente ao escrever? Que tipo de euforia você sente?

Não preciso das intervenções de Harriet desta vez. Posso ver os resultados nos monitores. Esses resultados, assim como os movimentos anteriores, serão marcos no tratamento da síndrome da resignação. Meu livro precisará de uma sequência. Documentários, programas de rádio. Vou jantar esta história até o fim dos meus dias.

— Por fim, Anna, imagine-se dizendo o nome de sua mãe, seu pai e seu irmão. Os primeiros nomes deles. Os apelidos. Como vocês se chamam quando estão todos juntos. Os quatro. Deixe esses nomes flutuarem pelo seu cérebro. Saboreie esses nomes até sentir o gosto deles na língua.

Posso ouvir os neurologistas e médicos "de verdade" dando risada mais uma vez. Não ligo. Eles estão presos à visão materialista e de carne e osso da Medicina, açougueiros vitorianos com costeletas melhores e modos mais sedutores ao lado do leito. Consideram as doenças funcionais coisas de feiticeiro, o reino de charlatões e padres.

Olho para Harriet. Já tenho o que preciso. Até um leigo pode ver que os níveis de ativação cerebral de Anna aumentaram significativamente conforme eu fazia as perguntas. Ela está voltando à vida.

Harriet olha para a máquina.

— Podemos tirá-la dali?

— Com gentileza.

— Vamos fazer o protocolo âmbar?

Não respondo de imediato. O protocolo âmbar equivale ao despertar. Ele aciona todo o restante: parentes mais próximos, o Ministério da Justiça, comunicado de imprensa, tudo.

É uma decisão sísmica a se tomar.

Respiro fundo. Ensino dois estudos de caso aos meus alunos da Birkbeck. Uma mulher chamada Munira Abdulla passou vinte e sete anos em coma depois de um acidente de carro. Ela entrou em um estado minimamente consciente tentando proteger seu filho de quatro anos de se machucar. Quase três décadas depois, acordou em uma clínica especializada na Bavária. O motivo era francamente simples: houve uma briga no seu quarto do hospital e ela sentiu que seu filho estava em perigo de novo. Sua primeira palavra foi "Omar", o nome dele. A última vez que eles se viram, ele tinha quatro anos. Quando ela acordou, ele tinha trinta e dois. Esse feroz instinto maternal atravessou quase três décadas do sono mais profundo que se possa imaginar. E a trouxe de volta à vida.

O segundo estudo de caso envolve um paciente do Arkansas chamado Terry Wallis. Seu caminhão caiu de uma ponte em 1984 e ele passou dezenove anos em estado minimamente consciente antes de acordar em 2003. Ao despertar, ele achava que ainda era adolescente. Perguntou pela mãe e pediu uma lata de Pepsi. Uma equipe da Universidade Cornell publicou um artigo pioneiro sobre o caso no *Journal of Clinical Investigation*. A memória de curto prazo do sr. Wallis ficou gravemente prejudicada. Apesar do período de dezenove anos, ele continuou convencido de que ainda era 1984.

Daquele momento em diante, ele ficou efetivamente preso no tempo.

Sinto uma urgência repentina de pegar caneta e papel para registrar esses eventos antes que os mínimos detalhes me escapem. Minha teoria funcionou. O incidente inexplicável do Rampton se repetiu. A hipótese que esbocei naquele artigo acaba de produzir o seu primeiro e mais espetacular estudo de caso. Usei coisas efêmeras do passado para trazer uma paciente de volta ao presente.

Harriet termina de fazer suas verificações.

— E aí, decidiu? — pergunta ela.

A outra enfermeira sai da sala. A porta se fecha com um chiado, mantendo o ambiente estéril. Ainda está frio. Olho para Anna, transferida da máquina de ressonância para a maca. Seu cérebro está lutando com a vigília.

— Ben... vamos seguir com o protocolo âmbar?

Não quero articular o pensamento que está na minha cabeça. Seria dar sorte para o azar. Então só fico parado ali. Observando Anna e o movimento em torno dos seus olhos e a maneira lenta e dolorosa como suas pálpebras começam a se mexer, e então o branco de seus olhos surge com um brilho agudo, quase causticante.

Uma sensação sem voz preenche a sala, como se o milagre médico que temos diante de nós também assumisse uma dimensão espiritual, uma força vital que nunca teve antes.

Estou ao pé da cama agora, garantindo que meu corpo esteja alinhado com o dela, quando me vejo olhando diretamente nos olhos abertos de Anna Ogilvy.

DIÁRIO DE ANNA

2019

15 de abril

Biblioteca de Londres. Jornalismo é uma questão de fontes. E eu arranjei uma.

Paciente X.

Sim, pode ser um beco sem saída. O prefixo “paciente” está carregado de problemas. Mas trocamos mensagens suficientes para eu saber que é uma fonte semiconfiável. Porém, este é o momento em que tudo pode desmoronar. Broadmoor é uma grande instituição. Centenas de pacientes, quase mil funcionários.

Mas não tenho outra escolha. Preciso mostrar minhas cartas.

Reviso meu último rascunho:

> Estou pesquisando um artigo sobre o caso Sally Turner, de 1999. Ela foi considerada inocente por automatismo insano em Old Bailey em junho de 1999 e ficou internada sem previsão de liberação no Broadmoor. Mais tarde foi encontrada morta em sua cela, em agosto de 1999. Considerando os protocolos de segurança ao seu redor, quero saber como ela conseguiu uma faca de plástico para cortar os próprios pulsos. Sally Turner cometeu suicídio ou foi morta com a ajuda ou a negligência da equipe do Broadmoor? Como ela era vista dentro da instituição? Por que esse caso em particular chamou a atenção dos meios de comunicação, ao contrário de tantos outros? Qualquer detalhe interno ou informação adicional seria muito útil.

Leio o texto mais uma vez. É um pouco deselegante e desesperado, mas preciso de algo sólido. Arranjar uma fonte dentro de um hospital de custódia é extremamente difícil. Preciso de alguma pista.

Respiro fundo.

E publico o texto.

22 de abril

Novidade. É como se eu estivesse editando uma matéria que já existe. Tiro as teias de aranha, limpo a superfície. Penso em uma citação de Michelangelo:

Todo bloco de pedra tem uma estátua dentro de si.

O trabalho do escultor é descobrir, não criar.

Verifiquei o site. Li o perfil da professora V. Bloom. Tenho uma fonte. Preciso de mais.

A Clínica do Sono Abadia está na minha frente. Estou na Harley Street. Tenho que atravessar a rua, apertar a campainha e esperar na recepção. Vou lhes contar a minha história de sonâmbula. As fantasias que alimento. Depois vou atirar minhas perguntas sobre Sally Turner:

Quem a tratou tantos anos atrás?

Por que a professora Bloom apareceu para a defesa em Old Bailey?

O que de fato aconteceu na Ala Cranfield do Broadmoor há vinte anos?

Como Sally Turner conseguiu levar uma faca para o quarto, apesar de todas as precauções e medidas de segurança?

Começa a chover. Pacientes e funcionários entram e saem pela porta recém-pintada à frente. Os carros passam roncando. Eu me pergunto se posso ser denunciada por confessar ter pensamentos violentos. Se tenho o suficiente para bater à porta da professora Bloom ou se estou apenas desesperada.

Passo minutos ali, horas até. A chuva para. Sou salva por uma mensagem. Uma resposta de @PacienteX. Ele ou ela é eloquente e convincente. Acredito no que está me contando. Ou, melhor, quero acreditar. E isso é mais perigoso.

Leio a resposta:

> Ei, eu não estava na Cranfield. Mas estava no Broadmoor em 1999 durante o caso Sally Turner. Cranfield só tinha onze camas. Era a menor ala. Mas ouvi boatos de que uma seção especial tinha sido reservada para Turner, por conta da publicidade que o caso

ganhou. Disseram que construíram uma espécie de cela especial sob orientação do time de terapia. Ninguém deu detalhes. Mas algumas enfermeiras ouviram que Turner estava participando de um "teste" psicológico conduzido no Broadmoor. Nunca soube se era verdade. Tudo o que ouvi foi o nome que lhe deram. Não entendi a referência na época. Só procurei quando saí. Chamava-se "MEDEIA".

29 de abril

Abro os olhos. Mas não estou na sala. Estou no corredor.

Eu me ajusto à luz do amanhecer.

Há uma porta na minha frente. Doug está dormindo, babando pateticamente no travesseiro. Posso sentir seu hálito sulfúrico de álcool e maconha. Levo um tempo para entender. Para piscar totalmente desperta. Emergir do sono. E sentir o item na minha mão direita.

Vejo Doug ainda dormindo. Processo o que deve ter acontecido.

Eu me imagino me levantando e abrindo a porta do quarto. Pegando o item da cozinha e caminhando na ponta dos pés até o corredor.

Esperando o momento certo. Debatendo sobre o que fazer.

Isto não pode ser real. Mas não estou mais sonhando.

Não é terror noturno. É outro episódio.

Ainda pior do que antes.

Na minha mão direita está uma faca.

44

EMILY

É como se suas preces tivessem sido atendidas. Isso que é irônico. Celulares não são expressamente permitidos nas orações matinais. Mas ela nunca desliga o dela. Sempre há a chance de surgirem novidades. Desligar o telefone seria admitir a derrota.

Emily recebe olhares feios dos vinte e tantos párocos. Ela sabe que deveria silenciar o aparelho e se concentrar, mas vê o nome do contato que salvou depois daquele primeiro encontro:

DR. PRINCE (ABADIA).

— Com licença — diz ela, saindo no meio da oração para a exuberante confusão do pároco e dos outros. Suas palavras quebram o feitiço. Ela desaparece pela porta do escritório da igreja e o ouve recitar uma oração apressadamente para encobrir o barulho.

O tempo é uma criatura estranha. Ela se lembra de passar o dedão pela tela. Do frescor do tapete do lado de fora do escritório. Só que, depois disso, os eventos viram uma bagunça. Ela não sabe determinar quanto tempo ficou esperando por um táxi ou quão rápida foi a viagem da Santa Margarida até a Abadia. Ela se lembra de ver o nome "RICHARD" nos contatos, pensando que deveria ligar para ele, mas sem saber como. Tudo o que ouve é o som melódico da voz de Benedict Prince repetidamente:

Acho que você deveria vir para a Abadia o mais rápido possível. É Anna...

O táxi chega. O centro de Londres vira um borrão de monumentos, turistas e trânsito. Ela paga com o celular, cambaleia até a Harley Street e sente o nível de açúcar no sangue diminuir, a força drenada de cada membro. Há mais coisas, claro: o dr. Prince esperando por ela no térreo; a subida às pressas para o terceiro andar em vez do segundo, como sempre; explicações sobre os resultados da ressonância magnética e a relutância supersticiosa em transferir Anna de novo caso seus olhos se fechem mais uma vez.

Emily capta pouca coisa. Está à flor da pele. É uma pessoa diferente desde a última vez que Anna a viu. A Emily Ogilvy de 2019 estava no seu auge. Fazia parte do Gabinete das Sombras, era uma figura de peso dentro da Oposição, prestes a ser nomeada para um cargo importante no governo. Tinha uma equipe, uma comitiva, companheiros de viagem, acompanhantes, apoiadores e até fãs. Também tinha um marido e dois filhos maravilhosos e perfeitos. Hoje ela é alguém que leva bronca de um homem vinte anos mais novo durante uma oração matinal. Está divorciada. Seu filho fugiu para o outro lado do mundo. Ela não é mais a pessoa que Anna conhecia.

Mas há outra preocupação também. Aquela que não é dita. Não com Anna dormindo. Mas com Anna acordada. Todas as coisas das quais ela pode se lembrar.

E então, assim do nada, Anna voltou. Ou a pessoa disfarçada de Anna. A Anna Doente, como deve pensar na filha agora. Com seus membros desprovidos de força, os cabelos desgrenhados, a magreza esquelética e o ar de decadência. A Anna Doente que envelheceu décadas, definhando mesmo ainda sendo jovem. Mas, de alguma forma, isso não importa. As preocupações, os meios de comunicação, as perguntas, a culpa — tudo é temporariamente silenciado. Emily está vendo a filha deitada na cama com os olhos abertos pela primeira vez em quatro anos. E as lembranças a atingem: as histórias na hora de dormir, os aconchegos nas férias, as viroses, as manhãs de Natal, as surpresas de aniversário, os carinhos nas sobrancelhas, o ciclo interminável de interações, corriqueiras e alegres.

Emily vê suas lágrimas caindo no rosto de Anna e as enxuga. Deixa a mão ali, acarinhando as bochechas da filha, os olhos reagindo.

A personalidade de Anna domina tudo aos poucos, seu rosto repentinamente injetado de alma de novo, o milagre da vida representado ali diante delas.

— Oi, querida — diz Emily. — Bem-vinda de volta.

45

EMILY

Emily segura a mão de Anna.

Esperou tanto tempo por esse momento. O encontro entre mãe e filha. Ela levanta a cabeça e vê o dr. Prince e Harriet, a enfermeira, entrando no quarto. Antes de formular as palavras certas, ela fala:

— Não sei o que dizer.

O dr. Prince sorri.

— Não precisa dizer nada.

— Devo a você um pedido de desculpas. Eu realmente não pensava que seu método funcionaria.

— Para falar a verdade, eu também não tinha muita certeza — admite ele. — Mas ainda estamos nos primeiros estágios da recuperação. O objetivo é que Anna recobre a plena consciência e permaneça acordada. Para isso, vamos ter que continuar monitorando o progresso dela.

Esta é a pergunta que Emily não quer fazer. Mas não consegue se conter:

— O que vai acontecer agora? Com o julgamento, quero dizer.

O dr. Prince olha para a enfermeira. Ambos parecem desconfortáveis.

— Temo que isso esteja totalmente fora das nossas mãos — responde ele. — Nosso trabalho é cuidar do bem-estar da paciente. Mas posso garantir que nada vai acontecer até que todos os elementos de saúde estejam resolvidos.

— Entendo.

Ela está atordoada demais para pensar em outra coisa para dizer. Mas sabe que os imperativos políticos intimidam e derrotam todos os outros. O Ministério da Justiça quer Anna no banco dos réus. E vai conseguir.

Vendo o desalento de Emily, Harriet fala:

— Vamos deixar você e Anna a sós. Avise se precisar de algo.

Emily a encara, se lembrando de onde está.

— Obrigada — diz com sinceridade pela primeira vez, não apenas por educação. — Obrigada por tudo.

O dr. Prince e Harriet saem do quarto. Emily ouve a porta, mas seus olhos ficam firmemente fixos na filha. Ela se lembra de um daqueles fatos bizarros que aprendeu antes de Anna nascer: o globo ocular humano permanece praticamente igual desde que nascemos, enquanto todo o restante vai crescendo ao seu redor. É uma das verdades mais peculiares e belas do nosso corpo. Os bebês têm olhos arregalados que lentamente vão se tornando proporcionais. Emily se lembra do momento em que seus olhos encontraram os de Anna pela primeira vez na sala de parto do hospital. Da magia dessa simples interação. Ela se perde nos olhos da filha, até que eles se cansam. Suas pálpebras devem estar pesadas depois de tanto tempo dormindo. A mãe observa Anna piscar, lutando contra o esforço de se manter acordada.

A sonolência é quase contagiosa. Emily olha para a sala de tratamento estéril, mas só vê a escuridão daquela noite as engolir. Ela reza para que esse não seja apenas um caso isolado e que Anna não caia no sono permanente de novo. Sempre foi moderadamente otimista, mas agora teme cada novidade e crueldade que a vida pode lhe trazer. Ver Anna acordando para depois regredir seria pior do que jamais ter acordado.

Ela se senta. A euforia inicial se esvai.

Em seu lugar, o passado a invade. O sono parece tão perigoso e convidativo. Emily se sente presa entre o agora e a terra dos sonhos.

Aquelas lembranças que tentou enterrar.

Ela não consegue mais manter os olhos abertos. Gastou tanta energia desejando esse momento que a emoção é quase demais.

Está caindo, de alguma forma. Voltando ao início.

A Fazenda. Sim, claro.

Espiralando para dentro do passado.

A Fazenda foi ideia dela. Essa é a trágica ironia. Assim como a Floresta.

Ela quer que eles sejam uma família. Ali na lama do campo. Dando risada, sendo bobos, tirando um breve período sabático da vida adulta, dando chance para a alegria infantil brotar de novo.

A realidade da Floresta é mais maçante. Não é como os livros de aventura que ela costumava ler para Theo e Anna na cama. A divisão dos times também é meio infeliz. Emily quer que Anna seja parte do grupo da família. Mas os Sobreviventes estão na vantagem. O ar tempestuoso do campo parece funcionar. Richard volta a ser seu antigo eu pela primeira vez em meses, largando o celular e o iPad, finalmente livre de monitorar cada variação do mercado.

O restante da Floresta vira um borrão no tempo. Ela se lembra de vislumbrar Richard e uma segunda pessoa, e os pensamentos que costumavam assombrá-la voltam. Uma velha obsessão, que se tornou redundante pelo divórcio e pela reinvenção. Mas, sim, ela se lembra. Então as lembranças avançam e ela sente a vibração do celular trazendo uma mensagem no WhatsApp. Duas vibrações, na verdade, em dois aparelhos diferentes. Emily tem o sono leve. Ela acorda, tateia, lê. As palavras que faziam tão pouco sentido àquela hora da manhã. Letras pequenas na tela, tão inócuas por si só, mas mortais juntas.

Me desculpem. Acho que matei eles.

Emily vê o restante com nitidez. Primeiro, houve aquela ansiedade dolorosa. Herança de mãe protetora. É impossível descrevê-la, mesmo agora. Mas ainda é a sensação mais asfixiante que já teve, um sufocamento que começa na garganta e se estende da cabeça aos pés. É o mesmo pânico de quando Anna ou Theo resolviam sumir no supermercado. Ou quando se libertavam e saíam correndo pela rua.

Nada pode rivalizar com isso — nem o casamento, nem as orações. A superfície da vida vai embora. Em vez disso, fica a vida sem verniz. A certeza de que tudo pode lhe ser arrancado. Tipo uma consulta médica sobre um exame recente ou um telefonema da polícia sobre um parente próximo. É o universo rindo das pretensões humanas, da ilusão de controle.

Ela acorda Richard. Ele grunhe, se vira para o lado. Ela lhe mostra o celular. Ele coloca os óculos. Eles leem a mensagem juntos. Seus instintos colidem. Ambos se levantam e vestem as roupas da véspera e os casacos e saem aos trambolhões da Cabana Laranja para a escuridão. Nenhuma palavra é dita, pelo menos não que ela se lembre. Os dois estavam casados fazia tanto tempo, já tinham visto tanta coisa. Atravessam a grama pantanosa. A cabana de Theo — verde, ela acha, ou amarela, ou algo assim — fica à esquerda. A cabana de Anna fica bem em frente, ao lado da Cabana Vermelha de Indira e Douglas.

Ainda assim, porém, aquela outra obsessão. Emily se lembra agora. Dos últimos segundos de inocência. Olha para Richard. Ele está tão diferente, despido de sua armadura. Sem ternos Armani ou roupas de lazer perfeitas que figuram em catálogos de moda. Sem ornamentação, motoristas ou confetes da sua brilhante vida como gestor de fundos, aquela pessoa afetada que ele se tornou.

É simplesmente o homem com quem se casou. O economista atrevido e levemente despenteado, que tinha opinião sobre tudo e uma vulnerabilidade melancólica nos olhos. O estudante que corava diante de mulheres bonitas e beijava sem delicadeza. Ela era mais experiente. E nunca enxergou para si um futuro de esposa traída, de noiva preterida. O velho Richard — o seu Richard — nunca foi desse tipo. O sucesso mudou tudo.

Enquanto se aproximavam da Cabana Azul, esses foram seus últimos pensamentos: aqueles ciúmes pequenos e medíocres.

Richard só fala quando estão diante da porta da cabana. Ele bate com firmeza, depois grita:

— Anna! É o papai. Anna, por favor, abra a porta.

Nada.

— Anna! Sua mãe e eu recebemos a mensagem. Não tem graça, Anna. Abra a porta e nos mostre que você está bem. Não vamos ficar bravos. Só precisamos saber que você está segura.

Nada.

Richard avalia a porta. Emily assente com a cabeça. É o único jeito. Anna pode estar lá dentro com os olhos virados de tanta droga, se engasgando com o próprio vômito ou, pior, talvez esteja sonâmbula, a caminho de mais um desastre. Como o cachorro ou a escola ou as férias.

— Anna, estou entrando.

Richard experimenta a maçaneta e a abre com um empurrão. Ela cede com facilidade, e o excesso de força quase o faz cair de cabeça no pequeno cômodo. Emily está preparada para encontrar a filha na cama ou no chão. Mas a Cabana Azul está vazia. Há uma cadeira com roupas penduradas de qualquer jeito. Não há ninguém ali.

Tudo vazio.

Mesmo assim, Richard sai vasculhando o quarto. Emily pega o celular. Tenta ligar para Anna. Eles ouvem um som, mas o volume está errado. Richard fica escutando enquanto Emily tenta identificar. Procuram mais e Emily continua ligando, mas o barulho não está vindo da cabana. É então que o toque do celular e as palavras exatas da mensagem de WhatsApp fazem sentido.

Eles não falam nada. A compreensão — a verdadeira, não a versão turva e protetora dos pais — é fria e terrível demais.

Me desculpem. Acho que matei eles.

Eles saem correndo. Correm como se suas antigas vidas estivessem indo embora. Como se a sorte estivesse adiante e precisasse ser capturada antes de escapar.

Quando chegam à Cabana Vermelha, não há necessidade de avisar ou gritar. Richard hesita por um segundo antes de tocar na maçaneta. E, no mesmo instante, eles sabem com toda a certeza que sua antiga vida acabou. Não foram rápidos o suficiente. Tudo o que veio antes — se conhecerem, se casarem, terem filhos, os vertiginosos altos e terríveis baixos — é meramente um prelúdio. É por isto que seu tempo na Terra será lembrado. É por isto que serão julgados.

Os corpos são a primeira coisa que ela vê. As pessoas mencionaram sangue, mas isso veio depois. Ainda está escuro, e a cena se desvela sob o luar. Mas a cabana é tão pequena que três corpos inertes a dominam. Por um momento, Emily acha que estão dormindo. Indira e Douglas estão imóveis em suas camas. Ambos estão com o rosto virado para baixo, a elevação de suas costas visíveis. Douglas está nu da cintura para cima. Indira está de pijama. Anna está deitada no chão, entre os dois. Emily se lembra de quando os amiguinhos de Anna iam dormir na casa dela e ficavam no quarto de hóspedes. Anna entrava escondida com um banquete noturno. Na manhã seguinte, Emily os encontrava emaranhados, com embalagens de Twix meio vazias, sacos de dormir e travesseiros impossivelmente bagunçados durante a noite.

— Ems...

A voz de Richard. A ilusão de Emily se quebra. Ela conhece esse tom. Levanta a cabeça e vê Richard ao lado das camas, soltando uma lamúria de terror enquanto entende o que está diante deles. A natureza bizarra e imprevisível da cena — na verdade, fragmentos — amadurece e vira algo coerente. Essas manchas não são acidentais. O sono e a morte se confundem. Emily se lembra de suas aulas de grego básico: Hipnos é o deus do sono e seu irmão gêmeo é Tânatos, o deus da morte. Ambos residem no submundo escasso de sol.

Essas manchas são sangue.

— Anna! Anna!

Este deve ser o submundo. De que outro jeito pode ser o inferno? Emily vê Richard se abaixar, se esforçando para sentir a pulsação da filha, para saber se está respirando.

— Ela está viva! Ems, ela está viva! — grita ele, esperançoso.

Mas, para Emily, o desespero se aprofunda. Ela entende mais rápido que Richard. Ela vê os cadáveres e a faca na mão de Anna e a cabana toda suja de sangue, e cada parte daquilo remete àquela noite na casa de férias na Cornualha. Sua filha precisando de ajuda. Emily acobertando tudo.

Corta para a próxima cena. Mais tarde. A Fazenda está agitada com viaturas da polícia e suas luzes azuis estroboscópicas. Ela e Richard removeram suas roupas e estão sentados nos uniformes cinza que receberam, sendo examinados por médicos. Uma mulher chega. Está na meia-idade, mas parece mais jovem, e sua silhueta ainda ostenta a barriga saliente do parto, os olhos cansados pelas noites insones. Ela ergue o distintivo e se apresenta como detetive inspetora Clara Fennel, da Polícia do Vale do Tâmisa, e pede a Emily que descreva o que aconteceu.

A essa altura eles já combinaram a história. Ou quase. Sim, receberam uma mensagem de Anna no WhatsApp. Eles a encontraram dormindo na Cabana Azul, com uma faca ao lado. Parecia que havia sido atacada. Tentaram ajudá-la, por isso o sangue e as fibras em suas roupas. Anna estava obviamente viva, mas não acordava de jeito nenhum. Foi quando chamaram uma ambulância.

"E a outra cabana?", perguntou a detetive Fennel. "Quando vocês entenderam o que aconteceu?"

"Mais tarde", diz Emily. Muito mais tarde.

Foi então que chamamos a polícia.

46
EMILY

Depois, ela não faz ideia de quanto tempo ficou ali sentada. Meio adormecida e perdida no passado.

Ela volta para o agora. Boceja. Lembra. Nenhuma palavra é grande o suficiente para o momento.

Também há a dor. Todos aqueles instantes perdidos. As ansiedades mesquinhas e as discussões súbitas, o atrito áspero que existia entre elas, parecidas demais e diferentes demais. Se alguém lhe dissesse o que estava por vir, ela preferiria morrer. Mas, de alguma forma, está seguindo em frente. Anna ainda está ali. Emily ainda está lutando. O destino não pode destruir totalmente sua família.

O tempo perde o sentido. Minutos se passam, ou talvez horas, até que o dr. Prince coloca a mão no seu ombro e fala algo sobre querer conversar lá fora. Harriet, a enfermeira, lhe oferece uma bandeja com chá e biscoitos e lenços. Eles ficam sentados a apenas alguns metros de Anna, no silêncio que ecoa pela sala de tratamento.

Por fim, o dr. Prince diz:

— Existem algumas questões básicas que provavelmente deveríamos resolver.

Emily estremece com seu tom. As palavras soam secas e áridas. Não combinam com o que ela sente. Isto é um milagre, uma ocasião adequada para revelações divinas, para uma euforia transformadora. Ela toma um gole de chá. Mordisca um biscoito de chocolate. Tenta colocar os pés no chão de novo.

— Claro — fala ela. Tudo lhe parece uma experiência extracorpórea. Ela vai acordar, piscando para mais uma noite inexpressiva.

O dr. Prince continua:

— Como sabe, a Abadia tem um dever a cumprir com o Ministério da Justiça. Quando isso será feito fica a nosso critério só até certo ponto. Mas Anna ainda está tecnicamente sob custódia do Governo de Sua Majestade. Não podemos demorar muito para informá-los.

Emily assente de novo. O dr. Prince demonstra certa compaixão. Ela está vendo agora. Está do lado dela. Do lado de Anna. Vai tratar tudo com humanidade.

— Sim.

— Não sabemos quanto tempo Anna vai ficar acordada ou se ela vai voltar para um estado minimamente consciente de novo. Se continuar acordada, vou ter que informar o MJ e daí estará nas mãos deles como as coisas vão seguir daqui em diante.

Às vezes, Emily até se esquece de que já foi política, brincando de Deus com a vida dos outros. Ela vê burocratas sem gravata em escritórios superaquecidos, decidindo o destino de sua filha com o clique de um mouse e o zás de um e-mail. Pensa nos casos que teve nas mãos como ministra, nas pessoas comuns que aguardavam em silêncio sua decisão. E sente vergonha da sua antiga indiferença.

Emily bebe mais um pouco de chá e pergunta:

— Qual é o prognóstico? Qual a probabilidade de que Anna volte para um estado minimamente consciente?

O dr. Prince se mexe na cadeira, desconfortável.

— Os dados ainda não são confiáveis. Não existem estudos suficientes sobre a síndrome da resignação para termos uma amostra grande o bastante desse tipo de transtorno neurológico funcional. Mas, com monitoramento atencioso e terapia contínua, acredito que Anna possa se manter acordada.

Há algo no seu tom. Ela sabe quando as pessoas estão se esquivando.

— Você não tem certeza?

— Por mais maravilhosas que as histórias de ressurreição sejam, a realidade médica costuma ser bem diferente. O redespertar ao estilo Lázaro é mais ficção científica do que fato. Anna está dormindo há mais de quatro anos. As consequências disso provavelmente serão profundas, tanto para sua saúde física quanto para sua saúde mental.

Emily leu todos os livros e blogs, ouviu todos os podcasts, conhece todos os estudos de caso.

— Quais consequências exatamente?

— Quanto você sabe sobre amnésia pós-traumática?

Ela suspira. As temidas palavras.

— Um pouco.

— Em quase todos os casos documentados de pacientes que acordam depois de tanto tempo dormindo, eles sofrem de alguma forma de APT. Para alguns pacientes, passa rápido. Para outros, dura semanas, meses e até anos. Em alguns casos, o dano à memória de curto prazo é tão profundo que a APT é permanente.

— Como aconteceu com aquele motorista de caminhão estadunidense nos anos 1980.

— Terry Wallis, sim. Ele não tinha lembrança do acidente e acreditava que ainda era 1984. Apesar de ter acordado em 2003.

— Então acha que Anna não vai ter ideia de que dormiu por tanto tempo?

— Anna tem um distúrbio neurológico funcional, e não uma lesão cerebral traumática. Nos casos de doenças não orgânicas, é mais difícil saber ou prever. Mas acho que é algo para o qual você deve estar preparada. Seu ex-marido também. Em alguns aspectos muito reais, o despertar pode ser quase mais traumático que o sono.

A boca de Emily parece áspera.

— Preparados para o quê, exatamente?

O dr. Prince a olha com bondade.

— Há uma forte possibilidade de que, na mente de Anna, os quatro últimos anos nunca tenham acontecido. Para ela, ainda pode ser 2019. — Emily espera que ele diga, uma ideia terrível demais para imaginar. — Ela pode pensar que Indira e Douglas ainda estão vivos.

47

BEN

As próximas doze horas vão decidir tudo. Minhas esperanças de evoluir na carreira, me redimir financeiramente, conquistar o respeito de KitKat e Clara, ver minhas teorias sobre a síndrome da resignação figurando nos livros — tudo depende de os olhos de Anna continuarem abertos. Vejo tudo pairando diante de mim: uma vida melhor que a que tenho agora. Talvez, e só talvez, essas velhas ambições possam enfim se tornar realidade.

Observo os monitores. Fico zanzando pelo escritório, refletindo sobre quando avisar o Ministério da Justiça. Olhos abertos, olhos fechados. Mas por quanto tempo?

Tudo depende desse simples cálculo.

Agora, porém, outros medos me invadem. Anna continua sendo uma assassina. Alguém que esfaqueou os melhores amigos a sangue-frio. Eu me tornei emocionalmente apegado a uma homicida, responsável por tirar duas vidas. Proclamei a mim mesmo como um membro do Time Anna. Isso era uma coisa quando ela estava dormindo, um quebra-cabeça médico que eu deveria solucionar. Agora ela é uma bomba jurídica sentada ao lado de todos nós. Lembro-me do branco dos seus olhos no instante em que ela acordou, finalmente quebrando o feitiço. Preciso tomar cuidado.

Quando as doze horas se passam, Harriet confirma que os olhos de Anna ainda estão abertos. Fazer mais testes antes disso era muito arriscado. Saio da minha sala, paramento-me e ingresso na sala de tratamento. Ao entrar, vejo que seus olhos estão fechados. Sinto aquele solavanco de pânico no peito.

— Ela fica apagando e acordando — diz Harriet. — Tente falar o nome dela.

Respiro fundo.

— Anna — falo, me aproximando da cama. — É o dr. Prince, da Clínica do Sono Abadia, Anna. Como está se sentindo agora?

Devagar, vejo o branco dos seus olhos e os círculos verde-esmeralda e as pupilas pretas se expandindo. Sua pele parece papel reciclado e um pouco manchado. Ela ainda não tem voz, pois a garganta está muito dolorida e seca pelo desuso. Os olhos piscam até me encontrarem. Há um movimento facial sutil e espasmódico, como se uma lagarta rastejasse entre a parte inferior do nariz e o lábio superior rachado e produzisse uma coceira.

— Está indo muito bem, Anna. Tenho mais algumas perguntas para fazer e depois chega por hoje. O que acha?

O teste mais famoso para pacientes recém-despertos é a Escala de Coma de Glasgow. A ECG analisa três funções distintas: abertura dos olhos, resposta verbal e movimento voluntário. A cada resultado é atribuído um número. Um número baixo significa resultado nulo; um número elevado significa progresso substancial. Harriet fica ao meu lado, jogando como artilheira. A primeira função já foi testada.

— Você abriu os olhos de um jeito muito bom, Anna. Espontaneamente. É um quatro na ECG.

Harriet faz uma anotação. Sigo para o segundo teste: resposta verbal a algum comando.

— Certo, Anna, isto vai ser difícil. Quero ver se você consegue usar sua voz de novo. Depois que eu contar até três, tente dizer "Anna" para mim.

A tensão é quase insuportável. Anna não usa as cordas vocais há mais de quatro anos. A imprensa sempre mostrou seus escritos ou suas fotos. Mas há poucos vídeos ou gravações de áudio. Todos conhecem seu rosto. Quase ninguém conhece sua voz.

— Um, dois, três...

Harriet segura um copo d'água. Ela espera para ver se Anna vai precisar.

Não posso arriscar empurrar Anna de volta para a sua concha protetora. Eu me pergunto se devo perguntar de novo ou tentar mais tarde.

Então ela se mexe. Abre os lábios devagar. Vejo a ponta da língua e o cinza aguado da boca. Eu me inclino mais para perto, tentando captar qualquer som que ela produza, tomando cuidado para não a assustar.

Ouço algo.

Escuto um ruído fraco e áspero, um único jato de ar expelido de seus pulmões e boca. Penso reconhecer um "A", como se fosse um exercício de criança antes que a pronúncia dos adultos assuma o controle.

Digo a Harriet que é um três — meio caminho entre um (sem resposta) e cinco (alerta e respondendo). Pacientes em coma geralmente pontuam oito ou menos. Anna está com sete. Mais um ponto e posso dizer ao Ministério da Justiça que, de acordo com a Escala de Coma de Glasgow, Anna não está mais minimamente consciente.

Para o terceiro teste funcional, experimento uma versão mais elaborada do exercício anterior. Peço para Anna levantar o braço direito. Seus olhos se fecham. Digo seu nome. Repito o comando. Espero para ver qualquer tipo de movimento voluntário. Por fim, observo seu braço direito se levantar da cama por cima das cobertas antes de cair de volta.

— Quatro também — falo para Harriet. Para a função de movimento, seis significa que o comando foi totalmente obedecido; um indica nenhuma resposta.

Harriet soma o total.

— Deu onze.

Marcar onze na ECG significa que não tenho mais desculpas. Tenho o dever de informar o Ministério da Justiça de que Anna Ogilvy, atualmente sob custódia do Governo de Sua Majestade, está consciente. Penso na conversa com Emily. Olho para Harriet e para o copo d'água que ela ainda está segurando. Lembro-me da primeira conversa com Stephen Donnelly e me pergunto de novo se curei Anna apenas para condená-la.

— Terminamos? — pergunta Harriet. Ela também deve estar sentindo a pressão.

— Ainda não. Tente oferecer água. Precisamos lubrificar as cordas vocais dela.

— Tem certeza?

— Sim.

Espero enquanto Harriet ergue Anna na cama e lhe oferece água. Pego minhas anotações e procuro a parte sobre testes para amnésia pós-traumática. Leio a lista de perguntas básicas que devem ser feitas para o diagnóstico inicial. Elas são agrupadas nos temas tempo, lugar e pessoa.

Qual é o seu nome?

Que dia da semana é hoje?

Em que ano estamos?

Depois dessas, as perguntas ficam mais pessoais:

Qual é sua última lembrança antes do acidente?

O que aconteceu que trouxe você até aqui?

Um paciente com amnésia pós-traumática não vai ser capaz de responder. Se o efeito da APT passar, as respostas vão se tornar gradualmente mais precisas. Já se persistir por muito tempo, as lembranças serão perdidas para sempre.

Uma paciente com boa pontuação na ECG pode ser considerada quase apta para enfrentar um julgamento. Mas alguém que sofre de APT aguda, não.

Essa é a minha brecha, decido, minha salvação temporária. Não preciso entregar Anna a uma vida atrás das grades. Ou, pelo menos, ainda não.

Espero Harriet terminar com a água. Depois retomo minha posição ao lado da cama.

— É o dr. Prince de novo, Anna. Mais uma perguntinha. — Faço uma pausa, limpo a garganta, então continuo: — Pode me dizer seu nome completo?

48

BEN

Na manhã seguinte, ligo para Stephen Donnelly, no Ministério da Justiça. Não dormi nada. Entro no chuveiro sonolento e deixo a água correr pelo corpo. Depois, noto uma olheira escura debaixo dos olhos no espelho do banheiro. Estou comendo pouco. Minha pele está seca. Preciso de café, açúcar, qualquer coisa que me faça sobreviver ao dia.

Obsessões sombrias assomam sobre mim: tive certeza de sentir alguém me observando no caminho de volta para casa ontem à noite. Algum stalker ou um daqueles malucos das redes sociais. Fiz uma rota diferente do metrô até o apartamento de Pimlico. Fiquei ouvindo passos sincronizados com os meus. Tomo um paracetamol para acalmar a dor.

Imagino as últimas horas de Bloom antes de morrer e me pergunto se é assim que começou. Alguém de olho no metrô. Passos atrás dos meus. A porta da frente se abrindo, o barulho da faca. Fico enjoado só de pensar.

Tudo mudou quando Anna abriu os olhos. Uma morta voltou à vida. Um fantasma se tornou carne de novo. As apostas estão mais altas. O quebra-cabeça está mais difícil.

O passado agora é presente.

Espero no café da John Lewis, e então Stephen Donnelly chega como sempre: o carro oficial, a entrada silenciosa, com movimentos apressados e inquietos. Parece ainda mais contido que da última vez. Sua capa de chuva o sufoca, seu guarda-chuva lhe cobre a cabeça. Ele recusa chá ou café. O prato de biscoitos desta vez permanece intacto.

— Conte-me tudo — ele pede.

Não poupo detalhes, mas altero um pouco a cronologia.

— Algum membro da família já a visitou?

— Sim. Emily Ogilvy foi informada.

Donnelly engole a irritação, parecendo aflito.

— Você devia ter nos avisado primeiro. É uma violação do protocolo de segurança. Você provavelmente não tem ideia dos riscos que já correu.

Esta é a pergunta que eu temia, mas que não pode ser ignorada. A mesma indagação que Emily fez ao lado da cama da filha.

— O que vai acontecer agora?

— Exatamente o que prometi quando lhe ofereci esse caso. Você cuida da parte médica. Nós cuidamos da parte jurídica. A data do julgamento será marcada, e os tribunais darão a sua opinião antes que o desastre aconteça e a Anistia a liberte para sempre.

— Só que tem uma coisa. — Este é o meu momento. É a única forma de manter Anna na Abadia e impedir que seja trancafiada em uma cela de pedra por toda a eternidade. Tenho que cumprir meu juramento de curar as pessoas. Estou improvisando. Mas há apenas uma chance de que funcione. — Você não pode julgar alguém que sofre de amnésia pós-traumática.

Donnelly parece ter levado uma mordida.

— Quem disse que ela sofre de APT?

— Eu. Depois de tantos anos dormindo, é esperado.

— Você tem qualificação para fazer esse diagnóstico?

— Eu diria que sou mais que qualificado.

Esta é a parte mais difícil. A amnésia pós-traumática é notoriamente difícil de definir. Ela abrange desde a perda de memória de curto prazo até esquecimentos de longo prazo. Anna acabou de acordar, depois de quatro anos de sono. Essa mudança por si só já é suficiente para confundir o cérebro. Mas não posso simplesmente recuar e deixá-la ser engolida pelo sistema prisional. O trunfo da APT é a única coisa que me resta. Posso ganhar mais algum tempo. Depois disso, quem sabe o que pode acontecer?

— Quanto tempo vai levar para que ela se recupere?

— É impossível responder a essa pergunta. Depende.

— Entendo. — Donnelly me olha severamente, se inclinando para a frente na cadeira. — Bem, suponho que o risco seja seu e da sua família.

A menção à minha família me atinge, como pretendido.

— Como assim?

— Quanto mais tempo você passar com Anna, em especial agora que ela acordou, mais perigo você corre. Achei que isso seria extremamente óbvio. Minha equipe está monitorando o que falam sobre o caso na internet. Anna O não tem fãs. Tem obcecados. Malucos. Psicopatas. Marginais. Gente perigosa. Muito perigosa. Crentes em teorias de conspiração que acham que Anna está sendo drogada e mantida contra a sua vontade na Abadia. Até agora, só estão comentando. Mas logo podem agir.

Penso nos passos que ouvi me seguindo no metrô na noite passada. Na sensação de ser observado. Donnelly está tentando me intimidar, isso está claro. Mas suas advertências carregam uma verdade.

— Acha que a Abadia pode ser um alvo?

Donnelly bufa.

— Bloom já foi assassinada. Achamos que deve ter sido alguém próximo a ela. Um rosto que ela já conhecia. Também sabemos que algumas pessoas querem matar Anna, e outras querem matar quem a mantém presa. Havia um motivo para eu querer que você avisasse o MJ assim que ela acordasse. Ao não fazer isso, você colocou mais que a sua própria vida em risco. Quando ela voltar ao sistema de Justiça criminal, contaremos com arame farpado e guardas armados. Quanto mais tempo ela passar com você, mais vulnerável você fica.

— E minha família?

Donnelly me encara.

— Há um assassino à solta, dr. Prince. Nenhum de nós está seguro. E isso inclui você e sua família.

DIÁRIO DE ANNA

2019

6 de maio

Torres Ogilvy. Hampstead. Uma semana se passou desde o Incidente.

O sonambulismo. A faca na minha mão. A aproximação do quarto de Doug. A lógica aterrorizante das minhas ações. O quase acidente sem salvação que mudaria tudo.

Será que eu ia matá-lo enquanto ele dormia?

Sou mesmo capaz de um ato como esse?

Desejos inconscientes se tornando reais.

O Incidente. Sim, é assim que estou chamando. Minha mãe está fora, em uma viagem com o ministério paralelo. Meu pai teve um momento *mea culpa* e voltou para a casa da família. Está fazendo nada no escritório. Ainda me pergunto quem é a Outra desta vez. Se é a mesma da última vez ou alguma nova. Minha mente está cheia de Outras.

Eu me recolho no meu velho quarto e tranco a porta.

Duas cadeiras. Um rastro de objetos cortantes no chão. Sou menos perigosa aqui.

Doug fica me mandando mensagens sem parar. Indira me liga e deixa recados preocupados na caixa postal. A edição de verão da *Elementary* tem anunciantes, mas zero matérias. Os prazos são urgentes. Tabelas de conteúdo, a disposição das páginas... tudo depende do meu artigo. E ainda não escrevi uma palavra sequer.

A tela está em branco. A página também. O cursor pisca.

Em vez de escrever, baixo aplicativos de sono. Especialista do Sono. Máquina de Ruído Branco. Respiração Siberiana. Faça Chover. Encontro um aplicativo chamado The Walking Sleep. Ele promete "rastrear seus passos e sua localização" e "tocar um alarme e fazer o celular vibrar para acordá-lo", o que garante "a sua segurança e a das pessoas ao seu redor".

Faço uma pausa diante das fatídicas palavras: "rastrear seus passos e sua localização". Excluo o aplicativo. Bebo café. Sinto-me como Sherazade em *As mil e uma noites*, rodopiando em uma teia infinita de histórias para prorrogar a morte pela manhã.

Volto à página do Serviço Nacional de Saúde e reviso tudo o que pode ser gatilho para o sonambulismo: estresse, ansiedade, álcool, sedativos. O sonambulismo "pode começar em qualquer idade, mas é mais comum em crianças. Uma em cada cinco crianças vai ter um episódio pelo menos uma vez. A maioria se vê livre ao atingir a puberdade, mas às vezes o sonambulismo persiste na vida adulta". Sou aquela criança de novo. Aquela garotinha confusa e aturdida de pijamas encharcados.

Ignoro meus problemas. Volto para Sally Turner, em confinamento solitário na Ala Cranfield do Broadmoor vinte anos atrás. E aquele código secreto sussurrado: MEDEIA. A deusa grega que matou os próprios filhos.

Consulto a Wikipédia de novo, meu guia confiável:

> A tragédia *Medeia* de Eurípides, do século V a.C., retrata o fim de sua união com Jasão, quando, após dez anos de casamento, ele a abandona para se casar com Creusa, filha do rei Creonte. Medeia e seus filhos com Jasão serão banidos de Corinto. Como vingança, ela mata Creusa com presentes envenenados e depois mata os próprios filhos antes de fugir para Atenas.

Duas mulheres, dois crimes. Jasão abandonou Medeia para ficar com outra mulher e baniu a família dela. Tom Cornwell usou Sally Turner e permitiu que seus filhos a aterrorizassem.

Ambas as mulheres tiveram uma *causa precipitante* freudiana. Um incidente que desencadeou sua condição. Um gatilho emocional. O sistema límbico sobrecarregado.

Luta ou fuga. O medo como motor do sonambulismo.

Eu me pergunto se sou assim. Se também sou capaz de tais feitos.

A pergunta é simples.

Do que tenho mais medo?

16 de maio

Alguém bate à porta do quarto.

Estou escrevendo. No modo monja. Fones de ouvido, porta fechada, mundo bloqueado.

Pesquisei mais um pouco sobre Broadmoor. Não importa quantos banhos eu tome, nunca me sinto limpa. As histórias grudam em mim. Estou adentrando um mundo fora da moralidade ou da convenção.

Outra batida. Minha mãe abre a porta.

Voltamos no tempo e estamos em 2009.

Ela está verificando a minha lição de casa. Seus gestos são maternais, não de ministra das sombras, e ela está vestida casualmente com camisa e calça jeans. Sua expressão é animada.

Ela se senta na ponta da cama.

Você não está parecendo muito bem, querida.

Sim, é uma daquelas conversas.

Finjo ouvir o resto. Ela ganhou uma espécie de competição de férias. Um convite valioso para passar um fim de semana fora de casa com a família toda.

É uma chance de passarmos um tempo de qualidade juntas, como antes, sem ligações de trabalho nem prazos nem estresse. Em agosto, provavelmente, no final do verão.

O ar vai estar fresco, vamos aproveitar.

Pelo visto, não há site, só um folheto.

Ela o deixa na minha cama. Até me dá um beijo na testa, dizendo que tem torta de carne moída no forno, se eu for ficar.

Parece que nenhum clichê maternal vai ser deixado para trás hoje.

Depois ela vai embora, fechando a porta gentilmente como costumava fazer.

Pego o folheto.

Não há fotos, apenas um fundo preto com texto branco. Minimalista, levemente *avant-garde*.

É uma lista de atividades. A propaganda é de exclusividade. Assim como o convite misterioso.

Observo a capa de novo e a simplicidade do nome.

Bem-vindo à Fazenda...

49

BEN

Nunca sei direito quem sugeriu primeiro que visitássemos a Fazenda. Mas ela está tão embrenhada na história de Anna Ogilvy e no que aconteceu naquela noite que é impossível ignorar.

Harriet nunca foi lá, nem eu. Para entender a condição de Anna e passar para a próxima fase do tratamento, precisamos fazer essa viagem. Posso alegar que a visita é parte da terapia e que meu interesse é puramente profissional. Mas sei que essa é uma meia-verdade.

Há uma dor mais profunda e pessoal. Estou muito próximo de Anna. Preciso entender os eventos daquela noite. Mais que isso: quero entender, embora eu não seja nem policial nem investigador. Tecnicamente, sou só um mero consultor. Mas sou um detetive da mente. Acredito que pistas mentais podem ser encontradas em paisagens materiais, nos vestígios espalhados no tempo e no espaço.

Isso tudo faz parte do meu território.

Resolver o enigma. Desvendar o mistério.

Quero saborear, sentir e caminhar pela cena do crime para ver que pistas finais consigo detectar ao mergulhar naquele local. Não vou descansar enquanto não for.

Desde o divórcio, minha existência se resume a metrô, ônibus e carros alugados. Clara ainda está com o velho Ford Mondeo. Harriet, por sua vez, afirma que o salário de enfermeira não paga o combustível. Ela também só usa trem, metrô, ônibus ou os pés.

Alugamos um carro na Hertz e nos encontramos em uma hora inominável no sábado seguinte, abastecidos com café Costa e comida embalada. As ruas estão fantasmagóricas, quase pacíficas. Uma vez livres do oeste de Londres, seguimos em direção a Cotswolds, deixando a cidade escura por subidas e descidas de campos amarelados, árvores secas e folhas soltas perturbadas por ventos fortes.

A Abadia nos confere intimidade. Fora das suas paredes, somos quase estranhos novamente. Harriet e eu levamos meia hora para quebrar o gelo e ficarmos eloquentes. Falamos da vida fora do trabalho. Nada de Anna, pelo menos por enquanto. Repito anedotas sobre KitKat. Harriet confessa gostar de maratonar os reality shows da Netflix — quanto mais cafona, melhor. Depois de muitos pedidos, ela revela as linhas gerais de um romance policial baseado em suas experiências em hospitais de custódia. Parece envergonhada. Fico intrigado. Ela muda de assunto e pergunta sobre Clara e por que não estamos mais juntos, e eu reconto a história com pequenas edições.

Finalmente, o navegador nos direciona para fora das estradas principais, por trilhas arborizadas, e nos informa que estamos quase chegando.

Dá para notar por que a imprensa ficou tão intrigada. Já vi inúmeras fotos, claro. Mas as reproduções não capturam a melancolia gótica. A Fazenda fica ao final de um longo e estreito caminho de terra, acidentado demais para ser chamado de estrada.

O carro alugado dá coices, vacilando e resistindo ao terreno desconhecido. Devíamos ter alugado um veículo *off-road*. Harriet concorda. Já imagino as rodas girando furiosamente na lama pegajosa. Direciono o carro para o lado e desligo o motor. Devemos retroceder uns séculos. Motores e borracha são inúteis ali. Casacos grossos e galochas são a única solução. Dependemos totalmente dos nossos pés.

— É pior do que imaginei — comenta Harriet. — Menos bonito também. Parece mais a Terra Média do que Brideshead.

Termino de deslizar um pé úmido, com uma meia molhada, em uma galocha e fecho o zíper do casaco. Levanto e olho para a trilha lamacenta e para a paisagem abandonada além.

— Parece que a família Fox teve que abandoná-la depois do assassinato — digo. — O lugar se tornou uma espécie de meca para os maníacos por crimes.

Tudo está coberto de palha, uma pura explosão de lama, esterco e campo.

— Não é uma meca muito bem-cuidada.

— Não mesmo.

— Vamos?

Percorremos o restante do caminho em silêncio. Nossos pés, porém, fazem barulhos parecidos com os que KitKat faz ao tomar milk-shake no canudinho de plástico. Pego o celular. O sinal está fraco, mas é o suficiente para eu abrir um mapa em PDF dos arquivos da polícia, mostrando a planta da Fazenda na manhã do dia 30 de agosto de 2019.

Olho para a direita, comparando o mapa com a realidade desoladora.

— As árvores do fundo marcam o início da Floresta — digo. — À esquerda estão as Ruínas, ou o que era chamado assim quatro anos atrás, onde os visitantes faziam as refeições. Seguindo em frente por aqui, logo antes da Floresta, ficam as cabanas. Anna dormiu na Cabana Azul. A Cabana Vermelha era de Indira e Douglas. A Cabana Verde era de Theo Ogilvy. E a Cabana Laranja era de Emily e Richard Ogilvy.

Trechos de uma triste fita circundam a entrada principal. Não é exatamente uma fita policial, mas também não é amadora. É simbólico, considerando tudo. Quatro anos é tempo suficiente para um lugar ficar decadente, sem entrar totalmente em extinção. O mapa ainda está claro. As Ruínas pedregosas, que já fizeram parte de uma grande casa de campo augustina, permanecem praticamente como na noite do assassinato. As cabanas em forma de concha estão igualmente intactas na grama desgastada. Existem lacunas grandes e feias do lado de fora, onde as telhas baratas se soltaram. O interior é inabitável. A Floresta, entretanto, permanece como uma relíquia.

De repente, me sinto do tamanho de uma formiga. As árvores que guardam a entrada da Floresta são antigas e balançam de maneira imponente. Elas remontam ao longínquo passado da Inglaterra. Fico pensando em todas as coisas que já viram. O artigo da Wikipédia fala dos perigos que a família Fox enfrentou durante a Guerra Civil; daquele que, no início do século XVIII, salvou a propriedade com sua astúcia mercantil e construiu uma casa cheia de adornos paladinos; da dissoluta parente vitoriana que desperdiçou essa fortuna no jogo; por fim, dos monótonos e adaptados familiares que voltaram lentamente para a classe média, arrastando-se por esta terra e escrevendo uma história de triunfo passageiro e declínio terminal.

Harriet e eu ficamos parados, olhando a propriedade. Neste momento, somos as únicas pessoas no mundo. Nada mais existe. É aqui que a história começou. Este pedaço de terra mudou tudo. Fico emocionado só de estar ali. Amaldiçoo esta terra, mas não consigo tirar os olhos dela.

— Por onde começamos? — pergunta ela.

Verifico a luz e observo o terreno.

— Siga-me — digo.

50
BEN

É o único lugar por onde podemos começar. Detetives psicológicos, assim como os arqueológicos, precisam diagnosticar a causa, não só os sintomas. A Cabana Vermelha e a Azul são sintomas. O mundo sombrio da Floresta também pode ser. Mas devemos começar por aqui e então avançar.

É um espaço vasto e solitário. As árvores são tão grossas que chegam a se encostar. Os galhos formam uma espécie de telhado. Os troncos de antigos carvalhos dobram-se e emaranham-se até assumirem uma forma semi-humana. O solo é uma mistura de lama, cascalho e folhas. Quase tenho vontade de fazer o sinal da cruz ou de rezar silenciosamente antes de entrar. Olho para trás e vejo o carro alugado ainda na estrada de lama. Verifico os bolsos. De qualquer maneira, não vai haver sinal na Floresta. Eu nos imagino entrando e nunca mais saindo, engolidos pela escuridão, como Jonas no ventre da baleia. Respiro fundo, fecho os olhos e coloco um pé na frente do outro.

— As pessoas pagavam mesmo para fazer isso?

Harriet me alcança. Suas galochas continuam afundando na lama. Ela já caiu uma vez, e uma camada amarronzada está endurecendo em volta dos seus joelhos e subindo pela calça jeans. Ela também olha para a Floresta aterrorizada. Isso está fora de sua zona de conforto. Pela relutância em seus olhos, dá para perceber que esta paisagem traz de volta lembranças que ela preferiria esquecer: excursões escolares, acampamentos familiares ruins, festivais de música lamentáveis com lama demais e banheiros de menos. A juventude só brilha à distância.

Ela para, levemente ofegante, tentando se acostumar à escuridão.

— Posso pensar em maneiras muito melhores de jogar algumas centenas de libras no ralo.

Sorrio.

— Acho que são alguns milhares.

— Então esta é a famigerada Floresta.

— Sim.

— Parece mal-assombrada. Como se estivéssemos voltando no tempo.

— Luta ou fuga. A humanidade como predadora. Cérebros da Idade da Pedra em um mundo da era espacial.

Sinto a velha paranoia apertar meu peito. Ouço o estalar baixo de galhos e passos na natureza. Quero olhar para trás, só para ter certeza, mas resisto. O medo começa na cabeça e infecta o corpo. Muitos distúrbios da mente remontam à floresta primordial. É por isso que ela é um símbolo único nos contos de fada e nos mitos. Sair de casa e entrar na Floresta é uma metáfora para se desprender dos confortos e dos traumas da infância e adentrar a selvageria da vida adulta.

Sem as ferramentas certas ou algum preparo, atravessar essa fronteira resulta em fratura psíquica e desintegração. A mente falha em reconhecer direito o perigo ou falha em parar de reconhecer o perigo. É em lugares como esse que nossa espécie aprendeu a sobreviver. A ansiedade, o vício que assola as sociedades industriais modernas, emerge nesse cruzamento entre o modo de sobrevivência e o estresse da vida no século XXI. Nós nos sentimos caçados.

— Ainda não faz sentido — digo.

— Que parte?

Continuamos a avançar pela Floresta. A escuridão se adensa. A luz sangra através das árvores. Os sons nos provocam.

— A teoria dos detetives de sofá — falo. — De que algo deve ter acontecido na Floresta para que Anna cometesse o homicídio duplo logo depois. Que, sem a Floresta, nada disso teria acontecido.

— Você não concorda?

— É cronologicamente possível. Só estou me perguntando se é psicologicamente possível.

— Algo terrível acontece e Anna surta. Conheci pacientes em hospitais de custódia com histórias parecidas.

— Quantos deles tinham diagnóstico prévio de alguma doença mental?

Harriet zomba da minha ingenuidade.

— O fato de eles estarem em hospitais de custódia já é uma pequena dica.

— Sim, mas não é o caso de Anna. Ela não tinha nenhuma doença mental diagnosticada. É isso que não faz sentido. Pessoas comuns não viram monstros da noite para o dia. Nem em questão de horas. Mesmo com um histórico de sonambulismo não tratado.

— Isso presumindo que Anna Ogilvy sempre foi normal. Passar-se por uma pessoa comum não significa que sua mente trabalhe de um jeito comum. Olhe para Shipman.

É o serial killer britânico a quem todos sempre recorrem. O sólido e enfadonho médico rural que tinha vários pacientes dedicados e foi o mais terrível serial killer da Grã-Bretanha. A lista completa de seus crimes nunca foi confirmada. Era uma pessoa aparentemente comum, com um cérebro extraordinário.

— Paralogismo — digo. — Aristóteles falou muito sobre isso. Uma conclusão falsa alcançada por meio de um raciocínio falho. A acontece antes de B, então A deve ter causado B. O jogo dos Caçadores contra os Sobreviventes antecedeu o homicídio duplo. Portanto, algo na Floresta deve ter causado o homicídio duplo. Parece convincente, mas, logicamente, é um absurdo.

Harriet não se impressiona com a filosofia de boteco. Ela parece cansada de tanto *mansplaining*.

— Então me diga, gênio, qual é sua teoria alternativa?

Sorrio. Nunca vi esse lado dela. Mais cortante, levemente sarcástico, sem precisar mais bancar o papel de enfermeira, obrigada a falar banalidades sobre cuidados com a paciente.

— Não falei que tenho uma.

— Se Anna não surtou do nada por causa da Floresta, deve ter planejado tudo. E isso significa que ela conscientemente pretendia cometer o crime.

Paro de novo. Imagino todos ali na Floresta: Emily, Richard, Theo, Anna, Indira, Douglas. Vejo-os fazendo malabarismos com suas armas de paintball e se agachando na escuridão. Segundo as regras do jogo, os Sobreviventes saem na vantagem. Cada um dos Caçadores deve acertar cada um dos Sobreviventes para ganhar. As probabilidades favorecem os Sobreviventes. Tudo depende dos Caçadores e de suas táticas. Vão permanecer juntos ou perseguir suas presas separadamente? Quem ganha: o trabalho em equipe ou a autossuficiência individual? Até que ponto os benefícios de ter uma equipe superam a natureza complicada do grupo social?

Olho para as árvores, desejando que elas revelassem esses segredos. Quando a lendária Anna O virar poeira e for esquecida, elas ainda estarão aqui. Há tanta história contida nesses troncos.

Só se ouve a brisa e os sons sussurrantes e sem forma, sem começo nem fim. Pela primeira vez desde a infância, sinto um terror congelante me dominar.

Viro-me, ávido para dar o fora deste lugar. Para fugir de tanta desolação.

— Já vai desistir? — fala Harriet, sorrindo, de novo naquele tom quase fraternal. Imagino refeições em família e piadas ácidas e brigas pelo último pedaço de cheesecake.

Respiro fundo de novo. Tento enxergar para onde a trilha vai.

— Mais dez minutos — digo. — Daí vamos avançar.

51

BEN

A Cabana Vermelha.

Um nome carrega tanta coisa. A história de Anna O teve sorte nesse aspecto. Sempre penso na "Cabana Vermelha" como um conto de Edgar Allan Poe, ou um trabalho tardio de Henry James ao lado de outras raridades como *A volta do parafuso*. Duas simples palavras evocam todo esse mistério. É assustador e convidativo.

A realidade previsivelmente não é nenhuma das duas coisas. Terminamos de vasculhar a Floresta, perturbados por sua beleza deformada. Demoramos um pouco para encontrar a saída, e então estamos de volta à parte principal da Fazenda. A caminhada até as cabanas é curta. Verifico o celular e confirmo que não há sinal. Já estive em cenas de crime antes. A morte sempre marca o lugar, tornando-o proibido. Há um forte odor de mortalidade e uma impressão subjacente de maldade.

Não quero ficar ali um minuto além do necessário.

As cabanas de madeira estão todas abandonadas e desertas, com tábuas quebradas, afundando lentamente na lama circundante. Pichações cobrem todos os lados. Há vestígios de turistas de crimes reais, com #JustiçaParaAnna à direita e #AnnaNaCadeia do outro lado. Alguns destroços da investigação policial original sobreviveram, incluindo uma fita suja e uma série de secos forenses de plástico.

Harriet e eu estudamos o mapa no meu celular para determinar qual cabana é a Vermelha, a Azul, a Verde e a Laranja. A última parte da nossa peregrinação é recriar com exatidão os eventos da manhã de 30 de agosto.

— Qual de nós vai interpretar a Anna? — pergunta Harriet. Seu tom é tanto de aborrecimento quanto de diversão, um humor sombrio. Ela é menos sensível do que eu esperava. Então lembro que é enfermeira. Já viu mais da humanidade do que eu jamais verei. O humor é uma forma de sobrevivência. Este parece um daqueles tours do Jack, o Estripador, tirando o fato de a assassina e as vítimas serem muito mais vívidas e reais.

Quero entrar na cabeça de Anna. Quero seguir seus passos. De uma forma tanto literal quanto psicológica.

— Vou ser a Anna — digo. — Você pode ser uma combinação dos pais dela.

Harriet ergue as sobrancelhas.

— Alguém está de sacanagem com as idades. E quanto às duas vítimas?

— Temo que tenham sido esquecidas em vida como foram na morte. Pronta?

Assumimos nossas posições. Vou até a Cabana Azul e inspeciono-a por dentro. Ela está até um pouco mais intacta que a Cabana Vermelha, mas também foi marcada por pichações e mensagens assustadoras. Alguns turistas escreveram seus nomes acima do nome de Anna. Outros querem que ela queime no inferno, enfrente uma injeção letal, pague pelos seus crimes — uma litania de misoginia e abuso, tipo uma versão analógica das redes sociais.

Espero até chegar a hora. Quero ser fiel à cena. Fecho a porta de madeira da Cabana Azul com o ombro. Quero viver os últimos momentos acordados de Anna tanto quanto possível. Lembro-me dos boatos que ouvi de que a história dela será adaptada para as telas e imagino atores de Hollywood ali, em nome da pesquisa.

Abro no celular uma foto dos arquivos da polícia. Ela mostra a Cabana Azul na manhã em que Anna foi encontrada. A jovem estava dormindo na cama. Havia traços de tinta em sua mão direita. Mas nenhuma caneta ou caderno foi encontrado. A cama se foi, assim como os outros móveis, provavelmente guardados pela polícia em preparação para o julgamento. Mas alguns itens decorativos ainda estão ali, como tapeçarias desbotadas, condenadas a uma existência fantasmagórica.

Observo que deu a hora no relógio. Então começo. Preciso usar a imaginação. Está escuro como breu nos últimos segundos de 29 de agosto. Anna e os outros voltam da provação na Floresta e jantam juntos nas Ruínas. Depois, cada um se recolhe à sua respectiva cabana. A hora exata dos assassinatos nunca foi estabelecida. Tudo o que temos são estimativas. Eu me espremo pela porta de madeira inchada da Cabana Azul. Sou Anna agora. A lama e a grama fazem barulho a cada passo. A Floresta murmura. Quatro anos atrás, a Fazenda está iluminada pela luz que vem das Ruínas e pelas velas das outras cabanas.

Deparo com a Cabana Vermelha diante de mim. O que Anna está sentindo neste momento?

E então a ficha cai. Fixo o olhar na Cabana Vermelha. Coloco um pé encharcado na frente do outro, afundando e desafundando. Tremo. Meus pulmões vibram com o esforço. Porque é isso: um esforço. Um esforço consciente. A Cabana Vermelha fica mais longe do que aparenta à primeira vista. O chão parece elástico, vivo, engolindo cada dedo e recusando-se a soltar meus pés. Estou mais perto. Mas ainda falta um pouco. Meu coração acelera.

Eu me empurro para a frente.

Meu relógio bate.

Enfim, me aproximo da Cabana Vermelha. Deve estar escuro agora, preciso me lembrar disso. Não havia luz pálida e empoeirada, apenas um breu. A porta devia estar fechada, então abri-la é mais perigoso, mais barulhento, a chance de ser ouvida numa fração de segundo. Agarro a porta e abro-a com força. Fico parado ali por um momento. Imagino onde estavam as camas naquela noite. Percebo que a porta não fica distante.

Será que eles estavam mesmo dormindo? Será que não acordaram com o rangido da porta? Será que Anna lhes deu algo durante o jantar para que não percebessem sua entrada?

Verifico as horas. Olho para trás e vejo Harriet esperando pacientemente na Cabana Laranja. Somos duas pessoas no meio de um campo sinuoso, encenando um assassinato terrível. É de mau gosto, uma comédia mórbida. Mas agora, parado ali naquela porta, me sinto em um daqueles filmes de terror *slasher*. Daquele tipo que começa ruim e vai se transformando em algo totalmente desconfortável, fugindo do convencional e adentrando o terreno do *cult*.

Aquela sensação me cutuca de novo. A mesma da Floresta. Tem algo errado. Há uma espécie de energia cármica doentia ali, um peso que aumenta a cada segundo que passo na tentativa de recriar o assassinato sangrento de dois jovens na iminência do resto de suas vidas. Este caso virou uma espécie de jogo. A cobertura incessante da mídia silenciou seu efeito real. Parado ali no exato local, a desculpa se esvai. Dou um passo à frente, envolvendo a mão direita na faca imaginária, calculando a logística do primeiro golpe, do segundo, construindo uma sinfonia, até que vinte golpes sejam desferidos. Está feito.

E agora? Essa é a pergunta mais inesperada. Um assassinato deve ser planejado ou instintivo — o instinto deveria dizer ao assassino o que fazer a seguir. Congelo. A faca imaginária ainda está na minha mão. Os corpos atrás de mim estão frescos e abatidos. Olho para minhas roupas e imagino manchas de sangue se espalhando pela camisa branca engomada, respingando no forro da jaqueta, sujando minhas bochechas feito uma acne grudenta. Uma esfregada e tudo desaparece.

Viro-me. Cambaleio. Está mais frio do lado de fora. A Cabana Azul parece mais longe ainda, agora que o crime foi cometido. Agora que dois humanos adultos foram mortos a sangue-frio. É bobo, eu sei, mas a culpa faz meus passos ficarem mais pesados. É o nocaute de quebrar um tabu inquebrável pela primeira vez. Já li o suficiente sobre assassinos para saber que a primeira vez é infinitamente pior que qualquer outra. O ato de matar é uma coisa.

Tornar-se um assassino, um pária, é outra. Isso só acontece uma vez. É uma cicatriz na alma.

Lembro-me de olhar para o relógio. Calculo mal o próximo passo e quase mergulho de cara na lama. O esforço não é consciente agora, mas existencial. Eu me pergunto como é que alguém pode não acordar neste momento. Por outro lado, o sono anestesia o trauma. Sim, talvez.

Procuro a porta da Cabana Azul e entro. A encenação tornou-se tão real que experimento uma perturbação psíquica terrível neste retorno, como se eu fosse totalmente humano ao sair e tivesse o demônio dentro de mim ao voltar. Anna pode ter passado por isso. Ainda assim, no fundo, sua mente devia estar trabalhando em algum nível. Deve ter deixado um resíduo.

Respiro e me recupero. É só atuação. Não cometi crime nenhum. Não hoje, pelo menos. Imagino a cama diante de mim e Anna deitada ali. Só que há um ato final. A parte que todo mundo esquece. A mensagem de WhatsApp que ela mandou para os pais com as fatídicas palavras: *Me desculpem. Acho que matei eles.*

Pego o celular. Abro a conversa com Harriet. Digito as palavras e fico enjoado ao enviar a mensagem. Essas suposições são bastante vacilantes. Será que Anna poderia mesmo ter escrito algo assim enquanto dormia? Mecanicamente, é possível. Estudos de caso mostram pacientes dirigindo carros e fazendo trajetos complexos enquanto dormem. Mas há uma intenção consciente imbricada nessas palavras. Uma desculpa, um reconhecimento. A culpa implica senciência. Se ela estava acordada nessa hora, talvez estivesse acordada antes. Talvez soubesse exatamente o que estava fazendo.

Vejo as duas setinhas de mensagem enviada. Guardo o celular. Vou até onde estava a cama. Então espero e ouço a aproximação barulhenta de Harriet. Assim como Emily e Richard Ogilvy fizeram naquela noite depois de receber a mensagem enigmática. A espera é mais longa do que imaginei. Estou vendo os dois. Cabelos bagunçados, olhos melados. Foram tantos alarmes falsos ao longo dos últimos vinte e cinco anos: acidentes, quase acidentes, drogas, álcool, os impasses e becos sem saída do amadurecimento. As tantas vezes em que o desastre se transformou em anedota. Algo lhes escapou enquanto eles riam.

Tirando as duas últimas palavras. Não foi: *Me desculpem, acho que vou ter uma overdose*. Ou: *Me desculpem, acho que dei PT no carro*. Ou: *Me desculpem, acho que estou grávida*.

Todas essas situações são aceitáveis. Provavelmente seriam pesadelos, mas ainda assim aceitáveis.

Isto não. Isto, jamais.

Todo mundo sempre pergunta: ela é culpada? Agora, aqui, percebo que a resposta é clara e veementemente sim. Se é legalmente culpada ou não é outro assunto. Mas é culpada no sentido mais básico do termo. Ela empunhou aquela faca. Suas ações tiveram como resultado a morte de dois seres humanos. Ela vai ter que viver com isso para sempre. A culpa será parte permanente de si. Acordei Anna para um mundo diferente do que ela deixou.

— Menos de dez minutos. — A voz de Harriet me assusta. Suas bochechas estão vermelhas da caminhada. Ela parece serena. O retraimento e a estranheza da Abadia se foram. Ali, no campo, ela não tem mais que ser respeitosa com médicos, psiquiatras e neurologistas. Gosto mais ainda dessa Harriet. Da versão de fora do escritório, em vez da uniformizada. — Menos de um minuto, tecnicamente, da Laranja para a Azul. Supondo que o solo não estava tão lamacento. E considerando passos apressados.

Fecho os olhos. Contenho os pensamentos. Estão embalados, firmemente fechados no sótão da minha mente. Estou de volta à realidade.

Ao presente. Aqui. Agora.

— E aí? — indaga Harriet. — É hora de abrir o bico. Alguma luz? As pequenas células cinzentas estão zumbindo?

Passei tempo demais aqui. Sinto aquele terror de novo, como se eu tivesse tentado ressuscitar os mortos ou perturbado o mundo espiritual. Isto foi um erro. A luz está caindo lá fora. Uma espécie de maldade profunda está à espreita nestas paredes, nesta Floresta, contaminada pelos acontecimentos terríveis ocorridos neste terreno.

— Parece que você viu um fantasma — comenta Harriet, preocupada, enquanto aquele tom familiar e compassivo retorna e a enfermeira substitui a turista mórbida.

Sorrio. Preciso reunir todas as minhas forças. Verifico as horas de novo.

— Sim. Talvez eu tenha visto mesmo.

52

BEN

A igreja está cheia. As músicas foram cantadas. O caixão chama atenção, empoleirado ali feito um mau agouro. Parece pequeno demais para ela, de alguma forma. Espero que Bloom acorde de repente, fazendo uma última piada às nossas custas. Mas a tampa permanece firmemente fechada. A autópsia foi concluída e o legista concordou em liberar o corpo.

Virginia Bloom pode finalmente descansar.

Eu me concentro de novo nas minhas anotações. O púlpito é frio e áspero ao toque. Limpo a garganta e ouço o som ecoar pelas antigas paredes de pedra.

— A professora Bloom não era uma cristã típica — digo, chegando ao final do discurso e relaxando um pouco. — Mas tinha verdadeira fé nas pessoas. Acima de tudo, ela acreditava em redenção, acreditava que ninguém estava além da salvação. Muitos de vocês aqui presentes estão familiarizados com suas conquistas profissionais: o trabalho pioneiro na Psicologia do Sono e o trabalho transformador que ela conduziu na Abadia com pessoas cujas vidas foram arruinadas por não conseguirem fechar os olhos ou reabri-los.

Faço uma pausa e olho para os funcionários da Abadia vestidos com suas melhores roupas de domingo. Clara está aqui com KitKat. Eu me recomponho. Bloom era filha única e não teve filhos. Em vez disso, colecionava amigos, colegas e conhecidos.

— Mas, se o sono é nossa segunda vida, então Virginia também teve uma segunda existência. Como diretora de igreja, voluntária, pilar da comunidade, ainda que vestida de maneira pouco convencional. A fé dela era sutil, mas profunda. Ela deixava que suas ações falassem por si. Como ela dizia de forma tão memorável, por que Deus criou a diversão se não para que nós a aproveitássemos?

A congregação dá uma risadinha que preenche a igreja.

— Acima de tudo, ela nunca desistia das pessoas. Acreditava que seu dever solene era melhorar o que estivesse ruim, curar o que estivesse doente e redimir o que estivesse quebrado, tanto como profissional quanto como amiga. Esse era o seu credo. Para muitos de nós, era nossa inspiração diária.

Olho para a igreja de novo. Sim, vejo o apelo agora. É o oposto da impiedade da Fazenda, um lugar sem esperança nem misericórdia. O silêncio se prolonga, feito um convidado que se recusa a ir embora. Recolho as anotações e desço do púlpito, e cada colisão do couro do sapato na madeira é mais alta que a anterior.

Volto para o banco da frente e sento-me ao lado dos outros funcionários seniores da Abadia. Agora é a vez do vigário de entoar louvores a uma mulher que — contra o estereótipo, talvez — sempre teve a dimensão espiritual caminhando ao lado do seu martíni das cinco. Bloom era quixotesca. Ela odiava categorias, detestava colocar os outros em caixas. Adorava a contradição.

Mal ouço as palavras sussurrantes do vigário. Em vez disso, vejo Bloom deitada no chão de sua casa e ouço as palavras desesperadas daquela ligação sobre o arquivo. Penso na sua descrição de X e nos fios que se conectam ao caso Anna O. Ainda estou pensando nisso quando o velório termina e os familiares, colegas de trabalho e amigos vão até o salão para comer abóbora morna e sanduíches em pratos de papel moles. Murmuro instruções ao organizador para garantir que nenhum penetra seja admitido. Este é um evento totalmente privado. Blogueiros e jornalistas não são bem-vindos.

Mais tarde, depois do funeral, Clara, KitKat e eu vamos ao parque. Nunca mais ficamos só nós três. Mas agora parece o momento certo. KitKat brinca no trepa-trepa. Clara e eu nos sentamos em um banco com nossos cafés, observando-a. Conto sobre minha viagem recente. O marco zero de tudo o que aconteceu depois.

— Ouvi dizer que hoje a Fazenda está abandonada.

— Estava assustadora o suficiente durante o dia — digo, bebendo um gole de café. — Não consigo nem imaginar como deve ser no escuro.

— Teve alguma revelação luminosa?

— Tentei interpretar Anna e cronometrar o tempo de uma cabana à outra. Primeiro, não acho que ela voltou para a Cabana Azul, certamente não sem ajuda.

— Como você pode ter certeza?

— Não tenho. É um chute, um palpite fundamentado. Voltar para a Cabana Azul da Cabana Vermelha tendo cometido algo assim requer um verdadeiro esforço.

— E isso sugere que ela poderia estar consciente quando fez aquilo.

— Ou que outras pessoas estavam envolvidas e a ajudaram a se mover.

Bem nesse momento, KitKat nos dá um susto. É seu novo truque. Ela gosta de se esconder e emergir quando menos esperamos.

— Mover quem, papai?

Vejo a expressão de desaprovação de Clara. Nossa conversa deveria ser privada.

— Ninguém, querida.

— Está falando sobre a moça do sono?

É minha vez de olhar para Clara. Concordamos em não mencionar o caso.

— A moça do sono?

KitKat parece distraída, olhando os balanços.

— A moça do sono é má.

— E o que mais?

Ela fica dividida, cutucando o moletom como sempre faz quando as coisas não fazem muito sentido.

— Mamãe diz que você vai fazer a moça má ficar boa.

Ela perde o interesse nos balanços e sai correndo para a areia. Tento compreender o que acabei de ouvir.

— Por que ela está falando sobre Anna Ogilvy?

Clara me encara como sempre faz quando está verdadeiramente brava.

— Acorda, Ben — diz ela. — As pessoas têm internet. Elas viram aquele blog conspiratório mencionando você. Até crianças podem comentar. Isso tem um custo. Para você e para ela.

Olho para KitKat brincando na areia. Penso no funeral de Bloom e na minha obsessão crescente por Anna. Imagino as ameaças virtuais se tornando terrivelmente reais. O cheiro da Fazenda ainda não me deixou. Tudo isso se transformou no exato oposto do que eu queria. Clara está mais distante do que nunca.

Eu me pergunto o que estou fazendo comigo e com a minha família.

E por que acho impossível parar.

DIÁRIO DE ANNA

2019

3 de junho

Apartamento de Camden. Mais uma semana trocando mensagens com @PacienteX. O horário sugere Greenwich. A gramática, que é uma pessoa educada, reabilitada, livre para começar uma nova vida. As mensagens são enigmáticas.

Releio a última troca:

@PacienteX: Aceite um conselho amigo. Você não vai encontrar nada na internet. Pare de perder seu tempo com requerimentos de informação.

@ElementaryMag: Como você sabe dos requerimentos? Você trabalha no governo?

@PacienteX: Já te falei onde se concentrar. Ala Cranfield. Consulte a lista de visitantes aprovados.

@ElementaryMag: Onde consigo isso?

@PacienteX: Se esforce mais, Anna. Descubra um jeito.

@ElementaryMag: Como é que isso contribui para a minha história? O que tem ali pra mim?

Escrevi a introdução do artigo. Tenho alguns parágrafos da conclusão. Preciso do recheio do sanduíche. Da carne.

Avalio minhas opções. Ainda preciso de um encontro cara a cara com @PacienteX. Não ligo para o seu tom condescendente e autoritário. Ou para o fato de os meus requerimentos terem sido descobertos. Mas, por enquanto, preciso dessa fonte. Penso no Broadmoor, em minha mãe, Sally Turner, na dra. Bloom. Penso no meu pai e na misteriosa Outra.

Esforce-se, Anna. Pense.

Releio a última mensagem de @PacienteX mais uma vez.

@PacienteX: Tem alguém por trás disso tudo, Anna. Acorde. Sally Turner era mãe. Encontre o suspeito, encontre a história. É hora da caça.

10 de junho

Hospital Broadmoor, Berkshire.

A 65 quilômetros de Londres. Li a história. É sobre gárgulas saindo para a luz: foi fundado em 1863 como hospício para criminosos lunáticos e insanos; administrado pelo Ministério do Interior até 1949; depois renomeado oficialmente como Instituição Broadmoor; assumido pelo Ministério da Saúde em 1960 e batizado de Hospital Broadmoor; agora administrado pelo tedioso Consórcio do Serviço Nacional de Saúde. Do terror arrepiante à burocracia bocejante em 156 anos.

O Hospital Broadmoor é um vasto *campus* de tijolos vermelhos vitorianos, ainda maior e mais repugnante do que as fotos sugerem. Vejo as placas coloridas do Serviço Nacional de Saúde e muros altos e protegidos de todos os lados. Já ouvi tanto sobre esse lugar. É o manicômio judiciário mais famoso do mundo. Lar dos piores serial killers conhecidos. Imortalizado na história do crime por seu trabalho pioneiro na psicologia das mentes mais doentias da sociedade.

O suspeito. Sou alérgica à maioria das teorias da conspiração. Investigações criminais raramente podem ser amarradas com um laço elegante. Mas não consegui parar de pensar na última mensagem de @PacienteX.

Sally Turner era mãe. A peça que completa o quebra-cabeça de sua morte. Pensando de modo lógico, será que isso significa que o próprio filho ou filha de Sally Turner a matou? Ou que a ajudou a arrumar a faca de plástico que Sally usou para acabar com a própria vida?

Encontre o suspeito. Encontre a história.

Isso pode significar tantas coisas.

Venho caçando todos os nomes conectados a essa história e tenho uma suspeita que não posso ignorar. Uma candidatura para o posto de prole biológica de Sally Turner. Seu nome foi alterado, claro, todas as ligações com Sally apagadas da face da Terra. Passaporte, carteira de motorista, identidade. Mas já imagino como deve ter sido para essa pessoa visitar Sally Turner aqui na adolescência. Pergunto-me se meu suspeito, como vou me referir a essa pessoa, ainda tem pesadelos com Broadmoor e seus demônios. Como lida com o fato de ter uma mãe tão infame quanto a Monstra de Stockwell.

Fiz minha pesquisa. Sei que Broadmoor, como a maioria das instituições do Departamento de Saúde, adotou tardiamente os registros digitais. Os volumosos documentos do final dos anos 1990 estão guardados em um centro administrado pelo Escritório de Registros de Berkshire. Os visitantes do arquivo, incluindo historiadores, especialistas em criminologia e psicólogos, devem se registrar na entrada principal. Eles devem estar ligados a alguma instituição de ensino superior ou ter autorização de algum funcionário diretamente ligado ao arquivo.

Enquanto espero, examino as regras de admissão em papel laminado:

> Os registros clínicos e não clínicos do Hospital Broadmoor (antigo Hospício Clínico Broadmoor) devem ser preservados para pesquisa pelo ERB, de acordo com a Lei de Registros Públicos de 1958. O acesso será fornecido com base na Lei de Liberdade de Informação de 2000 e na *Orientação para acesso a solicitações de registros de saúde* do Departamento de Saúde (2010).

Sou a última da fila. O funcionário com cara de tédio pergunta meu nome e a instituição de pesquisa a que estou ligada.

— Estou aqui em nome da baronesa Ogilvy — anuncio, entregando uma carta de permissão.

O texto foi digitado no papel timbrado da Câmara dos Lordes que peguei da minha mãe. Falsifiquei a assinatura dela no final. O documento diz que ela foi Ministra de Estado do Departamento da Saúde entre 1997-2005. Seu portfólio incluía serviços de saúde mental e supervisão dos hospitais de custódia Broadmoor, Rampton e Ashworth. Ela deseja consultar os registros para o seu livro de memórias. Sou sua pesquisadora e tenho permissão para acessar o arquivo em seu nome. É mentira. Uma das minhas melhores.

O funcionário lê a carta devagar. Vários minutos depois, abaixa os óculos e faz um beicinho afetado, fingindo seriedade. Acena com a mão para eu entrar. Junto-me a outros quatro pesquisadores. Somos conduzidos por um grande pátio até o lado oeste do *campus* do Broadmoor. Só então me lembro de respirar.

O Centro de Arquivos do ERB é cavernoso e quente. Penso em uma grande biblioteca do século XIX, com homens exibindo suíças e medindo o tamanho dos crânios de pacientes. O lugar tem uma aura sinistra e fétida. Um dos guardas fica de olho em nós. Há um pequeno mapa à direita, o qual eu consulto. Restrinjo a pesquisa por período e depois por local. Estou procurando informações sobre a Ala Cranfield no final da década de 1990.

Examino inúmeras pastas de papelão em uma busca infrutífera por qualquer menção a "MEDEIA". Nada. Tento "BLOOM" e encontro uma miscelânea de documentos e correspondências sobre o trabalho da dra. V. Bloom como psicóloga clínica consultora do Broadmoor, com centenas de pacientes. Finalmente, tento "TURNER". Isso me leva à caixa 27. Escondida em uma folha de papel em um canto mole da caixa, encontro a informação que procuro. É um memorando digitado pela dra. V. Bloom, psicóloga clínica consultora, para o diretor de serviços especializados e forenses. Lê-se:

DE: Bloom, Dra. V
PARA: Dsef (Shu)
ASSUNTO: Paciente 8637892cran
DATA: 02/06/1999

No que diz respeito aos reforços nos requisitos de segurança delineados na última reunião de conselho do departamento, solicito um aumento de 5% no orçamento para o projeto especial discutido. Dado o extraordinário nível de interesse do público e da imprensa neste caso, seria aconselhável que o projeto fosse realizado discretamente e que a lista de distribuição fosse reduzida ao mínimo internamente (se o caso prosseguir). Preciso apenas de dois auxiliares de enfermagem. Solicito que somente o DSEF e o DC sejam informados sobre o projeto. Entregarei esta nota pessoalmente. VB

2 de junho de 1999. O memorando foi enviado enquanto Sally Turner ainda estava sendo julgada em Old Bailey. "DSEF" significa diretor de serviços especializados e forenses. "DC", diretor clínico. O projeto especial devia ser MEDEIA, mesmo que ainda não tivesse esse nome. Procuro em outros documentos o nome desse diretor clínico. Mas só há o nome do diretor dos serviços forenses ao final de mais uma carta enfadonha sobre orçamentos, assinada por um homem chamado "Stephen Donnelly".

Nenhum documento pode sair do arquivo. Então o memorizo. Examino outros materiais. Cada um deles tem uma etiqueta com as palavras: "EXCEÇÃO DA SEÇÃO 41".

Quando nosso horário termina, somos escoltados para fora do prédio e levados de volta ao balcão de entrada. Pego o celular e digito rapidamente tudo o que consigo me lembrar no aplicativo de notas do iPhone. Pesquiso as exceções da Seção 41 da Lei de Liberdade de Informação de 2000 e encontro:

> **Exceção da Seção 41:** As informações solicitadas pela Lei de Liberdade de Informação serão retidas se tiverem sido fornecidas confidencialmente (como informações médicas ou clínicas) e se sua divulgação constituir uma violação de confiança acionável.

Fecho a aba de pesquisa. Recebo uma nova mensagem. É @PacienteX de novo — minha fonte de ouro, minha Garganta Profunda —, respondendo a uma de minhas sugestões anteriores.

A mensagem é ainda mais curta que o normal. Diz apenas:

> Dia 17. 10h.

Meu pedido se tornou realidade.

Vai rolar um encontro presencial.

53

BEN

Abadia, Harley Street.

Depois do funeral, a vida segue. Ainda estou carregando o medo e a paranoia. Mas eles estão mais diluídos, de alguma forma, perdidos entre as demandas do dia a dia.

Precisamos de várias sessões para que aconteça algum avanço. A perda de memória de Anna, seja por amnésia pós-traumática de fato ou apenas um reajuste de curto prazo à vida após tanto tempo dormindo, significa que as recordações mais antigas levarão tempo para vir à tona. O mundo dos sonhos, porém, será muito mais acessível e vívido. É o mundo que ela habitou nos últimos quatro anos. Sua existência se fez em uma paisagem onírica mental desde aquela noite na Fazenda. Os sonhos podem ser uma porta de entrada para a memória.

É por aí que vou começar.

Sua recuperação é gradual: as cordas vocais estão enferrujadas; os níveis de energia, reduzidos; a dieta é reforçada e modificada todos os dias. Ela se mantém acordada primeiro por alguns minutos, depois por uma hora inteira. Consegue pronunciar fragmentos, então frases mais complexas. Seu vocabulário vai aumentando aos poucos.

Observo sua recuperação e fico dividido. Meu dever profissional é deixar Anna pronta para enfrentar o tribunal. Mas meu dever moral é mantê-la na Abadia pelo tempo que eu puder. Donnelly tentou me assustar com ameaças a mim e à minha família. Mas, de algum jeito, o oposto é verdade. Enquanto Anna estiver na Abadia, estaremos cercados pela promessa de proteção policial. O Ministério da Justiça não permitirá que nada aconteça à sua mais famosa suspeita de homicídio. No entanto, assim que ela for enviada para o sistema prisional a fim de aguardar o julgamento, as autoridades lavarão as mãos em relação a mim e a Abadia para sempre.

Donnelly pode tentar obter um diagnóstico diferente. Mas eu sei demais. O diagnóstico de APT não vai manter Anna aqui para sempre. Não sou tão ingênuo, mas ganho algum tempo para tentar conectar os pontos. Descobrir o que Bloom percebeu antes de morrer.

Algumas semanas a mais me dão esperança. E esperança, como vimos, é algo muito potente.

Passam-se várias semanas antes de eu entrar na sala de tratamento para a nossa primeira sessão de análise propriamente dita. Harriet ajeita Anna nos travesseiros e sai. Sua aparência ainda é fantasmagórica. Ela precisa urgentemente de sol. Nós nos encaramos e fico tentando ler sua expressão. Há algo estranho e misterioso nela. Seu rosto está imóvel, perturbadoramente imóvel. Ela é como um ator exibindo níveis heroicos de autocontrole. Ou uma modelo no estúdio de um pintor. Exceto pelos olhos. Eles parecem bastante autoconscientes, como se a imobilidade fosse calculada, até mesmo ensaiada.

Espero a porta se fechar. Algo mudou desde o funeral de Bloom. Estou no comando agora. Tenho carta branca para seguir adiante com a obsessão pelo caso de Anna. Ela é tanto uma assassina quanto um mistério médico. Esse tipo de paradoxo é o motivo pelo qual desenvolvo este trabalho.

Faço as apresentações de praxe: digo meu nome, falo da Abadia, explico seu estado de saúde. Esta é a sessão mais complicada para a qual já me preparei. Se eu lhe contar toda a verdade, sua mente vai voltar a hibernar. Emily e os outros visitantes foram estritamente instruídos a se referir apenas a um acidente indeterminado no passado.

Também abordo o assunto com gentileza.

Sou membro da equipe da Clínica do Sono Abadia na Harley Street. Você tem sido nossa paciente por bastante tempo, Anna, depois de um incidente em Oxfordshire. Desde então, você ficou presa em um sono profundo. Nosso trabalho é ajudar você a se recuperar. Esta sessão é parte do tratamento. Você vai ter muitas perguntas. Mas vamos começar devagar.

Tenho um cartaz na parede do escritório que lista os sonhos mais populares do mundo: ver os dentes caírem, ser perseguido por alguém, estar desesperado sem conseguir encontrar um banheiro, aparecer pelado em público, estar despreparado para alguma prova, voar para algum lugar, cair sem nenhuma rede de proteção, ficar preso em um veículo fora de controle, deparar com uma sala vazia e sem uso e estar atrasado para alguma coisa.

Sonhos são uma via rápida para os nossos segredos mais sombrios. Possivelmente para as nossas lembranças mais sombrias também. Os sonhos de Anna poderiam desbloquear tudo.

Tenho jogado esse jogo pacientemente. Quatro anos de sono exigem nada menos que isso. Mas, hoje, arrisco:

— Conte-me sobre a sua vida dos sonhos, Anna. Com o que você sonha?

A voz dela ainda está rouca e estranha, como se fosse um bebê aprendendo a falar.

— Começa numa floresta.

— Como você sabe que é uma floresta?

— Está escuro. Há árvores por toda parte.

— É sempre a mesma floresta no sonho?

— Sim.

A floresta do sonho. A Floresta da Fazenda na noite do homicídio duplo. Observo-a com atenção.

— O que você está vestindo?

— Roupas esportivas. Vermelho, acho. E azul.

— Como se sente?

— Como se o demônio estivesse respirando através de mim.

— O que acontece nessa floresta?

Anna fecha os olhos.

— Estou carregando alguma coisa.

Faço uma pausa, respiro, espero.

— Uma faca.

Tento manter a voz regular. Não posso demonstrar nem sequer um tremor de antecipação.

— E o que acontece depois?

Anna continua:

— Vejo minhas mãos cobertas de sangue. Mas não vejo ferida nenhuma. Corro até o limite da floresta.

— Você sabe o que há além da floresta?

— Sim, uma cidade chamada Maratona.

— E o que acontece depois?

— Vejo luzes na fronteira da floresta. Daí o sonho acaba.

Faço uma anotação. Aguardo um instante, permitindo que Anna retorne. Ela abre os olhos e pisca diante da luz do quarto.

— O sonho segue o mesmo padrão toda vez? — pergunto.

— Sim.

A Floresta. A faca. O sangue. Fugindo para a liberdade.

— Quero tentar umas associações livres agora. Vou dizer uma palavra e você responde com a primeira coisa que vier à mente.

Anna assente com a cabeça, cansada.

Olho para as anotações. Os símbolos estão organizados em tópicos.

— Floresta. O que vem à sua cabeça automaticamente quando digo essa palavra?

Ela suspira.

— Perigo.

— Faca?

— Sangue.

— Maratona?

— Verdade.

Imagino as pessoas lendo a transcrição desta sessão e se perguntando qual a relevância dos sonhos em um homicídio duplo. Mas preciso trabalhar com cada fibra da sua mente. A verdade simbólica é a guardiã da verdade literal.

Anna boceja. Seus olhos ficam sonolentos. Então ela fala baixinho:

— Você parece familiar.

Sorrio.

— A maioria dos pacientes em EMC experimenta amnésia pós-traumática aguda e paranoia. É muito comum. Tenho cuidado de você há meses. Mas nunca nos conhecemos fora desta clínica. Sou o sócio majoritário aqui da Abadia.

É o suficiente por hoje. Gesticulo para o vidro. Segundos depois, Harriet se aproxima, tendo monitorado os acontecimentos por uma transmissão do lado de fora. Eu me pergunto quanto ela ouviu. E quão perigoso isto pode ficar.

Ela acalma Anna com um sedativo. Espero até que os monitores mostrem que ela está estabilizada. Então saio e vou para a minha sala.

Ainda estou pensando no sonho de Anna.

54

CLARA

Não é uma mensagem o que ela espera. Ou, pelo menos, não assim. Stephen Donnelly é o diretor jurídico adjunto do Ministério da Justiça. Sua agenda é planejada com meses, às vezes anos de antecedência. Ele não escreve para altos comissários, muito menos para detetives inspetoras-chefes. Mas o e-mail veio diretamente dele, incluindo a hora e o local e o pedido de que não conte a ninguém sobre essa reunião até eles terem se encontrado.

Clara faz todas as verificações usuais e conclui que a mensagem é verdadeira.

Ela chega à entrada leste da sede do Ministério da Justiça, no número 102 da Petty France, e é recebida por um funcionário. Seu telefone é guardado. Ela ganha um crachá de visitante e é conduzida a uma das salas privativas do quarto andar.

Donnelly já está sentado. Ele não lhe oferece a mão, nem café. O caso Anna O ainda é referido apenas como "Projeto Downton" em Whitehall, uma brincadeira com a Abadia e o nome de um seriado famoso. Clara se pergunta sobre o que pode ser a reunião. Será que alguém violou a segurança da Abadia e tentou atacar Anna? Algum jornalista ficou sabendo que ela acordou? Ou é o cenário que a deixa doente de preocupação: algo sobre Kitty, a escola, algum incidente?

— Desculpe-me pelo subterfúgio — começa Donnelly. — Mas temo que tenha havido uma evolução. Bastante grave. Por favor, sente-se.

Ele pega umas folhas de uma pasta em cima da mesa e entrega-as para Clara.

— Quanto você sabe sobre o trabalho do seu ex-marido com análise de sonhos? — pergunta ele.

Clara pensa que talvez não tenha ouvido direito. Então vê que ele está falando sério.

— Acho que ele escreveu um livro sobre isso — diz ela. — É uma das disciplinas que ele ensina na Birkbeck.

— Entendo.

— Por quê?

— Estamos monitorando as sessões de análise dele com Anna. A prisioneira afirma ter um sonho recorrente em que sente “o demônio respirando através de mim”. Normalmente, claro, não ligaríamos para isso. — Ele pega outro papel na pasta. — Mas, infelizmente, este caso não é de forma alguma normal.

Clara olha para o segundo papel. Ela nota o cabeçalho oficial e o brasão do Ministério da Defesa. Abaixo está o logotipo do Laboratório de Ciência e Tecnologia de Defesa de Porton Down.

— Desde os envenenamentos de Salisbury — prossegue Donnelly —, Porton Down tem monitorado a droga escopolamina.

— Usada em estupros?

— É um dos usos. A escopolamina desativa a memória de curto prazo da vítima, bloqueando as células nervosas do cérebro. A pior parte é que ela desaparece da corrente sanguínea em poucas horas, tornando muito difícil identificá-la.

— Quais são os outros usos?

— A escopolamina é um alcaloide psicoativo à base de plantas. Vem das sementes da árvore *borrachero*. Sua aparência é de pó branco e por isso se confunde com cocaína. É completamente inodora e insípida também. É particularmente perigosa quando combinada com álcool. Quantidades pequenas são usadas para tratar doenças comuns como Parkinson, Alzheimer, enjoo e náusea pós-cirúrgica. Mas um grama dessa substância poderia matar um grupo inteiro de pessoas. Ela coloca as vítimas num estado hipnótico: elas ficam parecendo zumbis, sem livre-arbítrio, bastante sugestionáveis, e frequentemente resulta em paralisia, alucinações e ataques cardíacos. É usada como uma droga de controle mental em roubos e sequestros. As vítimas sofrem perda total de memória após o evento.

— Você acha que Anna Ogilvy pode ter sido dopada com escopolamina?

— Ficamos em alerta por causa das palavras “diabo” e “respiração”. A escopolamina, como você deve saber, tem um nome mais comum nas ruas.

Clara finalmente entende.

— Hálito do Diabo.

— Sim. — Donnelly pega mais um papel da pasta e o entrega a ela. — Este é o último relatório forense da cena do crime na casa de Virginia Bloom. Pequenos vestígios de escopolamina foram encontrados no cofre do escritório. A perícia também achou uma correspondência com um pequeno fio de cabelo que estava perto do cofre como sendo do dr. Prince.

Clara não gosta nada do rumo da conversa.

— Ben foi quem encontrou o corpo. Isso não é nada surpreendente.

Donnelly consulta seu arquivo de novo.

— No depoimento, perguntaram repetidamente ao dr. Prince se ele foi a qualquer outro lugar da casa além do corredor e da sala. O que ele nega em três ocasiões diferentes. Também temos a confissão de que ele pegou a faca.

— Você não pode pensar de verdade que Ben teve qualquer coisa a ver com o assassinato de Bloom.

— Meu trabalho, meu único trabalho, é preservar a integridade de um futuro julgamento. Qualquer sugestão de que Anna esteja sendo dopada ou de que seu ex-marido mentiu para a polícia poderia comprometer tudo.

— E por que está me contando isso?

— Porque, neste momento — diz Donnelly —, acho que você é a única pessoa nesse caso todo em quem posso confiar. Também encontramos evidências de operações cibernéticas vinculando o blog que revelou o envolvimento do seu marido no caso a outra pessoa que trabalha na Abadia. Ela usa o perfil @Suspeita8.

— Quem é?

— Conseguimos ligar o servidor que hospeda o perfil @Suspeita8 a uma trilha criptográfica. Essa trilha criptográfica está ligada à falsa consultoria de saúde e segurança contratada por Melanie Fox na Fazenda na noite dos assassinatos. Acreditamos que a autodenominada "Lola Ridgeway" e essa tal @Suspeita8 são a mesma pessoa. Para ter divulgado a informação, ela também deve ser uma das cinco pessoas que sabiam que a prisioneira estava sendo transferida para a Abadia.

Clara o ouve, mas não compreende totalmente as palavras.

— Quem sabia?

Donnelly conta com os dedos da mão direita.

— Nós dois. Emily Ogilvy, atual Emily Shepherd, como a parente mais próxima. — Ele faz uma pausa. — Seu ex-marido. E a única pessoa que tem estado com Anna desde o começo.

Clara sente o nome se formando em seus lábios.

A ajudante angelical que sempre esteve ali sem ser vista.

Harriet.

DIÁRIO DE ANNA

2019

17 de junho

Fonte Memorial de Diana. Hyde Park.

Chego cedo. É um dia de semana. O céu está marcado pela chuva. O Hyde Park está cheio, em vez de fervilhante. Passei a última semana lendo sobre jornalistas investigativos e seus disfarces e operações por trás das linhas inimigas. Eu me pergunto se @PacienteX escolheu um local próximo à água para evitar que eu grave o encontro, como os espiões de filmes antigos que abrem as torneiras para evitar escutas.

O Contato está sentado em um banco perto da fonte, com um exemplar do *Times* de hoje. É o sinal que combinamos. Ele parece mais jovem do que eu esperava. Todas as investigações seguem as mesmas regras básicas: nunca use seu nome verdadeiro; faça alterações sutis na sua aparência (cabelo loiro obscurecido por um gorro de lã, adicione óculos de armação grossa, salto alto para mudar a altura); deixe o celular sem bateria, use apenas aparelhos descartáveis. São dicas comuns ensinadas em todas as especializações em Jornalismo de Londres. Ainda assim, são úteis.

Sento-me no banco. O Contato me pergunta se estou gravando. É um momento decisivo. Pelo artigo, pela revista, pelas esperanças a respeito do golpe, pelas minhas finanças e perspectivas de carreira, decido mentir. É quando a primeira coisa estranha acontece. O Contato pega um celular descartável e o entrega para mim. Ele não é o contato real, explica, mas a ponte. Devo ficar ali e esperar instruções. Depois disso, ele se levanta e vai embora.

Por um instante, fico inquieta. Isso não parece certo. Estou prestes a ir embora também quando o celular descartável vibra. Há uma nova mensagem em um aplicativo de mensagens seguro. Leio:

PACIENTEX: Você foi descuidada, Anna.

Lá vem mais *mansplaining*. Metade de mim se pergunta se é armação. Sinto um medo terrível e viscoso fechando meu pescoço. Minha mão está suando quando respondo:

EU: Pensei que a gente fosse se encontrar pessoalmente.

PACIENTEX: Ainda não sei se posso confiar em você.

EU: Por que não?

PACIENTEX: Porque tem alguém na sua cola. Homem, um e oitenta e cinco, uns 90 kg, empurrando um carrinho. Aliás, que casaco azul lindo.

Eu me viro e observo os turistas próximos. Fiz tudo o que os artigos da internet disseram: verifiquei o reflexo das vitrines, parei para amarrar os cadarços, não caminhei em linha reta, voltei atrás. Mas esta não é a minha área. Há uma chance de eu ter ignorado alguém. Atrás de mim, noto um homem de um metro e oitenta e cinco, cerca de noventa quilos, com um carrinho na frente dele, carregando um bebezinho. Está bebendo café e mexendo no celular. Não há sinal de companheiro ou esposa.

Que casaco azul lindo...

Então Paciente X pode me ver. Isso significa que está perto. Ou talvez tenha me visto sair do apartamento. De qualquer jeito, esta pode ser só uma piada doentia de alguém doente, na qual fui estúpida o suficiente para cair. Mas agora já estou dentro. Meu plano para derrotar Doug e Indy e impedir a aquisição da revista — *minha* revista — pela GVM depende da publicação deste artigo e da reivindicação do controle editorial.

Decido defender meu território. Jogar duro.

EU: Você está blefando. Verifiquei meu rastro. Está limpo. Você prometeu mais informações e um encontro presencial. E não entregou. Me dê algo nos próximos dez segundos ou já era.

Espero. Se essa fonte desistir, vou ficar com aqueles requerimentos inúteis e velhos memorandos de um arquivo podre. Conto até cinco. Então vejo o sinal de reticências na parte superior do aplicativo.

PacienteX: Você encontrou o que conversamos no arquivo?

Eu: Não há registros de visitantes. Mas encontrei um memorando de Bloom para o diretor de serviços especializados e forenses. A data se encaixa. O texto menciona um projeto especial sendo executado no Broadmoor. É MEDEIA?

PacienteX: Sim.

Eu: Por que Bloom solicitou um aumento de cinco por cento no orçamento?

PacienteX: O experimento MEDEIA era caro. Ela precisava de um orçamento próprio. Separado do financiamento normal do governo. Algo negável.

Eu: Por quê?

PacienteX: Por que você acha?

Eu: No que consistia esse experimento MEDEIA?

PacienteX: Você leu os trabalhos acadêmicos de Bloom?

Eu: Alguns. Tanto quanto pude entender.

PacienteX: Encontre o artigo intitulado "O Método Medeia: personalidade e parassonia". É um dos seus primeiros artigos. Nunca foi digitalizado.

Eu: Como é que você sabe tanto sobre isso? Quem é você?

PacienteX: Tire o chip e jogue o celular fora quando for para casa. Vou saber se não fizer isso. Não traga ninguém da próxima vez. Tchau, Anna.

A conversa termina. Tenho uma sensação visceral de estar sendo observada. Em algum lugar no meio desse alvoroço, um par de olhos está fixo em mim. Eu me pergunto se devo ir com tudo e compartilhar o que mais descobri. Mas me contenho. O medo perfura minha pele novamente.

Compro um café, bebo-o, então coloco o celular dentro do copo vazio. No caminho de casa, jogo-o em uma lixeira. Fico alerta, verificando os arredores. Penso naqueles malévolos edifícios vitorianos do Broadmoor, nas palavras áridas do memorando, no conhecimento que minha fonte tinha sobre meus requerimentos.

Pela primeira vez, estou perto de algo que não entendo completamente, que está muito além dos meus limites normais. Um mundo onde a loucura e o mal reinam. Onde o perigo atormenta cada encontro.

Não volto para o apartamento. Pego o metrô e vou até Hampstead. Preciso de segurança esta noite. Do conforto do lar. Vejo minha mãe na mesa da cozinha. Quero um abraço apertado, feito uma criancinha à procura de consolo. Sinto pena dela. Ela merece mais que meu pai, que a Outra e toda essa farsa humilhante.

Ela sorri para mim.

— Nossa, que surpresa boa.

Fico com ela ali na cozinha, só para me manter por perto, querendo que o dia não termine.

Não devo ficar sozinha hoje à noite.

Posso ouvir os demônios me chamando.

55

BEN

Estou com Anna quando eles vêm me pegar.

É apropriado, suponho. No meu fim está o meu começo.

Estou sozinho na sala de tratamento. Ela está dormindo, e não acordada. Não falo mais, só fico sentado observando. Esta é minha vigília silenciosa.

Sempre me imaginei como o tipo mais são de herói de um filme de Hitchcock, se é que tal coisa existe. Sou Cary Grant em *Interlúdio* ou *Intriga internacional*, ou estou fazendo par com Grace Kelly em *Ladrão de casaca*. Agora, nas noites escuras da minha alma, me pergunto se entendi tudo errado.

Não sou o herói Rat-Pack, impecavelmente vestido com seu smoking, que sempre fica com a garota. Não, sou James Stewart em *Um corpo que cai*. Sou Scottie, o ex-detetive machucado e cheio de cicatrizes, que trata suas feridas com esquemas tortos para transformar Kim Novak em uma fantasia. Olho para Anna deitada ali e sinto como se todo o meu ser estivesse espalhado no carpete ao meu redor.

Estou colapsando. Não tem explicação racional para a minha obsessão crescente por este caso. Para esta indefinição antiética de fronteiras. Mas ficar aqui com Anna me faz parar de pensar somente no cadáver de Bloom, na faca nas minhas mãos, no sangue e no trauma daquelas poucas horas. No que eu de fato fiz naquela noite. Nos passos que tive que dar. Bancando o inocente.

Harriet não está de plantão nesta manhã, uma rara ausência. Fico sentado ali com uma xícara de chá *English breakfast* com leite, ouvindo o vago som do trânsito na Harley Street. Imagino KitKat na escola e fico intrigado com a falta de resposta de Clara à minha última mensagem sobre o próximo fim de semana.

É quando ouço.

Começa como uma agitação. O grunhido de pneus e freios parando diretamente em frente ao prédio. Mais de um veículo. Um táxi, então. Ou a comitiva de algum paciente VIP, ignorando as instruções de chegar pela entrada dos fundos e manter os parasitas a um mínimo. Ouço as portas do carro batendo com força lá fora. Os passos de um exército se aproximando. O *tum-tum-tum*.

Eu me arrisco e me aproximo das janelas. Brinco de abrir e fechar a cortina, tomando cuidado para não deixar a luz acordar Anna. Olho para a entrada da Abadia e vejo duas viaturas estacionadas do lado de fora. Há um terceiro carro não identificado logo atrás. Uniformes do Departamento de Investigação Criminal. A cavalaria e os atiradores de elite.

O pânico começa. Instintivo, animalesco.

Sei que estão vindo atrás de mim, com a mesma certeza que sei qualquer coisa.

Sou um rato roendo a corda, que não quer ser levado.

Não fui visto. Dormi aqui ontem à noite, o que significa que não há registro da minha entrada ou saída. Conheço a planta do prédio e as saídas de emergência. Mas a polícia também deve conhecer. Deve ter mais gente, tenho certeza, de prontidão para me pegar se eu fugir.

O pânico faz surgir pensamentos inúteis. Posso procurar algum lugar para me esconder na Abadia e fugir durante a noite e viver na clandestinidade em Londres. Sou um psicólogo forense e posso usar minha experiência para enganar a polícia e brincar com as falhas e fraquezas da mente humana. Eu me imagino me enfiando em dutos de ar, me pendurando em poços de elevador, todos os absurdos que vi repetidos na tela quando criança.

Mas o caso Anna O é famoso demais. Minha fuga será em vão. Vai prejudicar Clara e KitKat. Fugir significa que sou culpado.

Mais passos. Vozes altas.

O destino se fecha sobre mim lentamente.

A batida à porta não é nada cavalheiresca. Só me resta esperar. É hora de olhar para Anna pela última vez, observando a cena da minha ruína. Então a porta se abre e todos os protocolos da sala de tratamento são violados. Vejo ternos amarrotados e gravatas manchadas de ovo. Distintivos plastificados e sujos. O tédio enfadonho fedendo a café, enquanto um detetive à paisana recita as familiares frases afirmando que estou preso sob suspeita de assassinar Virginia Bloom, conspirar para atrapalhar a Justiça e violar a Lei de Segredos Oficiais.

Sou conduzido pelas escadas. Os funcionários abrem caminho feito ondas. Vejo carrancas confusas, olhares envergonhados. Sou digno de pena ou de ser ignorado. Meu status mudou. Fui temporariamente expulso da tribo, chutado pela minha própria equipe.

Chegamos ao térreo e à recepção. Os funcionários atrás do balcão observam tudo com olhos vidrados e incrédulos. Penso em Clara, que não respondeu minhas mensagens, e em KitKat ouvindo sobre tudo isso na escola.

Até agora, só fui o papai. Engraçado, abraçável, atrasado, que faz bico como cozinheiro de macarrão grudento e feijão com torrada. Agora vou ser alguém diferente para ela. Um homem adulto cheio de buracos e falhas, nada confiável. Perdi minha reivindicação à infalibilidade dos pais.

Quero acordar e empurrar este pesadelo para os recônditos do meu cérebro.

Mas, enquanto caminhamos para a viatura que me espera, vislumbro o primeiro flash de um celular de prontidão. A multidão de jornalistas já está sabendo da prisão. Turistas curiosos param para ver a cena diante deles. Para ver o show de circo em que eu sou a atração principal.

Minha vida como a conheço acabou.

56

BEN

É a foto que estampa todas as primeiras páginas. A foto da qual não posso escapar. O fim brutal.

Meu rosto corre o mundo todo em segundos, sustentado pela magia das redes sociais. Harriet também é presa em sua casa, sob suspeita de assassinar Virginia Bloom e conspirar para atrapalhar a Justiça. Ambos somos pegos num ataque coordenado e sofremos um destino semelhante. As manchetes viralizam nas redes sociais. Em jornais, tabloides, canais do YouTube, em todas as redes, a multidão ruge.

Mais tarde, relembro a cobertura febril daqueles dias. Revejo a linha do tempo da nossa destruição mútua: em meia hora, as primeiras matérias já estão disponíveis no *MailOnline*; o *News at Ten* mostra a prisão no resumo das manchetes do dia, os jornais da manhã seguinte publicam minha foto, a internet explode com criminologistas de sofá.

Somos os novos Bonnie e Clyde. Amantes, conspiradores, um casal diabólico coberto e manchado de suspeita.

Anna Ogilvy.

Benedict Prince.

Harriet Roberts.

Três nomes marcados na história da internet.

A sala de interrogatório da delegacia de Putney é uma caixa de sapatos cinza fedendo a café instantâneo e chuvas intermitentes. As últimas horas ainda não me parecem reais. Esta é a era da desconfiança, do cancelamento e da exclusão. As acusações nunca morrem. Elas sobrevivem, fossilizadas pela internet, à espera de serem desenterradas a cada nova geração. Meus pecados podem nem ser provados. Mas a culpa é a configuração-padrão. Inocência é coisa do século XX.

Há dois policiais para me interrogar. O primeiro é o falante, exibindo um sorriso bolorento. Ele é um *showman*. Cada revelação é estrondosa, uma explosão de fogo retórico. O outro fica sentado em silêncio, escrevendo e observando feito um carrasco silencioso. Tenho um advogado de plantão ao meu lado, de terno escolar e punhos marcados pela nicotina.

O primeiro policial diz:

— Há quanto tempo você trabalha com Harriet Roberts?

Só há uma coisa que posso fazer agora: dar a resposta que vi tantas vezes do outro lado do espelho falso.

— Nada a declarar.

— Você ajudou Harriet Roberts a administrar a conta @Suspeita8?

— Nada a declarar.

— Você a ajudou a divulgar seu envolvimento no caso para ganhar visibilidade?

— Nada a declarar.

— Você ajudou Harriet Roberts a fechar o contrato como consultora de saúde e segurança de Melanie Fox em 29 de agosto de 2019, sob o nome "Lola Ridgeway"?

— Nada a declarar.

— Você ajudou Harriet Roberts a conseguir um emprego no Hospital de Custódia Rampton quando Anna Ogilvy foi admitida, em 2019?

— Nada a declarar.

— Você conheceu Harriet Roberts no período em que trabalhou como assistente em vários hospitais de custódia no começo da sua carreira? E quando ela era enfermeira em treinamento no Broadmoor, em 1999?

Harriet no Broadmoor. 1999. Sally Turner. Processo as informações.

— Nada a declarar.

— Por que Anna Ogilvy alegou conhecer você?

Faço uma pausa. Isto é ruim. Não, é mais que ruim. Eles esmiuçaram as transcrições. Têm fatos suficientes para me fazer parecer culpado. Penso nas instruções de Bloom, nas mentiras que falei sobre o arquivo, o escritório, meus movimentos.

— Dr. Prince?

Quero dizer tantas coisas. Que Anna Ogilvy alega me conhecer graças a um fenômeno chamado "transferência", quando as emoções da paciente são transferidas para o psicólogo. A raiva da família, dos amigos e amantes, tudo é temporariamente despejado no analista. Ela está confundindo o sonho com minha presença na sala.

Em vez disso, simplesmente digo:

— Nada a declarar.

Vejo o policial dando um sorrisinho irritante. Olho para as paredes azul-acinzentadas da sala.

— Durante seu tempo como consultor de investigação comportamental, você teve contato com a droga escopolamina?

Sei aonde eles estão querendo chegar. Àquela frase de Anna durante a sessão de análise do sonho em que ela fala que o demônio estava respirando através dela. O nome de rua da escopolamina é Hálito do Diabo. Eles devem ter colocado uma escuta no quarto. Caí na armadilha.

— Nada a declarar.

— Você usou escopolamina para dopar Virginia Bloom antes de matá-la?

— Nada a declarar.

— É por isso que foram encontrados vestígios de escopolamina perto do cofre do escritório dela junto a algumas fibras contendo o seu DNA?

Eu me vejo agachado, abrindo o cofre, pegando a pasta. Obedecendo às instruções de Bloom. Fui cuidadoso.

— Nada a declarar.

Armaram para mim. Esta é a única e inevitável conclusão. A forca me espera. Estou preso no meu próprio pesadelo. Alguém rearranjou os fragmentos dos últimos meses para me condenar por toda a eternidade.

— Você usou escopolamina para persuadir Anna Ogilvy a realizar o ataque de 30 de agosto na Fazenda em Burford, Oxfordshire?

— Nada a declarar.

— Você e Harriet Roberts conspiraram para atrapalhar a Justiça atribuindo-se papéis principais no tratamento de Anna Ogilvy?

— Nada a declarar.

— Você enviou e-mails recomendando Harriet Roberts para o trabalho no Hospital de Custódia Rampton e a transferência para a Abadia?

E-mails. Imagino alguém plantando-os no meu computador. Eles devem existir. Isto é mais calculado do que pensei.

— Nada a declarar.

Então vem o golpe final. O clímax do pesadelo. O momento da maior ameaça.

— Por que foram encontradas evidências no seu apartamento ligando você a uma conta anônima nas redes sociais com o perfil @PacienteX?

Broadmoor. Medeia. Paciente X. Tudo o que li na ficha de Bloom.

Sim, está tudo ali.

— Nada a declarar.

Estou no meio de uma trama. Sou Teseu, tateando para sair do labirinto.

— Por que você mandou mensagens para Anna Ogilvy usando o perfil @PacienteX combinando de encontrá-la pessoalmente na Fazenda na noite dos assassinatos?

Eu me lembro de estar parado na porta da Cabana Vermelha, imaginando os cadáveres deitados ali. As palavras parecem tão frágeis. Mas são tudo o que tenho. Ouço-as sem perceber que estou falando:

— Nada a declarar.

DIÁRIO DE ANNA

2019

21 de junho

Torres Ogilvy Parte II. Minha mãe voltou. Meu pai está fora. Sigo entrincheirada no meu quarto de infância. As elaboradas medidas de segurança continuam em curso. A porta fica trancada enquanto durmo. Duas cadeiras bloqueiam a saída, oferecendo excelente potencial para arrancar os dedos do pé. Posiciono outros itens — livros, sapatos, qualquer coisa que eu encontre — no caminho entre a cama e a porta. Sair deste quarto vai ser doloroso. Isso é bom.

A dor vai me acordar. A dor vai ser catártica, vai me salvar do pecado. Tudo é bastante católico. A Opus Dei dos sonâmbulos. Minha mãe está preocupada. Ela finalmente percebeu que tem alguma coisa errada. Theo passa aqui e dá risada do meu comportamento eremita. Dou uma olhada nos e-mails e nas mensagens criptografados de Indira e Doug e sei que o acordo com a GVM está cada vez mais próximo de acontecer. Minha ausência está funcionando a favor deles. Sinto a irritação aumentar. O ódio por eles também.

Fico sentada no quarto, com as cortinas fechadas. Ainda não escrevi uma palavra sequer do artigo. Estou assustada demais com o que posso fazer. Penso em Lady Macbeth lavando as mãos de sangue enquanto está sonâmbula:

> **Médico:** Veja, seus olhos estão abertos.
> **Dama de companhia:** Sim, mas seu juízo, fechado…
> **Médico:** É uma grande perturbação da natureza receber ao mesmo tempo os benefícios do sono e agir como se estivesse acordada…

Lady Macbeth: Pra cama, pra cama, batem no portão. Vamos, vamos, vamos, vamos, dê-me sua mão; o que foi feito não pode ser desfeito.

Mais requerimentos de informação. Ministério do Interior, Ministério da Justiça, Departamento de Saúde, Serviço Nacional de Saúde da Inglaterra, Serviço Prisional de Sua Majestade. Não há correspondências para a palavra "MEDEIA". Isso significa que não existem documentos oficiais ou que a palavra-chave é sensível demais para ser incluída pelas regras da Lei de Liberdade de Informação.

Considero fazer jornalismo à moda antiga e ficar de tocaia do lado de fora da Abadia. Eu deveria bater à porta de Bloom e questioná-la diretamente. Deveria parar de ser covarde. Tentei descobrir mais sobre os funcionários da Ala Cranfield do Broadmoor no final dos anos 1990. Mas poucas pessoas admitem abertamente ter trabalhado lá. O fedor do lugar é muito forte.

Em vez disso, leio os velhos trabalhos acadêmicos de Bloom, em uma tentativa de entrar em sua cabeça. Preciso entender que tipo de experimentos psicológicos — ou "intervenções", como são tecnicamente chamados — podem ter sido realizados em uma paciente tão infame quanto Sally Turner, também conhecida como a Monstra de Stockwell. A que @PacienteX poderia estar se referindo quando mencionou o projeto especial.

Também fico pensando na tal prole biológica de Sally Turner. Sabemos de sua existência, mas essa pessoa nunca foi nomeada. @PacienteX afirma ser quem está por trás de tudo isso. Afinal, esse é o cerne da questão. Sinto que tudo depende da identidade dessa pessoa. Se eu descobrir isso, todo o restante será consequência.

O nome é sensível ou difamatório demais para ser dito em voz alta. Meus métodos para estreitar a lista de suspeitos não são totalmente legais. Mas um anuário recente desencadeou uma corrente de pensamento. Sigo-a desde então. Posso estar totalmente errada. Ou não. É um palpite em busca de evidências.

Por enquanto, até ter reunido mais provas, vou simplesmente usar um codinome que inventei, um floreio clássico tanto literal quanto disfarçado: MARATONA.

Fico lendo por mais duas horas. Depois, quando tudo está no lugar — cadeiras, sapatos etc. —, me deito na cama e permito que meus olhos se fechem. Tento pensar em coisas felizes. Nada de sangue, nada de cadáveres. Nada de facas. Nada de Medeia nem Lady Macbeth. Sou uma criancinha de novo, entre a ignorância e o conhecimento. Estou vendo um jogo do United com meu pai. Ou escutando minha mãe tocar piano. Estou contente, despreocupada e livre.

Vou voltar no tempo. Vou me curar.

O que foi feito não pode ser desfeito.

24 de junho

Apartamento de Camden. Eu me sinto melhor. Enfrentar os demônios deste lugar também é útil. Vejo a faca no seu lugar. Limparam a casa. Indira e Doug estão sentados à mesa da cozinha com notebooks, processando dados sobre a edição de verão da *Elementary*. Nossa recente campanha de assinaturas produziu resultados. A receita publicitária aumentou. As vendas em bancas de jornal estão ligeiramente mais altas. Os cancelamentos caíram para menos de quatro por cento. O nível de satisfação dos leitores está no auge. Isso apesar de a diretora de criação e de conteúdo — eu mesma — exibir evidentes sinais de ansiedade e agorafobia.

Eles me perguntam sobre a minha gripe. Minto bem. Digo a mim mesma que nem Doug nem Indy sabem do Incidente. Só eu sei. Como cheguei perto de enfiar a faca de vinte centímetros na pele dele. Uma vingança tardia pela conspiração secreta. Um detalhe sanguinolento em um caso de assassinato.

Desfaço a mala. Banco a colega feliz de novo. Indira é majestosa e serena. Doug está ocupado no telefone. Clientes, fornecedores. Eu me pergunto se devo confrontá-los agora sobre o golpe. Mas não falo nada. Como. Dou risada. Bebo. Imagino se eles estão juntos. Se Indira, a deusa romana calculista, se apaixonou por Doug, o lindo marqueteiro.

Parte de mim torce para que a vida volte ao normal. Para que meus amigos sejam só meus amigos. Para que o Incidente seja só um abridor de olhos (sem trocadilhos). Para que o sono volte a ser monótono e reconfortante, e não perigoso.

Mas sinto a loucura crescendo. Ouço os gritos das bruxas:

O bem é o mal, o mal é o bem,
O lusco-fusco não poupa ninguém.

27 de junho

Biblioteca de Londres. Comecei a escrever. O cronograma de impressão da edição de verão foi adiado. Indira e Douglas estão previsivelmente furiosos. Doug faz ataques verbais bêbados e drogados. Indy é muito mais sorrateira. Ela irradia sua desaprovação com olhares e gestos, sem nunca dizer nada. Sinto sua ira em milhares de microagressões. Dói.

Eles temem que as assinaturas sejam canceladas. Na verdade, estão com medo de que a GV Media se assuste e desista da aquisição da Elementary Media Ltd. Buá-buá. O conteúdo é rei. Eu sou a *Elementary*. Sem mim, eles não têm nada. Esse foi o erro deles. São cortesãos, não a monarca. Estão tramando um golpe. Mas meus dedos ainda estão no trono.

Abro o documento do Word. Seleciono tudo, mudo a fonte — de Times New Roman para Garamond — e leio a abertura de novo:

Os crimes reais que costumam conquistar as manchetes tendem a envolver duas coisas: uma garota angelical e um homem monstruoso. Pense em Soham, Milly Dowler, Madeleine McCann. A lista continua. Mas esta edição da *Elementary* investiga uma história de crime real que veio antes de tudo isso. O crime de tabloides original, que aconteceu entre o choque do caso Bulger e o mal insondável da condenação de Shipman. Não existem documentários da Netflix nem filmes da BBC Storyville. Mas isso pode estar prestes a mudar. Foi o caso que encerrou o século XX, o século mais sangrento da história da humanidade. Ele encapsulou muito daquele momento de transição: o último grito de jornais impressos, cinco canais de TV e celulares de flip. Era um mundo analógico, onde uma única história conseguia prender a atenção de uma nação inteira. Esta matéria é sobre o julgamento de Sally Turner, conhecida na história do crime como a Monstra de Stockwell. Ela foi presa, condenada, internada e morta, tudo no ano de 1999.

Mas o artigo desta edição de verão explora mais que sangue e carnificina. Ele investiga o longo rastro que os crimes violentos deixam. Afinal, os fatos que levaram aos assassinatos cometidos por Turner já são bastante conhecidos: seu novo relacionamento, o estratagema de lavagem de dinheiro, o tráfico de drogas, dois enteados criados em meio à violência, intimidando sua mãe substituta, o trágico desejo de Sally de ter uma "família perfeita", o final sangrento, a defesa baseada no sonambulismo e o veredito de "automatismo insano" em Old Bailey.

Menos conhecidos são os meses após o veredito, quando Sally ficou presa no Hospital Broadmoor, sem previsão de soltura. Ela ficou detida na ala mais sensível da instituição: Cranfield. Foi mantida na solitária e usada como cobaia de uma intervenção psicológica de codinome MEDEIA, realizada sob a supervisão clínica da dra. Virginia Bloom, uma psicóloga consultora especializada em parassonia e que foi testemunha no julgamento de Turner em Old Bailey. Meses após o início do experimento, Sally Turner foi encontrada morta em seu quarto.

Mas será que ela se matou mesmo ou há alguma explicação mais sinistra? Vá até a página cinco para ler a matéria completa e descubra a resposta para essa pergunta irresistível e muito mais...

Murmuro as palavras para mim mesma. Releio a penúltima linha. Eu me pergunto se foi isso que me atraiu para essa história o tempo todo. Estou usando Sally Turner como um avatar. Se conseguir entender as ações dela, monstruosas como são, talvez possa entender minhas próprias ações.

Penso no meu palpite, MARATONA — a prole biológica de Sally Turner, potencialmente quem a matou —, e na vida que levaram. Publicar um nome assim, sem evidências suficientes, poderia quebrar a revista. O processo de difamação me arruinaria. MARATONA é meu segredo por enquanto. Não quero Doug ou Indy bisbilhotando esse diário e roubando o meu furo. O nome real só está na minha cabeça. E vai ficar ali até eu ter provas suficientes. Não posso perder tudo em nome de um palpite.

Salvo o documento de Word. Recebo outra mensagem segura. Depois de uma semana de silêncio, meu contato voltou.

Estou chegando perto da verdade.

Abro a última mensagem de @PacienteX.

57

BEN

Fazem uma pausa no interrogatório.

A gravação é interrompida e sou levado de volta à sala de custódia.

A porta da cela se fecha. Minhas mãos ainda tremem.

Vejo o corpo de Bloom no chão de novo, e sua estranheza faz sentido só agora. Não havia sinais de luta. Tudo estava imaculado, impecável.

Volto ao presente. Penso na lista de evidências enumerada pela polícia: vestígios de escopolamina encontrados perto do cofre de Bloom, e-mails recomendando Harriet Roberts para o trabalho no Hospital de Custódia Rampton, rastro digital me conectando a um perfil sob o codinome @PacienteX.

É o suficiente para a polícia. O suficiente para o Serviço de Procuradoria da Coroa. O suficiente para um júri me condenar por três acusações distintas: o assassinato de Virginia Bloom, a conspiração para atrapalhar a Justiça, a quebra da Lei de Segredos Oficiais. A primeira é prisão perpétua. A primeira combinada com a segunda e a terceira é prisão perpétua sem possibilidade de condicional.

São tantos pensamentos. Penso em Harriet de novo. Ela está no coração disso tudo, é a única constante durante todo o tratamento de Anna, a anja onipresente ao seu lado. Sua prisão significa que a polícia tem algo sólido. Sinto todo o caso se esticar e se inverter, até eu não conseguir mais agarrá-lo.

Harriet, o que foi que você fez?

Penso também no Hálito do Diabo. Há inúmeras histórias nos jornais de criminologia sobre a escopolamina. É uma droga de controle mental particularmente cruel. As histórias mais sensacionalistas são também as mais horríveis. Mães que dão seus próprios bebês para estranhos sob a influência da droga. Pessoas que têm seus órgãos roubados. Centenas de turistas estadunidenses no México, sendo drogados e sujeitos a estupro e roubo. Talvez o paralelo mais próximo de Bloom seja o antigo mito de que tribos sul-americanas usavam escopolamina para controlar a mente das viúvas, persuadindo-as a ser enterradas vivas com seus maridos mortos, numa peregrinação conjunta para a vida após a morte.

A escopolamina é capaz de quase qualquer coisa.

Já posso imaginar as diversas matérias, das mais sérias às mais sensacionalistas. Vão explorar todas as fontes possíveis, desde minhas palestras na Birkbeck disponíveis no YouTube até meus trabalhos publicados. Detalhes sangrentos da cena, somados a fontes não oficiais de dentro da polícia. Minhas impressões digitais foram encontradas na arma do crime. Vão alegar que me inseri na investigação, enganando o Ministério da Justiça e requisitando a transferência de Anna para a Abadia. Serei tanto voyeur quanto assassino.

Mais consequências virão. A Comissão Especial de Justiça vai lançar um inquérito completo sobre o Ministério da Justiça e a transferência de Anna. O Ministério do Interior vai ordenar que a polícia revise todos os casos em que atuei como consultor de investigação comportamental. Ex-alunos, completos estranhos, conhecidos — todos com citações publicadas enquanto tabloides, jornalecos e jornais sérios me crucificam na pressa de vender mais exemplares.

Não consigo ficar sentado. Caminho pela cela. Mexo no colarinho e sinto a oleosidade e o suor na minha pele. Preciso de água e comida. Meu estômago ronca, dá cambalhotas, se aperta. Quero sair daqui. O dia de hoje não tem fim.

Ele reúne meus maiores medos: com aquela foto na frente da Abadia, vieram a destruição do meu casamento, do meu papel de pai, dos meus sonhos para o futuro, da esperança de conseguir a guarda compartilhada.

Não importa o que aconteça, sou um dos acusados agora.

Depois do que parece uma vida, me concedem uma ligação. Um dos guardas me conduz até um telefone no corredor. Só quero falar com uma pessoa. A pessoa que, apesar de tudo, ainda está ao meu lado, assim como eu estaria ao lado dela.

— Ben?

Sinto as lágrimas ameaçarem escorrer assim que ouço sua voz. As emoções dos últimos dias são tão opressoras. Quero chorar feito um menininho no internato, banido do calor familiar para a brutalidade infernal.

— Sim — digo. — Sou eu. Obrigado por aceitar a ligação.

— Está aguentando firme?

Sei que Clara deve ter sido informada antes da prisão. É por isso que ela não respondeu à minha mensagem. Eu me pergunto se ela viu as provas contra mim. Se ela acredita mesmo que eu poderia ter matado Bloom, agindo impecavelmente em todos os aspectos, exceto na mancha de escopolamina. O único erro.

— Estou — minto. — A sala de custódia não é tão ruim assim. A prisão preventiva é minha maior preocupação. Espero que caiam em si antes disso.

— Tenho certeza de que vão.

Analiso sua resposta. Ela está no modo tranquilizador. Não parece que só tenta me confortar.

— Você sabe que nada disso faz sentido — digo. — Eles somaram dois mais dois e viram cinco.

— Eu sei. Ben, claro que sei.

Mais lágrimas. Queria que Clara estivesse comigo agora. Queria que nunca tivéssemos terminado. Queria a realidade contrafactual de ela não ter ido à Fazenda naquela noite e Anna Ogilvy e sua família amoral nunca terem entrado em nossas vidas.

— KitKat está aí?

Ela faz uma pausa.

— Sim, está. Ben...

Não espero suas objeções.

— Posso falar com ela? Rapidinho. Prometo. Só quero ouvir a voz dela.

— Não sei...

Ouço um barulho de luta e depois uma voz distante no receptor da linha.

— Papai!

É inútil agora. As lágrimas caem. Eu me permito sentir o sabor salgado e quente delas nos meus lábios. Sinto que estou perdendo o controle sobre a minha vida. Estou desmoronando. Sou uma bagunça chorosa, confusa e velha. Eu costumava entender o mundo. Agora ele não faz o menor sentido. Cada pedaço de mim se espatifou, rachando nas bordas.

Fecho os olhos, respiro.

— Oi, meu amor.

Clara finalmente cedeu e entregou o telefone para KitKat. Sua voz está mais alta agora.

— Quando você vai voltar, papai?

Tento imaginar a história que Clara inventou para explicar minha ausência.

— Logo, querida. Logo. Papai está com muita saudade.

— Eu também, papai.

— Como está a escola, querida?

— Eu...

KitKat pronuncia uma sílaba aguda e alegre, e então a ligação é interrompida. O guarda bate na lateral da cabine telefônica para sinalizar que acabou o meu tempo. É um ato de violência tão mundano e cruel que quase perco o controle. Quero esmurrá-lo até que todos os vestígios de sua personalidade sejam dissolvidos. Nunca me senti tão irritado, tão desesperado.

Percebo que é assim que as coisas vão ser daqui para frente. Minha dignidade ficou para trás na Abadia, quando eles me prenderam. Meus direitos foram temporariamente suspensos.

Aos olhos do mundo, já sou culpado.

58

LOLA

Então é isto.

Ela já sente o entorpecimento da dor. O pior aconteceu. Logo não vai sentir nada. Sua mão direita fica mole. Ela ouve o cortador de unhas cair no chão.

De alguma forma, ela pensou que poderia durar para sempre. Foi emocionante interpretar todos esses papéis.

Harriet, a enfermeira angelical durante o dia.

Lola, a detetive de sofá à noite.

@Suspeita8 para o mundo virtual.

Isso deu sentido à sua vida. Adicionou sabor às suas semanas. Afinal, por que Anna Ogilvy deveria ser a única a ficar famosa com o caso?

Não era justo. Mas, pensando bem, a vida não é justa. Ela ainda consegue ouvir todos aqueles professores da escola ou seus pais ou seus colegas maldosos e zombeteiros.

Algumas pessoas nasceram rodeadas de beleza e poeira estelar. Anna Ogilvy parecia ter levado sua vida quase sem preocupações. Uma bebê privilegiada com sua mãe política toda chique e seu pai financista sem gravata. O internato liberal e artístico. Os pátios sagrados de Oxford. Então o capital inicial suficiente para abrir uma pequena revista e se passar por empreendedora da comunicação.

Lola — ou Harriet, como ocasionalmente ainda se vê — não se arrepende de nada. Ela faria tudo de novo num piscar de olhos.

Ela se senta na cama dura feito pedra. Já viu salas de custódia em documentários na TV e leu sobre elas nos jornais. Mas a realidade é ainda pior. As paredes, o chão, o próprio ar — tudo é sujo, enegrecido. É como voltar ao estado natural. É uma floresta de concreto. Uma selva de pedra. As regras da civilização não funcionam ali. As leis não se aplicam.

Por um momento, imagina a cobertura da imprensa sobre sua prisão. Ela repassa o interrogatório da polícia. Não que importe agora. Nada mais importa.

O restante estava planejado desde o início.

Ela poderia recitar sua mensagem final literalmente agora. Estava pré-carregada, pronta para ser lançada agora mesmo. A primeira frase, em breve imortalizada na história do crime, é:

Meu nome é Harriet Lola Roberts. Esta é minha confissão completa...

Sim, seu nome sempre estará lá. Ninguém vai poder tirar isso dela. Era a enfermeira no Broadmoor tantos anos atrás. A consultora de saúde e segurança da Fazenda naquela noite. A profissional altruísta que cuidou de uma paciente que ninguém mais queria, que até seguiu a infame Anna O do Hospital de Custódia Rampton até a Abadia.

O mundo a subestimou.

Todos sempre a subestimaram.

Exceto uma pessoa. Aquela por quem ela fez tudo isso.

Lola olha ao redor da cela pela última vez. Já se sente mais fraca. Ela se recosta, coloca os pés em cima da cama com dificuldade e encara o teto. O sangue pinga na superfície do colchão, somando-se às outras manchas.

Ela imagina Sally Turner em seu quarto no Broadmoor.

Indira e Douglas mortos de sono na Cabana Vermelha.

Seus olhos se fecham. A carta será publicada na internet a qualquer segundo. Ela conseguiu. Como tinham combinado. A dor quase se foi. A dor de viver.

O sono a chama.

DIÁRIO DE ANNA

2019

24 de agosto

Brasserie Zédel, Piccadilly. Já se passaram semanas desde a última vez que escrevi neste diário.

Hoje estamos de volta ao ambiente jazzístico que lembra os tempos de guerra, com seus porões chiques e uma sensação de bombardeio iminente. Desta vez, somos três em vez de dois. Doug sugere, Indy apoia o movimento. E sei que é isto. O grande anúncio.

Ainda ando bisbilhotando o e-mail deles. Sei que a GVM apresentou uma oferta formal para a Elementary Media Ltd. Que advogados de calça jeans especializados em propriedade intelectual com escritórios na Greek Street foram contratados. Que surfistas da WeWork bancando os contadores estão trabalhando no caso. Simplesmente me deixando para trás. A fundadora. A diretora criativa. A diretora de conteúdo faz-tudo. A pessoa que arrasta as desculpas esfarrapadas deles para o notebook todos os dias, enquanto Indy e Dougie passeiam cantarolando por Shoreditch para jantar com os anunciantes.

Eles pedem champanhe. Estão sentados do mesmo lado no sofá. Fico isolada na cadeira dura da frente. A banda começa a tocar. Sinto que estou prestes a receber uma proposta sobre a qual não deveria saber. Preciso fazer cara de surpresa.

Indira fala primeiro. A diplomata do grupo. Aquele tom superior. Recebemos uma oferta para a marca *Elementary*, diz ela. A revista, a marca registrada, todos os dados dos assinantes. A GVM é uma nova empresa de mídia com sede em Seattle. Estão arrasando nas redes sociais, no marketing digital e nos podcasts, e querem adicionar algo diferente ao portfólio. A oferta é decente. Podemos finalmente deixar de ser uma start-up e nos juntar a eles em um ótimo escritório no Soho. Sair daquele apartamento. Parar de fazer tudo com um orçamento tão apertado. Chega de só trabalhar. Vamos ser uma empresa de comunicação de verdade.

Douglas interpreta o policial mau agora. Se Indira é a embaixadora equilibrada, Doug é o vendedor, o relações-públicas, o valentão bêbado, o mestre hidratado dos negócios difíceis. Não queríamos incomodar você. Já está dando conta de tanta coisa. Estamos tão surpresos quanto qualquer um. A oferta é sólida. Negociação em dinheiro. Vamos manter a independência da marca, mas dividir todas as funções administrativas. Eles dois vão entrar na GVM como "diretores". Eu vou poder seguir como diretora de criação e trabalhar exclusivamente na área de conteúdo. Todos vão sair ganhando. Viva.

Espero. O champanhe chega. Doug e Indira erguem as taças. Começamos a revista como colegas de apartamento. Indira e Doug lidaram com todo o processo legal quando atingimos o limite de faturamento de pequena empresa. Eles cuidaram de toda a parte chata das finanças. Eu estava ocupada demais me estressando com o conteúdo para me preocupar em ser diretora ou preencher montanhas de papelada.

Espero mais um pouco. Os minutos passam, e continuo esperando...

Então percebo a extensão esmagadora do meu erro. Seria até engraçado se não fosse verdade. É o típico deslize adolescente que crucifica você na vida adulta. Confiei na amizade em vez da formalidade. Supus. Torci. Acreditei. Durante nossas refeições com comida de delivery, comprei o papo de que tudo seria compartilhado igualmente e resolveríamos os detalhes da "próxima fase" se conseguíssemos manter tudo funcionando.

Então me dou conta de que eles não estão me perguntando. Já fecharam o acordo.

Não tenho direito a um terço do valor de compra. Eles pegaram a minha ideia. Roubaram o meu negócio. E o venderam e embolsaram a recompensa sozinhos. Eles me excluíram. Deixaram-me sem nada.

Fui burra e juvenil e inocente e distraída.

Eu tinha medo de ser traída.

Mas isto é muito, muito pior.

59

BEN

Tento contar carneirinhos. Mas ainda estou acordado.

Com nada para ler nem para ver, conjuro outra lembrança. Aquela com que Clara sempre faz piada. Posso visualizar o e-mail na minha caixa de entrada, o assunto e aquelas palavras que prometiam uma outra vida, o vislumbre de uma estrada que não pegamos:

Caro dr. Prince,

Recentemente li seu livro sobre doenças misteriosas e seu trabalho acadêmico sobre análise de sonhos. Sou pró-vice-reitor de Ciências Sociais da UCCI, a University College das Ilhas Cayman. Estou planejando um seminário de Psicologia do Sono e gostaria de conversar sobre o nosso programa para professores visitantes, que poderia funcionar como um ano sabático remunerado para a realização de projetos de livros ou pesquisas. Ficaríamos muito felizes de explorar esta excelente oportunidade com você. Se estiver interessado em conversar mais sobre como se tornar um professor visitante aqui nas Ilhas Cayman, entre em contato.

Atenciosamente,
Emmanuel

Professor Emmanuel Ferguson
Pró-vice-reitor (Ciências Sociais)
University College das Ilhas Cayman (UCCI)

Inalo o fedor de banheiro químico e paredes úmidas e faço uma promessa. Se um dia eu conseguir sair desta cela, vou aceitar a oferta. Vou fugir para as

Ilhas Cayman e reconstruir minha sanidade lentamente. Vou me deitar ao sol e nadar no mar até que a razão e a lógica sejam restabelecidas. Até que eu entenda o mundo e seu funcionamento. Até que essa loucura passe.

Preciso recomeçar.

Tento me concentrar em algo externo, um enigma para me disciplinar. Seguir na escavação emocional é simplesmente doloroso demais. Não vou sobreviver desse jeito.

Em vez disso, me volto para as questões sobre o caso. Tento ser metódico e listar cada item. É assim que vou sobreviver. Amaldiçoo Harriet por tudo o que ela fez.

Ela é @Suspeita8.

Ela é Lola Ridgeway.

Ela estava na Fazenda na noite dos assassinatos.

Será que ela também é Paciente X? O pseudônimo final.

Será que ela matou Douglas e Indira e incriminou Anna? Foi por isso que ela se infiltrou no Rampton e na Abadia, para manter o controle sobre o caso e sobre Anna?

Ou será que ela de alguma forma persuadiu Anna a cometer o crime sozinha?

E, se sim, como exatamente?

Eu me xingo por ter me deixado levar por aquele sorriso ingênuo e sardento. Só estou aqui por causa dela. Vejo Harriet caminhando pela Fazenda comigo, pelas cabanas, pela Floresta. Ela me enganou em cada passo, confiando no fato de que eu jamais suspeitaria de uma enfermeira. De que minha antena desativou ao vê-la tratando Anna com tanta bondade, tanta compaixão, enquanto a santidade escondia o pecado.

Harriet Roberts fez todos de idiotas.

Então paro. Volto aos princípios fundamentais. A resposta para o mistério está no caso Sally Turner. Disso tenho certeza. As simetrias das datas são inquestionáveis. Sempre foram. Sally Turner foi encontrada morta em seu quarto do Broadmoor em 30 de agosto de 1999. Anna Ogilvy foi encontrada na Cabana Azul da Fazenda em 30 de agosto de 2019.

Exatamente vinte anos depois.

Harriet trabalhava como enfermeira do Broadmoor em 1999. Eles não empregariam a filha de uma paciente. Bloom deixa claro na ficha que Paciente X é menor de idade. Harriet tem mais de dezoito em 1999. O que torna improvável que ela seja Paciente X.

E se ela estivesse trabalhando com Paciente X desde Broadmoor? E se esse for o caminho certo?

Tenho perguntas jorrando de mim.

Por que Harriet escolheria Anna Ogilvy? Se estava ajudando Paciente X, a resposta parece evidente. Anna estava investigando o caso Sally Turner para a revista *Elementary*. Ela poderia desmascarar a verdadeira identidade da prole biológica de Sally Turner e descobrir o conluio de Harriet com Paciente X por motivos ainda desconhecidos. Mas por que ela apenas não matou a professora Bloom? Porque ela ainda era útil de alguma forma. É por isso que a mantiveram viva. A menção a Sally Turner e Medeia provocou uma revelação no escritório de Bloom. Talvez Bloom finalmente tenha reconhecido Harriet, depois de tantos anos. Talvez a tenha ligado com Paciente X. Daí precisou ser eliminada.

Mas por que eu? Sou próximo de Bloom. Sou um suspeito plausível. Harriet poderia acessar facilmente meu escritório e plantar materiais sobre o Hospital de Custódia Rampton, a conta @PacienteX e o blog de @Suspeita8.

Será que Harriet e Paciente X planejaram a síndrome da resignação de Anna? Não, é impossível. A síndrome complica tudo. É por isso que Harriet precisou conseguir o trabalho no Hospital de Custódia Rampton, para monitorar Anna. O plano original era que Anna fosse pega em flagrante e condenada. O restante foi improvisado.

Há uma última pergunta. Por que matar Douglas e Indira e não Anna? Ainda não tenho resposta para essa. O mistério continua me confundindo.

Quando a porta da cela se abre, não faço ideia de que horas são. Se está claro ou escuro. Se estou dormindo ou acordado. Morto ou vivo. Há apenas uma pequena cela com paredes manchadas de sujeira, um piso imundo, um colchão manchado de sangue e nenhuma noção de tempo.

A porta se abrindo parece um navio saindo do porto, em uma mistura de gemidos e lamentos metálicos. Um dos guardas gesticula para que eu o siga. As vinte e quatro horas acabaram. O julgamento final me aguarda.

Vejo tudo com nitidez agora: a procissão solene até a recepção, o sargento lendo a acusação formal, o momento em que um cidadão se torna suspeito, um passo mais perto de se tornar prisioneiro. A liberdade roubada aos poucos.

Espero encontrar um dos policiais que me interrogou ou seus superiores. Imagino uma pequena multidão perto do balcão. Mas o corredor está vazio. Eu me aproximo, e uma guarda está segurando um saco plástico com minhas roupas e meu celular e o entrega para mim. Ouço palavras decoradas sobre acompanhamento, passaporte, não sair do país. Nenhuma acusação. Nenhuma pergunta. Parece um erro administrativo, uma confusão do escritório.

Não entendo nada.

Os pijamas cinza da custódia são enormes, pareço um palhaço. Assino um papel para receber minhas roupas, meu celular e meu notebook. Sob a luz da manhã, o guarda me escolta até a saída dos fundos da delegacia e o estacionamento. Quase pergunto se posso sair. Então compreendo.

Sou um homem livre.

Eu me pergunto se a imprensa foi avisada. Meio que espero deparar com um grupo de repórteres. Mas o estacionamento está deserto. O dia está horrível, com neve congelada. O ar promete chuva. Estou com sede e cansado.

Estou prestes a chamar um táxi no celular quando vejo uma figura adiante. Ela está com as mãos nos bolsos, me avaliando de um jeito que só ela consegue.

Todos os outros me renegaram.

Mas, de alguma forma, uma pessoa ainda se importa comigo.

Clara.

60

BEN

Sigo Clara até o carro. Trocamos banalidades do tipo "está com fome?" enquanto coloco o cinto. Ela dá a partida, e eu sou devolvido para uma vida seminormal. Depois de cerca de dez minutos, paramos no *drive-thru* de uma lanchonete. Faço meu pedido sem precisar olhar o cardápio. Clara acha uma vaga. O mundo está alheio à nossa presença ali. Vejo meu relógio, minha carteira e meu celular no banco de trás. Olho para ela. Bebo meu café e mastigo um sanduíche de bacon frio.

— O que aconteceu? — pergunto com a voz ainda instável. Mas não é isso que eu queria dizer. Sei o que aconteceu. Quero entender como.

Clara não responde. Apenas me encara. Apesar do divórcio, ainda conheço cada parte dela. Seus olhos, sua linguagem corporal, sua respiração — tudo tem significado.

— Harriet? — digo enfim.

Ela enfia a mão no bolso do casaco e pega o celular. Desliza o dedo pelo aparelho, espera o reconhecimento facial e percorre suas fotos.

Olho para a tela. É uma imagem do blog de Lola Ridgeway/@Suspeita8. Tudo foi deletado, exceto uma publicação. Parece uma declaração. Ou algo mais macabro: uma carta suicida. Está assinada por "Harriet Roberts", datada de ontem, 23h29.

Preparo-me e leio:

> Meu nome é Harriet Lola Roberts. Esta é minha confissão completa: sou a enfermeira de Anna Ogilvy no Hospital de Custódia Rampton e na Clínica do Sono Abadia e a usuária conhecida como @Suspeita8. Sob o nome Lola Ridgeway, estive presente na Fazenda em 30 de agosto de 2019. Permaneci ao

> lado de Anna desde então. Eu trabalhava na Ala Cranfield do Hospital Broadmoor em 1999 quando Sally Turner, mais conhecida como a Monstra de Stockwell, foi encontrada morta no seu quarto após um experimento psicológico chamado MEDEIA, conduzido pela dra. Virginia Bloom. Não peço desculpas pelas minhas ações. Minha única busca era por justiça. A professora Bloom pagou o preço necessário. Se está lendo isto, é porque alcancei todos os meus objetivos ou o sistema me silenciou. De qualquer forma, é hora de outras pessoas carregarem a tocha da justiça agora.

Termino de ler.

— Suicídio?

Clara assente.

— Eles acham que Harriet conseguiu arranjar um cortador de unhas e usou a ponta serrilhada para cortar os pulsos. Ela ficou sangrando no chão da cela. Eles a levaram às pressas para o Hospital Chelsea e Westminster, mas não conseguiram salvá-la. Ela foi declarada morta há algumas horas.

Harriet está morta. Tantas respostas se vão com ela. E tantas perguntas permanecem. A carta é misteriosa e enigmática, apesar da promessa de ser uma confissão completa. É atormentadora, provocante até, como se a verdade ainda fosse secreta demais para ser conhecida em sua totalidade. Ela obscurece em vez de iluminar.

Quem ela estava tentando vingar? Sally Turner? Paciente X?

Ela admitiu ter matado a professora Bloom?

Como a morte de Sally Turner no Broadmoor se relaciona ao homicídio duplo de Anna O? Por que marcar o aniversário da morte de Sally desse jeito?

E, talvez o mais importante: quem é Paciente X? Essa ainda é a chave para desvendar todo esse mistério? Será que Harriet é Paciente X ou somente sua cúmplice?

Sinto-me nauseado ao pensar em Harriet e Bloom. E ainda mais confuso. Quando a resposta parece ao alcance das mãos, os mistérios se aprofundam, como um organismo vivo em multiplicação. Não consigo parar de pensar em cada hipótese, em como as circunstâncias poderiam ter sido diferentes, nos infinitos "e se".

Por fim Clara diz:

— Acham que ela deve ter deixado a publicação da mensagem programada antes de ser presa. A perícia cibernética só a identificou há algumas horas. Ela tinha planejado tudo há muito tempo. É a declaração final da @Suspeita8 para o mundo.

Penso em Anna Ogilvy na Abadia. Em Harriet fazendo seu treinamento no Broadmoor em 1999. Em Bloom na sala da sua casa. Nos horrores perversos da mente humana.

Clara continua:

— A polícia fez uma busca no apartamento dela e encontrou uma coleção de tesouros que ela usou no blog sobre Anna O. Ela era completamente obcecada pelo caso. Tinha cartazes, quadros de suspeitos, como se estivesse comandando a investigação. Comprometeu tudo desde o início.

— A polícia interrogou você?

— Donnelly me informou de tudo.

— O que vai acontecer agora com o julgamento de Anna?

— É a pergunta de um milhão de dólares. Parece que Harriet contaminou todas as provas do caso de Anna. Ela estava na Fazenda quando os assassinatos ocorreram, e ao lado de Anna durante todo o período em que ela esteve no Rampton e na Abadia. A defesa de Anna pode alegar que Harriet interferiu ou que plantou as provas, e a acusação não vai poder negar. Isso torna quase impossível que Anna tenha um julgamento justo, para não mencionar os prejuízos da cobertura do caso pela imprensa. O Serviço de Procuradoria da Coroa usa dinheiro público. O promotor só vai seguir com o processo se houver possibilidade real de condenação. Isso já é um sonho impossível. O suicídio de Harriet mudou tudo.

— E eu?

— Harriet praticamente confessou ter matado Bloom. Além disso, tem a questão da contaminação. Ela comprometeu todas as provas que poderiam ser usadas nas suas acusações. Esteve ao lado de Anna na Abadia mais que você. E com você também. Seus advogados vão poder declarar que ela orquestrou tudo. Ou que tentou incriminar você. A lei não decide se você é culpado ou inocente, mas se a sua culpa está acima de qualquer dúvida. A presença de Harriet durante todas as suas sessões com Anna e na Fazenda na noite dos assassinatos significa que esse limite não pode ser alcançado de forma realista. Há muitas dúvidas agora. Portanto, é a mesma lógica.

— Entendi.

Mais uma vez, fico impressionado com a magnitude do que Harriet fez. Ela sempre pareceu estar nas margens. Esse era o seu maior trunfo. Ela estava ali bem na minha frente todo esse tempo, se escondendo em plena vista. Um julgamento justo pode ser impossível, mas nada pode voltar ao que era antes. E o verdadeiro mistério — a identidade de Paciente X — não está nem perto de ser descoberto. Harriet garantiu que essa história nunca chegue ao fim. Harriet Roberts ou Lola Ridgeway ainda está manipulando todos nós.

Clara diz:

— O promotor tem que avaliar se anos de disputas jurídicas, sem qualquer perspectiva realista de um julgamento justo para você ou para Anna, são realmente do interesse público. Ele está sendo pressionado pelo primeiro-ministro. É muito mais fácil deixar Harriet levar a culpa por tudo, especialmente agora que ela está morta e não pode se defender, o que vai economizar milhões em uma causa perdida. Isso significa sua liberdade e a de Anna também.

Penso no sonho de Anna de novo, me perguntando quanto daquilo era real: a Floresta, a faca, o sangue. Ou será que ela estava só me provocando, ciente de que havia gente na escuta? Este é o problema. Harriet sempre esteve lá. Nenhum fato segue intacto.

Sally Turner. A Monstra de Stockwell. Anna Ogilvy. Indira Sharma. Douglas Bute. Professora Bloom. Broadmoor.

1999. 2019.

Dois eventos-chave, separados por vinte anos.

Tudo está relacionado, tenho certeza, mas como?

Por que Harriet Roberts ajudaria Paciente X?

Por que escolheriam Anna Ogilvy?

Qual é o objetivo final?

Será que Harriet de alguma forma obrigou Anna a cometer os assassinatos aquela noite? Ou matou as vítimas e incriminou Anna? Ou será que é o contrário: Anna usou Harriet para escapar impune?

São tantas perguntas. Tantas respostas possíveis.

Releio o final da publicação da @Suspeita8 de novo. Ela planejou um jogo longo e enganou muitas pessoas durante muito tempo. Raras vezes vi uma criminosa com tanto conhecimento ou habilidades de persuasão.

Os fatos martelam na minha cabeça.

Harriet Roberts está morta.

Ela confessou ter matado a professora Bloom.

Eu fui solto.

O Serviço de Procuradoria da Coroa pode decidir que apresentar acusações contra mim não é do interesse público. O que significa que sou, e continuarei sendo, um homem livre.

Anna Ogilvy também estará livre.

Harriet assumiu a responsabilidade feito uma esponja, absorvendo todos os pecados imagináveis. Anna venceu, Harriet perdeu, eu fiquei no meio.

Penso em Anna. Imagino-a saindo da Abadia para viver o restante da sua vida. Sou apenas um detalhe. Ela é o evento principal.

Sempre foi.

Como tantos outros, passei tempo demais enfeitiçado pelo cérebro de Anna, pela sua beleza, pela sua elegância. A sociedade não quer acreditar que a beleza pode ser cruel, que a sofisticação pode ser brutal. Então nos enganamos. Caímos na mentira do sonambulismo ou da síndrome da resignação para processar eventos desconfortáveis, em vez de confrontar nossos próprios equívocos.

Sempre fui um membro convicto do Time Anna. Só que, agora, mudei de ideia. Penso nela deitada do outro lado do vidro, a assassina na sala ao lado. Repasso todo o caso e me lembro daquele comentário de Emily sobre a determinação de Anna em garantir seus quinze minutos de fama. Eu me pergunto se fui enganado desde o início.

Cometi o erro de acreditar nela. Sou mais um na longa lista de tolos. Confundindo beleza com moralidade, juventude com inocência, inteligência com sabedoria.

Faço uma promessa: nunca mais.

— Então Harriet Roberts vai levar toda a culpa — concluo. — Ela morreu, e Anna está livre.

— Sim — Clara fala, terminando o café e dando a partida no carro. — E é assim que termina o conto de fada. A Bela Adormecida acorda e vive feliz para sempre.

DIÁRIO DE ANNA

2019

25 de agosto

Apartamento de Camden. Tranco a porta do quarto. Não tomo nenhuma outra medida. Sinto as paredes se fecharem sobre mim como se estivesse em uma prisão. Essas pessoas não são minhas amigas. Nunca foram. A traição de Indy é a que mais dói. Judas. Todos aqueles papos e caminhadas à meia-noite e noites no sofá — meros truques de ilusionismo enquanto eles assinavam a papelada.

A oferta da GVM não garante aposentadoria nenhuma. Nem chega perto. Mas é o suficiente para quitar dívidas estudantis, dar entrada em um apartamento e planejar um futuro. É o suficiente para fazer os últimos anos de funcionamento sem investidores valerem a pena. Cometi o erro clássico de deixar outra pessoa cuidar das minhas finanças. Eles me fizeram de boba.

Penso na humilhação de contar para os meus pais. Penso no jeito como Theo vai transformar isto em piada. Sou Anna, aquela que tem uma criatividade artística e uma fé delirante nos outros. Meu pai vai dizer que é um aprendizado para mim. Minha mãe mal vai notar o que aconteceu. Fui eu quem os convidou para se juntarem ao meu negócio. Para adicionar um viés comercial à minha ideia estudantil de ter uma publicação focada nos *millenials* tardios e na geração Z, surfando na onda vintage que trouxe de volta as coisas impressas e retrô. A pequena revista poderia fazer sucesso. Seria uma nova maneira de nos conectarmos com grupos demográficos difíceis de alcançar.

Os traidores têm outro pedido. Preciso terminar a matéria para a edição de verão. Se não, o negócio pode fracassar. Sorrio e minto tão fluentemente quanto sempre, pedindo desculpas por estar tão atrasada. Vejo seus sorrisos amarelos.

Mas esta não é a pior parte.

Ainda ando bisbilhotando os celulares de Indy e Doug. E descobri mais uma coisa. Lembro-me daquela mensagem que encontrei: *Melhor em e-mail privado. Criei uma conta conjunta para discutir RO etc*. Este é o maior enigma de todos: como Indy conseguiu capturar o interesse da GVM, para começo de conversa? Como conseguiu os contatos e a atenção de uma grande empresa de comunicação com tanto dinheiro? Somos apenas uma revistinha independente operando em um apartamento alugado.

Não, analisando de forma realista, sempre teve mais alguém envolvido nisso. Mais uma parte nessa história toda. Agora sei quem é. Cada pequeno incidente ganha um significado diferente. Todas as peças da minha vida se encaixam. A última mensagem que vi no celular de Indy traz uma nova luz para tudo.

Esta não é minha primeira traição. É a última de muitas. Fui tão burra.

Criei uma conta conjunta para discutir RO etc.

RO não significa "*rollover*". Nem "responsável pelas operações". Não é uma sigla financeira. É um nome.

Quero machucá-los, chocá-los, revidar a qualquer custo.

Quero vingança.

Sei quem ajudou Indy a me trair. Quem caiu no seu feitiço. O homem misterioso com sua Outra.

RO.

Richard Ogilvy.

PARTE QUATRO

61

BEN

Grand Cayman

— O ser humano médio passa trinta e três anos da vida dormindo.

Ela se inclina para mais perto, o bastante para que eu sinta o aroma de seu perfume caro. Geralmente, este é o momento em que me dou conta.

— E isso é o que você faz? — pergunta ela.

— Sim.

— Você é médico do sono?

— Eu estudo pessoas que cometem crimes enquanto estão dormindo.

Tenho um "doutor" antes do meu nome no cartão de visita: dr. Benedict Prince, Abadia, Harley Street. Sou especialista em sono. Em nenhum lugar afirmo ser médico.

Ela vê que falo sério.

— Como é que isso é possível?

— Você nunca se perguntou o que faz enquanto dorme?

A maioria das pessoas fica desconfortável mais ou menos nesse ponto. Grande parte dos crimes tem um fator de distanciamento. Adoramos histórias sobre pessoas que são como nós, mas que também não são como nós. Só que o sono não permite essa qualificação.

O sono é universal, a noite é tão constante quanto o dia.

— Que tipo de crimes?

Ela não mudou de assunto. Ainda tenho sua atenção.

— Os piores.

— Mas com certeza elas acordariam, não?

— Não se estiverem sonâmbulas. Já tive pacientes que trancam as portas e dirigem o carro enquanto continuam dormindo. Algumas pessoas até cometem assassinatos.

— É claro que a pessoa se lembraria.

— Pelas rugas em torno dos seus olhos, suponho que você tenha dormido cinco horas e meia ontem à noite.

Ela franze as sobrancelhas.

— É tão óbvio assim?

— Você se lembra do que aconteceu durante essas cinco horas e meia?

Ela para, pousando o queixo na mão direita.

— Sonhei com alguma coisa.

— Tipo o quê?

— Não lembro.

— Então provei meu ponto.

Seus olhos de repente mudam. Ela me olha de um jeito diferente. Sua voz fica mais alta, sua linguagem corporal mais agitada.

— Espere, teve aquele caso. Como se chamava...

Este é o ponto-final. Poucos encontros chegam tão longe. Eu as canso descrevendo meu trabalho. Eu as assusto com histórias de crimes cometidos durante o sono. E, se nada disso funciona, essa última sempre me pega.

Ninguém fica depois disso.

Ninguém.

— Anna O — digo.

Dou um último gole no vinho — um Merlot caro, mas nem tanto, pois mais caro que isso seria desperdício — e pego o casaco.

— Você é aquele cara da foto. O psicólogo.

Dou um sorrisinho. Verifico as horas.

— Sim, eu era — falo.

Aquela foto estampou as primeiras páginas dos principais jornais depois do que aconteceu — minha prisão, minha desgraça. A tragédia se aderiu àquele dia.

Sou uma pessoa diferente. Sou a mesma pessoa.

Espero a pergunta, porque sempre me fazem essa pergunta. É o único mistério que, apesar de tudo — a morte de Harriet, o despertar, as provas no apartamento —, ainda persiste. Ele divide famílias, cônjuges e até amigos. É a única pergunta que ninguém parece conseguir deixar para lá. O desejo por um mestre controlando as marionetes, uma divindade manipulando as cordas em silêncio.

Paciente X. Anna Ogilvy.

— Ela era culpada? — pergunta a mulher com quem estou tendo um encontro. — Depois que ela esfaqueou aquelas pessoas... ela realmente escapou impune dos assassinatos?

62

BEN

Volto do encontro. Em uma espécie de reflexo, pego o celular e ligo para aquele número depressa.

É a mesma ligação de toda semana, e preciso fazer malabarismos com os fusos horários. Agora é formal. Mas necessário. Ainda sou o pai mantendo vigília do lado de fora do quarto da filha. Alguns enxergam meu exílio como covardia, como se eu tivesse abandonado minha família. Mas é o oposto. Enquanto eu estava lá, elas eram parte da história de Anna O.

Mas elas tinham que vir primeiro. Meu exílio lhes confere liberdade. Valeu a pena pagar esse preço.

Ou é o que digo a mim mesmo.

Fazemos as introduções habituais, "alô, como vai?", antes de eu lançar a temida pergunta:

— Houve mais algum problema?

Clara responde com firmeza e competência:

— Só um na semana passada. Um jornalista de uma revista europeia estava esperando na escola de Kitty. A polícia foi dar uma palavrinha com ele.

— E as outras crianças da escola?

— Você sabe como as crianças são.

Sim, eu sei.

— E como ela está lidando com tudo?

— Está indo. Se os malditos paparazzi nos deixassem em paz...

— Eu sei. E o apartamento?

Ela suspira.

— Alguns vizinhos ainda estão reclamando de turistas vindo visitar. Parece que o endereço vazou de novo mês passado em mais um daqueles sites de teorias da conspiração.

— Você mandou tirar do ar?

— Estou trabalhando nisso.

— Se tiver algo...

— Kitty está me chamando, Ben. Preciso ir.

E assim, do nada, ela se vai.

Eu me sinto culpado, como deveria mesmo. Elas estão tendo que enfrentar a insistência da imprensa, enquanto eu fugi, vindo me isolar. Mas ambos concordamos que era melhor assim. Sou eu quem eles querem. Minha presença só traria mais sofrimento. Elas precisam aturar conflitos ocasionais com a mídia. Se eu ainda estivesse no Reino Unido, seria uma guerra total.

Imagino KitKat saindo da escola com a bolsa da Educação Física e o estojo do violino, enquanto um estranho se aproxima na rua em busca de tirar uma foto dela. A raiva me consome. A tristeza também. A tristeza mais profunda que já senti, capaz de fazer minhas entranhas se contorcerem. Quero esmurrar a parede e gritar contra o vento e chorar até que minhas lágrimas sequem. Não consigo proteger minha filha. Sou impotente, inútil, um fracasso como pai. Passo todas as manhãs me preocupando com ela, assombrado pelos cenários mais terríveis. Os jornais estão enviando mulheres agora para evitar suspeitas. Elas bancam mães à espera no portão da escola. Tudo por uma manchete que vai sair na lateral de algum site sobre a família do "psicólogo forense desacreditado, o dr. Benedict Prince".

Desgraçados. Perversos. Canalhas sem coração.

Abro o WhatsApp e digito uma nova mensagem, outra parte da minha rotina:

> Oi, querida, é o papai. Espero que tenha um ótimo dia na escola.
> Mil abraços. Te amo muito. Papai.

Vejo que a mensagem é recebida por KitKat. As duas setinhas ficam azuis. Nenhuma resposta. Nunca há.

Afinal, é dia de escola. E ela está sob as ordens de Clara.

Mas dói toda vez.

63

BEN

O último acontecimento do caso Anna O ocupou as manchetes dos jornais durante meses.

As notícias se concentravam, inevitavelmente, nos detalhes mais sórdidos: o suicídio de Harriet, seu histórico como Lola, seu trabalho no Hospital Rampton e na Abadia, a maneira como ela conseguiu enganar a todos com o perfil @Suspeita8.

Todo um ciclo de notícias nasce a partir daqueles poucos meses em Londres. A Abadia não sobrevive ao escândalo. A hashtag #AnnaO fica em alta por cinco meses consecutivos. O apetite do público por morte, sangue, tragédia e trauma não dá sinais de arrefecer.

Há boatos de um longa-metragem em desenvolvimento e de propostas milionárias para que Anna lance um livro de memórias. Um tesouro de evidências é descoberto no apartamento de Harriet. Encontram uma cópia do artigo da professora Bloom intitulado "O Método Medeia: personalidade e parassonia", publicado na revista *Psychiatry Today* de 1991, com vários trechos destacados e sublinhados. Há também um estoque de escopolamina, conhecida informalmente como Hálito do Diabo, usada para fins de estupro ou controle da mente. Misturada com álcool, ela também pode desativar a memória de curto prazo da vítima, bloqueando as células nervosas do cérebro.

As teorias continuam em turbilhão: a polícia suspeita que Harriet usou escopolamina para obrigar Anna a realizar os ataques na Fazenda, e também para subjugar Bloom antes de esfaqueá-la; outras pessoas acreditam que a própria Harriet cometeu os assassinatos, posteriormente incriminando Anna; mais pessoas ainda alegam que Anna é a verdadeira mente por trás de tudo, e pode ter fingido estar em sono profundo com a ajuda de Harriet para sair impune do assassinato de Indira e Douglas. A guerra entre Anna O e Bela Adormecida permanece.

Enquanto isso, a verdadeira identidade de Paciente X segue desconhecida.

Como Clara previu, a ligação de Harriet com Anna e sua presença na Fazenda na noite dos assassinatos fazem o Serviço de Procuradoria da Coroa retirar formalmente as acusações contra Anna — e contra mim também. O Ministério da Justiça concorda em liberá-la. Ela alega sofrer de amnésia pós-traumática desde que acordou, pois não se lembra de nada sobre a Fazenda ou seus crimes. Alguns acreditam, outros não.

Eu já acreditei. Mas cruzei a linha divisória do Time Anna para o Time Bela Adormecida. Há perguntas demais deixadas sem resposta pelo suicídio de Harriet. Antes, eu me preocupava se estava do lado errado, ajudando Anna a acordar só para condená-la depois. Agora, me pergunto se Stephen Donnelly não estava certo esse tempo todo.

Anna segue em recuperação fora do Reino Unido. Meu papel no seu tratamento terminou. Meu emprego de meio período como professor na Birkbeck foi interrompido. Os fotógrafos continuam a se esconder do lado de fora do meu apartamento. KitKat é assediada na escola. Nenhuma clínica ou universidade na Grã-Bretanha quer me contratar. Estou contaminado por associação.

O ponto de virada vem dois meses depois. Um repórter esconde um bilhete dentro da mochila de KitKat para tentar conseguir uma entrevista. É quando Clara me manda ir embora. Naquela noite, respondo à oferta da UCCI em Grand Cayman, aceitando o convite de atuar como professor visitante em seu programa de pós-graduação, e então viajo.

E assim a vida segue, como sempre. Segundo os boatos espalhados pela imprensa, Anna muda sua aparência e se impõe um autoexílio. Clara sai da Polícia Metropolitana e volta para a Polícia do Vale do Tâmisa. Ela e KitKat fogem dos holofotes e voltam para Oxfordshire. A casa de Bloom em Islington é vendida. Contrato advogados caros e profissionais especializados em redes sociais para tentar apagar a minha presença online.

Mesmo assim, há uma coceira que continua a incomodar.

Aquelas perguntas que ainda precisam de resposta.

Comecei a reunir um arquivo do caso. Jornais velhos, artigos de revistas, bilhetes escritos à mão. É parte da minha terapia pessoal tentar racionalizar o que aconteceu.

Anna Ogilvy está livre. No entanto, fui condenado ao exílio. Minha família foi prejudicada para sempre. Harriet é o bode expiatório, mas os mistérios mais importantes seguem sem resolução.

Apenas um fechamento não é suficiente. Nem de longe.

Preciso encontrar a verdade.

Ou vou morrer tentando.

64

BEN

Teorias, teorias.

Voltei às minhas velhas teorias. Este é meu novo ritual.

Tenho meus próprios quadros na parede do chalé.

O primeiro começa com Harriet Roberts. Não surgiu qualquer evidência definitiva que atestasse que ela era filha de Sally Turner, tampouco que sugerisse o contrário. Paciente X ainda é um fantasma, uma ausência. O passado, no fim das contas, é incognoscível.

Ainda acho que não é isso. As datas não batem. Não tem lógica. Broadmoor não teria contratado a filha de uma paciente para atuar como enfermeira.

Harriet era a coadjuvante, não a protagonista. Penso nas pistas deixadas por Bloom nas suas anotações. No enigma da amizade mítica de Paciente X:

> **VB:** Tem visto aquela pessoa?
> **PX:** Sim.
> **VB:** Ela tem nome?
> **PX:** Sim.

Depois, lembro das suas observações, considerando a tal "amizade" uma ilusão psíquica:

> Ainda acho que é mais provável que essa amizade seja inventada do que real. Tenho pensado sobre essa amizade imaginária. Um diabinho em seu ombro, uma almofada psicológica.

E se Bloom estivesse errada e a pessoa fosse real? E se Harriet não for X, mas a amiga de X? A confidente mencionada nas anotações? Imagino visitas, um vínculo em desenvolvimento. Uma pessoa jovem (Paciente X) seduzindo uma moça (Harriet). Seria esse o domínio que Paciente X tinha sobre Harriet? O amor de enfermeira-visitante? E como Anna se encaixa nessa teoria? Como qualquer teoria sobre esse caso pode abranger todas as partes envolvidas?

Eu me volto para os outros quadros. As anotações encontradas no apartamento de Harriet lançaram nova luz sobre tudo, incluindo a existência do chamado experimento "Medeia" no Broadmoor no final dos anos 1990, realizado pela professora V. Bloom.

Segundo essas anotações, Sally Turner era mantida em solitária (assim como todos os pacientes da Cranfield). Mas o quarto dela era diferente. Em razão da notoriedade do caso, do alto risco de suicídio, da ameaça de e para outros pacientes e do experimento Medeia, Sally Turner foi colocada numa cela de vidro, conhecida pelos funcionários como "jaula". Isso permitia que ela fosse monitorada 24 horas por dia, sete dias por semana. Suas refeições eram entregues por meio de uma fenda. Eram necessárias seis pessoas para que Turner pudesse fazer seus exercícios diários durante uma hora. A cela tinha precedentes: foi baseada na sala construída sob medida para o serial killer — e ex-residente do Broadmoor — Robert Maudsley, na Prisão de Sua Majestade Wakefield em Yorkshire. Sua cela de vidro, também conhecida como "jaula", lembrava o quarto de Hannibal Lecter em *O silêncio dos inocentes*.

Os detalhes exatos do experimento Medeia ainda são apenas especulação. Mas o antigo artigo de Bloom é explorado pela imprensa. Os métodos listados naquele artigo da edição de novembro da *Psychiatry Today* são repetidos feito mantra: privação de sono, aprimoramento das técnicas de contenção, sobrecarga sensorial. Desintegração psíquica.

Afasto-me dos quadros. Pego o notebook de novo e abro o e-mail que chegou ontem à noite.

DE: servicosocial@lambeth.gov.uk
PARA: benedictprince9@outlook.com
ASSUNTO: Consulta #7HYU8902

Prezado dr. Prince,

Lamentamos informar que o Conselho Municipal de Lambeth não pode divulgar nenhum arquivo relativo ao trabalho da nossa equipe de serviços sociais realizado no período de janeiro a dezembro de 1999 com as palavras-chave "Sally Turner". Se desejar registrar alguma reclamação sobre esta decisão, contate a Ouvidoria.

Atenciosamente,
Equipe de administração de serviços sociais
Conselho Municipal de Lambeth

Mais um beco sem saída.

Eu o arrasto para a pasta intitulada "PACIENTE X". Há mais evasivas educadas do Ministério do Interior, do Departamento de Saúde, do Ministério da Justiça e do gabinete do primeiro-ministro. Relatórios da época da prisão de Sally Turner confirmam que ela tinha um filho ou filha adolescente, com menos de dezoito anos, cujo nome nunca foi citado. Isto ocorreu numa época anterior à popularização do Facebook e do Instagram. Não havia tantas fotos de família na rede. Mesmo que existissem, a criança em questão estaria sob os cuidados dos serviços sociais e — segundo as pistas dos arquivos de Bloom — do serviço de proteção à testemunha, agora parte do Serviço de Pessoas Protegidas do Reino Unido, da Agência Nacional do Crime.

A verdadeira identidade de Paciente X sempre me escapa. Eu deveria deletar todos os arquivos. Queimar as anotações. Esquecer Bloom, Harriet, Broadmoor, Ala Cranfield, Medeia. Mas é que isto virou uma compulsão da qual não consigo me livrar. Ela sustenta as outras partes da minha vida.

Agora passo dois dias da semana dando aulas no *campus* da UCCI em Olympic Way, em um curso noturno especializado em Psicologia do Sono. Durante o restante da semana, trato pacientes na minha clínica particular. Tenho uma lista pequena, mas estável de clientes à procura de terapia cognitivo-comportamental, ajuda para transtornos de ansiedade e até ocasionais dificuldades para dormir. Não presto mais consultoria em casos policiais.

Levo uma vida tranquila e quase invisível. Mas sei que ela não pode durar para sempre. Os encontros são imprudentes, mas eu anseio por contato e conversas. Mais cedo ou mais tarde, meus pecados vão me alcançar. Tenho uma mala pronta no apartamento, caso precise fugir às pressas. Uma das mulheres com quem saí vai avisar alguém, o boato vai correr, meus e-mails e ligações serão monitorados, a imprensa vai surgir feito cardume. Vivo esperando uma batida à porta ou um carro na frente do escritório.

Passo os dias lendo jornais britânicos, lidando com as implicações do caso Anna O em relação à síndrome da resignação e à minha teoria do estímulo, ou verificando meus quadros e debatendo teorias. A maioria dos meus encontros termina com Anna. Alguns terminam com histórias da família que deixei para trás.

Tenho tempo para me perder nos mistérios e enigmas e contradições desse caso. Para mapear as maneiras como fui enganado e traído. Sigo buscando, recusando-me a deixar que isso seja relegado a mera fofoca ou curiosidade. Continuo lutando e esperando.

Tenho que descobrir a resposta. Preciso resolver o mistério. A outra opção é dolorosa demais.

Encontrar Paciente X é a única coisa que me resta.

DIÁRIO DE ANNA

2019

26 de agosto

Apartamento. Estou toda sorrisos hoje. Acordo cedo, vou correr. Volto quando Doug e Indira aparecem. Sentamos à mesa redonda de vidro. Indira está na granola. Doug nos Coco Pops. Como uma banana devagar, bebendo uma vitamina. Vejo-os se entreolhando, como se estivessem julgando minha reação de ontem à noite, e sinto a determinação se reerguer.

Abaixo o folheto. Faço meu discurso. Minha mãe ganhou um convite exclusivo para passar um fim de semana fora. Chegou pelo correio, como um daqueles truques de marketing. Nada de celular. Nem distrações. É um lugar chamado a Fazenda. Sim, *aquela*. Este é o meu presente para eles, para celebrarmos o início de uma nova aventura!

Eles abrem sorrisos falsos e concordam. Vou até a St. James's Square e à Biblioteca de Londres. Mentir é um músculo que precisa ser exercitado com frequência.

Verifico o celular. Há outra mensagem de @PacienteX. Respondo dando detalhes sobre a Fazenda, o horário de chegada, as horas em que estarei livre. É o lugar perfeito para o primeiro encontro. Vou poder juntar um rosto ao nome. E finalmente publicar minha matéria.

Volto a sentir esperança.

27 de agosto

Torres Ogilvy, Hampstead. Reunião de família para planejar a viagem do fim de semana.

Minha mãe é a CEO. Meu pai é o CFO. Eu sou a COO. Theo é o Chefe do Moral.

O cronograma é o seguinte: vamos chegar na Fazenda no dia 29. O "Pacote Família" consiste em seis visitantes, incluindo todos os equipamentos, acomodações e refeições. É permitido levar convidados, e é aí que Indira e Doug entram.

Das quatro da tarde à meia-noite, embarcamos na experiência central da estadia, conhecida como "a Floresta". Serão dois times: Caçadores contra Sobreviventes. Imagino aqueles reality shows de aventura salpicados pela TV aberta.

Coloco minha melhor máscara para lidar com minha mãe. Não olho para o meu pai. Minto para todos, bancando a família margarina. Evito destruir meu pai pela sua traição. Vou deixar isso para mais tarde.

Não comento nada sobre o golpe da GVM. Eu me pergunto quanto ele sabe e quanto Indy o enganou. Mas estou pronta. Se não posso me juntar à aquisição, pelo menos posso garantir que ela jamais aconteça. Olho para o folheto da Fazenda mais uma vez, pensando no encontro com @PacienteX.

A Floresta. Uma tempestade midiática. Nada de GVM.

Vou vencer. Eu sempre venço.

É uma das regras da família Ogilvy.

65

BEN

O fim, quando chega, é repentino. Meu exílio em Grand Cayman é quebrado sem aviso-prévio. Um dia, estou semiescondido; no outro, fui encontrado. O momento do juízo final me faz perceber algo ainda mais profundo. O exílio implica uma promessa de retorno. A expulsão, não. E se eu tiver confundido as coisas? E se eu nunca mais sair desta ilha?

O dia começa como sempre. Chego ao consultório um pouco depois das dez e meia. A previsão do tempo informa que vai chover esta semana. Minha secretária de meio período, Sofia, está em uma ligação. Preparo uma xícara de *English breakfast*, pensando em outra chamada para o meu artigo, e abro a agenda de hoje para me familiarizar com os nomes.

Sofia se junta a mim depois da ligação, trazendo um prato de biscoitos. Ela pega um e abaixa o prato.

— Bastante trabalho hoje, pelo visto — diz ela. É uma expatriada, como eu. Ela tem um marido diplomata que trabalha no Gabinete do Governador e um filho pequeno que às vezes gosta de usar meu consultório como circuito de corridas. — Tem pacientes regulares e novatos.

— Angus gostou do meu presente de aniversário?

Ela sorri.

— Um livro de introdução à Psicologia pode ser um pouco avançado para um menino de seis anos.

— Besteira. Comecei com Freud mais ou menos nessa idade.

— Não me diga.

Fico olhando para os detalhes anotados sobre a minha primeira paciente.

— Elizabeth Cartwright. Não me lembro desse nome.

Sofia passa a arrumar o escritório. Ela empilha os papéis ordenadamente nas prateleiras a toda velocidade.

— Ela surgiu do nada ontem, me pedindo o próximo horário disponível.

— Ela comentou o motivo de querer uma consulta?

— Desligou antes que eu pudesse perguntar. Não é como se pudéssemos recusar clientes pagantes.

— Verdade. — Termino de ler os poucos detalhes sobre E. Cartwright e me recosto na cadeira. — Mas, tecnicamente, acho que eles preferem ser chamados de pacientes que de clientes. Ela pagou adiantado ou vamos ter que trancar as portas de novo?

Às vezes, ainda sonho com a Harley Street e a Abadia. Com a clientela sofisticada, com todo aquele luxo. Um dos riscos de ter um escritório tão pequeno é ter pacientes que prometem pagar mais tarde e misteriosamente nunca o fazem. Passei a insistir que eles paguem antes de sair. O que de vez em quando significa que Sofia tem que manter a porta da frente trancada até que o dinheiro esteja nas nossas mãos.

— Tudo adiantado — responde ela.

— Nenhum histórico médico foi fornecido?

— Nada.

— Nem comentou nada sobre o motivo da visita?

— Também não.

— Essa srta. Cartwright deu algum tipo de contexto?

Sofia guarda um livro perdido de volta no lugar. Ela passa o dedo indicador pela superfície da prateleira.

— Ela parecia bastante ansiosa para saber se era você que a atenderia, e não um membro da equipe.

— Quantos funcionários ela acha que temos?

— Sempre posso fazer um test drive primeiro se você estiver ocupado demais.

Sorrio, um evento raro hoje em dia. Sofia tem uma daquelas vozes sóbrias e levemente infantis que praticamente não se ouvem mais na Inglaterra. Imagino-a ocupada fazendo revisões em latim avançado. Os expatriados costumam ser exagerados, paródias de sua terra natal. Tenho uma sensação terrível de que hoje será um dia ruim.

Verifico aś horas. Ainda tenho quinze minutos.

— Deixe-a entrar quando chegar. Vou tentar descobrir se ela trabalha para algum tabloide ou site de fofoca.

Pesquiso "Elizabeth Cartwright" na internet. Há centenas de pessoas com esse nome. Mas restrinjo a busca usando vários outros fatores, incluindo os dados bancários da transferência que ela fez. Nada. Tento ignorar o desconforto persistente.

Às onze, ouço um barulho na entrada. Segundos depois, Sofia cumprimenta quem chegou. Ela dispara as perguntas habituais sobre chá ou café, entrega-lhe mais um formulário para ser preenchido e pede para ela aguardar ser chamada, discretamente verificando algum sinal de alerta ou se há coisas escondidas dentro de mochilas ou bolsos.

Penso em Harriet e me pergunto se essa nova paciente poderia ser uma das seguidoras da @Suspeita8, uma fanática verdadeira, convencida de que sou a encarnação do demônio e deveria ter morrido em seu lugar. Ou, pior, algum seguidor do Time Anna que veio para se vingar, alegando que mantive sua adorada em cárcere privado na Abadia para fazer uma lavagem cerebral nela.

Ouço a batida característica à porta — um movimento com os nós dos dedos —, que se abre com um rangido. Sofia enfia a cabeça na fresta.

— A srta. Cartwright está aqui.

— Obrigado — digo, caprichando no tom reservado para os clientes. — Mande-a entrar.

Ainda sou um profissional. É a única parte da minha antiga identidade que permaneceu intacta. Tenho orgulho de oferecer bom atendimento e boa educação ao paciente.

Ouço Sofia dizer:

— Pode ir.

Fico de pé. Sofia vai embora. Estou caminhando na direção da minha nova paciente quando olho para cima. Ela tem estatura mediana, ombros estreitos e cabelos meio escuros na altura do queixo. A metade superior do seu rosto está escondida debaixo de um chapéu de aba larga para amenizar o calor. Ela tira os óculos de sol e sorri para mim.

Reconheço o sorriso, apesar das alterações. É um sorriso que parece enxergar através de mim, encarando profundamente a minha alma.

Uma tempestade que me encontra no paraíso e apaga o sol.

Só então entendo.

De repente, dolorosamente, tão claro quanto o dia.

Não vou conseguir fugir disso. Não importa quão longe eu vá.

Anna.

DIÁRIO DE ANNA

2019

28 de agosto

Biblioteca de Londres, St. James's Square. Afundo-me no trabalho. A vingança é tudo o que tenho agora. Quero me vingar de Indira, Douglas, meu pai. Jogar uma praga em todos eles. Queria que estivessem mortos.

Não, o trabalho é a minha salvação. A pesquisa que estou fazendo sobre o passado — Bloom, Medeia, Sally Turner, a Monstra de Stockwell — mantém minha sanidade. Passei semanas tentando encontrar o artigo, desde que @PacienteX mencionou o título. Até que, finalmente, uma assistente descobre um exemplar nas profundezas do prédio lotado: uma cópia física da edição de novembro da *Psychiatry Today* de 1991. Dou uma olhada no sumário. Sinto uma pontada de empolgação quando vejo o artigo da página 22: "O Método Medeia: personalidade e parassonia", da dra. Virginia Bloom.

A biografia no topo da página diz: "A dra. Bloom é psicóloga clínica consultora no Hospital Broadmoor e especialista em distúrbios do sono e crimes relacionados ao sono. Atualmente, está fazendo pesquisas para o seu primeiro livro". O artigo tem cinco páginas de texto denso. Eu me sento, me preparo e começo a ler.

A escrita é bastante técnica. A maior parte está além da minha compreensão leiga. Mas consigo entender alguns parágrafos. Este é o momento. Um artigo esquecido e escurecido em uma revista de Psicologia extinta do início dos anos 1990 pode desvendar todo o mistério.

Leio a seção final pela segunda vez:

Conclusão: formulando o Método Medeia

O Método Medeia é uma nova forma de intervenção psicológica para tratar os casos mais extremos e, na verdade, os crimes mais extremos observados no ambiente de hospitais de custódia. Como um adulto que mata uma criança. Um pai que mata seu filho ou filha. Alguém que mata seus pais ou avós. Tal como Medeia na peça de Eurípides, estes crimes quebram os maiores tabus da sociedade ocidental. Eles vão além dos limites morais normais ou da ética convencional. São pensamentos aberrantes e não socializados que Freud popularizou com a sua ideia de "id". Com efeito, Eurípides sintetiza a reação do público geral a estes crimes nas palavras de Jasão ao descobrir o que Medeia fez: "E depois do crime ainda tens o atrevimento de mostrar-te ao sol e à terra, tu, sim, que foste capaz de praticar a mais impiedosa ação! Tens de morrer!".

Tais crimes extremos só podem ser tratados com soluções igualmente extremas: é o que argumento neste artigo. Quando a mente do paciente está visivelmente falhando, não pode ser reparada apenas com ajustes, alterações ou soluções farmacológicas. Em vez disso, ela deve ser fundamentalmente destruída e reformada. O Método Medeia, embora ainda abstrato, propõe vários meios de fazer isso num ambiente especializado e forense: isolamento de longo prazo, vigilância 24/7, privação de sono, melhoria nos métodos de contenção e sobrecarga sensorial. Só então os processos de pensamento danificados poderão ser removidos e uma psique mais saudável poderá ser reconstruída em seu lugar. Um cirurgião não trata um tumor mantendo-o no corpo. A remoção é o primeiro passo para a cura. A Psicologia moderna finalmente saiu da sombra psicanalítica. Não acreditamos mais que o tratamento seja ilimitado, que a cura venha pela fala sem fim. Precisamos de resultados. Precisamos de métricas. Esta é uma maneira de conseguir isso.

As objeções óbvias à proposta vêm de um ponto de vista ético. Será que estas propostas equivalem à tortura, definida pela Convenção de Genebra como "punições cruéis e incomuns"? Elas violam a Convenção Europeia dos Direitos Humanos?

Minha resposta é clara: não. Na realidade, é uma crueldade muito maior condenar esses pacientes à detenção por tempo indeterminado, na tentativa de acomodar a sua loucura, em vez de curá-la. Os dias de trancafiar pacientes para cumprirem uma sentença de morte dentro de um hospício devem acabar. São necessários seis dígitos por ano para manter um único paciente dentro de uma instalação médica segura. Precisamos reduzir o tempo médio de permanência em instalações como Broadmoor. Isso significa tomar medidas duras para curar, em vez de simplesmente conter essas pessoas.

Será necessário um trabalho de campo para fornecer dados adequados para esta hipótese. Pela natureza do assunto, realizar um teste completo será logisticamente difícil. No entanto, defendo que tal intervenção deva ser realizada num ambiente controlado em nome da reabilitação do paciente. Existe uma frase antiga que diz: "Ser cruel para ser gentil". Acredito firmemente que qualquer crueldade potencial do Método Medeia é largamente compensada pela bondade em longo prazo de dar aos pacientes de casos mais extremos a oportunidade de recuperação.

Espero que esta proposta abstrata de um novo tipo de intervenção psicológica possa ser considerada oportunamente e que uma experiência controlada seja criada num futuro próximo.

Faço uma pesquisa sobre o Método Medeia na internet, mas não encontro nada. Então tento encontrar outros experimentos psicológicos famosos. Muitas coisas surgem: do infame (Experimento da Prisão de Stanford) ao cômico (Experimento Philip em Parapsicologia) e ao mortalmente sério (Protocolo MIDAS para esquizofrenia).

Fico lendo até tarde da noite, entrando na madrugada. Encontro Stanford, Philip, MIDAS, Rosenhan, Diógenes, Milgram, Sexta-Feira Santa — mas nada de MEDEIA.

Penso novamente no meu palpite. Este caso está recheado da letra M. Eu me pergunto se estou errada, se MARATONA é de fato a prole de Sally Turner. Talvez nunca haja uma maneira de saber com certeza. A foto, o anuário, a faísca da conexão — tudo está perdido na confusão do passado.

Já são mais de duas da manhã quando tenho uma ideia. Ela estava coçando no cantinho da minha mente, à espreita. O medo indizível.

Volto para a Wikipédia e digito "Ministro da Saúde do Reino Unido" e olho os itens listados nas "Responsabilidades", percorrendo as décadas até alcançar o final dos anos 1990.

Leio uma vez, duas vezes. Queria não ser tão curiosa. Mas já sei. Sinto a dor percorrendo todo o meu corpo.

Minha suspeita — meu medo — é confirmada assim, preto no branco.

Sinto todo o peso do passado me esmagar. A justiça está vindo.

Penso na minha mãe e no meu pai e na bagunça confusa e terrível que é a minha família e em tudo o que aconteceu até agora.

E percebo uma coisa.

Estávamos condenados desde o início.

66

BEN

Passei muito tempo temendo este momento. Imaginando-o. Mas nunca desse jeito. Meu exílio aqui parece tão diferente da vida que eu levava.

Apesar da busca por Paciente X, eu esperava que o passado pudesse ficar para trás e se tornar história. Tentei estabelecer a culpa de outras pessoas e me esquecer da minha. Agora, de repente, aquela existência anterior está de volta. Segredos que se recusam a morrer. Pecados antigos pelos quais devemos pagar.

O silêncio se alonga. Nenhum de nós tem coragem de quebrá-lo. Ou não imediatamente. Nós nos contentamos em rodear um ao outro. Penso nos mitos gregos em que as erínias perseguem suas presas para se vingar. A chegada de Anna é um sinal. Posso lutar e resistir, mas isto é maior que eu. Heróis trágicos não podem escapar do destino. Sinto uma premonição súbita e fria da minha própria mortalidade.

Anna mudou o estilo. Todas as suas características — o lendário cabelo loiro-caramelo, os óculos grossos de pós-graduação, o estilo desleixado exibido lascivamente em inúmeros sites, telas de TV e suplementos de jornais — foram substituídas. Ela é alguém totalmente diferente, uma reinvenção que lembra minimamente a versão original. O cabelo não é mais exuberante nem curtinho. O novo corte é simétrico e organizado. Pela primeira vez, vejo o eco de Richard em seu rosto e na maneira como seu cabelo sensato emoldura as bochechas e o queixo, apagando qualquer traço da juventude. O tempo venceu. As diversas máscaras foram postas de lado.

Ela não é mais assombrada por uma adolescência perdida. O corpo continua o mesmo; o tempo está marcado em seu rosto. A pele ganhou rugas, o cabelo envelheceu, mas todo o restante permanece igual. As roupas são mais elegantes e modernas. Em vez de óculos comprados em lojas de grife, ela usa lentes de contato. A pele que carregava manchas persistentes da adolescência agora é lisa feito bumbum de nenê, com toques sutis de cor. A sensação é de que todas as outras versões eram um protótipo e esta, finalmente, é a real.

Levo um momento para me recompor. Também devo parecer um completo estranho. Meu rosto virou couro queimado graças ao sol de Grand Cayman. Meus braços parecem ter saído de uma curtidora e meu cabelo está descolorido, me dando um aspecto levemente nórdico. O Benedict Prince que atendeu aquele telefonema fatal e correu para a Harley Street era um inglês típico de sua geração — pálido, vacilante e ofegante por causa de refeições demais preparadas no micro-ondas. Não mais.

Estou mais magro agora. Meus músculos sobressaem na pele, e a balança está firmemente próxima dos noventa quilos. Meu cabelo tem um corte mais contemporâneo, raspado nas laterais, curtinho na parte superior para dar destaque à barba. Pela primeira vez, pareço estiloso. Agora, vou ao meu banheiro decadente com um barbeador e destruo com prazer as lembranças do meu antigo eu. Faço exercícios. Apesar de o envelhecimento ser uma injustiça, estou na minha melhor forma.

A morte não me assusta mais.

Isso é bom. Porque estou diante de uma assassina.

— Por favor, sente-se — peço. Meu cérebro está no piloto automático. É tudo o que consigo pensar em dizer. Quero saber o que ela sabe, por que está aqui, se corro muito perigo.

Se tenho tempo suficiente para pegar em casa a mala com os suprimentos necessários para me sustentar por um ou dois meses. Fugir para outro exílio.

Mas sei que é tarde demais. De alguma forma, eu sempre soube.

Anna assente com a cabeça e se senta. Fico em silêncio, sem me mexer. Ouço um ruído leve do lado de fora, o latido de vozes elevadas.

Sinto aquela dor incômoda nos joelhos de novo. O calor da sala — grosso feito uma sopa — tem um sabor azedo. Fico em dúvida se devo pedir uma água. Todos os meus instintos desaparecem. Sua chegada me anulou.

Seguimos em silêncio absoluto. Anna finalmente reage e abre um sorriso. Claro que ouvi sua voz durante nossas sessões. Mas a nova profundidade ainda me surpreende. A lendária Anna O sempre foi mais imagem que som. Todo mundo projetava sua própria realidade na eterna juventude da Bela Adormecida. Ela era mítica e monstruosa, tanto predadora quanto vítima, congelada em fotografias. Objetificada de centenas de jeitos diferentes. Agora ela voltou a ser tridimensional.

Ela olha para o meu pobre consultório e diz:

— Conte-me. Este é um sonho antigo ou uma crise de meia-idade?

Há um tom brincalhão que não consigo decifrar direito. Ela não é mais minha paciente. Ela flerta e condena ao mesmo tempo, como uma esgrimista atacando. Não consigo imaginar como ela tem coragem de ficar tão calma em uma situação como esta. Já está em vantagem. É minha algoz, minha perseguidora.

— Um pouco dos dois — respondo. Sei que pareço falso. — Um sonho realizado, talvez.

— Sei. Nós dois sabemos como os sonhos podem ser perigosos.

67

BEN

Nunca nos encontramos como iguais. Este é o primeiro paradoxo. Fui preso logo depois que ela acordou. Ela desapareceu após o suicídio de Harriet e minha libertação. Mas me assombrou feito um fantasma. Somos nomes um para o outro. Imagino o duque de Wellington andando pela Apsley House com uma pintura de Napoleão na parede, ou Churchill olhando vídeos de Hitler em Chartwell.

Estranhos e íntimos, adversários e amigos. Herói e inimigo.

Olho para o seu formulário.

— É uma visita de trabalho ou lazer?

Anna pensa na pergunta, ou pelo menos finge fazê-lo. Quer me provocar com suas respostas, gostando de me ver desconfortável. Até que diz:

— Em qual você apostaria?

Aquele tom de novo. Tenho a impressão de que ela não vai parar até ganhar. De que este é o primeiro ataque de muitos. Estou tão certo que não consigo nem descrever. Sua chegada anuncia algo. A morte paira sobre mim. A única certeza da vida é sua finitude.

— Não tenho certeza — digo. — Por isso estou perguntando.

— Você sabia que eu o encontraria. Escondeu-se em vez de desaparecer. Foi intencional?

— Engraçado — falo. — Nenhum dos outros jornalistas conseguiu me achar. Devo ter feito algo certo.

— Eu ofendi você. Evidentemente.

— Prefiro pensar que essa era sua intenção.

— Mas fiquei intrigada, você ainda pensa em mim como jornalista.

Estou sendo ninado aqui. É assim que ela vai me transformar em espetinho. Entrar na minha cabeça e usar o meu cérebro contra mim. Preciso recuar. Manter o foco.

— Chamei você de jornalista porque achei que era a coisa mais educada a fazer. Sempre há alternativas. Vítima celebridade. Sensação da imprensa global. Garota-propaganda do crime. Ou, se o original for melhor, então ficamos com um dos clássicos. Bela Adormecida, talvez.

— Você parece ressentido.

Faço uma pausa, engulo em seco, respiro.

— Pelo que me consta, perdi meu casamento, minha filha e minha carreira porque aceitei o seu caso. Ajudei você a acordar e de repente me vi no meio de uma zona de guerra. Fiquei do seu lado, pensando que você era uma inocente que tinha sido gravemente injustiçada. Agora não tenho mais tanta certeza. Se veio pedir desculpas, é tarde demais.

A última parte acerta o alvo.

— O dr. Prince banca a vítima — anuncia ela. — É com certeza um ângulo original, embora não exatamente o seu melhor trabalho.

— Não?

Anna olha para as estantes. O consultório está muito longe do luxo da Abadia, com seu odor de encanamento e seu interior que lembra um útero. Às vezes, fico sentado aqui rindo do fato de que a Abadia tinha elevador. Parece algo tão extravagante e desnecessário.

A própria Harley Street poderia ser algo arrancado dos meus sonhos. Costumo me imaginar viajando no tempo e observando figuras curiosas vestidas de sobretudo saindo de carruagens com seus cajados e caixas de rapé. Vejo-as apressadas subindo as escadas do mesmo prédio que eu frequentava, peregrinos em busca de um remédio.

Tenho saudade. Tanta saudade que às vezes chega a doer. Ainda assim, eu não voltaria.

— Fale a verdade: por que está aqui? Por que vir até o Caribe? — pergunto.

Anna fica me encarando como se pudesse ler meus pensamentos. A firmeza do seu olhar me deixa desconfortável.

— O passado é o único jeito de curar o presente.

— Uma das melhores frases do meu livro.

— Sim. Mas e se você estiver certo?

68

BEN

O calor é opressor. O céu está mais pesado que antes, prometendo violência. Lembro-me da previsão do tempo e da tempestade que deve cair a qualquer momento. Tudo tem um ar novo. A atmosfera está carregada de desconfiança.

Sugiro uma caminhada. Há um pequeno café a cinco minutos do consultório. Compro duas bebidas geladas — água com gás para ela, Coca Diet para mim. Tiramos os sapatos e atravessamos uma parte vazia da Seven Mile Beach. Olho para o mar e para as ondas, com seus bigodes brancos e seu barulho de címbalo ao atingirem a costa. Tudo está calmo. A superfície dourada escondendo a realidade corrupta — uma metáfora que poderia ser usada para muita coisa.

Costumo me imaginar aqui com KitKat, sentindo sua mão grudenta na minha. Visualizo nós dois juntos no mar. Ela nadando e ensaiando a história do mítico paraíso tropical para quando voltar à chuvosa Oxford. Mas isso não passa de ilusão. Anna é a única visitante que tive desde que cheguei.

Seguimos pela praia e afundamos os pés na água gelada. Encontramos um lugar para nos sentar. Nossos dedos molhados transformam a areia em uma pasta. Lembro-me de construir castelos de areia com KitKat quando ela tinha uns dois anos. Temo que a felicidade seja como a juventude, sendo desperdiçada pelos que dispõem dela, e torturando os que não a têm.

Sinto aquela premonição de antes. Mas, por enquanto, preciso manter a fachada. Ser educado, entrar na dança.

— Onde você está ficando? — pergunto.

Anna fareja a brisa, cativada pela vista. Ali fora ela parece menor e mais humana. O vento bagunça seu cabelo. A maresia respinga no seu rosto.

— No Ritz-Carlton — responde ela. — Eu ainda tinha um dinheiro da indenização do governo quando retiraram as acusações. Não há nada que eu ame mais do que ficar observando as pessoas.

— A vítima se transforma em voyeur.

— Tipo isso.

Por um segundo, me pergunto como sua vida teria sido sem o caso. Eu a imagino se virando sozinha depois da *Elementary*. Na Câmara dos Comuns, talvez, comentando política ou qualquer outro assunto nas redes sociais. Tal mãe, tal filha.

Dou um gole na Coca e fico absorvendo a cena. Sim, o tempo virou. O calor é um prelúdio da tempestade. Os dias dourados se foram. A chegada de Anna mudou tudo.

Já sei os erros que cometi: não procurei microfones escondidos nem câmeras na sua bolsa, não verifiquei se há policiais ou seguranças privados por aí. Mas estou cansado de fugir. Ainda quero lhe perguntar tanta coisa: sobre Harriet, o Hálito do Diabo, a Fazenda, a Floresta, Paciente X. E, embaixo de tudo isso, sobra aquela simples pergunta: ela teve a intenção de matar Indira e Douglas naquela noite? Estava consciente? Fingiu a síndrome da resignação e se aproveitou do histórico de sonambulismo para escapar impune de dois assassinatos? Ela me enganou para que eu fizesse parte do seu grande esquema?

— Se o passado é o único jeito de curar o presente, qual é o seu plano? — pergunto.

Anna aperta os joelhos em um eco da infância. Ela dá uma última olhada na vista panorâmica — sol, mar, areia, tudo se mistura em uma profusão de azuis-amarelados e brancos cremosos — e então se vira para mim, abrindo um sorriso triste.

— Ritz-Carlton hoje, às oito da noite — diz ela, se levantando. Sua mão toca a ponta do meu ombro de leve. — Não se atrase, doutor. E tente parecer vagamente respeitável.

69

BEN

A última instrução que ela dá fica martelando na minha cabeça. É o tipo de frase que associo a Clara naqueles dias em que o divórcio parecia tão impossível quanto a morte ou a velhice. Posso estar mais em forma fisicamente, mas nos outros aspectos me descuidei. É a melancolia sobre a qual nossos antepassados escreveram.

O calor segue aumentando. A tempestade acena lá fora. Cada nuvem é uma provocação, ameaçando derramar sua carga. O suspense é a pior parte. Ela vai chegar sem aviso, eu sei, a chuva repentina que destruirá tudo o que estiver à sua frente. Purificação bíblica.

Volto para casa, mas tudo parece diferente agora. Há garrafas vazias perto do lixo. Pratos sujos de comida. O lugar fede a desamor. Eu me questiono se a maioria das versões do inferno se disfarça de paraíso. Paro na frente do espelhinho do corredor e me viro rapidamente.

Tomo banho, visto uma calça e minha única camisa boa. Aparo a barba, penteio o cabelo. Não me esforço desse jeito há meses. Parece até que tenho um encontro. Vejo o sorriso de Anna na clínica, vejo Harriet e aquela sugestão de atração mútua.

Caminho pela beira-mar até alcançar as luzes do Hotel Ritz-Carlton, um dos maiores hotéis da ilha. Imagino outros hóspedes saltando com suas câmeras e microfones e preparando tudo para gravar um documentário chocante e fascinante. Ou a Interpol e a Polícia Metropolitana me encurralando no saguão. Mesmo depois de todo esse tempo, vejo olhos por toda parte.

Eu me aproximo da entrada, tentando manter a calma. Lavo o rosto com água fria no banheiro. Faço uma promessa a mim mesmo.

Não vou fugir. Não mais.

Olho para a frente e vejo Anna já sentada. Sinto aquele soluço de medo de novo. Quero acreditar que ela é inocente. Mas, no fundo, sei que não é. Ela é capaz de tirar a vida de alguém. É capaz de ficar ali sentada em meio à sociedade civilizada sabendo que há sangue literal e metafórico em suas mãos. Se Harriet era o bode expiatório, Anna não estava dopada quando cometeu os assassinatos. E isso significa que tinha a intenção de matar. E o sonambulismo e a síndrome da resignação eram só fachada. Harriet a ajudou a fingir a síndrome da resignação dando-lhe goles disfarçados de Jack Daniel's. Anna Ogilvy escapou impune do assassinato de duas pessoas a sangue-frio e levou Harriet ao suicídio.

Três mortes. Três cadáveres.

Estou prestes a compartilhar o pão com uma assassina.

DIÁRIO DE ANNA

2019

29 de agosto — manhã

A rodovia passa depressa. A embreagem é leve como uma pena. Aluguei esse Clio por impulso de última hora. Dirijo. Doug está no banco de trás, Indira no banco da frente. O GPS está instável. Indy tenta encontrar o local no celular. Minha mãe, meu pai e Theo estão em outro carro e vão chegar antes de nós.

Doug está se contendo, dá para ver. Indira tenta manter o foco na estrada. A edição de verão ainda não foi resolvida. O negócio com a GVM não foi assinado. Eles não têm dinheiro. Depois deste fim de semana, nunca mais terão.

Um carro buzina. Procuro me concentrar na pista. Tudo depende do encontro com a pessoa por trás da conta @PacienteX hoje à noite. Preciso saber se ela é confiável. Só então vou poder confirmar se meu palpite, MARATONA, é mesmo a prole biológica de Sally Turner. Depois disso, vou poder ter meu primeiro banquete de verdade. Muito mais do que minha revista poderia me proporcionar. Cobertura nacional. Jornais sérios, tabloides, telejornal. Documentários e dramas. Vou encontrar um bom advogado e processar Doug e Indy. Vou humilhar meu pai mulherengo publicamente. Vou pegar meus talentos e abrir minha própria empresa. Desta vez, eu mesma vou cuidar da papelada.

Penso na justificativa usada por Bloom em seu artigo: *Ser cruel para ser gentil*. Penso naqueles outros "métodos" e "hipóteses" aplicados em pacientes com transtornos mentais. Já li sobre psiquiatras que provocaram ataques epilépticos, removeram dentes cirurgicamente, evisceraram baços, colos do útero e cólons, infectaram pessoas deliberadamente com malária, criaram comas artificiais induzidos por insulina, injetaram soro de cavalo para provocar meningite e, o mais infame, cortaram tecido cerebral com cirurgias nos lobos frontais — também conhecidas como lobotomias transorbitais.

Todas essas experiências foram realizadas por médicos respeitados tentando encontrar uma cura para doenças que não compreendiam completamente. Quase todos os piores tratamentos psiquiátricos foram tentados em mulheres. Penso naquela linha minúscula e inócua na Wikipédia ontem à noite. Imagino Sally Turner e os horrores do experimento Medeia na Ala Cranfield do Broadmoor no verão de 1999. Penso tanto nisso que fico totalmente enjoada.

A Fazenda, como o nome sugere, fica bastante afastada, acessada por uma estrada sinuosa de pista simples em Cotswold. O asfalto é grosso e esburacado. Por fim, ela se transforma em uma estrada de terra, e o carro alugado sacoleja sobre poças e trechos inclinados de lama.

Enfim, nosso destino surge à distância. Vejo uma placa e a traseira suja do carro da família, com meu pai e Theo descarregando as coisas do porta-malas. O céu tem manchas cinza-ameixa. Estacionamos bem quando a chuva começa a cair.

A lama se acumula em nossos tornozelos. Os tênis de Doug desaparecem na meleca amarronzada. O terreno é imenso. O vento uiva pela floresta à direita, as árvores assobiam à esquerda. Somos levados às nossas cabanas por Owen Lane, o zelador barbudo e machão de peito largo e sotaque escocês. Indy e Doug estão na Cabana Vermelha. Vou ficar sozinha em uma menor, a Cabana Azul. Há um mapa na parede. Eu me familiarizo com a geografia do lugar: a Floresta, as Cabanas, as Ruínas. Estou feliz por estar longe de Londres. Sinto-me livre pela primeira vez em meses. Pego o celular e envio minha localização para @PacienteX.

Depois da Floresta. Depois da meia-noite. Então vamos nos encontrar.

Só então.

A chuva sibila nas janelas. A Cabana Azul treme com a água. Um sino toca em algum lugar. Saímos em grupo para a refeição prometida. As Ruínas são uma verdadeira maravilha, parecendo os escombros de um grande castelo que ficou apodrecendo durante séculos, ainda enevoado com segredos e ouro. Há uma cobertura improvisada. Nós nos sentamos em dois longos bancos de madeira. Bebemos em grandes canecas de madeira. Doug parece entediado. Indy odeia a falta de comodidades. Meu pai está mais patético do que nunca, uma coleção de fraquezas. O desconforto deles me agrada.

A comida é de pub chique, servida em travessas e tábuas com aquela estética espontânea, mas arrumada. Minha mãe não é mais aquela ministra das sombras estressada. Ela voltou à versão que eu conhecia.

Meu pai também, longe do celular. Ele parece até um pouco grandioso, tipo um Gandalf sem a barba e os óculos. Doug fica pairando sobre a comida. Indira escolhe sem entusiasmo um prato de javali. Theo se enfia em uma caneca de cerveja. Eu o imito e fico embriagada.

A chuva diminui um pouco. A diretora da Fazenda, Melanie Fox, aparece acompanhada por Owen, o zelador, um estagiário e uma mulher de uns trinta e tantos anos de cintura fina, apresentada como Lola, consultora de saúde e segurança. Lola dá as orientações básicas. Pulseiras são distribuídas. Preta para os Caçadores. Branca para os Sobreviventes. Nós seis somos divididos em dois grupos: meu pai, minha mãe e Theo de um lado; eu, Indira e Douglas do outro. Nós somos os Caçadores. Eles são os Sobreviventes. Mandam que estejamos na entrada da Floresta às quatro da tarde. Até lá, devemos voltar para as cabanas para nos prepararmos.

Vejo Indy e Doug desaparecerem na Cabana Vermelha. Vejo meu pai e minha mãe separados, duas ilhas divididas. Volto para a Cabana Azul ensopada de chuva. Sento e olho para o relógio: faltam vinte e três minutos para que a tortura na Floresta comece. Penso no restante. No golpe, no apartamento, na revista, nos olhares entre Indira e Douglas, na traição, no caso do meu pai. Parece fútil, e talvez seja. Mas reinos já foram disputados por menos.

Imagino como vou fazer. Imagino Douglas e Indira se afogando em problemas jurídicos e contábeis enquanto a revista para de produzir e a empresa é encerrada. Imagino os olhares presunçosos desaparecendo do rosto dos dois enquanto a ficha cai. A humilhação do meu pai quando seu verdadeiro caráter for revelado, um pai tão enfeitiçado pelos encantos de uma mulher mais jovem que a ajudou a enganar a própria filha. Vou pegar todos de surpresa.

Eles não vão sobreviver a isso. Vou me vingar de todos.

Anna, a bobinha sonhadora. A loba. A sonâmbula. *Fräulein* Anna O. Chega de episódios e cadeiras encostadas em portas trancadas.

Um novo ano que curiosamente não parece com o anterior.

O sono não precisa ser uma fraqueza; é um superpoder.

Carpe diem.

70

BEN

Anna trocou de roupa. O vestido é mais elegante, mas deliberadamente modesto. Não é daqueles que fazem virar a cabeça. Julguei o clima da maneira correta. Estou pronto para a batalha.

Ela bebe uma taça do vinho tinto da casa. Eu fico na água. Mais uma vez, fico admirado com a sua calma. Tem algo quase patológico nisso.

Pedimos comida. Ela pergunta sobre a ilha. Reproduzo minha seleção de maiores sucessos de Grand Cayman. Conto-lhe sobre alguns encontros ruins e minha necessidade de companhia humana. Esqueço-me de mencionar a piora do tempo e a tempestade que vai cair a qualquer momento. Mas tudo à nossa volta é uma promessa e uma ameaça. A energia despreocupada das últimas semanas mudou. Outros convidados ficam inquietos e estremecem com os sons do lado de fora. Algo ruim está por vir.

Quando nossos pratos chegam, Anna me pergunta sobre a clínica e minha taxa de sucesso e questiona se curar pacientes me tira do mercado.

Descarto o comentário.

— Para mim não existe isso de ex-paciente. O que existe é um paciente que ficou bem de novo. Como tal, ele deixa de ser meu paciente. Torna-se apenas mais uma pessoa saudável.

Observo sua reação atentamente.

Ela beberica o vinho.

— Você já se relacionou com alguma ex-paciente?

— Isso depende totalmente do significado exato da palavra “relação”.

— Certamente todo terapeuta já se sentiu tentado. Você sabe mais sobre seus pacientes do que seus cônjuges ou familiares.

Ela está me provocando. A visita, o convite. Está me distraindo. Eu me pergunto se é assim que ela amolece todas as suas vítimas. Penso em todas as maneiras como estou sendo enganado.

— Relações românticas são estritamente proibidas — declaro. — Não importa a área de prática.

— Ah, mas você acabou de dizer que ex-pacientes, essas que você curou tão habilmente, não eram pacientes de verdade. Eram só pessoas de novo. Claro que um terapeuta pode ter um romance com uma cidadã normal.

— Se já passou tempo suficiente e não há mais uma relação clínica, talvez.

— Quanto tempo é o suficiente para você? Hipoteticamente, óbvio.

— Óbvio. — Estamos jogando um jogo, dançando um com o outro. Ela não quebra o feitiço, mantendo os olhos fixos em mim. — A definição habitual seria um ano. Parece que você pensou um pouco nesse cenário.

Ela não faz objeções. Em vez disso, termina de comer e se recosta no assento, limpando os lábios com o guardanapo.

— Tem a ver com o meu novo projeto. Ele envolve repassar o caso. Primeiro, eu só queria fugir. Mas era ingenuidade. A amnésia pós-traumática não passou por completo. Quase não tenho lembranças do que causou os ataques. Daqueles meses e semanas. Não sei como cheguei lá. Tudo o que me lembro é de quando me contaram o que aconteceu pela primeira vez.

Sim, ela é uma boa atriz. Impecável, na verdade.

— Quem contou para você?

Ela para, revisitando a memória dolorida.

— Minha mãe.

— Você não se lembra de nada mesmo?

— Fragmentos. Mas nada que faça sentido. Minha mãe tentava falar, mas não conseguia pôr para fora. Ela sabia que, conforme eu ganhasse mais mobilidade, acabaria lendo as histórias. Então, uma noite, me contou. Ela me falou sobre o caso, a APT, tudo.

— Você acreditou?

Anna me olha.

— No começo, não. Parecia impossível, algo terrível demais para imaginar. Mas então, aos poucos, a ficha foi caindo. Minha mãe tentou me impedir, mas, assim que arranjei um aparelho com internet, comecei a pesquisar meu nome. Tentei entender que tudo isso estava relacionado a mim de alguma forma. Que eu tinha me tornado propriedade pública sem nem consentir com isso.

Sou a encarnação da empatia agora, engolindo meu ceticismo e minha raiva. Se ela consegue bancar a inocente, eu também consigo.

— Deve ter parecido uma violação?

— Até certo ponto. Eu sabia que não podia voltar ao normal. Eu era uma aberração, uma pária, devia ter vergonha. Só que, depois, entendi que se eu ia seguir em frente, tinha que recuperar minha própria história de algum jeito. Viver a minha verdade. Se vou ser sempre “Anna O”, então preciso entender como e por que esse nome passou a existir. Entender direito, honestamente.

Preciso recuperar as lembranças que a APT apagou. Mais como jornalista, menos como paciente.

— A verdade vos libertará.

— Isso.

A matéria é embelezada, ansiando por um editor. Eu li todos aqueles itens diários do *Daily Mail* sobre editores desesperados para publicar as memórias da Bela Adormecida. Há tanta precisão em suas palavras que é como se cada parte desse discurso tivesse sido ensaiada e estivesse sendo representada para mim. Ela é perigosa e está usando seu poder para me encurralar.

Olho para fora, para aquelas nuvens cinzentas e gordas, grávidas de chuva. A tempestade está esperando. Pela ilha, por mim. Por todos nós.

Agora tenho certeza. É a mesma sensação que tive na casa de Bloom. A mortalidade é tão pesada, tão real. Ela não quer a minha ajuda para recuperar a própria história. Quer escrever um final melhor. Para que Anna tenha um final feliz, eu preciso ser o vilão. É ela ou eu. É um jogo de soma zero. Sempre foi.

— Você vai voltar a escrever. Os jornais estão sugerindo que você poderia garantir sua aposentadoria se voltasse a colocar a caneta no papel.

Ela termina de limpar os lábios e dobra o guardanapo cuidadosamente ao lado do prato.

— Este é o problema de ter dormido por quatro anos. O mundo se move sem você. Sou notícia velha agora.

— Pelo que fiquei sabendo, não.

— Bem, não dá para acreditar em tudo o que se vê na imprensa.

— Seus artigos demonstram um estilo literário bastante sólido. Pensei que o mundo editorial estivesse implorando pela autobiografia do século.

— Bem, é aí que você se engana.

— E aquelas ofertas de filmes?

— Não querem a minha autobiografia. Querem a *dela*.

Fico observando-a falar. A pessoa diante de mim é bastante diferente daquela figura que eu tratei. A voz, os olhos, a personalidade, até a alma. Uma é a realidade em carne e osso. A outra é um produto da imaginação pública, um arquétipo reciclado ao longo dos séculos, o eterno feminino e a mulher caída, reimaginados por todas as culturas. Eva antes e depois da maçã. Eu me pergunto quanto do meu eu traído acredita em uma em vez da outra. Se estou tão preso a esse arquétipo quanto ela.

— E por ela, você quer dizer... — É quase transgressor dizer o nome em voz alta. É como dizer Macbeth. Um nome sedutor e amaldiçoado.

Anna segue meu olhar.

— Sim. Essa outra pessoa. O mito que não existe. — A exaustão marca seu rosto. Pela primeira vez, acho que vejo a máscara escorregando. — Eles não me querem. Nunca quiseram. O mundo quer apenas Anna O.

71

BEN

Ela está cansada após a longa viagem. Pagamos a conta. Em pouco tempo, estamos de volta ao saguão do hotel nos despedindo. Aguardo convites de última hora — um café, um conhaque, um charuto.

Mas ela não fala nada.

Estou seguro. Pelo menos até de manhã.

Saio para a escuridão e caminho até a praia. A água gelada do mar penetra minha pele. Olho a vista à minha frente. Sinto aquele arrepio inquietante de novo. Repasso cada momento do jantar. O livro de memórias é apenas um disfarce, tenho certeza. Sou a última ponta solta que precisa ser cortada.

Caminho por mais dez minutos e viro a cabeça com rapidez. É então que avisto alguém atrás de mim, encoberto pela meia-luz da lua. A silhueta é pequena, feminina. Ela tem a altura certa. Esfrego os olhos. Tento ordenar os pensamentos. O jantar me abalou. O calor também, possivelmente. Estou vendo coisas.

Olho mais uma vez. A sombra ainda está lá.

Continuo a andar, com mais agilidade agora.

A cada poucos minutos, viro a cabeça e vejo a figura atrás de mim. Aperto tanto o passo que estou quase correndo. Sinto o calor e as nuvens e as premonições tempestuosas. Fui um tolo de me esconder em um lugar tão remoto. Preciso de multidões e distração, do barulho e do caos da cidade.

Corro e corro e continuo correndo até que a areia rasga a minha pele. Então me aproximo da luz artificial de novo. Vejo outras pessoas e a entrada do meu chalé.

Paro, ofegante. Sugo o ar. Olho em volta. Um grupo de adolescentes está reunido em uma fogueira à minha esquerda. Música explode de um celular. O ar está vivo de risadas. Garrafas tilintam, um baseado circula. Tento me lembrar dessa alegria. Parece que foi há tanto tempo.

Chego à minha porta. Dou duas voltas na chave depois de entrar. Deslizo contra a porta com o coração batendo incontrolavelmente. Tenho lágrimas nos olhos. Penso em Clara e KitKat e em tudo que vou deixar.

Será que era ela? Ou foi só minha imaginação?

Foi isso que Bloom sentiu nos seus momentos finais?

É impossível dormir. Troco a camisa, bebo um pouco de água. Ali no silêncio estéril do chalé, me pergunto se estou sendo paranoico.

Não consigo mais identificar direito o que é real e o que não é. Anna estava dormindo quando Bloom foi assassinada. Ou, pelo menos, era o que todos pensávamos. Anna, Paciente X, Harriet. Como elas podem estar relacionadas? Os fatos são como confetes se unindo em uma única resposta.

Dentro do apartamento, vou até os quadros na parede. Eu tinha jurado abandonar esse caso. Mas a chegada de Anna trouxe tudo de volta. Ela me caçou por um motivo. Em algum lugar desses quadros estão as respostas ainda fora de alcance. Os elos perdidos e as pepitas de ouro que resolvem o mistério. Esta é a única maneira de entender as coisas, colocar os pensamentos em ordem. Deve haver uma resposta. Sempre há uma resposta.

Fico ali contemplando os quadros, tateando na escuridão. Estou perseguindo sombras, caçando fantasmas. Mas sei de uma coisa.

Anna Ogilvy não veio aqui para me ajudar.

Ela veio me enterrar.

72

BEN

Ainda tenho um porta-copos velho na mesa com o logotipo do Freud Museum em Hampstead. Lembro-me de ver seu estudo preservado em formol. Freud acreditava que a Psicologia era um trabalho de detetive, escavando camadas de história. Sinto uma estranha afinidade agora.

Penso naquela figura sombria me seguindo na praia. No balbucio da maré e no medo de me perder nas ondas. A verdade é a única maneira de obter um encerramento. Preciso remover o pseudônimo, ver a conexão que ela percebeu na noite de sua morte e desmascarar a pessoa que se esconde atrás de uma única letra.

X.

Se não era Harriet, quem é Paciente X?

Como sempre, volto aos outros suspeitos. Os retardatários. Os deixados para trás. Os jogadores. Cada um tem seu próprio quadro na minha parede. Olho para as anotações.

Melanie Fox. A proprietária da Fazenda, a empreendedora por trás de tudo.

Owen Lane. O zelador da Fazenda, responsável pela manutenção do espaço e por atender as emergências.

Danny Hudson. O estagiário daquela noite, um morador local que ganhava uns trocados extraoficialmente para ser o faz-tudo de Lane e Fox.

Os resultados estão presos com fita adesiva nas paredes da sala.

O primeiro quadro contém um breve artigo do *The Times* sobre um tal cabo Daniel Gordon Hudson. Ele foi encontrado morto em Brecon Beacons durante a seleção das Forças Especiais em 2022. A causa de morte é uma insolação sofrida em uma marcha cronometrada durante uma onda de calor.

Suspeito 1 — falecido.

O segundo quadro é de Melanie Fox. Existem inúmeras matérias de jornais sensacionalistas narrando sua batalha contra o vício em álcool e outras substâncias após o incidente de Anna O. A Fazenda colapsou, deixando de ser um negócio viável, e Fox perdeu todo o dinheiro.

Reunindo vários fragmentos extraídos das redes sociais e hectares de material na blogosfera — alguns disponíveis ao público, outros protegidos por camadas de criptografia —, finalmente encontro um aviso de falecimento em um jornal australiano que diz: "FOX, MELANIE K. Morreu pelas próprias mãos. Nenhum parente próximo".

Suspeita 2 — suicídio.

Terceiro quadro. Owen Lane é mais fácil de encontrar. Ele já estava com sessenta e tantos anos na época do incidente com Anna O, o veterano do grupo. Os anos seguintes também não foram gentis com ele. Uma página do Facebook mostra uma foto do aniversário de Lane com suas duas filhas em uma casa de repouso nos arredores de Burford, em Oxfordshire. Há outra página divulgando um link para a Stroke Association, direcionada a vítimas de derrame, e o site para doações.

Suspeito 3 — incapacitado.

Assim se encerram os suspeitos canônicos (excluindo os membros da família Ogilvy). Então me concentro nos suspeitos não canônicos. O último quadro mostra todos os materiais extracanônicos, os apócrifos do caso Anna O. As teorias bizarras, os suspeitos heréticos e as conspirações malucas.

Os primeiros itens dizem respeito à detetive inspetora-chefe Fennel. Escolhi algumas manchetes de tabloides e as coloquei no topo:

SUPERINSPETORA E BELA ADORMECIDA:
OS SEGREDOS VERGONHOSOS DE OXFORD

(*Daily Mail*)

A DETETIVE E A ESCRITORA: LIGAÇÃO SECRETA?

(*Sun*)

Até hoje, o site da Universidade de Oxford tem uma referência obrigatória na seção de "Alumni". Entre os acadêmicos, diplomatas, filósofos e membros da realeza, encontramos Anna Ogilvy (bacharelado em Literatura Inglesa) e Clara Fennel (mestrado em Criminologia Aplicada) e um link na seção de referências para essas duas matérias de tabloides como fontes confiáveis. O fato de elas terem frequentado cursos diferentes e nunca terem se conhecido não parece estar documentado. Uma verdade produz cem mentiras. E mentiras são mais pegajosas do que fatos.

Passo para o próximo suspeito não canônico: dr. Benedict Prince. Desde o suicídio de Harriet, fui acusado de tudo: ser um sociopata, um psicopata, um psicólogo predatório, ter falsificado minhas credenciais acadêmicas, não saber a diferença entre verdade e ficção, ter uma segunda família, plagiar o trabalho dos outros nos meus livros e até cometer os crimes relacionados ao sono que depois ajudei a polícia a solucionar. Depois da prisão, a literatura secundária cresceu mais ainda. Grande parte dos devotos de Anna O ainda acredita que não há fumaça sem fogo e que eu, inevitavelmente, devo ser culpado de alguma coisa.

Por fim, há a seção dedicada à própria Anna, que leva tudo para outro nível. Anna é a Bela Adormecida e o Anticristo em uma só persona. Ela deixou de ser humana e se tornou um alvo, um repositório para os outros depositarem seus preconceitos. Todas as teorias possíveis já foram sugeridas: ela é o cérebro por trás do caso, ela é Paciente X, ela fingiu tudo. Artigos, tuítes, publicações, mensagens e blogs são encontrados em todos os continentes e fusos horários. Ela é membro dos Illuminati. De uma irmandade maçônica secreta. Líder de um culto clandestino. E o meu favorito: um produto da imaginação da grande mídia. Preocupações genuínas se perdem entre as conspirações.

O dia amanhece antes de eu finalmente pegar no sono na sala. Acordo com os quadros assomando sobre mim. Meu cabelo está oleoso. Meus olhos estão grudados, a boca está colada por dentro, meus ossos estão doloridos e enferrujados. Preparo um café. Verifico as notícias no iPad. Abro o e-mail de trabalho e vejo uma nova mensagem de "Elizabeth Cartwright" que chegou durante a noite. O assunto diz:

Hollow Creek às 15h?

Hollow Creek é uma antiga rota de contrabando a cerca de dez minutos do chalé. Fica na Seven Mile Beach e é uma daquelas curiosidades bizarras da cidade, ponto de encontro dos moradores da ilha e de alguns turistas nerds.

Não respondo de imediato. Em vez disso, tomo banho e como uma tigela de cereal matinal ensopado no leite enquanto termino de ler a versão digital do *The Times*. Abro o e-mail de Anna de novo e digito uma resposta concordando com o encontro em Hollow Creek. Peço para Sofia cancelar os atendimentos da tarde. Olho o celular e descubro que KitKat ainda não respondeu nenhuma das minhas mensagens e áudios.

Lá fora, as nuvens se condensam. A tempestade está quase chegando.

Tantas vítimas e fatalidades na história de Anna O.

Serei a última?

DIÁRIO DE ANNA

2019

29 de agosto — noite

Está quase no fim quando vejo.

A única coisa que não posso desver. O espectro que assombra meus sonhos. Freud chamou de condensação o processo em que múltiplos elementos oníricos se misturam em uma história coerente.

Preciso anotar. Antes, eu acreditava só em teoria. Agora vi de verdade.

Estamos na Floresta. Vejo trechos de céu preto-azulado. Pingos de chuva. A natureza nos cerca. Nos devora. Não há nenhuma luz natural, mas uma espécie de escuridão medieval. Imagino todas aquelas gerações que viviam sem energia. Rastejando e se escondendo à luz de velas, a escuridão da noite parecendo uma coisa demoníaca. Porque é essa a sensação. Há demônios nesta Floresta. Isto não é mais só um jogo. É mais que isso. É um purgatório, um lugar intermediário, imune às regras da vida comum.

Caçadores *versus* Sobreviventes.

Lutando até a morte.

Só que isso não é exatamente verdade. Temos lanternas. Essa é a nossa única concessão à era das baterias e da eletricidade. Também temos armas, carregadas com tinta e não com balas, mas até a tinta pode ser letal à queima-roupa.

Os dois times carregam uma espécie de justiça poética. Indira, Douglas e eu estamos de um lado. Os três amigos. Os mosqueteiros. A santíssima trindade. Somos os Caçadores. Minha mãe, meu pai e meu irmão estão do outro lado. São os Sobreviventes. Nossas ordens são deliciosamente claras. Os Sobreviventes devem se esconder na Floresta e viver da terra pelas próximas oito horas. Os Caçadores devem caçar suas presas, como o nome sugere. Cada um tem uma tinta diferente. Se cada Sobrevivente estiver marcado com cada cor, ganhamos. É a aniquilação total ou o fracasso total.

Na escuridão, fico entre a vigília e o sono. Estou em um daqueles estados novamente. Os terrores noturnos me cercam. Apenas o peso da arma na minha mão e no meu ombro me informa que ainda estou acordada. Doug e Indy estão por perto. Ilumino os arredores com a lanterna e os vejo aos sussurros. Sinto uma espécie de calor no peito.

O ar está tempestuoso, agitado. Os Sobreviventes têm meia hora para se espalhar pela Floresta, para se esconder. Ao que parece, isso foi baseado em um jogo usado na seleção do Serviço Aéreo Especial. Potenciais recrutas são caçados em Brecon Beacons. Fugindo de guardas armados e cães farejadores e sobrevivendo a uma noite sem serem detectados. Se são pegos, eles falham na seleção e devem retornar à unidade.

O jogo é bobo e juvenil. Não está à nossa altura, pois é um retrocesso ao esconde-esconde e a outras diversões infantis. Mas quero ganhar. Preciso mostrar que meu espírito não está quebrado. Não vou ficar para trás, escondida por Indy e Doug enquanto eles dão uma de Rambo e caçam os membros da minha família. Também não vou admitir a derrota ao meu pai. Ele tem que ser marcado. E eu que tenho que fazer isso.

Doug está convencido de que temos que ficar juntos. Indy, mais sensata, insiste que nos separemos. Usar o elemento surpresa. Será impossível nos disfarçarmos se formos todos juntos. Cada um precisa assumir a responsabilidade pelos próprios ataques. Indy tem a ousadia de pedir que confiemos um no outro. Se fizermos nosso trabalho direito, nosso time vai ganhar. É o que todos queremos. Quero matá-la agora. Meu pai é um trouxa. Douglas também. Mas Indira é muito pior. Ela destruiu deliberadamente tudo o que eu tinha. Eu a convidei para o meu ninho, compartilhei meus segredos. Ela roubou minha vida profissional e destruiu minha vida pessoal. Ela é a traidora que merece o pior castigo.

Doug rosna sua discordância. O voto decisivo é meu. Um vai para a esquerda. O outro para a direita. Sigo em frente, atravessando a Floresta. Três alvos. Uma noite inteira de melancolia sombria. Ninguém fala sobre a espera que operações como esta envolvem. Imagino filmes de ação realistas. Vejo Arnie, The Rock e Stallone morrendo de tédio durante duas horas antes de um tiroteio morno começar nos trinta segundos finais do filme, quando uma luz fraca estraga tudo.

A Floresta é pequena o suficiente para que os Caçadores tenham chance, mas grande o bastante para que os Sobreviventes consigam escapar. Essa é a genialidade do espaço. Perco a noção do tempo. Não tenho relógio. Sou uma insone querendo engolir as horas e descobrindo que apenas alguns minutos se passaram. O desespero me cerca. Vagueio pela terra esquecida por Deus, meio adormecida e meio acordada, e não encontro sinais de vida. Só há escuridão, o farfalhar da mata e nenhum outro ser humano à vista. Cambaleio por horas sem acertar ninguém. Vou desistir. Vou voltar.

Os traidores vão ganhar. Indy vai acabar comigo.

Então, finalmente, ouço um galho estalar à frente. Eu me pergunto se consigo identificar o alvo apenas pelo passo. É como se eu fosse criança de novo com a luz do quarto acesa até tarde, tentando adivinhar se é minha mãe ou meu pai subindo as escadas. Ouço outro estalo, um segundo barulho. E depois um suspiro, o som de uma respiração ofegante. Conheço esses ruídos.

Eu me mantenho abaixada. Escondo-me atrás de uma árvore. Dou uma espiada e vejo meu pai à frente. Ele está meio agachado, como se esperasse para disparar. Aponto a arma, seguindo as instruções, e preparo-a em silêncio. Só preciso de um tiro vermelho nas costas dele para conquistar a primeira presa. Sou a Inimiga Mortal. Depois desse, só vão faltar dois. Todos recebemos coletes para amenizar o impacto dos tiros. A humilhação será pior que qualquer dor na coluna.

Meus dedos roçam o gatilho. Meu pai não se moveu, alheio a mim. Começo uma contagem regressiva na cabeça. Percebo o quanto isso pode ser viciante. A primeira presa significa mais presas. Há tanto poder nessa ação, tanta autoridade. Este é o Traidor-Mor. Ainda tenho tempo para encontrar os outros dois. Para resgatar meu prêmio.

Três. Dois. Um...

É quando vejo. A princípio, a figura é toda sombras e reflexos. Vejo-a indo até meu pai. Dois Sobreviventes descuidados, se agrupando desse jeito. Alvos fáceis. Péssimo trabalho. A figura passa a mão no peito do meu pai. Sua mão esquerda está obscurecida por algo. Vejo a silhueta de outra arma. Eles estão sussurrando. Meu pai se aproxima. Seus lábios se tocam. Eles sorriem. Não estão com medo. Estão escondidos pela Floresta, encobertos pelas árvores, disfarçados pelos sons da noite. É o momento que tanto temi e esperei.

Eles parecem bastante íntimos juntos. Uma intimidade de meses, não de horas. Estão sincronizados. Beijam-se de novo. A figura aponta. Meu pai faz uma piada, dá tapinhas na bunda dela. Ela se vira. Pela primeira vez, vejo mais que suas costas.

Conheço aquele cabelo, a presunção sacerdotal daquela expressão.

Lembro-me daquela primeira mensagem que descobri sobre o e-mail seguro. Do meu pai sendo mandado para dormir no sofá depois de encontradas evidências de mais um caso. Da Outra, da família margarina na Sala de Jantar dos Pares.

Percebo que errei mais uma vez. Eles são igualmente traidores. Indira não usou meu pai. Ambos são culpados. Meu pai podia escolher, e escolheu Indira em vez de mim. Não uma vez, mas de novo e de novo. Luxúria no lugar de amor.

Observo a figura se afastar. Vejo o beijo de despedida. Verifico o celular, escondido no único lugar em que o zelador não ousaria procurar. Olho a foto, o enquadramento está perfeito. Tenho todas as provas de que preciso. A prova visual que vai condená-los.

Meu pai. Minha amiga.

Richard e sua Outra.

Daqui em diante, a vida deles estará arruinada.

Esta noite vai mudar tudo.

73

BEN

Hollow Creek ainda tem uma aparência meio pirática, com suas cavernas profundas e névoas de maresia. O romântico que há em mim imagina rufiões de cabelos pegajosos guardando barris de bebidas destiladas dentro dessas cavernas. A verdade, tenho certeza, era muito menos atraente. Mas as lendas foram cuidadosamente elaboradas. Os boatos sugerem que Hollow Creek ainda é o local usado para comercializar cocaína com os visitantes mais ricos da ilha. De alguma forma, o mundo nunca muda.

Anna já está lá. Está sentada em uma saliência perto de uma das entradas da caverna. Ela observa o mar e não me olha quando chego. A magia do hotel se foi. Está com um vestido simples de bolinhas, chapéu de palha colorido e sandálias cheias de areia. Bebe água de uma garrafinha de plástico. Uma bolsa — sem firulas, como as que Clara usava — pende do seu ombro direito. Ela parece tão comum.

Mas é aí que o perigo se esconde. Ela cativa os desavisados. Lembro-me de KitKat e dos paparazzi e de todas as humilhações que minha família enfrentou. Raiva e tristeza queimam dentro de mim. Não posso esquecer quem ela é de verdade. Uma assassina que ainda não respondeu pelo crime. A besta dormindo atrás da divisória de vidro.

Junto-me a ela, que não se mexe, apenas continua olhando para o mar. Eu me pergunto se ela dormiu ontem à noite e por que escolheu este lugar para nos encontrarmos. Manchas rebeldes de protetor solar marcam suas costas. Um vento quente e abafado nos rodeia.

Por fim digo:

— Até que sou um bom psicólogo, mas não sei se valho uma viagem tão longa. Por favor, diga que você veio até aqui pela vista.

Ela enfim desvia o olhar do oceano e me encara. Não está de maquiagem. Seu rosto está natural.

— Encare como uma viagem de pesquisa para o meu novo projeto. Tudo dedutível do imposto de renda também, pelo visto. Vantagens da vida de escritora. Ou talvez seja a cura para a amnésia pós-traumática. As vistas certamente ajudam.

— Você disse que o mundo só queria Anna O?

— Eu disse. — Ela pausa e respira fundo.

Uma onda se quebra na praia. Quase posso sentir a água espirrando. Experimento aquele isolamento infantil de novo. A presença dela é intrigante, provocante. Nossas mãos estão a centímetros de distância na pedra. Faz muito tempo que não fico tão próximo de outro ser humano. Sinto-me contagioso, quase como um leproso. Como um dos condenados.

— É por isso que vou dar o que eles querem — continua ela. — Uma verdadeira história de Anna O. Meu primeiro livro. Não é uma autobiografia propriamente dita, mas algo ainda melhor.

Uma lembrança distante se agita. Lembro-me daquelas entrevistas que fiz um ano atrás. Das ambições de Anna de ser escritora. De ter uma grande obra. Deixar um legado literário.

— O seu próprio *A sangue frio*.

— O livro policial mais icônico já escrito — diz ela. — É como um romance, mas cada incidente aconteceu mesmo. É o que Shakespeare fez nas suas peças históricas. É o que os evangelistas fizeram com a Bíblia. Os maiores dramas sempre pegaram fatos e os apresentaram por meio de técnicas ficcionais. Por que eu também não posso fazer isso?

— Vai usar a escrita como terapia pessoal?

— Chame como quiser.

— É possível se acertar com quem lhe fez mal ao entrar na cabeça deles, entendendo as coisas pela perspectiva deles.

Há uma citação que peguei em um guia de escrita que consultei uma vez para o meu livro de Psicologia popular, aquele que foi mencionado pelo diretor do Ministério da Justiça na nossa primeira reunião: todo vilão se considera o herói da própria história. Eu me pergunto se é verdade.

Anna brinca com a garrafinha, depois aninha o queixo nas mãos.

— É hora de recuperar a narrativa. Afinal de contas, essa é a minha história. A história vai ser gentil comigo, porque pretendo escrevê-la.

— Winston Churchill.

— Correto.

O clima muda. Sinto um calor de desconforto. Olho para o céu e vejo aquelas nuvens cinzentas de novo. A tempestade ainda não caiu. Em vez disso, ela paira acima de nós, nos ameaçando feito um mau presságio. Penso nos quadros no meu chalé. Ela está me provocando com a solução, mas me fazendo esperar, feito a escritora que é.

Como posso provar que é culpada? Como alguém pode provar se ela quis ou não matar seus melhores amigos? Qual é a fronteira entre desejos inconscientes e intenção consciente e culpável?

O sonho, as respostas, agora isto.

Anna Ogilvy ainda está brincando comigo.

Lembro-me de quando Clara foi me buscar na delegacia meses atrás. Da promessa que fiz. Que ainda mantenho.

Anna pode ter me enganado uma vez.

Mas não vai me enganar de novo.

74

BEN

— Deixe-me adivinhar — digo. — Sou o primeiro nome da sua lista de entrevistados. Sou a testemunha número um na sua busca para preencher os espaços vazios da memória.

— Você se superestima.

— A história pode ser contada de várias formas. Suponho que tudo dependa do ângulo que você vai escolher.

— Você acha?

— Todas as histórias são assim. — Penso na minha velha obsessão por Hitchcock e no perigo escondido atrás da domesticidade, os terrores do cotidiano. Continuo assistindo aos meus favoritos à noite: *Interlúdio*, *Pacto sinistro*, *O homem que sabia demais* (o original em preto e branco, não a versão lustrosa), *Intriga internacional*, *A tortura do silêncio*, *O inquilino*.

— Quais são minhas opções? — pergunta ela.

— Primeiro: tem o psicólogo ordinário que mergulhou em circunstâncias extraordinárias. Posso me tornar seu protagonista. Você aborda o caso através do meu olhar, elevando o mistério, escondendo informações do leitor, torturando-o como se fosse Deus e espalhando pistas como se fossem migalhas.

— Acho que há certa elegância clássica nisso. O que mais?

— Você também pode apostar no choque e no fascínio e usar a ironia dramática. O segredo é revelado bem no começo e o leitor se torna cúmplice. A assassina confessa logo no início do livro. Você transforma Harriet em anti-heroína e espera para ver se ela vai escapar impune. Seria um mistério aberto, e não fechado. O narrador não é Deus, mas o diabo, corrompendo o leitor. O público vai torcer para que a assassina se dê bem.

— Isso é tudo?

— E você poderia misturar os dois, claro.

— Sim.

Há um momento de hostilidade. Anna sorri de novo. Uma hora, estou sendo observado com uma desconfiança distante; em outra, sou recebido de volta no rebanho. Eu me recuso a ser vencido. Estou encurralado, mas não fui eliminado ainda.

— Já tem editora? — pergunto.

— Ainda não. Quero começar com os fatos. Apresentar o caso ao leitor para que ele entenda a psicologia toda, em vez de só a cronologia.

— Você faz parecer quase fácil.

— A psicologia é a única coisa raramente bem-feita no mundo dos crimes reais. Todo mundo sempre se concentra no quem e no como, e não no por quê. A história crua do caso perde a essência. Só o drama, a arte, a ficção, se preferir, alcançam a verdade emocional das coisas.

— Talvez eu devesse tentar isso com alguns pacientes. Esqueça o divã freudiano, os antidepressivos ou a terapia cognitivo-comportamental. É só dar uma folha A4 e uma caneta e fazê-los escrever um grande romance.

— Você está me zoando.

— Não. Não estou.

Vejo algumas pessoas perambulando pela praia. Não estamos mais totalmente sozinhos. Meu estômago ronca. Olho o relógio e vejo que é quase fim da tarde. Ela está aqui há bastante tempo. Anna não veio para Grand Cayman para bater papo na praia. Não está esperando a tempestade e a chuva, como os moradores da ilha. Ela é a caçadora e eu sou a presa.

— Fui eu que a deixei escapar — digo. — Você é que deveria estar me zoando. Fiquei tão consumido pelas minhas próprias teorias que não percebi Harriet parada bem ali.

Anna não me contesta.

— Ela era convincente e vulnerável. Essas duas qualidades geralmente não andam juntas. Ninguém percebeu.

— Exceto uma pessoa — retruco, me lembrando daquela conversa fatídica sobre Sally Turner e Medeia. — Bloom sabia. É por isso que Harriet fez o que fez. Bloom viu que algo não estava certo e estava prestes a expor tudo. No final, ela enxergou mais que qualquer um de nós. Quem sabe ela até viu que Harriet não estava trabalhando sozinha. Que ela era só parte de um mistério maior. Um elo na corrente que leva à pessoa de quem ela cuidou uma vez. Paciente X.

Anna fica em silêncio por um segundo, como se pega por um pensamento perdido. Ela não rebate minha teoria, apenas diz:

— Pode haver um jeito de honrar a memória da professora Bloom. De se redimir.

Finalmente. Depois de tantas preliminares, estamos chegando lá. Lenta e perigosamente.

Observo a praia. Há silêncio por toda parte. As erínias batendo. Os dementadores prontos. Os pecados não podem ser ignorados para sempre.

Olho para o céu, desejando que a tempestade chegue e sacie minha sede e me limpe.

Respiro fundo.

— Como?

75

BEN

As Sessões com Anna, como logo passo a chamá-las, são uma nova experiência para mim. Geralmente, eu é que faço as perguntas. Mas agora sou a testemunha. Anna afirma que a proposta da sua pesquisa é simples: narrar a história verdadeira do caso contada pelos envolvidos. Ela diz que isso vai restaurar o que a APT lhe tirou.

Bebo uma cerveja em casa, pensando no que ela sugeriu. Eu me sinto mais seguro podendo observá-la, em vez de tendo que olhar para trás toda hora, como naquela noite na praia. Esses são os momentos mais perigosos. Nesse jogo de gato e rato que estamos jogando, virar as costas é o único erro fatal.

Tento me distrair com outras coisas. Vou até a pequena livraria perto do centro de George Town, e o atendente encontra uma velha edição de *A sangue frio*, de Truman Capote. Olho para a lombada prateada e observo o título e o subtítulo: *Relato verdadeiro de um homicídio múltiplo e suas consequências*. Viro o livro e leio o texto da contracapa:

> Dick se convenceu de que Perry era uma raridade, um "assassino natural" — absolutamente são, mas inescrupuloso, capaz de desferir, com ou sem motivo, os golpes mais mortais a sangue-frio.

É tão exato. O paralelo é sinistro. Sã, mas inescrupulosa. Anna Ogilvy não é uma donzela desesperada, nem uma princesa adormecida que precisa ser salva. É uma assassina natural. Todo assassino tem uma assinatura, e Anna gosta dos grandes gestos: facas, sangue, espetáculo, convencer Harriet do suicídio. Não tenho provas da última acusação, talvez nunca tenha. Mas agora acredito. Anna é uma sensacionalista na arte do homicídio. Sinto na minha alma.

Faço uma pesquisa sobre o livro e descubro que *A sangue frio* é "o segundo livro de crimes reais mais vendido da história". Clico no link no topo da página e leio:

> O romance de não ficção é um gênero literário que retrata figuras históricas reais e eventos verdadeiros entrelaçados com conversas fictícias e técnicas narrativas de ficção. O gênero às vezes é referido pela gíria "facção", uma junção das palavras *fato* e *ficção*.

Eu me lembro da conversa com Emily Ogilvy e da nossa caminhada pela Victoria Street, em que ela falou sobre a obsessão de Anna por crimes. Ouço aquele aviso de novo, ecoando pelo Atlântico:

Anna sempre foi o tipo de pessoa que mataria para ter seus quinze minutos de fama. Ela precisava ver o próprio nome sob os holofotes... minha filha não queria apenas ser uma boa escritora. Ela queria ser incrível.

Vejo Harriet, ou Lola, cuidando daquela figura na cama. Penso em tudo o que aconteceu e sei que as Sessões com Anna são o *gran finale*, o capítulo que vai encerrar essa história.

Concordamos em gravar as sessões no galpão do lado de fora do meu chalé à beira-mar, com o dourado da praia e do mar. As instalações são meio frágeis, mas seguras. As regras dessas sessões são claras. Sou um de muitos. Finjo acreditar nela. Clara, Emily, Richard e os outros envolvidos no caso vão receber o mesmo tratamento. Minhas respostas serão usadas para reconstruções dramáticas, e os fatos concretos serão filtrados pela narrativa e transformados em prosa.

Esta é a história de Anna O.

Ou, para colocar de outro jeito, é o relato verdadeiro de um homicídio múltiplo e suas consequências.

Só que, desta vez, ele foi escrito pela própria assassina.

As sessões são agradavelmente simplórias. Anna providencia bebidas e café. Ela tem uma receita milagrosa para ressaca que consiste em expresso, creme e outros ingredientes mágicos. Não há câmeras, mas um gravador de voz MP3 da Sony levemente surrado. Anna deixa o aparelho ligado enquanto faz anotações em um bloco de notas amarelo.

Ainda consigo sentir a escuridão disso tudo. Minha cabeça me manda levantar, ir embora, encontrar o próximo voo para fora daqui e encontrar um novo esconderijo. Mas meu coração me diz que isso seria inútil. Que estamos presos, nós dois, nesse ciclo. Somos atraídos pelo mistério um do outro. Já tomei minha decisão. Isso só vai terminar quando restar apenas um de nós.

O início do caso preenche todo o primeiro dia. Bebo, mas me esqueço de comer. Observo a reação de Anna enquanto falo sobre Bloom, a ligação,

Stephen Donnelly, Harriet e a teoria do estímulo. Somos como sobreviventes de guerra, testemunhas de eventos que poucas pessoas podem compreender. Anna parece ouvir esses detalhes pela primeira vez. Espero por uma falha ou deslize, mas não há nada. É outra performance impecável.

À noite, depois que a sessão termina, caminhamos pela praia de novo. A areia está mais macia que o normal. O sol está se pondo, mas está quente demais para me recolher. Minha garganta está seca. Eu me alivio com cerveja, depois uísque. Sinto-me como um fazendeiro, implorando de joelhos para o deus da chuva ter pena de nós e abençoar a terra.

Sentamos na praia. A escuridão finalmente chega. Não é o dia que me apavora, mas a noite. Estou cansado, sonolento, do jeito que ela quer. Anna se aproxima e apoia a cabeça no meu ombro. É tudo parte do jogo. Passei tanto tempo tendo a companhia humana negada. A suavidade da pele de outra pessoa é irresistível.

Meus olhos lutam para permanecer abertos. O sono faz pressão. Espero o som de movimento súbito, sua presença repentina pegando alguma coisa, o sangue cobrindo a cena feito vinho derramado.

Mas, até agora, não há nada. Ainda estou vivo.

Se ao menos eu conseguisse permanecer acordado.

O sono é perigoso.

O sono é a morte.

O que quer que aconteça, não posso fechar os olhos.

DIÁRIO DE ANNA

2019

30 de agosto

A refeição da meia-noite acaba.

É um novo dia. Mas o mundo mudou para sempre.

Fico pensando no que aconteceu com os Caçadores e os Sobreviventes. Vejo o rosto traiçoeiro de Indira. Vejo o beijo melado do meu pai. Ouço os resquícios da minha fé na humanidade virarem cinzas.

Não como. Apenas bebo. Observo meu copo sendo enchido e continuo bebendo até que meu fígado proteste. Estou me sentindo estranha.

Estou esperando. O encontro, o *rendez-vous*. Sim, sou como aquelas executivas de operações especiais atrás das linhas inimigas. Esperando minha fonte confidencial. A pessoa que pode me salvar.

O único motivo de eu ter concordado em vir para este lugar esquecido por Deus.

A porta da cabana se abre. Alguém bate e entra. Vejo a figura. É a mesma pessoa que estava no refeitório, pairando sobre o meu copo. Reconheço-a da apresentação. É aquela mulher da saúde e segurança. Da cintura fina. Eu me pergunto se estou vendo coisas.

Ela não fecha a porta. Está usando luvas. Dizendo algo. Ordens. Será que ela é @PacienteX?

Tem uma pessoa atrás dela. Reconheço-a também. É o mesmo rosto das fotos que salvei no computador.

O rosto do meu suspeito. MARATONA.

De repente, percebo como errei. Como calculei mal.

Vir aqui foi um erro terrível. Catastrófico.

Corra, corra, corra, Anna. Corra o mais rápido que suas pernas forem capazes.

Tarde demais. Minha visão está ficando embaçada. O mundo está distorcido.

Penso nos drinques que bebi nas Ruínas depois que terminamos na Floresta. Em como poderiam ter colocado algo dentro da minha caneca. Aquele encontro com @PacienteX era o pretexto perfeito.

Burra, burra, burra.

A sensação estranha aumenta. É quase viral, tomando conta de tudo. A mudança é confusa, mas concreta. Algo horrível está acontecendo comigo. O estrondo, a pancada, o golpe. Nunca me senti assim antes. É como se meu corpo e meu cérebro tivessem sido sequestrados por outra pessoa. Estou pensando pensamentos que não são meus. São de outra pessoa.

Pensamentos do inconsciente. Livres de inibições. Há uma faca ao meu lado. Está lá como se fosse um símbolo dos meus sonhos, implorando para que eu a use. Sou Lady Macbeth. A mulher-demônio.

Que fraca determinação!
Dê-me as adagas. O que dorme e o morto
Não são mais que imagens; é o olho infantil
Que teme o diabo pintado.

Os pensamentos se tornam irrefreáveis.

Estão ao meu lado. Fizeram isso comigo. Mais cedo, bebi a minha própria derrota. Não tenho mais controle sobre a minha própria mente. Sou uma marionete sendo manipulada por outros, atormentada.

Vão pagar por isso. Vou expor os traidores. As vozes estão no meu ombro, dentro da minha cabeça. Estão me incitando a agir.

O que dorme e o morto.

Não posso deixar o que aconteceu na Floresta passar batido.

Indira roubou minha empresa, minha família e minha vida.

Sim, está claro agora. Sempre esteve.

Essa vadia precisa morrer.

76

BEN

Acordo com um pulo.

Meus sonhos estão recheados de sangue e monstros.

Abro os olhos e experimento o sabor da primeira gota de chuva. Levo segundos para me recompor.

Olho para o céu e para as nuvens de tempestade, sabendo que hoje elas vão romper. Que passei por uma espécie de iniciação, agradei o deus da chuva. O sono me chamou, mas ainda estou aqui. Verifico meu corpo, respiro algumas vezes.

Estou vivo.

Meu coração está batendo. Estou respirando. Sim, de algum jeito, sobrevivi à noite. Sem facadas nem sangue. Sem espetáculo nem sirenes.

Olho em volta, mas Anna não está em lugar nenhum. Quase sinto gratidão pelo alívio temporário. Eu me questiono de novo se a paranoia e o isolamento estão implantando esses pensamentos perturbadores na minha cabeça. Se a loucura está me dominando. Talvez eu precise de ajuda, de descanso. Preciso parar de olhar para o abismo da mente criminosa. E aos poucos voltar a ser normal e são.

Minha cabeça dói. Bebi demais ontem à noite. Tem um sino tocando nos meus ouvidos. O alívio se transforma em confusão. Olho para o céu e para as nuvens cinzentas e carregadas. Devo ter imaginado aquela gota de chuva, o último eco do sonho.

Eu me levanto e saio em busca de água e de Anna. Chego à cabana e ouço o chuveiro sendo usado. Então ela surge ensopada, com uma toalha em volta do corpo. Prepara mais uma leva do seu remédio milagroso para ressaca e lava a própria caneca antes de guardá-la no armário. Como prometido, o remédio funciona como um milagre. Minha mente clareia. A ordem é temporariamente restabelecida. Tomo banho, me preparo. Então recomeçamos. Mais gravações, mais entrevistas. Sessões com Anna. Dia 2.

Só mais tarde, horas depois, desviamos da cronologia do caso. Como todos os bons interrogadores, ela dá mais atenção a algumas partes do que a outras. Continuo colaborando. Ainda me pergunto se entendi errado. Se, quem sabe, vou sobreviver. Sair desta ilha. Reencontrar a sanidade.

— Mas por que você? — pergunta ela.

Está mais direta. Dou um gole no uísque. A pergunta me pega.

— Como?

— Por que foi você e mais ninguém quem seguiu esse tipo de tratamento? — insiste Anna. — Teve algo no seu passado que influenciou a teoria do estímulo? Por que você acreditou que a esperança podia ser tão transformadora para um distúrbio mental como a síndrome da resignação?

Limpo a garganta. O debate na literatura psicológica ainda está em disputa, questionando se Anna acordou por causa dos meus métodos ou porque Harriet arquitetou o sono profundo, usando seu frasquinho para inserir escopolamina no sistema de Anna, ciente de que a substância não seria detectada nos exames. E se Harriet planejou as coisas ou simplesmente agiu de acordo com as ordens de Anna, que fingiu o sono profundo para se livrar da acusação de duplo homicídio.

Por enquanto, devo manter minhas antigas crenças. A cura de Prince. Continuar com o fingimento.

— O mundo moderno acha que a ciência é contra a arte e que a mente se opõe ao corpo, o espírito à matéria — digo. — Mas os cientistas da Royal Society também eram teólogos e alquimistas. Isaac Newton era tão ativo nos estudos bíblicos quanto na física. Aristóteles escreveu sobre drama e poesia, mas também sobre biologia e política. É por isso que os distúrbios neurológicos funcionais me interessam tanto.

— Não me parece uma resposta médica.

— Não é. Não exclusivamente. Os DNFs mudam a natureza do entendimento médico tradicional. É possível que nenhuma doença orgânica seja encontrada no cérebro e que, ainda assim, a condição seja perfeitamente real e devastadora por completo? Será que o mítico pode se tornar totalmente material? Se conseguirmos responder a isso, vamos começar a entender os mistérios da vida.

No passado, este era o ponto em que Clara fugiria para a cozinha. KitKat bocejaria e passaria a brincar com seu mais recente brinquedo favorito. Os funcionários da Abadia, em especial os do último andar, fariam piadas ácidas. Agora sinto até falta dessas brincadeiras. A vida é um negócio tão estranho e inconstante.

— Mas por quê?

Sua insistência me surpreende de novo. É Anna, a escritora, e não Anna, a paciente.

— Quem é que sabe? — falo por fim. — "Por quê" é uma pergunta impossível de ser respondida.

— A não ser que você seja psicólogo e seu trabalho seja estudar a mente.

— Agora é você que está me superestimando.

— Ainda quero saber. O que fez você perceber que a esperança poderia ser tão poderosa quanto heroína? O que fez você pensar que a felicidade é tão estimulante quanto qualquer outro tipo de euforia?

Respiro fundo.

— Os fatos da História.

— Quais?

— A mente é singularmente humana. Nenhum outro animal tem um cérebro com tal capacidade. Mas esse dom também é uma maldição. É o que Milton quis dizer quando escreveu sua famosa frase. A mesma que sua mãe citou para mim quando nos encontramos pela primeira vez na igreja. "A mente é seu próprio lugar, e por si só pode fazer do inferno um paraíso, e do paraíso um inferno." Os poetas sabiam disso muito antes dos psicólogos ou dos psiquiatras.

— Então não era nada mais pessoal? — pergunta ela. — Algo do seu passado? Um arco de redenção que você mesmo experimentou?

Enfim, aqui estamos. As perguntas vão ficando mais pessoais, mais espinhentas. Há uma súbita mudança na nossa dinâmica. Anna nota o desconforto estampado no meu rosto. Ouço o rugido de trovões do lado de fora. O ar se renova, cheio de expectativa.

As erínias estão vindo me pegar, assim como antes.

— Do que está falando?

— Este livro é sobre a verdade, Ben — Anna fala com uma calma aterrorizante. — Este era o acordo. Toda a verdade e nada mais do que a verdade.

Espero.

— Acho que é hora de você honrar esse acordo, não é?

77

BEN

Chega de joguinhos. Finalmente estamos sendo honestos. Abandonamos o fingimento.

Anna está impossivelmente imóvel. É a primeira coisa. Sua voz é forte, quase sobrenatural. O gravador está ligado. O olho vermelho me acusa. O perigo gruda na minha pele.

Estou diante de uma assassina. Nunca quis praticar terapia cognitivo--comportamental, nem me sentar em um consultório para falar com pessoas ricas e tristes. O perigo é o ar que respiro. Meus pacientes são criminosos. E Anna é a paciente e a criminosa mais interessante de todas.

— Por que não me conta a verdade, Ben?

Ela fala de um jeito tão profissional. Ela quer batalhar. O treino de antes é substituído por uma guerra de trincheiras — por coisas enlameadas e brutais.

A luz do gravador pisca. As ondas quebrando na praia fazem barulho lá fora. Ouço gritos na água. Em algum lugar próximo, uma música ressoa de caixas de som portáteis, competindo com os sons da natureza, até que tudo — o mar, os gritos, a música, o trovão — vira apenas um borrão sonoro e não é mais possível distinguir nada.

Estou suando mais que o normal. Estou enjoado, até trêmulo.

A tempestade. As chuvas. Se ao menos elas parassem.

— Eu nunca menti — digo. — Meu trabalho na Abadia era encontrar a verdade. É tudo com que sempre me preocupei. Assim como você.

Anna nem está suando.

— Você ainda está mentindo — ela fala. — Tudo o que você fez, tudo o que escreveu, é mentira. Talvez você até tenha se convencido às vezes. Como é que vocês, psicólogos, chamam? Síndrome da falsa memória. Transtorno dissociativo de identidade. Amnésia psicogênica. Lembranças reprimidas.

Pode escolher. A capacidade de compartimentalizar tanto algo que parte da sua mente nem sequer reconhece a outra. Isso permite que você viva duas vidas. O passado não é um país estrangeiro. É uma galáxia diferente. Sua autorreinvenção é tudo o que existe.

Síndrome da falsa memória. Transtorno dissociativo de identidade. Amnésia psicogênica. Lembranças reprimidas.

Sim, estou vendo agora. Estou vendo tudo. Este é o ângulo que ela escolheu. Devia ter percebido antes, previsto tal comportamento. É assim que ela vai me pegar: me condenando com as minhas próprias teorias.

Um fio grosso e oleoso de suor escorre pela minha testa, caindo pesadamente na minha calça. Tusso com violência e pego mais uísque. Minha visão está estranha. Eu me obrigo a continuar, a não admitir fraqueza.

— Isso não está parecendo uma entrevista, e sim um interrogatório.

— Interrogatórios são só para pessoas culpadas. Você é culpado, Ben?

Olho para o gravador de novo. Eu me vejo deitado na praia com Anna e me lembro daquela sensação primordial de proximidade. Tudo isso — o flerte, o jantar, a intimidade deliberada desses dias — foi ensaiado e planejado. Estou sozinho, vulnerável, sofrendo por tudo o que perdi. Todos os assassinos talentosos sabem manipular suas vítimas, encontrar seus pontos fracos.

Anna vê que meu copo de uísque está vazio. Ela me observa suar. Ouve a tosse seca e não se mexe. Em vez disso, diz:

— A professora Bloom sabia que você era culpado?

Ouço minha última conversa com Bloom na noite em que ela morreu, suas instruções sobre pegar o arquivo no cofre. Ninguém escutou aquela ligação. Escondi bem a pasta. Este ainda é um segredo entre mim e Bloom.

Pontos cegos da memória. Ações esquecidas. Claro. Ela quer que eu confesse. É por isso que ainda estou aqui. Anna quer que seu diagnóstico esteja correto.

— Para alguém com amnésia pós-traumática, sua memória parece admiravelmente clara para mim.

— É disso que todo esse caso se trata, não é? É tipo uma ilusão que distrai o público enquanto o verdadeiro truque é realizado. Isso é o que descobri em todas as minhas entrevistas. Você é a última testemunha, não a primeira. Fiz o que jornalistas fazem e examinei cuidadosamente todos os fatos da minha própria queda.

— Uma jornalista resolvendo o próprio crime.

— Sim. Isto na verdade nunca foi sobre mim, Bloom ou Harriet. Era sobre outra pessoa. A pessoa a quem a professora Bloom chamava de Paciente X.

Passei tanto tempo procurando a resposta e, ao mesmo tempo, tentando esquecer. A minha obsessão, a minha ruína. Minha outra metade.

Ainda não há faca. Não virei as costas. A noite ainda não caiu. Mesmo assim, no fundo, sei que é isso. Não pode haver outro final.

Ela está me observando. Preciso de água.

— Não sei quem é Paciente X. Ou, pelo menos, não posso provar. Ninguém pode.

— O mundo acredita que era Harriet.

— Sim.

— Mas você não concorda?

— Não, a menos que a informação na ficha de Bloom esteja errada. As anotações dela afirmam claramente que, em 1999, Paciente X tinha menos de dezoito anos e estava recebendo atendimento no Broadmoor. O hospital não admitiria uma paciente como enfermeira nem empregaria alguém menor de idade. Claro, se algum desses fatos estiver errado ou se a ficha de Bloom tiver sido alterada, as apostas precisam ser canceladas.

— Concordo. Não era Harriet. — Anna faz uma pausa. — Encontrar Paciente X significa descobrir a verdade sobre o que aconteceu na Fazenda. O por quê, não o como. Todo mundo sempre acreditou que os assassinatos daquela noite eram sobre as vítimas. Mas e se essas vítimas fossem só um dano colateral? E se os assassinatos nunca tiverem sido sobre Douglas ou Indira, mas sobre o próprio ato de matar alguém? E se todo mundo passou esse tempo todo olhando na direção errada?

— Não sei se entendi.

— E se foi uma ação cuidadosamente orquestrada? O número de facadas, o sangue em volta da Cabana Vermelha, o jeito como os cadáveres estavam dispostos. Tudo foi desenhado para provocar o máximo terror. Para ser um evento midiático e desencadear o que hoje é chamado de síndrome da resignação.

Agora começo a entender. Ou pelo menos é o que acho.

— Harriet era uma enfermeira experiente. Tinha algum conhecimento médico. Quem quer que estivesse trabalhando com ela sabia disso. Talvez até tenha usado esse conhecimento.

Anna sorri.

— Sim. Mas um plano como esse não requer nenhum conhecimento médico, e sim um entendimento profundo da Psicologia do Sono. Dos gatilhos exatos de um paciente. Alguém que passa seus dias tratando pacientes. Com um bom entendimento do sistema de justiça criminal e de Psicologia Forense.

Tento organizar os pensamentos. Vejo a armadilha que ela preparou e procuro uma saída.

— Isso significaria que Lola Ridgeway, ou Harriet, sempre foi um bode expiatório. Que o verdadeiro responsável a usou para seus próprios fins. Que ela era apenas uma isca.

— Sim, isso mesmo.

— O que, por sua vez, exigiria um outro suspeito? Alguém que se encaixa no perfil de Paciente X?

— Sabemos que X era inteligente, uma pessoa altamente manipuladora e falsa. Capaz de mexer pauzinhos. De controlar Harriet e planejar tudo.

Espero. Sei o que está vindo. Em algum nível, sempre soube. Sei desde que ela apareceu no consultório, depois de ter me encontrado no exílio. É ela ou eu. Sempre foi. Desde o instante em que chegou, sou um homem morto.

— Tem algum candidato em mente?

— Sim — diz Anna, sustentando meu olhar. — Tenho.

DIÁRIO DE ANNA

2019

30 de agosto

Então eu fiz. Apesar de não saber exatamente o quê.

Tudo o que consigo ver é o sangue.

Grudando nas minhas roupas e na minha pele.

Sujando meu pescoço, molhando meu queixo.

Mesmo agora, enquanto escrevo, a página fica toda manchada.

Estou sonhando. Ainda assim, esse sonho parece real demais. Mas todos os sonhos parecem reais, não é? Esse é o objetivo.

Sonhos ansiosos de fuga. Sonhos vermelhos de vingança assassina. Sonhos com provas escolares, em que a textura do papel, o movimento da esferográfica e a firmeza do colarinho são tão reais que podem ser sentidos, até mesmo saboreados.

Então deve ser isto.

Tudo o que consigo ver são os dois ali deitados. Indira e Douglas. Meus companheiros de apartamento. Meus melhores amigos. Meus traidores. As duas pessoas com quem compartilhei a incipiente vida adulta, a jornada purgatorial para a vida real.

Só que parece o fim. Não tenho cabeça. Alguém fez isto comigo. Mais cedo, acho, depois do que aconteceu na Floresta. Nada foi o mesmo desde então.

Caçadores *versus* Sobreviventes.

Preciso sair daqui. Só que o sono parece me capturar mais que tudo. Nunca estive tão exausta.

Posso me ver parada na porta da Cabana Vermelha. Indira e Douglas estão duros feito pedra em suas camas, em seu sono mortal.

Meus passos são abafados; meus movimentos, desajeitados, autoconscientes e estranhamente bêbados ao mesmo tempo.

Há uma voz ao meu lado, ecoando na minha cabeça. É uma mulher. Mas não sou eu. Ela repete o mantra como se fosse um cântico. As palavras harmonizam musicalmente. O som está dentro e fora do meu corpo. Mas me impulsiona para a frente.

Estou parada na porta, vejo as duas silhuetas e aperto friamente o cabo da faca na palma da minha mão e ouço aquelas palavras entoadas quase em oração até que estou bem em cima dos dois na cama e preciso fazer a fatídica escolha. Como Eva, como Medeia, como todas as outras.

Então acontece. Uma vez, duas, de novo, quatro, cinco, seis, sete, oito, nove, um frenesi. Douglas se agita com olhos turvos, o sangue escorrendo pelo nariz e pelos lábios. Mas não lhe dou tempo para reagir. A voz é clara. Ambos devem morrer. E então eu me viro e recomeço. Uma vez, duas, três, quatro, de novo, seis...

O sono se aproxima agora. Logo virão atrás de mim. Ainda assim, as palavras não vão embora. As ordens. É assim que vou fazer. As palavras são escritas, digitadas segundo as instruções: *Me desculpem. Acho que matei eles.*

Quando eu era criança, meus olhos nunca se fechavam. De agora em diante, meus olhos nunca mais vão se abrir.

É assim que o pesadelo termina e o sonho começa.

Eu me afasto da cama.

É assim que vou escapar impune do assassinato.

78

BEN

Paciente X.

Está quente demais. O mar lá fora está barulhento. Minha pele está coçando. Preciso de ar, mas não há. Olho para o gravador e para aquele irritante olho vermelho feito sangue piscando sem parar. Minha suspeita estava correta. Mas meu tempo se esgotou.

— Por que eu ia querer matar dois jovens de vinte e poucos anos e incriminar você?

Anna não se intimida, soando tão discretamente autoritária quanto antes.

— Porque é para isso que você fez tudo, Ben. Se tornar psicólogo forense. Trabalhar sob a mentoria de Bloom na Abadia. Passar a vida fascinado por distúrbios do sono. Você levou mais de vinte anos planejando isto. Duas décadas, desde que você foi aquele jovem de codinome X. Esta nunca foi uma operação de silenciamento. Só parecia isso. Você queria que todos acreditássemos nisso. Esta sempre foi uma missão de vingança.

Sinto uma dor surda na nuca. Sinto algo se liberando, a crueza me consumindo. Lacunas no tempo que não consigo preencher. Pesadelos que não são mais pesadelos, mas acontecimentos reais reprimidos na memória. Sombras aterrorizando meus sonhos.

— Contra quem?

— As pessoas que realizaram o experimento Medeia. Bloom era a figura mais óbvia. Foi isso que me impediu de ver por tanto tempo. Por que ela não foi morta primeiro? Foi ela quem conduziu o experimento Medeia. Foi ela quem liderou o projeto no Broadmoor. A cronologia me cegou. Até que entendi.

Espero. Não falo nada, fico apenas encarando-a.

— O plano era atacar no vigésimo aniversário da morte de Sally Turner — diz Anna. — 2019. Só que a minha investigação para o artigo mudou totalmente o cálculo. Se eu continuasse investigando, haveria a chance de que eu descobrisse a verdadeira identidade da criança de Sally Turner. Paciente X. Isso mudou todos os seus planos. Eu tinha que ser tirada de cena primeiro.

— Então por que não fiz simplesmente isso? Se eu sou o Paciente X, por que fazer tudo de um jeito tão elaborado?

— Já falei. Seu plano não era me silenciar. Era uma vingança pelo experimento Medeia. Só me matar desse jeito seria fácil demais. Indolor demais.

— Não faz sentido.

— Sally Turner. A Monstra de Stockwell. Por um breve momento no fim do último milênio, ela foi a pessoa mais execrada da Terra. A mulher que matou duas crianças a sangue-frio. Ela foi a ração dos tabloides. A personificação do mal. Até o nome Sally caiu em desuso por causa dela. Ela era uma pária entre os assassinos. Uma exilada da raça humana. É por isso que Bloom foi autorizada a experimentar os métodos descritos naquele artigo. As ações de Sally Turner de alguma forma a tornaram menos que humana. Segundo o público, ela mereceu tudo o que recebeu.

— E como isso está relacionado com o seu caso?

Anna abre a bolsa e pega um livro. Ela o mostra para mim: é a edição de *Medeia*, de Eurípides, dos clássicos da Penguin.

— É uma história tão antiga quanto as montanhas. Fazer com que eu ficasse em silêncio não era o objetivo final. Não, era me *humilhar*. Foi uma tragédia de vingança desde o início.

Continuo em silêncio.

— Você queria me transformar em uma vilã dos tabloides. Uma criminosa infame. Um mito, um arquétipo. Sally Turner era a madrasta malvada. Então me tornei a princesinha mimada. Tive que sofrer como ela sofreu. O assassinato foi apenas um meio para esse fim.

Pensamentos intrusivos surgem de novo. Aqueles que não podem ser nomeados.

— Mas por quê? — digo, me esforçando ao máximo para parecer convincente. — Por que eu faria isso?

— Não consegui descobrir. Ou não a princípio. Mas tinha uma conexão que eu não tinha percebido. Um fato que estava óbvio desde o início. Não era de mim que você queria se vingar. Era de outro membro da minha família — diz ela. — Foi aí que tudo começou a fazer sentido. É disso que se tratou desde o começo.

79

BEN

Olho para o copo na minha mão.

Penso em Anna lavando seu copo hoje pela manhã. Não vai haver vestígios. Vai parecer natural.

Ela não precisa de faca. Não desta vez. Meu corpo vai fazer o resto por ela. Minha morte não exige espetáculo. Sou só um fantoche que precisa ser eliminado. A última peça do quebra-cabeça.

Fixamos o olhar um no outro. Ela me encarando. Eu a encaro de volta. Estamos presos neste momento singular e mortal.

Consigo ler tudo na sua expressão: vingança, cálculo, frieza predatória de alguém que já fez isso antes e escapou impune.

Ela imaginou este momento, a glória e o triunfo.

É assim que vai remover o último obstáculo. Com uma bebida.

Depois de tudo, é assim que vai terminar.

Vou morrer nesta ilha como o vilão. Ela vai embora como a heroína.

Feliz para sempre.

Anna continua:

— Eu só tinha cinco anos em 1999. Nem me lembrava do caso Sally Turner. Não fazia sentido eu ser o alvo. A não ser, claro, que eu não fosse. Que eu só *parecesse* ser.

Minhas forças se esvaem. Minhas palavras ficam arrastadas. Cada pedacinho meu está colapsando.

— Não entendi.

— Acho que não.

— Então quem? Quem era o alvo real?

— Existe um tipo de dor ainda maior que a morte. Apenas um. A morte em vida. Ver isso acontecer com alguém que se ama e não poder impedir. É uma agonia além do que se pode imaginar. Capaz de destruir qualquer chance de felicidade ou resolução. Sofrer desse jeito é a pior dor que qualquer ser humano pode enfrentar.

As palavras machucam. Mas obrigo-as a sair.

— Sua família, então?

— Em 1999, minha mãe era ministra do Departamento da Saúde. Tinha autoridade direta sobre três unidades psiquiátricas de custódia do Reino Unido: Hospital Ashworth, perto de Liverpool; Hospital de Custódia Rampton, em Nottinghamshire; e Hospital Broadmoor, em Berkshire. Eu nunca fui o alvo da sua vingança. *Ela* foi.

Eu me esforço para manter a compostura. As palavras se formam lentamente, soltas. Cuspo cada sílaba. Tudo parece impossível e eterno.

— Ainda não faz sentido.

— Vinte e cinco anos atrás, a professora Bloom era apenas uma psicóloga clínica. Uma consultora, sim, mas que não chegava nem perto de poder autorizar intervenções experimentais nas alas do Broadmoor. Não; algo como o experimento Medeia, algo que, se vazasse, poderia provocar todo tipo de manchetes sensacionalistas, estava muito além das suas funções. Era necessária uma autorização direta. Mais que de um médico. Tinha que vir de cima.

— De um ministério?

— Especificamente, da ministra que cuidava da saúde mental. A baronesa Emily Ogilvy de Kensington. Ela deu o suporte legal para que Bloom colocasse em prática os métodos de tratamento descritos no seu artigo. Sem minha mãe, Medeia nunca teria acontecido. Sally Turner ainda estaria viva. E, mais importante, você, como seu filho, não teria sido obrigado a ficar ali vendo a própria mãe sofrer daquele jeito.

Há uma elegância organizada e quase matemática nisso.

— Atingir somente Emily não seria suficiente — digo, seguindo a lógica, sendo conduzido a lugares a que desesperadamente não quero ir. — A única coisa que poderia lhe causar mais dor que seu próprio sofrimento seria ver um membro da própria família sofrer. Assim como aconteceu com a Criança X.

— Com você, sim. Admita, Ben. Fale as palavras. Olho por olho. Dente por dente. A vingança final. Duas décadas de planejamento.

— Você tem alguma prova?

— Bloom tratou você como o filho que ela nunca teve. Ela conheceu você em 1999. Acho que ela reabilitou você. Acho que ela percebeu seu interesse na mente humana e tentou conduzir você na direção certa. Ela acreditava em redenção. Que nenhuma alma estava além da salvação. A Criança X poderia ter uma vida plena e recompensadora. Não como o filho de Sally Turner. Mas como o novíssimo Benedict Prince.

Balanço a cabeça. Mas os pensamentos não me deixam. As lacunas, as elisões, as sombras na minha cabeça.

— Isto é um absurdo.

— Não, Ben. A melhor forma de escapar da desconfiança é convidá-la. É por isso que você foi descuidado na cena do crime. Uma vez que a sua culpa foi levantada e descartada, você estava livre. Tudo poderia ficar na conta de Harriet. Você a empurrou para o túmulo cedo demais. Ela era a amizade especial que você mencionava nas sessões com Bloom. Você a conheceu quando ela estava fazendo treinamento na Ala Cranfield. Ela esteve com você até que deixou de ser útil. Você nem tentou esconder. Admitiu ter trabalhado como assistente em hospitais psiquiátricos de custódia na orelha do seu primeiro livro. Você conhecia aquele mundo melhor que ninguém.

Estou mal. Tanto física quanto mentalmente. Meus pulmões não querem trabalhar. A simples ação de respirar é difícil. Os pensamentos se agitam na minha cabeça. Meu peito dá solavancos, meus cotovelos também. Síndrome da memória falsa. Transtorno de identidade dissociativa. Amnésia psicogênica. Lembranças reprimidas. Será que é verdade?

Sei que se encaixa. Um paciente que não está nem ciente do espaço entre ficção e realidade. Convencido de que as recordações falsas são reais. A mente dividida em duas, protegendo seus segredos mais profundos e sombrios. Lembranças e ações desencontradas. Lacunas, ausências.

Estou prestes a responder quando, finalmente, ouço o rugido elementar lá fora. Acontece tão rápido que mal posso imaginar como era antes. Água no deserto. Nuvens de tempestade se derramando. A chuva violenta. Dias de água varrendo o chão. A debandada batendo nas paredes do chalé. Garganta, lábios, pescoço, peito, estômago, intestino — tudo está falhando. As gotas de chuva imitam aplausos, como se este fosse meu ato final, banido do mundo com um estrondo. Minha última cena.

Preciso de água desesperadamente. Estou morrendo para matar a sede com a chuva.

— Não — solto. É tudo o que consigo dizer. Cada pequeno erro, cada desvio surge diante de mim em um flash. Minha vida toda de trás para a frente. Pensei que ela fosse atacar ontem à noite. Meu treinamento psicológico previu um espetáculo, a assinatura de Anna. Mas ela se antecipou e fez o oposto. É mais esperta que eu. Sempre um passo à frente. Fui superado pelos limites da minha própria mente. — Não, você somou dois mais dois e viu cinco.

— Não desta vez.

Fico olhando para o meu copo de uísque. Meu coração retumba.

— Isso tudo é loucura. Você não tem provas. Nenhuma.

— Sabemos que Sally Turner teve uma criança. Sabemos que Bloom tratou dessa criança enquanto realizava o experimento Medeia. Provavelmente, ela recebeu cuidados logo após a morte de Sally Turner e ganhou um novo nome. Todos os vestígios da sua ligação com ela foram apagados dos registros. Depois dos vazamentos do caso Bulger, a nova legislação foi formulada para garantir que um caos midiático como aquele jamais pudesse se repetir com um menor de idade. O velho nome morreu. O novo nome era tudo o que existia. Somente Bloom sabia que eram a mesma pessoa.

— Você não pode provar que essa pessoa era eu.

Paciente X.

Anna estica a mão para interromper a gravação. O olho vermelho se apaga. De alguma forma, a sala fica mais perigosa no silêncio. Os tremores descem pelas minhas mãos. A boca do meu estômago se contrai. Sinto um golpe diretamente nas minhas costelas. Meu corpo todo está se desintegrando. Meus sentidos estão sendo obliterados.

A tempestade continua nos afogando. Preciso gritar:

— Você não entende!

Anna permanece em silêncio, tão imóvel quanto antes.

— Ajude-me, Ben. Ajude-me a entender.

Vejo o restante se desenrolar na minha frente. Serei encontrado em alguns dias, possivelmente semanas. Não vai haver copo de uísque nem garrafa. Sou um homem de meia-idade que bebe demais. Sou estatística em todos os cantos do globo. Estou caindo. Há um baque quando meu corpo acerta o chão. Joelhos, costas, cabeça.

— Você está errada — falo com dificuldade. — Por favor, você tem que acreditar em mim. Você entendeu tudo errado. Só tem uma pessoa que poderia ter acessado a cela de Harriet. Só tem uma pessoa que poderia ter feito isso...

Olho para cima, para a cabana vazia. Vou berrar para o nada. Só vão restar eu e as paredes e o chão empoeirado. Os sons colidindo um com o outro, em uma sinfonia barulhenta. Esperando a tempestade passar, como um invasor pilhando a cidade, deixando somente destruição em seu rastro.

Quando a normalidade retornar, Anna não estará mais aqui. Qualquer vestígio seu será apagado. Só vai restar o mar batendo na praia, fragmentos de vozes meio esquecidas, o sol queimando meus olhos como lava e os fantasmas da nossa velha casa em Oxford e da vida como deveria ser e da verdade que não ousa dizer seu nome.

Ouço a narração do sonho de Anna de novo. Correndo por uma floresta escura para encontrar a resposta em uma cidade chamada Maratona.

Vou rastejando como posso até a porta. A chuva entra pelas frestas frágeis. Um trovão preenche o ar. Minhas unhas buscam uma abertura, a última chance de respirar, a oferta final de liberdade. Vou ficar deitado de barriga para cima, olhando para o forro e pensando em KitKat me perguntando na cama se da próxima vez pode ser ela quem vai se fingir de morta.

Ela é o último rosto em que penso. Os anos que vou perder. Os triunfos e desastres, os namorados e parceiros, os filhos, uma vida inteira. O resto não significa nada. Somente um amor como esse sobrevive a nós.

Queria poder abraçar KitKat uma última vez. Dizer que meu amor por ela é maior que o céu, mais profundo que o oceano. Tão grande que ela nunca vai entender.

— Como é que uma história assim acaba? — pergunto.

— Como todas as histórias — diz Anna. — Os justos sobrevivem. Os injustos, não. O mal é derrotado, e a ordem é restabelecida. Adeus, doutor.

E, naquele momento, a Bela Adormecida abandona seu príncipe e segue para um reino muito distante.

E nunca mais é vista de novo.

AO
Londres, Nova York, Port Maria

PARTE CINCO

UM ANO DEPOIS

80
CLARA

O livro a espera no aeroporto.

Ela pega as malas e atravessa as lojas. A sonora capa está espalhada pelas vitrines da livraria WHSmith, a pilha bamba de exemplares exibida nas mesas da frente, uma visão que não pode ser ignorada pelos viajantes voltando para casa. O livro vem sendo divulgado nas redes sociais há semanas. Nos anúncios de jornais. Nas recomendações de celebridades. É a autobiografia de crime real do século.

Príncipe Harry e Michelle Obama são uma coisa.

Mas Anna Ogilvy é a própria Bela Adormecida.

Clara compra uma cópia de *Anna O: uma história verídica* e a enfia na bolsa para olhar depois.

Ela procura no estacionamento do aeroporto e encontra seu pequeno Citroën. Há uma vaga promessa de sol no fim de tarde e uma nova leveza em tudo, como se a parte mundana da vida pudesse ser retomada. Ela faz uma lista mental enquanto coloca o cinto: pegar Kitty, que foi dormir na casa da amiga, encher a geladeira, lavar o uniforme da escola, preencher o formulário de permissão para uma excursão escolar, voltar ao estresse do trabalho.

Sai do estacionamento e liga o rádio. Verifica os retrovisores, esperando ver algum carro. Mas, até agora, a pista está vazia.

Está passando um programa de debate, e Clara fica ouvindo as discussões genuínas sobre a autobiografia de Anna Ogilvy. As reações, as controvérsias, a sedução provocada pelo assassinato e pelo mistério. Édipo Rei, Caim e Abel, Hamlet, Agatha Christie. Ela se diverte ao pensar em todos esses podcasters, blogueiros e influenciadores celebrando enfaticamente o livro como se fosse muito importante. Eles usam todas as palavras da moda: experiência vivida, recuperação da própria narrativa, objetificação do olhar masculino, libertação da grande mídia, a verdade "dela".

Mas a coisa é muito mais antiga que isso. Assassinatos são histórias tão velhas quanto o tempo.

Seres humanos são feitos de histórias. As pessoas acreditam em tudo se você usar a embalagem correta. Assim como aconteceu com a história de Anna O e do declínio de Benedict Prince. Mesmo agora, tem gente que jura que Anna Ogilvy matou os melhores amigos por vingança e depois fingiu sofrer de síndrome da resignação com a ajuda de sua cúmplice perturbada. Desde a publicação do livro, outros têm elogiado a coragem de Anna de caçar seu perseguidor e extrair a verdade dele. Anna ou Ben. Ela ou ele.

Dois finais perfeitos para duas histórias perfeitas.

Às vezes, Clara se pergunta se a verdade como entidade singular pode continuar sobrevivendo. Antes, fato e ficção tinham uma divisória nítida e imutável. Agora, só existem verdades plurais, cada uma tão ofensiva e correta quanto a outra.

Ela se lembra de ter estado parada na Cabana Azul na Fazenda naquela noite, testemunhando a névoa azulada do reforço policial emergir do céu preto feito carvão e ciente de que, daquele ponto em diante, nada seria como antes. Era uma oficial de investigação sênior submersa em seu primeiro caso. Que caiu milagrosamente na sua mão. Cada aspecto da sua vida estava prestes a mudar.

Clara chega ao lugar combinado antes do que queria. É arrancada dos devaneios. Desliga o rádio e espera um pouco.

Então Kitty sai da casa. Clara desce do carro e aciona o modo mãe, despejando todo aquele ritual baboso de sempre. Parecer animada é noventa por cento da vida. Ela abraça e beija e faz carinho na filha como qualquer mãe. Elas entram no carro, e Kitty relata sua versão adulterada da noite passada fora.

Finalmente, depois que a menina se ajeitou e contou a primeira história entre risadinhas, ela olha para Clara e, como se só tivesse pensado nisso depois, pergunta:

— Como foi a viagem?

— Boa — responde ela. — Quer saber a melhor parte?

— Qual?

Clara sorri. Ela se inclina e dá um beijo na testa da filha.

— Estou olhando bem para ela.

81

CLARA

Agora a peregrinação até o parque faz parte da rotina. Um banco é uma coisa estranha de se ter. Clara associa bancos e árvores a pessoas mais velhas. Destinam-se às almas sábias que presidiram o conselho paroquial ou dirigiram o coro local. Bancos não são para ex-maridos com décadas de vida pela frente. Às vezes, ela se arrepende de tê-lo encomendado. Mas precisa manter a pose de ex-esposa fiel que acredita firmemente na inocência do marido.

Originalmente, o banco também era para Kitty, para que se lembrasse do pai. Ben foi cremado, em vez de enterrado. Então o banco proporcionaria uma presença física duradoura, mesmo que não houvesse lápide. Elas chegam ao local de sempre, e Clara fica quase grata ao vê-lo desocupado, talvez até intocado. Desde que a história saiu, e especialmente desde que trechos de *Anna O: uma história verídica* foram divulgados pela imprensa, o banco tem sido um alvo. As visitas ocasionais se tornaram mais momentos de limpeza que de comemoração.

Mais uma vez, ela fica olhando para as palavras, tão familiares e mesmo assim tão estranhas.

Dr. Benedict Prince — psicólogo e pai. A mente é o seu próprio lugar.

Ela sente a mão úmida de Kitty contra a sua. A cada passo, a menina vai apertando-a mais ferozmente. Clara sabe que mesmo ali, por baixo do casaco peludo e das camadas de roupas, o coração da sua filha bate acelerado contra o corpo.

Kitty se solta e dispara para o banco, jogando-se nele. Ela acaricia a placa prateada, como sempre, e fica balançando as pernas, que estão mais compridas agora, quase tocando o chão. Está mais confiante, impetuosa até. Mais uma coisa que Ben nunca vai ver. Logo este banco estará velho e deformado, e a filhinha deles estará crescida.

Clara se senta ao lado de Kitty, abre a bolsa e pega as comidas para o piquenique costumeiro. Ambas estão quietas. Kitty já esgotou todas as perguntas. Clara já respondeu tudo o que podia. Não há mais nada a dizer sobre aqueles dias em que seu mundo virou de cabeça para baixo.

O corpo de Ben foi descoberto no chalé que ele alugou em Grand Cayman. A perícia encontrou quantidades titânicas de álcool em seu sistema. Não havia nenhum bilhete nem confissão. Tampouco vestígios da presença de terceiros, apesar da posterior revelação de que Anna visitou o local.

A conclusão inicial foi bastante clara: o dr. Benedict Prince bebeu até morrer. No seu exílio solitário de divorciado. Pura e simplesmente. Depois, a polícia fez uma busca em sua casa e encontrou materiais preocupantes. Itens de interesse relacionados a Sally Turner, Medeia e o passado.

Assim que as notícias vazaram, Clara se viu na mesma sala de interrogatório em que Ben estivera, ouvindo perguntas sendo atiradas feito armas por ex-colegas. Ben já falou sobre sua história pessoal? Ele comentava sobre a infância e como conheceu a professora Virginia Bloom? Era violento com ela? Ela alguma vez já impediu o processo de alguma investigação policial em curso? Já mencionou alguma coisa sobre Sally Turner ou seu tempo no Broadmoor?

Na maior parte do tempo ela permaneceu em silêncio, quebrando-o apenas ocasionalmente, quando era obrigada a confrontar a verdade e analisar o homem que amou. Ele era inteligente, ela diz. Sim, olhando em retrospecto, *houve* momentos. Mas essa é a questão dos sociopatas. Eles não se apresentam assim. O controle e a manipulação são cuidadosamente obscurecidos por imitações bastante vívidas do comportamento normal e cotidiano. Não, ele nunca falou muito sobre a infância. Sua família parecia perfeita, apesar de tanto a mãe quanto o pai já estarem mortos quando ela o conheceu. Ou foi isso que ele lhe contou. E era no que ela sempre acreditou.

Por fim, eles a deixam ir embora. Não há evidência definitiva de que Ben era Paciente X ou de que sofria da síndrome da falsa memória. Mas nunca vai haver. Assim como aconteceu com Harriet. Ambos estão mortos. O caso foi encerrado. Só restaram boatos, teorias, insinuações, fofocas. Clara aguenta mais seis meses na corporação e depois pede demissão. Arranja um emprego no setor privado com o nome de solteira. O nome de Kitty também é alterado. Não são mais Prince.

Elas terminam de comer em silêncio e então voltam para casa devagar. Só mais tarde naquela noite, quando o jantar já foi servido e Kitty está enfiada na cama, é que Clara se acomoda no sofá com uma segunda taça de vinho e desliga o celular. O exemplar de *Anna O* está na mesinha de centro, com a capa virada para baixo. Ela passa a mão pela luva, sentindo sua textura elegante.

Clara abre a capa grossa gentilmente e inala o cheiro imbatível de livro novo. Olha para a orelha frontal e lê a sinopse esbaforida da editora sobre "o livro de não ficção da década" e "o *A sangue frio* dos anos 2020". Também há um resumo do caso. Deve ser a primeira vez, pensa ela, que o caso é enquadrado no passado, e não no presente.

Clara observa a outra orelha com a biografia da autora:

> ANNA OGILVY estudou Letras na Universidade de Oxford antes de fundar a revista cultural *Elementary*, outrora descrita como "a autêntica voz de uma geração". Como diretora criativa, ela fez um trabalho pioneiro, contribuindo para o renascimento dos impressos e publicando vários artigos revolucionários sobre as questões sociais que os jovens de vinte e poucos anos enfrentam hoje. Em 2019, Anna enfrentou um distúrbio neurológico funcional conhecido como síndrome da resignação. O incidente foi noticiado em todo o mundo como caso "Anna O", que gerou livros, filmes, documentários e inúmeros artigos de opinião. Ao ser libertada, Anna voltou ao seu primeiro amor: o jornalismo e a escrita. Este é seu primeiro livro.

Quando não consegue mais resistir, Clara abre na página de rosto. Mais do que tudo, sente um profundo alívio.

As pontas foram amarradas. O mistério foi resolvido.

A ameaça certamente acabou.

E começa a ler.

82

CLARA

É de manhã quando ela alcança a última página. O mundo real é engolido por outro. Exceto que este romance é verídico. Anna utilizou todo o material das entrevistas. Descreveu os pensamentos de Clara exatamente como Clara os descreveu para ela.

As cortinas ainda estão abertas. Kitty precisará ser acordada em algumas horas. Apesar de tudo, parece um novo capítulo. O começo de algo.

Clara liga o celular e verifica os e-mails que recebeu durante a noite. A publicação do livro nos Estados Unidos provocou outra onda de interesse na história. A equipe de comunicação da sua nova empresa lhe ofereceu um resumo: o *New York Post* quer publicar uma matéria na edição de amanhã. As grandes redes estão atrás de entrevistas. Todos os tabloides, jornais e revistas de destaque querem uma exclusiva.

Depois de um breve hiato, a Bela Adormecida e seu príncipe estão de volta às manchetes.

Clara instrui o pessoal da comunicação a recusar todas as ofertas. Então vai para a cozinha preparar o café da manhã. Acorda Kitty. Elas comem e caminham para a escola debaixo do sol, de mãos dadas. Há uma beleza curiosa em tudo agora. Apesar do livro, apesar do caso, ela está ali.

Elas podem, finalmente, seguir em frente.

Clara acena para Kitty no portão da escola. Para na banca mais próxima no caminho para casa e compra todos os jornais e revistas internacionais para folhear as matérias e os artigos. Não há nada como essa sensação. A vitória total e completa nunca empalidece. Ela vê todos eles: Douglas Bute, Indira Sharma, Anna Ogilvy, Virginia Bloom, Ben. Suas teorias, seus egos.

Volta para casa e fecha a porta. Prepara outra bebida quente e sobe para o segundo andar. Abre a escada e acende a luz do sótão. A caixa está enfiada no canto mais distante. Ela a puxa para si e abre o cadeado, encontrando o diário e o documento escondidos lá no fundo.

O diário foi a parte fácil. Ele estava na Cabana Azul logo depois do que aconteceu. Não é como se Anna se lembrasse de que tinha um diário quando acordou, quatro anos depois. Ou do rosto meio borrado de Harriet na Fazenda na noite dos assassinatos. A APT cuidou disso. Harriet ficou com o diário primeiro, claro. Então Clara o pegou pouco antes de o apartamento dela ser invadido pela polícia. O conteúdo agora é um segredo apenas de Clara.

Ela folheia as páginas e para no último registro, datado de 30 de agosto. A tinta é parecida, pois Harriet se esforçou bastante para copiar o estilo, mas é a única falsificação, adicionada depois. No final, a pobre Harriet parou de ser capaz de discernir fato de ficção. Ela escreveu isso só para completar a história. Pelos vestígios na página, deve ter tentado múltiplas versões. Queria ser a protagonista, só para variar, e não apenas uma coadjuvante. Queria estar no centro das coisas, mesmo que indiretamente.

Ela vai para o próximo item. O documento veio através de uma ordem policial durante a investigação. Foram dias cheios de adrenalina, aqueles como oficial sênior. Monitorar evidências, estar presente na busca no apartamento de Anna em Camden, garantir que partes do histórico digital da garota nunca fossem encontradas. Ela tem saudade daqueles dias. Ser detetive tinha suas vantagens.

Clara limpa a poeira do documento. Estica o papel e lê as palavras novamente, naquela fonte característica do final dos anos 1990:

OFICIAL: SECRETO / RESTRITO
Departamento de Saúde / 2 de abril de 1999
Autorização ministerial #A7890WE

De acordo com os poderes emergenciais investidos neste escritório pela Lei de Saúde Mental de 1983, autorizo direta e explicitamente o uso de tratamento "reforçado" no caso da sra. Sally Turner (Paciente HCB28904) como parte da intervenção piloto MEDEIA, que está sendo realizada no Hospital Broadmoor sob a liderança da dra. V. Bloom. Esta autorização inclui vários recursos da lista restrita da Seção 37, a saber: privação de sono, isolamento, supervisão 24/7, medicação antipsicótica Classe A e procedimentos de contenção aprimorados. De acordo com a Seção 41 da Lei de Saúde Mental de 1983, esta autorização tem precedência nos tribunais da Inglaterra e do País de Gales sobre o artigo 3º e o artigo 15º, nº 2, da Convenção Europeia dos Direitos Humanos (CEDH).

Assinado,
Emily Ogilvy

A Muito Honorável Emily Ogilvy (Ministra de Estado da Saúde Mental)
Departamento de Saúde
Richmond House, 79 Whitehall, SW1

Está ali, escrito.

Artigo 3º da Convenção Europeia dos Direitos Humanos. O texto legal que proíbe "tratamentos ou penas desumanos ou degradantes". Ou, simplesmente, a "proibição da tortura".

Era a confirmação final.

Ela pensa naquelas falas de Ben de novo, gravadas por Anna, usadas para compor a reconstrução dramática do livro.

Você está errada. Só tem uma pessoa que poderia ter acessado a cela de Harriet. Só tem uma pessoa que poderia ter feito isso.

Clara relembra aquele instante bizarro alguns anos atrás quando Kitty achou as fotos dos cadáveres na sua bolsa, as pequenas recordações que ela sempre leva consigo. Ou quando Ben viu as mensagens entre ela e Harriet, cujo número Clara imprudentemente salvou como "HOSPITAL", e pensou que ela estava tendo um caso com algum cirurgião ou consultor.

Foram os instantes mais perigosos. Kitty ainda era pequena, incontrolável, podia falar algo fora de hora e levantar suspeitas. Ben enxergava tudo através do seu próprio prisma, um tagarela que nunca deixava perguntas sem resposta.

Clara reverteu as coisas, mas esses foram momentos perigosos.

Ela ficou bem mais cuidadosa depois disso.

Tinha que ser.

Às vezes ainda tem pesadelos com o diário de Anna e aquele codinome: "MARATONA". Foi bem esperto. Esperto demais, felizmente. Bem o tipo de coisa grandiosa que uma jornalista de vinte e poucos anos formada em Oxford usaria, um pavão exibindo suas penas.

Desde então, Clara passou a se perguntar se Anna mencionou o codinome a alguém. Mas agora já faz muito tempo. A amnésia pós-traumática garantiu que ela não se lembrasse de nada depois. Em vez disso, a palavra ficou enterrada em seu inconsciente, vazando durante a sessão de análise de sonhos, tornando-se o nome da cidade que prometia respostas e a verdade.

Uma busca na Wikipédia teria entregado o jogo. Clara ainda é capaz de recitar as palavras, sentindo aquela emoção ilícita do desastre evitado:

> **CULTURA**
> O nome grego para erva-doce é maratona (μάραθον) ou marathos (μάραθος), e o local da famosa batalha de Maratona significa literalmente planície de erva-doce.

Clara Fennel. *Fennel*, do inglês: erva-doce. Maratona.

Uma jornalista protegendo seu furo. Uma jovem de vinte e cinco anos zonza com seu próprio brilho. Sua memória e seu diário estão perdidos para a História. O anuário que Anna menciona em seus diários era uma foto da matrícula de Clara em Oxford para o mestrado em Criminologia Aplicada, que revelava uma semelhança facial com Sally. Foi o palpite que surgiu na busca de evidências concretas e gerou toda a teoria.

Clara quase sente pena de Ben. Ela sempre planejou marcar o vigésimo aniversário da morte de Sally com uma declaração. Descobrir a investigação da *Elementary* simplesmente colocou lenha na fogueira. Indira e Douglas foram danos colaterais. Anna nunca foi o alvo. Ou não exclusivamente. Não, toda a família Ogilvy precisava sofrer.

Anna estava certa em algumas coisas, porém. Sobre a escopolamina, por exemplo. Clara ouviu falar pela primeira vez da milagrosa droga de controle da mente chamada "Hálito do Diabo" com o esquadrão antidrogas da Polícia Metropolitana, que comentava sobre o boato. Ela estava sendo importada para Londres e comercializada como se fosse a nova cocaína, só que cem vezes mais mortal. Era perfeita para sequestradores e ladrões, e também para ela. Então Clara a comprou na *dark web* e fez com que Harriet a colocasse na bebida de Anna na Fazenda, adicionando uma dose menor para Indira e Douglas. Insípida, inodora. Indetectável.

Clara ainda se lembra do efeito hipnótico tomando conta dela. Bloqueando sua memória de curto prazo. Uma versão extrema da parassonia não REM. Ela poderia convencer Anna a fazer qualquer coisa aquela noite. Era mais eficiente fazer com que cometesse os assassinatos. Proporcionava mais isolamento. Emily e Richard receberam a confissão por WhatsApp e sucumbiram ao pânico, exatamente como ela esperava, e transferiram Anna da Cabana Vermelha de volta para a Cabana Azul, adulterando a cena do crime e mentindo para a polícia. Portanto, comprometendo-se no processo.

Mas nenhum crime acontece inteiramente conforme o planejado. Anna se enganou em alguns pontos. A síndrome da resignação, por exemplo, foi o único obstáculo. Clara teve que improvisar depois disso, colocando Harriet no Rampton.

No entanto, Anna acertou o motivo: não se tratava de silenciamento, e sim de humilhação. Isso nunca foi um romance policial, ou não estritamente, mas uma tragédia de vingança. Clara precisava que Emily Ogilvy sofresse como ela havia sofrido. Emily assinou a autorização para que torturassem Sally. Ela foi a responsável pela morte de Sally. Clara precisava que Emily soubesse como era ver alguém do seu próprio sangue sendo atacada pelo mundo. Precisava que Emily sentisse a fúria inesgotável de ser destratada pelos membros da própria tribo, de se tornar uma exilada em sua própria terra. Emily tinha que perder tudo e se tornar uma pária.

Afinal, o público quer a história mais que a verdade. As pessoas nunca pararam para pensar que Indira Sharma e Douglas Bute eram meros sacrifícios de uma causa maior. Assim como ninguém percebeu aquela adolescente impotente em seu quarto, tantos anos atrás, presa com um padrasto traficante de drogas e dois "irmãos" horríveis. Ela estava louca para fugir, abrir as asas, ir embora daquele apartamento sombrio em Stockwell, com seu fedor de fracasso e criminalidade de baixo nível. Ela era boa demais para a família Cornwell, a mãe bêbada e os estratagemas sujos. Era a única decisão lógica. Era sua aposta na liberdade.

O plano foi lindamente preparado. Ela pegaria uma faca na cozinha para atacar. Ela era mais velha que os irmãos, mais forte também. Ligaria para Tom Cornwell para dizer que algo terrível tinha acontecido, fingindo que Sally tentara avançar sobre ela. Depois, levaria Sally até o quarto, colocando a faca em suas mãos. Quando a cena estivesse pronta e Tom estivesse chegando em casa, ela acordaria Sally e ficaria observando seu plano se desenrolar.

Estava tudo planejado: Sally seria internada, Tom fugiria, e Clara teria um futuro melhor e mais brilhante em uma casa decente. Tudo funcionou quase perfeitamente, até que parou de funcionar. Clara foi levada pelo serviço social e passou por sessões de avaliação com Virginia Bloom, sendo tratada temporariamente como "X". Logo depois disso ganhou um novo nome, novos documentos, novos pais adotivos, e sua antiga vida como filha de Sally Turner foi totalmente apagada da história.

Ela se tornou Clara Fennel.

Mas antes as coisas deram muito errado. Sally deveria ficar segura no hospital, um lugar onde os assassinos faziam suas tarefas e ouviam música no quarto, como Clara tinha lido nos livros. Sally, porém, não foi internada e depois esquecida. Experimentos nunca fizeram parte do plano. A jaula de vidro, a tempestade midiática, as difamações, a fama de Mulher Mais Cruel da Grã-Bretanha — nada disso era para acontecer. A dra. Bloom e seus assistentes arruinaram tudo. E isso significava que eles também precisavam pagar. Talvez não naquele momento. Mas um dia.

Harriet foi a única coisa boa que emergiu no Broadmoor. A enfermeira de dezoito anos e a adolescente de dezesseis forjaram uma conexão bastante inesperada. Clara poderia ser diferente com Harriet. Apenas ela conhecia sua identidade anterior. Para Ben e Kitty e o restante do mundo, ela era um novo ser, interpretando o papel de Clara e compartimentalizando sua versão antiga. Harriet era uma droga que ela não conseguia largar. E o amor — o primeiro amor, estúpido e lascivo — faz as pessoas cometerem loucuras. Harriet a adorava. Era uma participante colaborativa. Funcionava para as duas: Harriet queria amor; Clara precisava de uma cúmplice. Clara incentivava Harriet, apresentando--lhe uma vida fora das regras. Harriet nunca a superou, nem quando Clara se casou com Ben. Aquele amor precoce era eterno. Elas fariam qualquer coisa uma pela outra.

Considerando tudo, porém, Bloom lhe era útil. Por isso viveu tanto tempo. Ela se tornou uma mentora, a empatia nasceu da culpa. Bloom sempre se mostrou disposta a acreditar que Clara era inocente, educada em meio à violência. Com a terapia certa, o tratamento certo, estaria pronta para escolher o caminho da virtude. Se Sally foi sua maior falha, Clara era seu grande sucesso.

Não, era preciso escolher outro alvo. Alguém acima de Bloom. A pessoa que autorizou o experimento Medeia, para começo de conversa. A verdadeira responsável por tudo aquilo. A figura que permitiu a construção de uma jaula de vidro, a aplicação daqueles métodos, e que não foi capaz de proteger Sally daquela gente com título de doutor e da multidão nos portões do hospital.

Depois disso, o resto transcorreu perfeitamente. A preparação levou anos de cuidadoso planejamento: identificar Emily Ogilvy como a ministra que assinou a autorização; bancar a informante com o perfil @PacienteX para se infiltrar na vida de Anna; fazer Harriet se passar por consultora de saúde e segurança durante a visita dos Ogilvy à Fazenda e manipular os relatórios policiais para livrar Harriet de suspeitas; usar suas conexões legais para conseguir o emprego para a amiga no Rampton. Quando ela soube que o Ministério da Justiça estava considerando transferir Anna para a Abadia, bem, a oportunidade de controlar o caso ainda mais de perto era simplesmente boa demais para ser desperdiçada.

Sem dúvida, o momento da morte de Bloom foi infeliz. Mas Clara sempre jurou esperar até que Bloom se tornasse um risco. Ela grampeou o celular de Ben e ouviu a conversa deles, então entendeu que precisava agir. Copiar o estilo usado anteriormente foi algo deliberado. Um risco, claro, mas artisticamente necessário. A simetria era deliciosa. E os riscos tornaram as recompensas finais ainda mais agradáveis.

Ela não queria agir contra Ben, ou não especificamente, mas ele ainda estava pressionando para conseguir a guarda compartilhada. Clara teve sua própria mãe afastada de si, e nunca permitiria que isso acontecesse com Kitty. Ben cavou a própria cova. Ela conhecia o funcionamento da mente dele. Ao convidá-la para a cena depois que encontrou o cadáver de Bloom, qualquer vestígio de sua presença poderia ser descartado. Ela pôde implantar aquelas provas digitais no notebook dele e garantir que fosse preso com Harriet, tirando-o de cena.

Olhando em retrospecto, talvez Clara devesse ter pegado o arquivo no cofre de Bloom. Mas isto era parte do jogo. Assim como a história do desvio perto da Fazenda naquela noite, dando a ela uma desculpa para ser a primeira a chegar à cena do crime. Era arriscado, mas necessário. Precisava assumir o controle da cena imediatamente, reivindicar sua posição de oficial de investigação sênior. Caso contrário, um dos detetives teria tomado o caso, ameaçando todo o plano.

A perseguição de Anna a Ben também foi útil. Embora até nisso Clara mereça parte do crédito. Colocou essa ideia na cabeça dela durante as entrevistas para o livro, deixando a escopolamina entrar na conversa. Seria a droga perfeita para ser usada num remédio mágico para a ressaca. E o restante também: síndrome da falsa memória, transtorno dissociativo de identidade, amnésia psicogênica, lembranças reprimidas. O método da revelação também é genial. O livro é parte romance, parte autobiografia. Facção. Promotor nenhum vai conseguir uma condenação citando um romance de não ficção. Anna confessou sem confessar. Recuperou sua história ao mesmo tempo que se colocou fora do alcance da lei. Esteve um passo à frente até o fim.

Quanto à confissão da @Suspeita8 e ao cortador de unhas contrabandeado — sim, esse é o único ato que ainda dói. O último sacrifício da amante. Mas esse foi o juramento que ela e Harriet fizeram logo no início. Elas jamais permitiriam que a outra fosse presa. Ofereceriam uma saída humana para a outra. O destino é engraçado assim.

Por que esperar vinte anos? Primeiro, elas não teriam conseguido antes. Matar Emily Ogilvy seria uma vingança, mas também imprudente. Clara e Harriet teriam sido presas e condenadas. E Emily tampouco era a pessoa certa para se tornar lendária e monstruosa. Somente Anna poderia ser essa figura. Segundo, Clara não era mãe. Ben sempre disse que ela mudou quando Kitty nasceu. Não era depressão pós-parto, mas algo ainda mais elementar: um retorno ao seu antigo — não, ao seu verdadeiro — eu. Os ataques de raiva, o isolamento, os pensamentos assustadores sobre machucar Kitty — tudo isso era parte de sua antiga personalidade, antes de Clara, aquela que ela reprimiu por tanto tempo.

Ter uma filha trouxe de volta toda a raiva. A fúria ao ver Sally brutalizada pela mídia, torturada por quem deveria protegê-la. Ser mãe de alguém mudou tudo mesmo. Ela não conseguia mais esconder o passado. Para o bem de Kitty e para o seu próprio bem, deveria se vingar. Essa era a única maneira de seguir em frente, continuar respirando. E assim ela foi colocando um pé na frente do outro.

Mas chega disso. É história antiga. O presente é tudo o que importa. Clara está de folga. Ela passa a maior parte da tarde faxinando o quarto de Kitty e colocando ciclos intermináveis na máquina de lavar. Como sempre, a hora de buscá-la chega rápido demais. Como é sexta, elas têm que cumprir a tradição sagrada depois da escola, o único compromisso inquebrável. Clara leva Kitty ao seu café favorito no centro de Oxford, e elas pedem um milk-shake de banana para dividir.

Enquanto estão sentadas nos bancos altos de frente uma para a outra, segurando seus canudinhos, Clara sente aquele alívio de novo. E sabe que tudo valeu a pena.

— Mamãe?

— Sim, meu amor.

Kitty limpa o bigode de leite com a mão.

— Por que você está sorrindo?
— Porque estou com você — diz ela. — Você é tudo o que eu sempre quis.
— Te amo, mamãe.
— Também te amo, querida.
Ela mentiu tanto ao longo do caminho.
Mas esta, finalmente, é a verdade.

AGRADECIMENTOS

Este livro não existiria sem muitas pessoas. Gostaria de agradecer especialmente às seguintes:

A Maddy — obrigado por ser a maior, a mais dinâmica e mais empreendedora agente do planeta. Você mudou minha vida com dois telefonemas em sextas-feiras que nunca esquecerei. O frenesi editorial global que eclodiu em junho de 2022 resultou nas duas semanas mais mágicas e surreais possíveis. Não há campeã maior que um autor poderia desejar, e você tem minha eterna gratidão. Mal posso esperar para trabalharmos juntos por muitos anos.

A todos da MM Literary Agency, do passado e do presente — Giles, Liane, Rachel, Valentina, Hannah, Georgina, Emma, Amanda, Georgia, Saskia, Esme. Obrigado por venderem *Anna O* em todo o mundo com tanta paixão, entusiasmo e sucesso!

A Josie, da CAA — por ter feito meu ano ao ser a primeira a invocar a comparação com Thomas Harris e por me ajudar a navegar em Hollywood.

A Conrad, da Blake Friedmann — por todo o seu apoio contínuo na parte de roteiro, pelos conselhos quando mais precisei e por sempre ser um ouvido sábio e amigável.

Para Rhian — pela edição impecável e pelos melhores ajustes editoriais.

A Charlie, Kim, Charlotte e todos os outros da HarperCollins UK — por apoiarem o livro, venderem a visão e fornecerem as provas mais bonitas da história editorial!

A Sara e Iris da Harper US e da Harper Canadá — por acreditarem na história e levarem o livro aos leitores de toda a América do Norte!

A todos os meus editores ao redor do mundo — por tanto entusiasmo e paixão em levar *Anna O* a todos os cantos do globo e torná-lo um evento editorial verdadeiramente global.

A Suzanne O'Sullivan, Guy Leschziner, Andrew Scull, Jonathan Levi, Emma French e muitos, muitos outros — o trabalho de vocês me apresentou ao mundo dos crimes do sono, à síndrome da resignação e à história da Psiquiatria e da Psicologia. Um imenso obrigado a Helen Pepper, por toda a mentoria forense.

A Ilaria — você estava lá antes de tudo isso acontecer, ao meu lado quando a notícia chegou, e esteve presente em todas as etapas da jornada. Obrigado por me fazer perceber que há algo muito mais importante do que realizar sonhos profissionais de toda uma vida.

A John, Peter, Sarah e Mary — obrigado por todo o apoio e pelas inúmeras coisas que fazem todos os dias.

Finalmente, a Ruth — você é a única pessoa viva que leu tudo que já escrevi. Você viu meus perigosos baixos e meus triunfantes altos. Foi você que procurei quando estava escrevendo as primeiras páginas de *Anna O*. Tudo isso se deve a seu amor, sua orientação, gentileza, experiência e atenção. Uma palavra só é até inadequada para uma vida inteira de devoção, amor e carinho, mas é tudo o que tenho — obrigado!

Foi impresso em 2024 pela Ipsis. Foi composto utilizando-se
as famílias tipográficas HC Arc. O papel do miolo é o pólen natural 70g/m²,
e o da capa é o cartão 250g/m².